時調・歌辭 漢譯資料叢書 4

時調・歌辭 漢譯資料集成 1

〈時調漢譯資料〉

이 저서는 2005년 정부(교육인적자원부)의 재원으로 한국학술진흥재단의 지원을 받아
수행된 연구임(KRF-2005-AS0043)

時調・歌辭 漢譯資料叢書 4

時調・歌辭 漢譯資料集成 ①
〈時調漢譯資料〉

김문기 · 김명순 편저

태학사

[편저자 소개]

김문기(金文基)
경북대학교 사범대학 국어교육과 교수, 문학박사
경북대학교 퇴계연구소장
저서 : 『서민가사 연구』(형설출판사)
　　　『문경의 구곡원림과 구곡시가』(한국학술정보)
　　　『조선조 시가한역의 양상과 기법』공저(태학사)
　　　『경북의 구곡문화』(도서출판 역락), 『주해 동학가사1, 2』(도서출판 역락) 외 다수
논문 : 「〈三句六名〉의 의미」외 다수

김명순(金明淳)
경북대학교 대학원 석사・박사 과정 수료, 문학박사
현 대구한의대학교 교수
저서 : 『조선조 시가한역의 양상과 기법』공저(태학사)
　　　『조선후기 한시의 민풍 수용 연구』(보고사)
논문 : 「조선후기 기속시 연구」외 다수

時調・歌辭 漢譯資料叢書 4

時調・歌辭 漢譯資料集成 **I**
〈時調漢譯資料〉

초판 제1쇄 인쇄 2010년 12월 20일
초판 제1쇄 발행 2010년 12월 30일

편저자 김문기・김명순
펴낸이 지현구
펴낸곳 태학사
등록 제406-2006-00008호
주소 경기도 파주시 교하읍 문발리 파주출판도시 498-8
전화 마케팅부 (031) 955-7580~2 편집부 (031) 955-7585~89
전송 (031) 955-0910
전자우편 thaehak4@chol.com
홈페이지 www.thaehaksa.com

ⓒ 김문기・김명순 2010
값은 뒤표지에 있습니다.

ISBN 978-89-5966-255-5 (94810)
ISBN 978-89-5966-251-7 (세트)

일러두기

- 시조와 가사 한역 자료의 원문을 한역자별로 정리하였다.
- 시조한역 자료를 앞에 두고, 가사한역 자료를 뒤에 배열하였다.
- 한역자는 생몰연대순으로 하고 역자미상 자료는 뒤에 배열하였다.
- 20세기에 이루어진 한역 자료는 '20세기 작품'으로 구분하여 실었다.
- 한역가 원문을 제시하고 한역자 및 제목과 출전을 밝혔다.
- 한역가의 제목은 원전대로 쓰고, 제목이 긴 것은 축약하였다.
- 제목이 없는 경우는 통칭하는 명칭을 쓰거나 임의로 붙였다.
- 한역가는 시조와 가사의 행 구분과 한시 구조를 고려하여 대략 2구 단위로 구분하였다.
- 원문에 부기된 원주 등은 [ ]에 넣어 구분하였다.
- 속자, 약자, 통용자 등은 따로 표시하지 않고, 오탈자 등 오기가 분명한 것은 바로잡았다.
- 원전에 시조 또는 가사와 한역가가 병기된 경우는 시가와 한역가를 같이 실었다.
- 원전에 한역가만 있는 시조한역가는 沈載完 編『校本歷代時調全書』의 작품번호를 부기하였다.
- 서발 등 한역가와 관련된 기록과 중요한 이본자료 등은 [資料]로 실었다.
- '작품 색인'과 '한역자 색인'을 부록으로 실었다.

| 머리말 |

본 〈時調·歌辭 漢譯資料叢書〉는 시조와 가사를 한시 형태로 번역한 작품과 관련 자료를 수집하고 정리하여 총서 형태로 묶은 것이다. 총서는 3가지 체재로 구성되고 모두 9권으로 이루어졌다. 먼저 『時調·歌辭 漢譯歌全書』1·2·3은 어떤 작품들이 주로 한역되었는지, 시조와 가사가 어떻게 한시 형태로 번역되었는지를 살펴볼 수 있도록 시조 및 가사와 한역 작품을 대조하여 정리하였다. 두 번째로 『時調·歌辭 漢譯資料集成』1·2는 한역가 및 관련 자료의 원문을 한역자별로 정리하여 제시하였다. 앞에 제시한 『시조·가사 한역가전서』는 국문시가별로 관련된 한역 자료를 모았기 때문에 동일한 인물의 한역자료가 한역대상작품의 갈래에 따라 흩어진다. 또 한역 자료의 원전 문헌에는 한 인물의 시조한역가와 가사한역가가 같이 실려 있기도 하고, 여러 인물들의 작품들이 한 데 섞여 있는 경우도 흔하다. 그래서 이를 한역자별로 확인할 수 있도록 정리한 것이다.

마지막으로 『時調·歌辭 漢譯原典』1·2·3·4는 시조와 가사의 한역가가 수록된 원전자료를 묶은 것이다. 앞에서 설명한 자료집들은 원전에 나오는 기록을 일정한 기준에 따라 재구성한 것이기 때문에 자료의 문헌적 성격이 드러나지 않는다. 또 기존의 한역 관련 논저에는 한역가의 원문이 원전과 다르게 잘못 표기된 경우나 한역자나 문헌 표기에 착오가 생긴 것, 그리고 시구의 순서가 바뀌어 제시된 자료 등이 있고, 특히 이들이 거듭해서 인용된 사례도 있다. 그러므로 원전을 확인할 수 있도록 한역가 및 한역가와 관련된 기록들이 들어 있는 문헌 자료를 가급적 자세하게 제시하기 위해 노력하였다.

이와 같이 구성된 본 총서는 시조와 가사 작품의 분석 및 창작과 수용 과정 등의 배경 연구는 물론이고 시조와 가사 한역의 전체적 성격, 국문시가와 한시 및 국문문학과 한문학의 교섭 양상 연구를 위한 기초 자료로 활용될 수 있을 것이다.

저자들은 오래전부터 시가 한역 자료 정리의 필요성을 인식하고 자료를 수집하고 정리하기 시작했으나, 자료의 성격과 문헌의 형태가 복잡해서 많은 시일이 흐르도록 완성하지 못했다. 시가 한역 자료는 대부분 자료의 분량이 적고 한두 편씩 산재한 경우가 많기 때문에 자료를 찾고 수집하는 일이 쉽지 않다. 각급 도서관에서부터 개인 소장본에 이르기까지 도처에 산재한 단편적인 자료를 탐문하여 확인하고 원가를 찾아내어 정리하는 일에는 많은 시간과 노력이 필요하고 결과는 뚜렷하지 않은 경우가 대부분이다. 도중에 다른 일에 밀려서 작업을 집중적으로 진행하지 못하고 자료 더미를 쌓아두었다가 다시 꺼내어 처음부터 정리하는 일이 반복되면서 시간이 많이 흘렀다. 그러던 차에 학술진흥재단으로부터 연구비를 지원받게 되어 본격적으로 작업을 진행할 수 있었다.

본 총서를 통하여 상당한 분량의 자료가 수집, 정리되었지만 아직 확인되지 않은 자료가 많을 것이다. 또 자료의 일부가 소개되었으나

아직 원전을 확인하지 못한 것도 있다. 본의 아니게 정리 과정에서 일어난 착오도 있을 것이다. 앞으로 지속적으로 자료를 발굴 수집하면서 미비한 점들은 수정 보완할 것을 약속한다.

　이 작업은 이병기, 조윤제 등 선학들의 선구적 업적과 정병욱, 김동욱, 심재완, 박노춘, 박을수 교수 등이 이루어 놓은 자료 발굴 및 정리와 연구 성과를 바탕으로 출발하였다. 특히 유재영, 하성래, 강전섭, 심재완, 이상보, 박을수 교수 등은 흔쾌히 소장 자료를 제공해 주셨고, 김윤조 교수는 해외에서 필사한 자료의 원문을 재구성해서 보내 주셨다. 의령 남씨 종손 남찬우 선생은 선조의 문헌을 열람하고 복사하도록 허락해주셨다. 이밖에도 많은 관계자 여러분의 도움을 받았고, 수많은 관련 논저를 통하여 한역 관련 정보와 자료 원문 및 출처를 확인할 수 있었다. 많은 시간이 흘렀지만 그동안 자료 수집 과정에서 도움을 주신 모든 분들과 참고한 논저의 저자 여러분께 깊이 감사드린다.

　바쁜 가운데 급한 일을 미뤄두고 오랫동안 원고 정리를 위해 애쓴 장재호 선생에게 특별히 고마운 마음을 전하며, 촉박한 기일에 복잡한 자료를 출판해주신 태학사 지현구 사장님과 편집부 여러분의 노고에도 감사의 뜻을 표한다.

2010년 12월

편저자 씀

□ 일러두기_ 5

□ 머리말_ 6

|時調漢譯資料|

時調漢譯資料

1. 崔淑精(1432~1479)

「用鄕人俚語以解之」

花飛葉落漸飛霜	如夢人生不酒忙
百計無如閑事樂	花時須了醉千場

(『逍遙齋集』卷1)

2. 邊希李(1435~1509)

「丹心歌」,「不屈歌」

「丹心歌」

此身死復死	復死一百回
白骨化塵土	魂魄縱有無
向君一片丹心	那有磨滅理 (2325)

「不屈歌」

穴吾之胸洞如斗	貫以藁索長又長
前牽後引磨且戛	任汝之爲吾不辭
有欲奪吾主	此事吾不從 (33)

• 資料

『原州邊氏世譜』

執義歸溪公諱希李傳家錄云: "麗祚將革, 太宗遨宰執飲, 自爲歌試諸公意. 圃隱歌曰: '此身死復死, 復死一百回, 白骨化塵土, 魂魄縱有無, 向君一片丹心, 那有磨滅理?' 府院君歌曰: '穴吾之胸洞如斗, 貫以藁索長又長, 前牽後引磨且憂, 任汝之爲吾不辭, 有欲奪吾主, 此事吾不從.' 二公之志, 眞可謂與日月爭光, 而圃老之歌, 懇惻切至, 府院君之歌, 則尤直截剛毅, 有確乎不可撓, 凜乎不可犯之氣." (『原州邊氏世譜』卷一, 雜錄 附)

『大隱先生實記』

穴吾之胸洞如斗, 貫以藁索長又長, 前牽後引磨且憂, 任汝之爲吾不辭, 有欲奪吾主, 此事吾不屈. [時麗祚將革, 太宗遨宰執飲, 自爲歌試諸公意, 歌曰: "此亦何如, 彼亦何如. 萬壽山城隍堂後垣, 頹落亦何如. 我輩若此, 不死亦何如." 鄭圃隱先生歌曰: "此身死了死了, 一百番更死了, 白骨爲塵土, 魂魄有也無, 向主一片丹心, 寧有改理也與!" 先生繼而有此歌. ○ 二先生之志, 眞可與日月爭光, 而圃老之歌, 懇惻切至, 先生之歌, 直截剛毅, 確乎不可撓, 凜乎不可犯. 世傳二先生之禍, 萌於此歌之日云.] (『大隱先生實記』卷1)

---

3. 金安國(1478~1543)

「清江曲」「江月曲」

「清江曲」

有客有客從何來	扁舟夜泛菁川月
蓬瀛咫尺腋生風	鳳吹鸞音聞怳惚

(『慕齋集』卷1)

「江月曲」

滄波萬頃如眉月	儞得看儂亦見伊
儂不似儞能兩見	宵宵空望見伊儞

17

1. 「崔子澄持酒來訪共飲桃花下次子澄韻」

韶光唯有兩三分, 勸子休辭竟夕曛. 萬事百年堪一笑, 新腔江月債君聞. [近有人唱俚歌江月曲, 聽而有感, 以句解之曰: "滄波萬頃如眉月, 儂得看儂亦見伊. 儂不似儂能兩見, 宵宵空望見伊儂." 是日唱以侑酒故云.] (『慕齋集』卷4)

2. 「又醉走筆贈別沈典簿達源赴 燕京」

鏡分如月月如眉, 舊曲新腔惚起悲. 萬里不須詩贈別, 去留相把兩歌思.[十年前, 余奉使松都時, 寓廣明寺, 與沈君同處幾月, 臨別飲醉, 余作歌敍別, 有破鏡分半月, 何時更恰圓之語. 近余在注村, 聞沈君作江月曲有云: "滄波萬頃如眉月, 你得看儂亦見伊. 儂不似你能兩見, 宵宵空望見伊你." 余甚喜其詞, 醉則輒歌之. 今日共飲, 語及兩歌, 戲賦此詩贈之.] (『慕齋集』卷4, 「又醉走筆贈別沈典簿達源赴燕京」)

4. 金安老(1481~1537)

「俚曲」

(1)

以我思子心	子無我心似
子心苟可似	天下寧有是
思之終難能	無疾猶可已

(2)

桃李媚恩光	競此色婉娩
老菊終亦花	寂寂誰省晚
霜風掃卉空	孤芳紀秋苑

· 資料 ─────────────────────

鄭承旨誠謹, 平生耿介, 一段忠赤, 圖在編簡, 無容贅也. 燕山朝流落不偶, 慷慨作俚曲, 中夜悲歌, 以寓其愛君繾綣之意. 僕嘗採其聲, 協以詞.

其一曰: 以我思子心, 子無我心似. 子心苟可似, 天下寧有是? 思之終難能, 無疾猶可已.

其二曰: 桃李媚恩光, 競此色婉娩. 老菊終亦花, 寂寂誰省晚. 霜風掃卉空, 孤芳紀秋苑.

其音悽而婉, 其辭怨而宜, 裹廻戀眷, 抑而復揚, 亦詩人之遺意也, 楚纍騷哀長沙賦若. 雖古雅淺俚之有殊, 這這此心千載同貫, 使人聞之, 不覺腸摧而涕下也. (『龍泉談寂記』上)

─────────────────────────

5. 金正國(1485~1541)

「鄉村十一歌」

同村朴座首世矩, 作鄉村十一歌, 求余爲詩章. 專用歌中語, 只押韻成章, 故語多俚拙, 要在玩審其意耳. 首三歌上慕父母, 下悼亡子, 故意寓於哀傷, 中敍閑居自適之趣, 竟歸美於上, 頌祝以自樂, 末有抱負未展之嘆, 非村謠巷歌意義鄙陋者比也, 故書以爲贈.

(1)

知我父母恩	昊天斯罔極
素心圖宦達	顯揚垂千億
白髮被兩鬢	無心求我得

(2)

君看螽斯篇	詩人詠詵詵

草木亦有幹　　　　　枝條繁且均
我行獨踽踽　　　　　眇然孤一身

（3）

浮生嗟已矣　　　　　計濶厭如疾
告汝一生欲　　　　　任去無我桎
蒼天復蒼天　　　　　老淚無乾日

（4）

我亦世官裔　　　　　稍味於利祿
欲從子張遊　　　　　還携暮春服
緬懷曾點狂　　　　　詠歸東山麓

（5）

榮華非所謀　　　　　富貴都兩忘
我生天地間　　　　　何求復何望
長鋤與短鎌　　　　　聊以樂吾況

（6）

心懷不能平　　　　　步尋幽谷行
百花正芬榮　　　　　鳥鳴更嚶嚶
此意無人會　　　　　欲言已忘情

（7）

清晨荷鋤出　　　　　午餉餉南畝
田頃戴勝鳥　　　　　催我耕耘手

時調・歌辭 漢譯資料集成 ①

歸來樂吾樂　　　　　葛巾用漉酒

(8)
有田吾自耕　　　　　有酒吾自斟
回頭望阡陌　　　　　芃芃禾黍深
一杯復一杯　　　　　陶陶樂不禁

(9)
飯羹足芋麥　　　　　元自我王仁
夏葛與冬裘　　　　　誰非由厚民
聖恩一至此　　　　　日祝享萬春

(10)
我生雖云樂　　　　　年華逐逝波
蕭蕭兩鬢雪　　　　　背面亦皤皤
胸中縱有奇　　　　　老去當如何

(11)
已矣復已矣　　　　　窮約庸何傷
君看渭濱叟　　　　　八十遇文王
我追考槃人　　　　　優游樂無央

(12)
今日日西頹　　　　　來日可更遊
來日又來日　　　　　登高復臨流
長携鄉曲伴　　　　　行樂無時休

6. 周世鵬 (1495~1544)
「飜歌」外

〈飜歌〉

(1)

飛瀑東窓喧白日　　　西窓竟夜小溪鳴

枕聲洗耳誰牛飮　　　癡許徒然汙潁淸

(2)

三呼江水聽吾辭　　　世上人心汝獨知

使爾有言應始畏　　　何人爲肯照須眉

(『武陵雜稿別集』卷3)

〈刳心星月歌〉

我欲刳吾心爲星月

掛之九萬里天上

庶望西方之美人也

然可與知我者道

難與不知我者語也

知我心者莫如子

我不敢不吐 每鳴咽出涕

• 資料 ─────────────────────────

　嘗作歌曰: "我欲刳吾心爲星月, 掛之九萬里天上, 庶望西方之美人也. 然可與知我者道, 難與不知我者語也. 知我心者莫如子, 我不敢不吐, 每嗚咽出涕."其言極悲惻, 類楚辭. (『武陵雜稿別集』卷7, 故陽城縣監安君珽墓地銘並序)

〈動察吟〉

察之復察之	動處須可察
屋漏事所爲	衆中情所發
纔差汝獨知	愼勿更萌作
作歌聊自警	服膺要無斁 (1465)

(『武陵集』卷1)

• 資料 ─────────────────────────

「動察吟」

　察之復察之 動處須可察 屋漏事所爲 衆中情所發 纔差汝獨知 愼勿更萌作 作歌聊自警 服膺要無斁 술피오 술피쇼셔 동쳐롤 술피쇼셔 옥누에 ㅎ는 일와 즁듕에 나는 뜨들 왼 즈롤 아르시어든 다시 밍작 마르쇼셔 (『竹溪舊志』行錄後,『海東雜錄』)

〈靜養吟〉

養之復養之	靜時須養哉
齊山濯可哀	宋苗揠堪咍
惺惺保固有	暫離便寇來
寂感致中和	聖孫爲繼開 (1900)

(『武陵集』卷1)

• 資料 ─────────────────────────────────

「靜養吟」

　養之復養之 靜時須養哉 齊山灈可哀 宋苗擭堪咍 惺惺保固有 暫離便寇來 寂感致中和
聖孫爲繼開 양호고 양호쇼셔 졍시예 양호쇼셔　제사니 탁타홈과 알묘도 우으오니　된는 것
안보호샤 여희디롤 마르쇼셔 (『竹溪舊志』行錄後,『海東雜錄』)

───

7. 林億齡 (1496~1568)

「飜李後白瀟湘夜雨之曲」

(1)

蒼梧聖帝魂	夜半雨紛紛
竹裏蕭蕭意	要將洗淚痕 (2731)

(2)

何處暗消魂	寒聲入夜紛
平江添作浪	已沒舊時痕 (2731)

(3)

已斷楚臣魂	還隨木葉紛
舟人眠不省	舡閣漏垂痕 (2731)

(4)

誰招去國魂	千里不禁紛

忽返三更響　　　　　孤襟帶血痕 (2731)

(5)
今古有沈魂　　　　　天陰鬼語紛
孤舟嫠婦在　　　　　滿面是啼痕 (2731)

(6)
魚腹葬忠魂　　　　　千秋向國紛
江深招不得　　　　　天水合無痕 (2731)

(7)
祠下二妃魂　　　　　驚鴉噪自紛
曉看沾濕處　　　　　汀草沒燒痕 (2731)

(8)
一夜九驚魂　　　　　天何又送紛
三年寄江上　　　　　爲困覓瘢痕 (2731)

(9)
此地本傷魂　　　　　寒宵百慮紛
平生已三朏　　　　　陰氣痛瘡痕 (2731)

(『石川集』)

8. 崔慶昌(1531~1583)

「飜方曲」

折楊柳寄與千里人　　　　爲我試向庭前種
須知一夜新生葉　　　　　憔悴愁眉是妾身 (1047)

『孤竹集』

9. 鄭澈(1536~1593)

「翻曲題霞堂碧梧」

樓外碧梧樹　　　　　　　鳳兮何不來
無心一片月　　　　　　　中夜獨俳徊 (668)

『松江集』卷1

10. 崔岦(1539~1612)

「松風亭翻歌」

人言山上小亭好　　　　　雪月之時烟雨中

太守前身陶處士　　　　誅茅摠爲愛松風

(『簡易集』卷6)

11. 李光庭(1552~1620)
「操舟候風歌三章」

(1)

彼去舟子聽我言

順風遇後去了去

中流風波必見覆 (2594)

(2)

風朝莫言淺可渡

海波茫茫颭全吹

欲濟其如胥溺何 (1111)

(3)

朔風高吹撼大海

一葉扁舟去路迷

這舟傾後無泊處 (1422)

• 資料 ────────────

當光海朝, 諸弟急於進取, 不聽順公, 以至於敗. 其始公蓋作操舟之歌以風諸弟, 諸弟不喩也. 其言雜俚語, 其大較云: "彼去舟子聽我言, 順風遇後去了去, 中流風波必見覆." 又曰: "風朝莫言淺可渡, 海波茫茫颺全吹, 欲濟其如胥溺何." 又曰: "朔風高吹撼大海, 一葉扁舟去路迷, 這舟傾後無泊處." 三弟將赴京, 公挽之不得, 臨分太息曰: "家之顚覆, 其在汝矣!" (『訥隱先生文集』卷20, 善迂堂李公遺事)

12. 趙存性 (1553~1627)

「呼兒曲四調」

(1) 西山採薇

呼兒先問有無筐	回首西山晚日長
怕夜來薇蕨老只	只緣朝夕不盈腸

　　아히야 구버망태 어두 西山의 날 늣거다

　　밤 디낸 고사리 흐마 아니 늘그리야

　　이 몸이 이 프새 아니면 됴셕 어이 디내리 (1842)

(2) 東澗觀魚

呼兒將出綠蓑衣	東澗春霏洒石磯
籧籧竹竿魚自在	爲他溪老已忘機

　　아히야 되롱삿갓 츌화 東澗에 비 디거다

기내 긴 낙대예 비늘 업슨 낙시 미야
뎌 고기 놀라디 마오랴 내 興 계워 ㅎ노라 (1845)

(3) 南畝躬耕

呼兒曉起促盤食　　　　　南畝春深事已殷
欲把犁鋤誰與耦　　　　　聖時農圃亦君恩

아희야 죽조반 다오 南畝의 일만 해라
서루룬 싸부를 눌 마조자브려뇨
두어라 聖世躬畊도 亦君恩이시니라 (1850)

(4) 北郭醉歸

呼兒騎犢過前川　　　　　北郭新醪正似泉
大醉浪吟牛背月　　　　　怳然身在伏羲天

아희야 쇼 먹여 내여 北郭의 새 술 먹쟈
大醉흔 얼구를 둘비쳐 시러 오니
어주버 羲皇上人을 오늘 다시 보와다 (1847)

(『龍湖稿』)

• 資料 ────────────────────────────

1. 當龍湖「呼兒曲四調並詩」〔趙存性, 字守初, 號龍湖, 宣廟朝登第官至知敦寧諡昭敏.〕

아희아 구럭망태 어두 西山에 날 늦거다. 밤 지낸 고사리 ㅎ마 아니 늘그리야. 이 몸이
이 푸새 아니면 朝夕 어이 지내리.

　呼兒先問有無筐, 回首西山晚日長. 怕夜來薇蕨老只, 只緣朝夕不盈腸. 右西山採薇.

아희야 되롱삿갓 출화 東澗에 비 지거다. 기나 긴 낙대에 미눌 업슨 낙시 미야, 져 고기
놀라지 마라 내 興 계워 ㅎ노라.

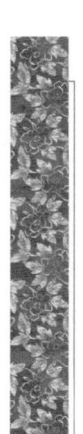

呼兒將出綠簑衣, 東澗春霏洒石磯. 籊籊竹竿魚自在, 爲他溪老已忘機. 右東澗觀魚.

아히야 粥早飯 다오 南畝에 일이 ᄒ다. 서투론 ᄭᅡ부를 눌 마조자부려뇨. 두어라 聖世躬畊도 亦君恩이시니라.
呼兒曉起促盤飱, 南畝春深事已殷. 欲把犁鋤誰與耦, 聖時農圃亦君恩. 右南畝躬耕.

아히야 쇼 며겨 내여 北郭에 새 술 먹쟈. 大醉ᄒ 얼굴을 돌빗체 시러 오니, 어즈버 義皇上人을 오ᄂᆞᆯ 다시 보와다.
呼兒騎犢過前川, 北郭新醪正似泉. 大醉浪吟牛背月, 怳然身在伏羲天. 右北郭醉歸.
(『靑丘永言』珍本)

2. 「呼兒曲四章並詩」

아히야 굴럭網태 어두 西山에 날 늦거다 밤 진안 고살이 흠아 안이 늙엇씨랴 이 몸이 이 푸새 안이면 朝夕 어이 지내리
呼兒先問有無筐 回首西山晚日長 却怕夜來薇蕨老 只緣朝夕不盈腸 (西山採薇)

아희야 되롱삿갓 츨화 東澗에 버지거다 긴아 긴 낙대예 미늘 업쓴 낙씨 미야 져 고기 놀라지 말아 내 興계워 ᄒ노라
呼兒將出綠簑衣 東澗春霏灑石磯 籊籊竹竿魚自在 爲他溪老已忘機 (東澗觀魚)

아희야 粥早飯 다고 南畝에 일이 하다 서투른 ᄭᅡ부를 눌마조 잡으련요 두어라 聖世躬畊도 亦君恩이이샀다
呼兒曉起促盤飱 南畝春深事已殷 欲把犁鉏誰與耦 聖時農圃亦君恩 (南畝躬耕)

아희야 쇼 멱여 내여 北郭에 새 술 먹쟈 大醉ᄒ 얼굴을 ᄃᆞᆳ쎗체 시러온이 어즙어 義皇上人을 오ᄂᆞᆯ 다시 보와다
呼兒騎犢過前川 北郭新醪正似泉 大醉浪吟牛背月 恍然身在伏羲天 (北郭醉歸)
(『海東歌謠』六堂本)

3

아히야 구럭망태 어두 西山에 날 늣거다 밤 지난 고살이 ᄒ마 아니 늘거시랴 이 몸이 이 푸새 아니면 朝夕 어이 지내리
呼兒先問有無筐 回首西山晚日長 却怕夜來薇蕨老 只緣朝夕不盈腸 (西山採薇)

아희야 되롱삿갓 츨화 東澗에 비 지거다 기나 긴 낙대에 미늘 업슨 낙시 미야 져 고기 놀라지 마라 내 興 계워 ᄒ노라
呼兒將出綠簑衣 東澗春霏灑石磯 籊籊竹竿魚自在 爲他溪老已忘機 (東澗觀魚)

아희야 粥早飯 다고 南畝에 일이 하다 서투른 ᄭᅡ부를 눌 마조자브려뇨 두어라 聖世躬畊도 亦君恩이시니라

呼兒曉起促盤飡 南畝春深事已殷 欲把犁鉏誰與耦 聖時農圃亦君恩 (南畝躬耕)

아희야 쇼 머겨라 北郭에 새 술 먹쟈 大醉호 얼굴을 둚빗체 시러 오니 어즈바 義皇上人을 오늘 다시 보와다
呼兒騎犢過前川 北郭新醪正似泉 大醉浪吟牛背月 怳然身在伏羲天 (北郭醉歸)
(『海東歌謠』朴氏本, 李衡祥『樂學拾零』)

---

13. 沈光世(1557~1624)

「何如歌」,「丹心歌」

「何如歌」

此亦何如	彼亦何如
城隍堂後垣	頹落亦何如
我輩若此爲	不死亦何如 (2291)

「丹心歌」

此身死了死了	一百番更死了
白骨爲塵土	魂魄有也無
向主一片丹心	寧有改理也歟 (2325)

● 資料

1. 「風色惡」〔天時人事可知, 文忠忠則忠矣. 非眞儒以道徇身者也.〕

麗末圃隱鄭文忠公, 以眞儒王佐才出爲世用, 最爲聖祖所知, 屢辟幕下, 回軍之後, 同升爲

相. 文忠與金震陽諸公, 忘身循國, 欲扶社稷. 時聖祖功業日盛, 群下歸心, 勢難終於北面, 文忠恊謀傾之. 太宗嘗告太祖曰: "鄭夢周豈負我家." 太祖曰: "我遭橫讒, 夢周以死明我, 若係于國家有不可知." 及文忠心跡倡著, 太宗設宴請之, 作歌侑酒曰: "此亦何如, 彼亦何如. 城隍堂後垣, 頹落亦何如. 我輩若此爲, 不死亦何如." 文忠遂作歌送酒曰: "此身死了死了, 一百番更死了. 白骨爲塵土, 魂魄有也無. 向主一片丹心, 寧有改理也歟." 太宗知其不變, 遂議除之. (……) 今日風色雖甚惡, 階上含盃舞亦樂. 全裝武夫衝馬過, 愼莫詰問知能那. 五百年綱常, 一身都自任. 白骨委塵土, 未改向主心. 相公一死分內事, 彼祿事誰氏子? 生從相公生, 死從相公死. 吾不見聖朝開國策勳臣, 盡是麗時食祿人. (『海東樂府』)

2. 『海東樂府』筆寫本

麗末文忠公鄭夢周 以眞儒王佐才出而爲用 最被聖祖所知 屢辟幕下 回軍之後 同升爲相 文忠與金震陽諸公忘身循國 欲扶社稷 時聖祖功業日盛 群下歸心 勢難終於北面 文忠恊謀傾之 太宗嘗告太祖曰 鄭夢周豈負我家 太祖曰 我遭橫讒, 夢周以死明我, 若係於國家有不可知. 及文忠心跡倡著, 太宗設宴請之, 作歌侑酒曰: "此亦何如 彼亦何如 城隍堂後垣 頹落亦何如 我輩若此爲 不死亦何如" 文忠遂作歌送酒曰 "此身死了死了 一百番更死了 白骨爲塵土 魂魄有也無 向主一片丹心 寧有改理也歟" 太宗知其不變 遂議除之 (『海東樂府』筆寫本)

3. 『朝野輯要』

海東樂府曰: "太宗設宴請之, 作歌侑酒曰: '此亦如何, 彼亦如何? 城隍堂後垣, 頹落亦如何? 我輩若此爲, 不死亦如何?' 文忠亦作歌送酒曰: '此身死了死了, 一百番更死了, 白骨爲塵土, 魂魄有也無, 向爲主一片丹心, 寧有改理也歟?' 太宗知其不變, 遂議除之." (李長演, 『朝野輯要』)

4. 『燃藜室記述』

太宗設宴請之 作歌侑酒曰 "如此亦何如 如彼亦何如 城隍堂後垣 頹圮亦何如 [一作萬壽山原頭葛茇縈綴亦何如] 我輩若此爲 不死了何如" 公遂作歌送酒曰 "此身死了死了 一百番更死了 白骨爲塵土 魂魄有也無 向主一片丹心 寧有改理也歟" 太宗知其不變 遂議除之…… [海東樂府 當時倉卒 無人記其姓名 遂不傳於後世] (李肯翊, 『燃藜室記述』高麗守節諸臣附鄭夢周條)

5. 『圃隱先生集新增附錄』

太宗設宴請之作歌侑酒曰: "此亦何如, 彼亦何如. 城隍堂後垣, 頹落亦何如. 我輩若此爲, 不死亦何如." 文忠遂作歌送酒曰: "此身死了死了, 一百番更死了. 白骨爲塵土, 魂魄有也無. 向主一片丹心,

寧有改理也歟."(『圃隱先生集新增附錄』卷9)

6. 『圃隱先生集續錄』

[按此歌已入於遺事, 而其辭千載之下可泣鬼神, 不可不表而出之, 故特載于此云] 此身死了死了, 一百番更死了. 白骨爲塵土, 魂魄有也無, 向主一片丹心, 寧有改理也歟.[後孫寅平

尉齊賢言, 孝宗大王每於月夜, 朗詠丹心歌, 輒悲涼慷慨, 擊節感涕曰: "白骨成塵, 魂魄有無而尚不改心, 千古安有此箇精忠?"云. ○ 出後孫齊斗記聞.] (『圃隱先生集續錄』卷1, 「丹心歌」)

7. 『新編圃隱先生集』

[按續錄云: "此歌入於遺事, 而其辭千載之下, 可泣鬼神, 不可不表而出之."] "此身死了死了, 一百番更死了. 白骨爲塵土, 魂魄有也無, 向主一片丹心, 寧有改理也歟."[按遺事, 太宗設讌, 請先生作歌侑酒曰: "此亦何如, 彼亦何如. 城隍堂後垣, 頹落亦何如. 我輩若此爲, 不死亦何如." 先生作此歌以送酒. 孝宗每於月夜, 朗詠丹心歌, 輒悲涼慷慨, 擊節感涕曰: "白骨成塵, 魂魄有無而不改心, 千古安有此個精忠耶!"(『新編圃隱先生集』卷2, 「百死歌」[一云丹心歌])

14. 柳夢寅 (1559~1623)

「昔日若如此」, 「五百年前都邑地」

「昔日若如此」

昔日若如此	此形安得持
此心化爲絲	曲曲還成結
欲解又欲解	不知端在何處 (2045)

• 資料

1. 『於于野談』韓國詩話叢編

天將楊經理 以禦倭留王京 行軍過靑坡郊 時田中男女齊聲鋤耘而歌 經理問通官曰 彼歌亦有腔調乎 曰皆有腔調 曰可得聞乎 曰用俚語爲曲 非文字也 曰令接伴使翻譯而進 其歌曰 "昔日若如此 此形安得持 此心化爲絲 曲曲還成結 欲解又欲解 不知端在何處" 經理覽之稱善曰 我行軍而過道路 人無不聳觀 今此農夫鋤耘不輟 非徒勤於本業 其歌曲亦甚有理可尙也 遂分靑布各一疋而賞之. (『於于野談』韓國詩話叢編 收錄 影印本)

2. 『於于野談』新活字本

　　天將楊經理鎬 以禦倭留王京 行軍靑坡里 時田中男女鋤耘, 齊聲而歌 經理問通官曰 彼歌亦有腔調乎 曰皆有腔調 曰可得聞乎 曰俚語爲曲 非文字也 曰令接伴使輨譯以進 其歌曰 "昔日若如此 此形安得持 此心化爲絲 曲曲還相結 欲解復欲解 不知端在處" 經理覽而稱善曰 我行軍而過道路 無不聳觀 而觀此農人皆鋤耘不掇 非徒勤於本農 其歌曲亦甚有理可賞也 遂分靑布各一匹以賞之 (『於于野談』新活字本)

3. 『於于野談』天理大本

　　天將楊經理鎬 以禦倭留王京 行軍靑坡里 時田中男女鋤耘, 齊聲而歌 經理問通官曰 彼歌亦有腔調乎

　　曰皆有腔調 曰可得聞乎 曰俚語爲曲 非文字也 曰令接伴使輨譯以進 其歌曰 "昔日若如此 此形安得持 此心化爲絲 曲曲還相結 欲解復欲解 不知端在處" 經理覽之稱善曰 我行軍而過路 無不聳觀 而觀此農人皆鋤耘不輟 非徒勤於本農 其歌曲亦甚有理可賞也 遂分靑布各一匹以賞之 (『於于野談』天理大本)

「五百年前都邑地」

五百年都邑地　　　　　　匹馬歸來兮

山川依舊　　　　　　　　人傑何所之兮

已矣哉 故國興亡　　　　 問之何爲兮 (2079)

·資料

1. 『於于野談』新活字本, 天理大本

　　眞伊者松都娼女也. 嘗僑居于松都, 古射場宿焉. 夜月微明, 閴無行人, 有白馬將軍駐馬盤桓, 以袖拭淚而歌曰: "五百年都邑地, 匹馬歸來兮. 山川依舊, 人傑何所之兮? 已矣哉, 故國興亡, 問之何爲兮?" 歌竟, 揮鞭而逝, 不知所向, 始知其非人也. 其歌悲壯, 殆非婦人所能. 今人謬傳爲眞伊作, 松都人云. (『於于野談』卷3 新活字本, 『於于野談』天理大本(筆寫本) 卷2, 『韓國野談資料集成』13)

2. 『於于野談』

　　眞伊者松都娼女也. 嘗僑居于松都, 古射場宿焉. 夜月微明, 閴無行人, 有白馬將軍駐馬盤桓, 以袖拭淚而歌曰: "五百年前都邑地, 匹馬歸來兮. 山川依舊, 人傑何所之兮? 已矣哉! 古國興亡, 問之何爲兮?" 歌竟, 揮鞭而逝, 不知所向, 始知其非人也. 其歌悲壯, 殆非婦人所能. 今人謬傳爲眞伊作, 松都人云. (『於于野談』藏書閣本 卷1)

15. 金止男(1559~1631)
「美人詞」

千里遠遠道　　　　　美人離別秋
此心無所着　　　　　下馬臨川流
川流亦如我　　　　　嗚咽去不休 (2762)

・原文・

禁府都事[失其名]侍置上王于寧越西江淸冷浦. 「補遺」都事夜坐曲灘岸上, 哀而作歌.
其後萬曆丁巳(1617), 金龍溪止男到錦江, 聞女娘哀歌. 盖都事之所作也, 俚語難傳. 用
其意作短詞曰: "千里遠遠道, 美人離別秋. 此心無所着, 下馬臨川流. 川流亦如我, 嗚咽
去不休." ○ 舊誌以俚諺錄其歌. (權和, 『莊陵誌』卷1)

16. 陳景文(1561~1642)
「山下謠」

林際棲禽定　　　　　天邊新月高
危橋僧獨去　　　　　雲寺暮鍾遙 (2495)

(『剡湖集』上)

17. 李晬光(1563~1628)

「昔日苟如此」

昔日苟如此	此身安可持
愁心化爲絲	曲曲還成結
欲解復欲解	不知端在處

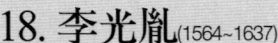

• 資料

　李鰲城爲天將接伴使, 天將聞我國人唱歌, 問其旨意. 鰲城書示曰: "昔日苟如此, 此身安可持, 愁心化爲絲, 曲曲還成結, 欲解復欲解, 不知端在處." 天將稱好. 按康伯可閨情詞曰: "此度相思, 寸腸千縷. 盖思與絲字同音故也. 李義山詩, 春蚕到死絲方盡, 亦此義. (『芝峰類說』卷14)

18. 李光胤(1564~1637)

「飜藏六堂六歌拙製」

(1)

我已忘白鷗	白鷗亦忘我
二者皆相忘	不知誰某也
何時遇海翁	分辨斯二者

(2)

赤葉滿山椒	空江零落時

細雨漁磯邊	一竿眞味滋
世間求利輩	何必要相知

(3)

吾耳若喧亂	爾瓢當棄擲
爾耳所洗泉	不宜飲吾犢
功名作弊屨	脫出遊自適

(4)

玉溪山下水	成潭是貯月
清斯濯我纓	濁斯濯我足
如何世上子	不知有清濁

(『濱西先生文集』卷二)

19. 李芬(1566~1619)

「閑山島歌」

閑山島月明夜	上戍樓
撫大刀	深愁時
何處一聲羌笛	更添愁 (3174)

• 資料

1. 『李忠武公全書』卷1

閑山島月明夜, 上戍樓, 撫大刀, 深愁時, 何處一聲羌笛, 更添愁?(3174) [註: 按趙慶南亂

中雜錄, 有閑山吟咏二十韻云, 而屢經兵燹, 散秩不傳, 只有一聯一歌傳於世, 可勝惜哉!] (『李忠武公全書』卷1)

2. 『忠武公家乘』卷3, 『李忠武公全書』卷9

公嘗月夜吟曰: "水國秋光暮, 驚寒雁陣高. 憂心輾轉夜, 殘月照弓刀." 又作歌一関, 詞甚激烈, 歌曰: "閑山島月明夜, 上戍樓, 撫大刀, 深愁時, 何處一聲羌笛, 更添愁?"(『忠武公家乘』卷3, 紀述 行錄, 『李忠武公全書』卷9 附錄1 行錄)

3. 『詩話彙成』

在陣中月夜吟詩曰: "水國秋光暮, 驚寒雁陣高. 憂心輾轉夜, 殘月照弓刀." 又作一関, 歌曰: "閑山島月明夜, 上戍樓, 撫大刀, 深愁時, 何處一聲羌笛, 更添愁?" 又一聯曰: "誓海魚龍動, 盟山草木知."(洪重寅, 『詩話彙成』)

4. 『稷山縣誌』

嘗以舟師次閑山島, 正值蟾光滿空, 鯨濤息響. 中宵不寐, 露坐扼腕, 作歌高唱, 聲甚激烈, 其歌曰:"閑山島月明夜, 獨倚板屋船頭. 手撫大劍, 心懷深憂. 何處一聲羌笛, 更添愁?"將士聞者收淚相視, 蓋其忠憤所激, 令人感慨類如此.(『稷山縣誌』, 忠臣列傳, 黃世得條)

5. 『稷下三綱錄』

舟次閑山島, 正值月明波息, 世得竟夜不眠, 露坐舷頭慷慨, 扼腕撫劍激烈, 作歌曰:"閑山島月明夜, 獨倚板屋船頭. 手撫大釖, 心懷萬斛深憂. 何處一聲羌笛, 更添愁?"將士聞之, 無不淚下.(『稷下三綱錄』)

20. 高應陟(1566~1605)

「用大學曲」,「入德門曲」

「用大學曲」

一卷大學冊	何關學之初
成己又成物	斯稱第一書

誤身又誤人	何用誦盈車
萬卷有今日	鑑彼梁國虛 (3155)

「入德門曲」

一卷大學冊	何稱入德門
格致兩眼明	誠意兩足寒
眼明足又寒	不難入蕃垣
如何今古儒	不見足欲奔
聖門不可望	躓彼荊棘樊 (156)

(『杜谷集』卷2)

21. 車天輅(1566~1615)

「若舜則正我好逑也」,「通今博古明哲君子」,「前言戱之耳」

「若舜則正我好逑也」

堯雖在而不敢斥言
若舜則正我好逑也

「通今博古明哲君子」

通今博古明哲君子
豈可遐棄
乃就無知武夫也歟 (805)

「前言戲之耳」

前言戲之耳 吾言乃誤也

趄趄武夫公侯干城

那可不從也 (2577)

・原文・

1. 『五山說林』大東野乘本

　　成廟每置酒宴 群臣必張女樂 一日命笑春風行酒 笑春風者永興名妓也 因詣鑄所酌金杯 不敢進至尊前 乃就領相前 舉盃歌之 其意曰 舜雖在而不敢斥言 若堯則正我好逑也云 時有武臣爲兵判者 意謂旣酌相臣當酌將臣 次必及我也 有大宗伯秉文衡者在座 春風酌而前曰 通今博古明哲君子 豈可遐棄 乃就無知武夫也歟 其主兵者方含怒 春風又酌而進曰 前言戲之耳 吾言乃誤也 趄趄武夫公侯干城 那可不從也 (按三歌皆俗語故以意解之如此也-註釋) 於是成廟大悅 賞賜錦緞絹紬及虎豹皮胡椒甚多 春風力不能獨運 將士入侍者 皆携持而與之 笑春風由此名傾一國"(『五山說林』大東野乘本)

2. 『五山說林』稗林本

　　成廟每置酒宴 群臣必張女樂 一日命笑春風行酒 笑春風者永興名妓也 因詣鑄所酌金杯 不敢進至尊前 乃就領相前 舉盃歌之 其意曰 堯雖在而不敢斥言 若舜則正我好逑也云 時有武臣爲兵判者 意謂旣酌相臣當酌將臣 次必及我也 有大宗伯秉文衡者在座 春風酌而前曰 通今博古明哲君子 豈可遐棄 乃就無知武夫也歟 其主兵者方含怒 春風又酌而進曰 前言戲之耳 吾言乃誤也 趄趄武夫公侯干城 那可不從也 [按三歌皆俗語故以意解之如此也-註釋] 於是成廟大悅 賞賜錦緞絹紬及虎豹皮胡椒甚多 春風力不能獨運 將士入侍者 皆携持而與之 笑春風由此名傾一國"(『五山說林』-稗林本)

22. 申欽(1566~1628)

「放翁詩餘」

(1)

山村에 눈이 오니 돌길이 무쳐셰라
柴扉를 여지마라 날 츠즈리 뉘 이시리
밤즁만 一片明月이 긔벗인가 ᄒ노라 (1457)

山村雪後	石逕埋兮
柴扉且莫開兮	訪我有誰哉
中宵一片明月兮	是吾朋兮

(2)

功名이 긔 무엇고 헌신짝 버스니로다
田園에 도라오니 麋鹿이 벗이로다
百年을 이리 지냄도 亦君恩이로다 (249)

功名是何物	如脫弊履
田園歸處	麋鹿爲友
百年此中過	亦君恩

(3)

草木이 다 埋沒ᄒ제 松竹만 프르럿다
風霜 섯거친제 네 무스일 혼자 프른

두어라 내 性이어니 무러 무슴ᄒ리 (2939, 『靑丘永言』珍本 118)

草木盡埋沒	松竹獨靑靑
風霜搖落時	爾何獨靑靑
置焉哉不須問兮	亦各性只

(4)

四皓ㅣ 진짓것가 留侯의 奇計로다

眞實로 四皓ㅣ면은 一定 아니나오려니

그려도 아니냥ᄒ여 呂氏客이 되도다 (1418)

四皓眞也僞	留侯奇計
實有四皓應不出	
終爲呂氏客	

(5)

兩生이 긔 뉘런고 眞實로 高士ㅣ로다

秦쩍의 일홈 업고 漢쩍의 아니나니

엇덧타 叔孫通은 오다말라ᄒᄂ고 (1896)

兩生其誰	正是高士
秦時無名	漢時不出
是何物	叔孫通使來不來

(6)

어젯밤 눈온 後에 ᄃᆞᆯ이 조차 비최엿다

時調·歌辭 漢譯資料集成 1

눈後 둘빗치 믈그미 그지업다

엇더타 天末浮雲은 오락가락ᄒᆞᄂᆞ뇨 (1973)

昨夜雪後	月又來照之
雪上月色兮	淸光十分
底事天末	浮雲往來

(7)

냇ᄀᆞ에 히오라바 므스일 셔잇ᄂᆞᆫ다

無心ᄒᆞᆫ 져 고기를 여어 무슴ᄒᆞ려ᄂᆞᆫ다

아마도 흔믈에 잇거니 니저신들 엇ᄃᆞ리 (613)

溪邊鷺立何事

魚自無心底事窺

旣是一樣水中物　相忘也宜

(8)

혓가레 기나 쟈르나 기동이 기우나 트나

數間茅屋을 자근줄 웃지마라

어즈버 滿山蘿月이 다 내거신가 ᄒᆞ노라 (3238)

椽任長短	棟任欹傾
數間茅屋	小且莫笑
滿山蘿月皆吾有	

(9)

蒼梧山 히진 후에 二妃는 어듸 간고

흠믜 못주근들 셔룸이 엇더튼고

千古에 이 뜻 알니는 댓숩핀가 ᄒᆞ노라 (2735)

蒼梧日落	二妃何所
死不同時	恨何極
千古知心	是竹林

(10)

술먹고 노는 일을 나도 왼줄 알건마는

信陵君 무덤 우희 밧가는 줄 못보신가

百年이 亦草草ᄒᆞ니 아니 놀고 엇지ᄒᆞ리 (1719)

飲酒遊亦知非

君不見	耕犁遍及信陵墳
百年苦草草	不遊何爲

(11)

神仙을 보려ᄒᆞ고 弱水를 건너가니

玉女金童이 다 나와 뭇는괴야

歲星이 어듸나간고 긔날인가 ᄒᆞ노라 (1786)

欲見神仙渡弱水

玉女金童來相問

歲星何所是吾身

(12)

　얼일샤 져 鵬鳥 ㅣ야 웃노라 져 鵬鳥 ㅣ야

　九萬里長天에 므스일로 올라간다

　굴헝에 벙새 춤새는 못내 즐겨ᄒᆞᄂᆞ다 (1915)

痴乎鵬鳥　　　　　　　强乎鵬鳥

九萬里長天　　　　　　爾胡爲

溝壑槍楡　　　　　　　彼微禽兮

(13)

　날을 뭇지마라 前身이 柱下史 ㅣ뢰

　靑牛로 나간 後에 몃힌마니 도라온다

　世間이 하 多事ᄒᆞ니 온동만동ᄒᆞ여라 (490, 『靑丘永言』珍本 128)

不須問我　　　　　　　前身柱下史

靑牛去後　　　　　　　幾時還

世間太多事　　　　　　來不來

(14)

　是非 업슨 後 ㅣ라 榮辱이 다 不關타

　琴書를 흐튼 後에 이몸이 閑暇ᄒᆞ다

　白鷗 ㅣ야 機事를 니즘은 너와 낸가 ᄒᆞ노라 (1763)

是非亡矣　　　　　　　榮辱何關

琴書散後此身閑

白鷗乎　　　　　　　　忘機吾與爾

45

(15)

　아츰은 비오드니 느지니는 부람이로다

　千里萬里ㅅ길헤 風雨는 무스일고

　두어라 黃昏이 머럿거니 수여간들 엇두리 (1833)

朝雨晚風

千里萬里　　　　　　　風雨何爲

黃昏尙遠　　　　　　　休歟歸止

(16)

　내가슴 헤친 피로 님의 양주 그려내여

　高堂素壁에 거러두고 보고지고

　뉘라셔 離別을 삼겨 사름 죽게 ㅎ는고 (553)

披來胸裏血　　　　　　寫出檀郎面

掛之高堂素壁間

誰爲離別使人死

(17)

　寒食 비온 밤의 봄빗치 다 퍼젓다

　無情흔 花柳도 째를 아라 픠엿거든

　엇더타 우리의 님은 가고 아니 오는고 (3184)

寒食夜雨春光遍

花柳無情亦知時

底事檀郎去不來

(18)

어젯밤 비온 후에 石榴곳이 다 픠엿다
芙蓉塘畔에 水晶簾을 거더두고
눌 向흔 기픈 시름을 못내 프러흐ᄂᆞᆫ뇨 (1975)

昨夜雨　　　　　　　　石榴花開
芙蓉塘畔　　　　　　　捲起水晶簾
等閑愁爲誰苦

(19)

窓밧긔 워석버석 님이신가 니러보니
蕙蘭蹊徑에 落葉은 므스일고
어즈버 有限흔 肝腸이 다 그츨가 ᄒᆞ노라 (1271)

窓外窸窣認郞來
蕙蘭蹊徑　　　　　　　落葉又何
有限肝腸盡斷

(20)

銀釭에 불붉고 獸爐에 香이 진지
芙蓉 기픈 帳에 혼자 ᄭᆡ야 안자시니
엇더타 헌ᄉᆞ흔 져 更點아 ᄌᆞᆷ못드러 ᄒᆞ노라 (2273)

銀釭焰獸爐燼
芙蓉深帳獨覺
遲遲更漏夢未成

(21)

　봄이 왓다ᄒ되 消息을 모로더니

　냇ᄀ에 프른 버들 네 몬져 아도괴야

　어즈버 人間離別을 ᄯ 엇지 ᄒᄂ다 (1274)

聞道春還　　　　　　　　未聞消息

溪邊柳爾先知

人間離別又將何

(22)

　人間을 써나니ᄂ 이몸이 閑暇ᄒ다

　蓑衣를 니믜 ᄎ고 釣磯로 올라가니

　운노라 太公望은 나간 줄을 몰래라 (2384)

離了人間此身閑

蓑上釣磯

却笑太公望　　　　　　　底事去無還

(23)

　南山 기픈 골에 두어 이랑 니러두고

　三神山不死藥을 다 ᄏ야 심근말이

　어즈버 滄海桑田을 혼자 볼가 ᄒ노라 (509)

南山深山洞數頃田

蒔遍三神山不老草

滄海桑田我獨見

(24)

　술이 몃가지오 淸酒와 濁酒ㅣ로다

　먹고 醉홀션졍 淸濁이 관계ᄒ랴

　돌붉고 風淸한 밤이여 아니 씐들 엇드리 (1744)

酒有幾種	淸兮又濁
得酒已矣	淸濁何分
月白風淸	惟醉無醒

(25)

　반되불이 되다 반되지 웨 불일소냐

　돌히 별이 되다 돌이지 웨 별일소냐

　불인가 별인가 ᄒ니 그를 몰라 ᄒ노라 (1147)

螢雖爲火	螢也非火
石雖爲星	石也非星
或火或星	此未解者

(26)

　곳 지고 속닙 나니 時節도 變ᄒ거다

　풀소게 푸른 버레 나뷔 되야 ᄂ다ᄂ다

　뉘라셔 造化를 자바 千變萬化ᄒᄂᆫ고 (216)

花落葉生時節變

草底靑蟲作蝶飛

誰持造化　千變萬化

(27)

　느저 날셔이고 大古ㅅ적을 못보완쟈

　結繩을 罷흔 後에 世故도 하도 할샤

　출하로 酒鄕에 드러 이 世界를 니즈리라 (693)

生胡晩不太古

結繩罷世故多

寧入酒鄕忘世界

(28)

　罇中에 술이 잇고 座上에 손이 ㄱ득

　大兒孔文擧를 고쳐 어더볼쪄이고

　어즈버 世間餘子를 닐러 무슴ᄒ리 (2656)

樽中酒座上客

大兒孔文擧那復見

世間餘子何復道

(29)

　노래 삼긴 사름 시름도 하도 할샤

　닐러 다 못닐러 불러나 푸돗든가

　眞實로 풀릴거시면은 나도 불러보리라 (630)

始作歌者正多愁

言不能盡歌以解

歌可解愁吾亦歌

(30)

步虛子 및츤 후에 與民樂을 니어 ᄒᆞ니

羽調界面調에 客興이 더어셰라

아히야 商聲을 마라 히져믈가 ᄒᆞ노라 (1262)

步虛子將閡   與民樂繼奏

羽調界面調客興添

莫彈商聲恐歲暮

(『靑丘永言』珍本)

・原文・

「放翁詩餘序」

　中國之歌, 備風雅而登載籍, 我國所謂歌者, 只足以爲賓筵之娛, 用之風雅籍則否焉, 蓋語音殊也. 中華之音, 以言爲文, 我國之音, 待譯乃文, 故我東非才彦之乏, 而如樂府新聲無傳焉, 可慨而亦可謂野矣. 余旣歸田, 世固棄我, 而我且倦於世故矣. 顧平昔榮顯已糠粃土苴, 惟遇物諷詠, 則有馮夫下車之病. 有所會心, 輒形詩章而有餘, 繼以方言而腔之, 而記之以諺. 此僅下里折楊, 無得騷壇一斑, 而其出於遊戲, 或不無可觀. 萬曆癸丑長至放翁, 書于黔浦田舍. (『靑丘永言』珍本)

---

23. 權韠 (1569~1593)

「譏俗傳紙鳶歌」

我家諸厄爾帶去   不落人家掛野樹

只應春天風雨時   自然消滅無尋處(2184)

(『石洲集』卷7, 『松江別集追錄遺詞』)

24. 李民宬(1570~1629)

「聞人唱俚歌韻而詩之」

(1)

我來豈無信	月沉夜三更
秋風自落葉	非我惱君情 (588)

(2)

定使百年住	豈非草草過
草草百年內	君今不飲何 (2444)

(3)

別後身猶在	秋風病起難
至今支度意	他日幸相看

(4)

落葉響馬啼	秋聲箇箇俱
風吹掃山徑	何似覆崎嶇 (480)

(5)

浪足秋江夜	投竿魚不來
無心一片月	空載釣船迴 (2966)

(6)

醉枕松根臥　　　　　覺來仍忘返

忽然望江村　　　　　明月無遠近 (1745)

(7)

一足病行蟻　　　　　含沙湏江湄

塡斷綠波渡　　　　　是間無別離

(8)

誰種碧梧樹　　　　　婆娑月滿庭

只怕三更雨　　　　　令人睡不成 (688)

(9)

別離已久矣　　　　　能保舊時容

請看猶是我　　　　　莫怪願相從

(10)

戀我是虛語　　　　　疑他夢見之

如儂長不寐　　　　　安有夢來時 (1405)

(11)

天賦固皆定　　　　　人間自不知

唯我信彼蒼　　　　　一任造化爲

(12)

愁心暗自驚　　　　　落葉打窓聲

何處失群鴈　　　　　　哀哀獨叫征

（『敬亭集』 卷4）

25. 金忠善(1571~1642)
「仍防詩」, 「南風有感」, 「寓興」

「仍防詩」

一身作長城,	枕戈塞北風
鳳凰城上月,	山海關下風
十萬胡兵馬,	劍頭草木風
大丈夫事業,	千秋傳後風

이몸이 장성되야 萬里邊塞 칼을 뵈고 누어스니
鳳凰城 山海關은 말발의 쯰글리요 十萬胡兵馬는 칼 씃히 풀닙피라
大丈夫千秋事業을 일은 씩에 못일우고 그 언제 일워보랴
진실노 皇天이 늬 뜻 알으시면 우리 聖上 근심 풀가 ᄒ노라

「南風有感」

南風有時吹,	開戶入房內.
悠然有聲去,	消息無人來.

남풍이 건덧 불어 문을 녈고 방의 든니

힝허 故鄕消息 가져왓난가 남의 퇴침ᄒ고 급피 일어 안지니 긔어
인 狂風인졔 지ᄂᆡ가난 바람인졔 忽然有聲忽不見니라 허히탄식ᄒ고
성그러이 안자시니

이ᄂᆡ 生前의 骨肉之親消息을 알길리 업서 글노 실허ᄒ노라

「寓興」

山中有期約,　　　　　　　　尋入友鹿村.

산즁의 기약 두고 友鹿村에 도라 드니

黃鶴峰 仙遊洞은 일일샹딕 ᄂᆡ 버지요 鳳巖은 슐준 슘고 紫陽과 白
鹿洞은 道 싹난 마당 되어

子孫의 絃誦 쇼릭 들니난고

寒泉 말근 물의 塵心을 씨서불가 ᄒ노라

(『慕夏堂實記』卷3)

26. 曹信天(1573~ ?)

「耳食盲歌」

便爲耳食盲　　　　　　入處暮山村

無聞寧有見　　　　　　口活未能言 (350)

•資料

白沙李相國之歌曰: “便爲耳食盲, 入處暮山村. 無聞寧有見, 口活未能言.” 此悲慟之辭,

更加憤憫, 雖或以騎瞎臨深, 矛淅劍炊爲戒, 免不免於今之世也, 可猥也夫! [夾註: 李相國名恒福, 字子常, 白沙其亭号也. 其詞口訣云: "귀먹은 쇼경이 도여 산촌애 들어시니, 들은 일 업거든 본 일이 이실소냐. 입이아 살얁노라마는 말 몯ᄒ야 ᄒ노라."] (『筆語』)

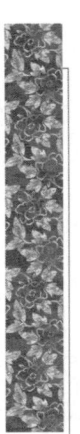

27. 辛受和(年代未詳)

「桃李孤松歌」

盛開桃李花　　　　　　莫笑孤松
暫時逢春如彼穢
終然風霜交　　　　　　誰獨也翠容

• **資料**

〈前略〉有姻親附北者, 爲承文正字, 方設宴盛集, 接公有驕色. 公作桃李孤松歌曰: "盛開桃李花, 莫笑孤松. 暫時逢春如彼穢, 終然風霜交, 誰獨也翠容?" 却飲而去, 聞者悚息. 〈後略〉 (『仙石遺稿』卷1, 行狀)

---

28. 尹善道(1587~1671)

「夢天謠三章」

夢耶眞耶　　　　　　一上玉京闆闍開

玉皇青眼群仙猜

已矣乎　　　　　　　　　　五湖煙月閑徘徊 (1507)

野人化蝴蝶　　　　　　　　翩翩飛入十二樓

玉皇含笑群仙尤

吁嗟乎　　　　　　　　　　萬億蒼生問何由 (3109)

九重天有缺時　　　　　　　補綴用何謨

白玉樓重修日　　　　　　　何工成就乎

欲問玉皇無暇問　　　　　　歸來空一吁 (3138)

『孤山遺稿』卷6 下)

29. 金世濂(1593~1646)

「樂府」

十載江湖約　　　　　　　　沙禽怨不歸

君恩一何重　　　　　　　　不敢著荷衣 (117)

夢中逢項王　　　　　　　　提刀更太息

至今不渡江　　　　　　　　我亦不自識 (339)

『東溟集』卷1)

30. 李起渤_(1602~1662)

「憂國歌二十八章飜辭」, 「江湖期約歌」

「憂國歌二十八章飜辭」

(1)

投筆而起	此何爲些
提三尺釖	報吾君些
吁嗟乎事無所邀	不覺淚濟濟些 (3149)

(2)

黑龍之暑	王在野些
慕昔賢忠	矢不移些
噫吁乎才非可用	國無人我知些 (2457)

(3)

彼島夷作	我邦讐些
文物兮山河	變而汚些
玆讐兮沒齒難忘	磨釖長吁些 (437)

(4)

城不高	何以禦敵些
大都兮名州	蹂而躍些
縱有夫蓋臣精卒	無奈于國些 (1600)

(5)

禦敵由人	無人誰禦些
哀我列郡	無男兒些
已矣乎人心若茲	又何爲些 (861)

(6)

心之悲矣	思之愈悲些
國家艱危	知無人些
夫孰能知此艱危	奏吾君些 (1945)

(7)

關山月	鴨水風些
凄兮冷兮	惱我聖衷些
每遇夫月明風吹	於戲前王不忘些 (3075)

(8)

勉脩德	築降祥些
分明玉音	夢裏琅琅些
國祚兮靈長在茲	吁嗟聖祖勸懇些 (342)

(9)

莫移都	莫移都些
邇言兮不可信	莫移都些
享千年不拔鞏基	不可等擲些 (946)

(10)

莫疑心	莫疑心些
民心兮不可失	莫疑心些
享千年夢中傳敎	不可忘忽些 (947)

(11)

女貢絲	男貢米些
哀我赤子	寒兮饑些
願吾君念玆在玆	均宜惠些 (1281)

(12)

貴莫要	名莫營些
惟我縉紳	勤于邦些
吁嗟兮悠悠泛泛	終奈何些 (228)

(13)

彼鬪者	子爲公乎些
貪飽居安	無事爾些
嗟嗟乎莫之能止	復何爲些 (3335)

(14)

彼烏之雌	誰知之些
霄晝所爭	惟是焉些
哀哀乎孤立無助	莫我君些 (2280)

時調・歌辭 漢譯資料集成 1

（15）

已而兮   已而兮些

彼東兮   此西已而兮些

苟能乎已而已而   穆穆濟濟些 (948)

（16）

戒止之   戒止之些

至公兮無私   戒止之些

能夫戒止戒止   蕩蕩平平些 (951)

（17）

這輸兮那失   何憂喜些

而敗而勝   都不係些

無人兮莫之能悟   若茲無已些 (2362)

（18）

彼可兮此否   姑舍是些

不亦乎樂   當爲爲些

獨惜乎怠忽不勤   維是之嘻些 (2361)

（19）

彼一是   此一是些

俱曰予是   曷有已些

聖上兮苟建其極   自爾止些 (2284)

(20)

笑矣乎	笑矣乎些
是非摸稜	笑矣乎些
夫孰能練要脩姱	方不圓些 (1923)

(21)

我知之	我知之些
人之爲言	我知之些
苟知夫害于而國	可與言些 (2369)

(22)

彼人是哉	子曰何些
乃如之人	終莫悟些
苟使焉知而然矣	夫何言些 (1866)

(23)

王問于玆	吾有辭些
苟諄諄問	請嘗試些
彼蒼兮既高且遠	莫能呌些 (1052)

(24)

聖祖懋德	積餘慶些
先王是則	順天命些
聖上兮其鑑于玆	不愆忘些 (1825)

(25)

是兮非兮	競周容些
嗟嗟時事	胡至此些
以至夫如水火甚	吁可怕些 (1419)

(26)

邦之固矣	家以安些
不顧于國	彼何爲些
倘使夫大厦旣傾	終無奈些 (438)

(27)

滿堂兮金玉	摠浮漚些
從古而今	夫孰守些
曷觀夫壬辰兵燹	蕩無有些 (1924)

(28)

富貴非願	功名難期些
感時撫事	增余悲些
嗚呼兮歌已至此	于以洩平生不平思些 (241)

• 資料

〔盖聞長歌之哀甚於慟哭, 歌閱之數多至二十有八, 則公之哀亦甚矣. 余觀其歌也, 鬱悒慷慨, 有屈大夫傷時耿介之忱, 尋其調閱其章, 不覺令人感發嗟惜之至耳. 于以效楚辭體係之以些.〕

(1) 學文을 후리티오 反武를 ㅎ온 뜻은 三尺釰 둘너메오 盡心報國 ㅎ려터니 ㅎᄒ 일도 ㅎ옴이 업ᄉ니 눈물계워 ㅎ노라

投筆而起 此何爲些 提三尺釰 報吾君些 吁嗟乎 事無所遂 不覺淚潸潸些

(2) 壬辰年 淸和月의 大駕西巡 ㅎ실 날의 郭子儀 李光弼 되오려 盟誓러니 이몸이 不才

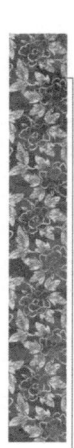

론들노 알니 업서 ᄒᆞ노라

黑龍之暑 王在野些 慕昔賢忠 矢不移些 噫吁乎 才非可用 國無人我知些

(3) 나라히 못니즐거슨 녜밧긔 뇌여 업다 衣冠文物을 이대도록 더러인고 이 怨讐 못내 갑
풀가 칼만 골고 잇노라

彼島夷作 我邦讐些 文物兮山河 變而汚些 茲讐兮沒齒難忘 磨釖長吁些

(4) 城 잇사되 막으랴 녜 와도 홀 일 업다 三百二十州의 엇디 엇디 딕킬게오 아모리 蓋
臣精卒인들 의거 업시 어이ᄒᆞ리

城不高 何以禦敵些 大都兮名州 蹂而躍些 縱有夫蓋臣精卒 無奈于國些

(5) 盜賊 오다 뉘 막으리 아니 와셔 알니로다 三百二十州의 누고 누고 힘서 홀고 아모리
애고 애고 흔돌 이 人心을 어이ᄒᆞ리

禦敵由人 無人誰禦些 哀我列郡 無男兒些 已矣乎 人心若茲 又何爲些

(6) 어와 설운디오 ᄉᆡᆼ각거든 설운디오 國家艱危룰 알니 업서 설운디오 아모나 이 艱危
알아 九重天의 숣오쇼셔

心之悲矣 思之愈悲些 國家艱危 知無人些 夫孰能知此艱危 奏吾君些

(7) 慟哭關山月과 傷心鴨水風을 先王이 쓰실적의 누고 누고 보온게오 돌불고 바람불적
이면 눈의 삼삼 ᄒᆞ여라

關山月 鴨水風兮 凄兮冷兮 惱我聖衷些 每遇夫月明風吹 於戲前王不忘些

(8) ᄭᅮᆷ의 와 니루샤ᄃᆡ 聖太祖 神靈계셔 降祥宮 디으시고 脩德을 ᄒᆞ라ᄐᆡ다 나라히 千年
을 누르심은 이 일이라 ᄒᆞ더이다

勉脩德 築降祥些 分明玉音 夢裏琅琅些 國祚兮靈長在茲 吁嗟聖祖勸懇些

(9) 마루쇼셔 마루쇼셔 移都 ᄯᅳᆺ 마루쇼셔 一百적 勸ᄒᆞ여도 마루쇼셔 마루쇼셔 享千年
不拔鞏基룰 더져 어히 ᄒᆞ시릿가

莫移都 莫移都些 遍言兮不可信 莫移都些 享千年不拔鞏基 不可等擲些

(10) 마루쇼셔 마루쇼셔 하 疑心 마루쇼셔 得民心外에는 ᄒᆞ올 일 업ᄂᆞ이다 享千年 夢中
傳敎는 귀예錚錚 ᄒᆞ여이다

莫疑心 莫疑心些 民心兮不可失 莫疑心些 享千年夢中傳敎 不可忘忽些

(11) 뵈나하 貢賦對荅 쓸 씨허 徭役對荅 옷버슨 赤子돌이 비곫파 설워ᄒᆞ니 願컨댄 이 ᄯᅳᆺ
아르샤 宣惠 고로 ᄒᆞ쇼셔

女貢絲 男貢米些 哀我赤子 寒兮饑些 願吾君念茲在茲 均宜惠些

(12) 功名과 富貴란 餘事로 혀여두고 廊廟上大臣네 盡心國事 ᄒᆞ시거나 이렁셩져렁셩 ᄒᆞ
다가 내죵 어히 ᄒᆞ실고

貴莫要 名莫營些 惟我縉紳 勤于邦些 吁嗟兮 悠悠泛泛 終奈何些

(13) 힘써 ᄒᆞ는 ᄡᅡ홈 나라 爲흔 ᄡᅡ홈인가 옷밥의 뭇텨이셔 홀일 업서 ᄡᅡ호놋다 아마도
근티디 아니ᄒᆞ니 다시 어히ᄒᆞ리

彼鬪者 子爲公乎些 貪飽居安 無事爾些 嗟嗟乎 莫之能止 復何爲些

(14) 이는 져 외다 ᄒᆞ고 져는 이 외다 ᄒᆞ늬 每日의 ᄒᆞ는 일이 이 ᄡᅡ홈 ᄲᅮᆫ이로다 이 즁의
孤立無助는 님이신가 ᄒᆞ노라

彼烏之雌 誰知之些 霄書所爭 惟是焉些 哀哀乎 孤立無助 莫我君些

(15) 마롤디여 마롤디여 이 ᄡᅡ홈 마롤디여 尙可更東西를 ᄉᆡᆼ각ᄒᆞ야 마롤디여 眞實로 말기
옷 말면 穆穆濟濟 ᄒᆞ리라

已而兮 已而兮些 彼東兮 此西已而兮些 苟能乎 已而已而 穆穆濟濟些

(16) 마리쇼셔 마리쇼셔 이 ᄡᅡ홈 마리쇼셔 至公無私히 마리쇼셔 마리쇼셔 眞實로 마리옷 마리시면 蕩蕩平平 ᄒᆞ리이다

戒止之 戒止之些 至公兮無私 戒止之些 能夫戒止戒止 蕩蕩平平些

(17) 이 이긘들 즐거오며 져 디다 셜울쇼냐 이긔나 디나 즁의 젼혜 不關ᄒᆞ다만은 아모도 쇠ᄃᆞᆺ디 못ᄒᆞ니 그를 셜워 ᄒᆞ노라

這輸兮那失 何憂喜些 而敗而勝 都不係些 無人兮 莫之能悟 若茲無已些

(18) 이 외다 져 외나 즁의 그만 져만 더져두고 ᄒᆞ올 일 ᄒᆞ오면 그 아니 죠흘손가 ᄒᆞ올 일 ᄒᆞ디 아니ᄒᆞ니 그를 셜워 ᄒᆞ노라

彼可兮此否 姑舍是些 不亦乎樂 當爲爲些 獨惜乎 怠忽不勤 維是之嘻些

(19) 이라다 올ᄒᆞ며 졔라다 글을랴 두편이 ᄀᆞᄐᆞ여 이 ᄡᅡ홈 아니마ᄂᆡ 聖君이 準則이 되시면 절노 말가 ᄒᆞ노라

彼一是 此一是些 俱日予是 曷有已些 聖上兮苟建其極 自爾止些

(20) 어와 可笑로다 人間事 可笑로다 모업시 궁그러 是非을 아니ᄒᆞᆫ다 아모나 公道을 직킈여 모나본돌 엇더ᄒᆞ리

笑矣乎 笑矣乎些 是非摸稜 笑矣乎些 夫孰能練要脩姱 方不圓些

(21) 이제야 ᄉᆡᆼ각과라 모로고 ᄒᆞᄂᆞᆫ도다 國家의 害로온 줄 혈마 알면 그러ᄒᆞ랴 반ᄃᆞ시 모로고 ᄒᆞ면 일너볼가 ᄒᆞ노라

我知之 我知之些 人之爲言 我知之些 苟知夫害于而國 可與言些

(22) 알고 그린ᄂᆞᆫ가 모로고 그린ᄂᆞᆫ가 아니 알오도 모로노라 그린ᄂᆞᆫ가 眞實로 알고 그리면 닐너 무슴 ᄒᆞ리요

彼人是哉 子曰何些 乃如之人 終莫悟些 苟使焉知而然矣 夫何言些

(23) 무ᄅᆞ쇼셔 ᄉᆞᆯ올이다 이 말슴 무ᄅᆞ쇼셔 仔詳히 무ᄅᆞ시면 歷歷히 ᄉᆞᆯ올이다 하ᄂᆞᆯ이 놉고 먼들노 ᄉᆞᆯ올 길 업ᄉᆞ이다

王問于茲 吾有辭些 苟諄諄問 請嘗試些 彼蒼兮旣高且遠 莫能叫些

(24) 我 聖祖積德으로 餘慶千世 ᄒᆞ읍시니 先王도 效則ᄒᆞ샤 順天命ᄒᆞ시니다 聖主ᄂᆞᆫ 이 ᄯᅳᆺ 알ᄅᆞ샤 千萬疑心 말ᄅᆞ쇼셔

聖祖懋德 積餘慶些 先王是則 順天命些 聖上兮其鑑于茲 不愆忘些

(25) ᄡᅡ홈애 시비만 ᄒᆞ고 公道是非 아닌ᄂᆞᆫ다 어이ᄒᆞᆫ 時事 이ᄀᆞᆺ티 되엿ᄂᆞᆫ고 水火도곤 깁고 더운 환이 날노 기러가노마라

是兮非兮 競周容些 嗟嗟時事 胡至此些 以至夫如水火甚 吁可怕些

(26) 나라히 굿드면 딥이 조차 구ᄃᆞ리라 딥만 도라보고 나라일 아니ᄒᆞᄂᆡ ᄒᆞ다가 明堂이 기울면 어ᄂᆡ 딥이 굿돌이요

邦之固矣 家以安些 不顧于國 彼何爲些 倘使夫大厦旣傾 終無奈些

(27) 어와 거주일이 金銀玉帛 거주일이 長安百萬家의 누고 누고 딘녀ᄂᆞᆫ고 어즈아 壬辰年 ᄯᅳᆺ 글이되니 거즛일만 여기노라

滿堂兮金玉 摠浮漚些 從古而今 夫孰守些 曷觀夫壬辰兵燹 蕩無有些

(28) 功名을 願찬커든 富貴인들 ᄇᆡ알소냐 一間茅屋의 苦楚히 홈자 안자 밤낫의 憂國傷時를 못내 셜워ᄒᆞ노라

富貴非願 功名難期些 感時撫事 增余悲些 嗚呼兮歌已至此 于以洩平生不平思些

(李德一,『漆室遺稿』卷1)

1. 「漆室公憂國歌序」

歌者所以怡悅其心志 蕩滌其愁苦 而獨公之歌 能使人鬱悒憤快感慨不已者何哉 盖公孝愛出天 智略超世 當壬辰倭賊之南下 奮義投筆抗敵於東幕山中 活人不知幾百 而未境贊統制使李公舜臣 破賊於鳴梁浦口 皇明使熊公化所謂東方眞有一介男兒者此也 其後光海政亂 讒佞滿朝 公退伏窮鄕 每語及國家事 未嘗不慷慨流涕矣 嘗作憂國歌二十八章 每於忠奮激勵之際詠以爲忼慨寓懷之資 章章曲曲莫非忠君爲國之忱 關山慟哭之詞 傷心鴨水之調 播傳於人口眞可謂宗周之恨 補世之敎 而或者以爲觸忤時政 恐罹於誹訕 噫忠而遇罰 雖古之楚大夫 獨未免焉 則讒人之疾賢妬直 亦何慮哉 至於廢大妃 一事獨草一疏 其志義直以斬奸佞正倫常爲第一要領 今按其疏 不覺敬嘆而於悒也 余於公年雖後 而嘗慕悅其平生忠孝氣節矣 遂略其槩 以爲憂國之歌序云

2. 「李漆室憂國歌後叙」

嗚呼 此故將軍李公漆室憂國歌二十八章 公懷忠抱奇 欲有用于世 蹇而不遂 卒値昏代 以憂憤悒快 終讀其歌 可知其人 及得其家狀 參之鄕中人所傳言尤信 公諱德一字敬而 世家咸豐 父祖皆儒者 至公始武顯 倜儻有節 重意氣多勇略 嘗爲士子業 能以文翰自名 及萬曆壬辰主上西幸 兵戈遍于八路 乃喟曰 國之羞辱如此 男兒生不劒斬平秀吉 死當橫尸行陳 何以文墨爲 遂盡棄他日所爲詩文 晝則馳馬試劒 夜歸究觀兵書 逾年而藝成 登別試武科 顧時無知者 棄而歸鄕 鬱鬱不得志 丁酉賊大掠湖南 人無脫者 公挈其族 避兵于縣之東幕山中 同里從者 亦數十百人 公度曰 吾勇可試矣 使男乘阨 女匿藪 自就山之高處 植白旗 旗曰精忠 賊果疑畏 率衆至 公叱曰 李將軍在 你欲死宜來 聲應山谷 諸乘阨者 益以飛石擊之 賊駭愕 遂解去 臨淄之亂 田單全宗人 齊擧爲將 遂復齊國 夫智謀之士 方其窮時 所以見知于人 豈有異乎哉 顧知之而用之 何如耳 統制使忠武公李舜臣 聞而壯之 請見問策 凡事之統制所難爲者公則俯仰指畫 統制大服 多用其策 因薦于朝 謂宜代其任 旣而 統制死 賊亦求和退 公復落托無所見奇 嗟乎 士之遇不遇天也 向使統制不死 公益得以感激奮發 盡輸其所有于知己 統制亦功成勢重 終始推挽先後之計 其名位事功 必有軒壯動人 國家亦藉其材力以有施設 其不能然 豈公之獨不幸哉 宣廟旣經大難 日與將相諸臣 講修疆圉 公以此時 上書獻計 宰相有知其爲忠武薦者 從容爲上白可用 特命超授折衝階 由是 累爲副護軍五衛將僉知中樞府事 然皆散職也 康津苦長吏數易多虐 縣民三百人 相率赴闕 請獻軍糧三百石 得公爲吏 會詔使至 公充迎勞以往 詔使見其貌 已異之 及聞其丁酉時事 歎曰 眞壯士也 於是 朝廷愈欲用公 無何丁父母憂 服闋 宣廟昇遐 光海臨朝 時事漸變 公又不果用矣 久之 始得統營虞候 尋罷歸 時朝憂北釁 議修江都城障 萬口同和 皆曰天險 公獨心不然 疏論江都不可守甚力 當事者寢不省 後丙子 果驗 其智慮料遠 類如此 自翬奸項領 絶意仕進 築一間小屋 名以漆室 居常咄咄獨語 凡幽騷感歎 無以宣其志 往往託之歌謠 其所爲二十八章 皆在此時 一日病在牀 聞大妃將廢 撥衾蹶起 於邑不自勝曰 吾雖武人 嘗受國祿 不可惜死生無一說 立草疏數百言 請斬二三元惡 以正倫常 欲自詣京進 病因不能行 而西宮已閉 自是 歌謠亦絶不復作 獨時時痛哭而已 以天啓壬戌卒 年六十二 明年 宗社再正 公已不及見矣 蓋公氣宇恢拓 不爲低首貶合 雖以是多奇不諧 亦以是見賞名公 平生騎一騾甚駿 嘗詣兵判家 判書欲買之 公墨久曰 公大臣

我乃武夫 今雖價售 人必疑我於獻 公傷廉 我累節 不可 判書大悟曰 君言是 我未思也 居家 力於孝 嘗執親喪 禮哀兼盡 若其尊主爲國之誠 根於天性 自在布衣 見時有災異 輒却食 深 念以爲關係國家治亂 私自箚錄日曆 是其所存所見 必有人所不知 不獨其忠受過人而然也 特 其命於天者 不能副其志 辛參差以死 悲夫 余觀其歌 攄出膈臆 裊縷傷絶 間有奇氣溢發 雜 以高慨忼亮之音 每世故糾紛 江山勃鬱 橫劍擊壺 以羽調歌之 卽其磊魂屈困之胸 可以想像 其彷彿 而其中莫移 都無城歎 得民心順天命等章 採而陳之 經世之格言 傷朋黨九章 反復詳 懇 直而不迫 宜使朝之士大夫聽之而瞿然 至於痛哭關山月一闋 其於戲不忘之思 固已掩涕當 時 而今日聞之 黯然復有愾念宗周之恨 若是者 雖謂有補世敎 豈過也 公五代孫世樞 從余遊 嘗盡以其家所有文字示余曰 吾先祖志迹 不可薶沒 昔者 君家滄溪先生 許銘其墓文 未就而 先生歿 君蓋嗣爲之 屢請而不置 余復曰 公之志迹 後世無以得其詳 獨此二十八章 可隱約其 梗槩 而恐世久零落 不能以行遠 銘吾不敢爲 請書此以歸之 其才具器 略曰 忠武公之所薦以 國士者 可也 亦何事乎銘 滄溪先生諱某 以道學文章 名于世 余其族子故云

3.「題漆室憂國歌後」

昔我先君 嘗燕居時 每詠歌關山月一闋 日不但爲忠君憂國之忱 亦嘗有宗周永恨之思 是 歌也 乃漆室李公憂國歌中遺闋也 公之忠孝氣節 昭著於諸先生狀德中 何敢更贅 而至於忠武 之南江大勳 實資公替畫之力 則其智畧過人 槩可想矣 而且當光海廢母時 公直草疏數百言 請斬爾瞻等元兇 其直氣之凜烈 義理之森嚴 猶足以髮竪於後人 則今此許多歌詠之發於外者 其意豈偶爾也 其中傷朋黨九章 與屈長年九章 歌詠同其傷 雖以栗翁之大賢 尚未得調敕 而 公乃扼腕抗慨 終始壹鬱 至若夢聖敎一章 尤爲激烈焉 蓋當時國勢之憂危 我聖祖常自軫 念 於在天冥冥之中 而特爲降監於我公之忠 受發精誠於霄寐 視炯誠於隋德焉 以民心之有歸 天命之克順 以破其妖舌之奸膽 則自古賢人義士之詠歌 效忠紛不知其幾矣 而惟我聖祖之必 冥應於夢中 有此告誡之申申者 若非我公之忠受過人 其孰能與於此乎 余旣承誨於先君子 平 日詠歎 又爲景服於諸先生 闡揚微意 今於瞻拜之餘 尤不勝敬感之懷 而以寓其高山景行之忱 云爾 錦城羅以樟謹書 (『漆室遺稿』卷1)

「江湖期約歌」

江湖有期約	十年奔走
不知之白鷗	謂我遲來
聖恩最至重	擬報而來 (117)

● 資料

一丈夫 負竹杖 着短褐 放歌而徐行 其鬢髮白如雪 聽其歌曰 "江湖有期約 十年奔走 不知 之白鷗 謂我遲來 聖恩最至重 擬報而來" 及至馬頭 乃熟視之 長安舊樂師宋慶雲也 (『西歸遺

31. 宋時烈(1607~1689)

「翻鐵嶺歌」,「蕭湘之竹歌」,「高山九曲歌」 外

「翻鐵嶺歌」

鐵嶺高處宿雲飛　　　　　　飛飛何處歸

願帶孤臣數行淚　　　　　　作雨去向終南白嶽間

沾灑瓊樓玉欄干 (2823)

・資料

1. 鐵嶺高處宿雲飛, 飛飛何處歸. 願帶孤臣數行淚, 作雨去向終南白嶽間. 沾灑瓊樓玉欄干.[原註: 右翻鐵嶺歌效水調頭詞體] 右白沙李文忠公北遷時鐵嶺歌也. 公雖在流離困厄之際, 而愛君不忘之誠, 自然形於吟咏之間者如此, 彼不得君而便有怨怒憤激之意者, 果何心哉! …… 千載之下, 聞此歌而淚不下者, 眞所謂無人心者也. (『宋子大全』卷148, 書白沙鐵嶺歌後)

2. 公登鐵嶺作歌, 其辭曰: "鐵嶺 노픈 재예 자고 가는 뎌 구름아. 孤臣寃淚을 비 삼아 씌여다가, 님 계신 九重宮闕의 쓰려본들 엇더ᄒ리." 此歌傳播都下, 宮人皆習唱. 一日光海君遊宴後庭, 酒酣聞此曲, 問誰所作也. 宮人以實對, 光海愀然不樂, 因泣下罷酒, 而終不能召還. 至今聞之者, 莫不感泣. 事載南原士人趙敬男野史. 尤齋宋相國翻而爲詞曰: "鐵嶺高處宿雲飛, 飛飛何處歸, 願帶孤臣數行淚, 作雨去向終南北岳間. 沾灑瓊樓玉欄干." 南相國九萬嘗按北路, 過咸關嶺, 亦翻此歌爲詩曰: "咸關嶺高復高, 夜宿曉去寒雲飛. 孤臣寃淚慾付汝, 願帶爲雨長安歸. 長安宮闕九重裡, 倘向君前一霏霏." 蓋以鐵嶺爲咸關者, 傳聞之異也. (『白沙先生北遷日錄』註)

3. 李恒福의 鐵嶺歌 金石錄 卷之十一
   鐵嶺高處宿雲飛 飛飛何處歸 願帶孤臣數行淚 作雨去向終南白嶽間 沾灑瓊樓玉欄干 同相臣錄

鐵嶺 놉흔지예 자고가는 뎌구름아
孤臣冤淚를 비사마 씌여다가
임계신 九重宮闕에 쑤려본돌 읏더ᄒ리
(安廓,「詩歌考의 二三」,『新生』, 통권24호, 1930.)

「蕭湘之竹歌」

託於蕭湘之竹

依作倚天之箒

盡掃蔽日浮雲 (1657)

• 資料

嘗作歌遣懷, 其大意, 託於蕭湘之竹, 擬作倚天之箒, 盡掃蔽日浮雲云爾,(『宋子大全』卷 164, 左贊成閔公神道碑銘幷序,『國朝人物誌』閔齊仁條)

「高山九曲歌翻文」

高山九曲潭	世人曾未知
誅茅來卜居	朋友皆會之
武夷仍想像	所願學朱子 (179)

一曲何處是	冠巖日色照
平蕪煙斂後	遠山眞如畵
松間置綠樽	延佇友人來　右冠巖 (2424)

二曲何處是	花巖春景晚
碧波泛山花	野外流出去

勝地人不知　　　　　　　使人知如何　　右花巖 (2278)

三曲何處是　　　　　　　翠屏葉已敷
綠樹有山鳥　　　　　　　下上其音時
盤松受清風　　　　　　　頓無夏炎熱　　右翠屏 (1470)

四曲何處是　　　　　　　松崖日西沈
潭心巖影倒　　　　　　　色色皆蘸之
林泉深更好　　　　　　　幽興自難勝　　右松崖 (1372)

五曲何處是　　　　　　　隱屏最好看
水邊精舍在　　　　　　　瀟灑意無極
箇中常講學　　　　　　　詠月且吟風　　右隱屏 (2050)

六曲何處是　　　　　　　釣峽水邊闊
不知人與魚　　　　　　　其樂孰爲多
黃昏荷竹竿　　　　　　　聊且帶月歸　　右釣峽 (2256)

七曲何處是　　　　　　　楓巖秋色鮮
清霜薄言打　　　　　　　絶壁眞錦繡
寒巖獨坐時　　　　　　　聊亦且忘家　　右楓巖 (3028)

八曲何處是　　　　　　　琴灘月正明
玉軫與金徽　　　　　　　聊奏數三曲
古調無知者　　　　　　　何妨獨自樂　　右琴灘 (3078)

九曲何處是	文山歲暮時
奇巖與怪石	雪裏埋其形
遊人自不來	謾謂無佳景　右文山 (284)

(『宋書拾遺』卷7 雜著,『栗谷全書』卷2)

• 資料

1.「高山九曲歌詩」

高山九曲潭	世人曾未知	誅茅來卜居	朋友皆會之	武夷仍想像	所願學朱子
一曲何處是	冠岩日色照	平蕪烟斂後	遠山眞如畫	松間置綠樽	延佇友人來
二曲何處是	花岩春景晚	碧波泛山花	野外流出去	勝地人不知	使人知如何
三曲何處是	翠屏葉已敷	綠樹有山鳥	下上其音時	盤松受淸風	頓無夏炎熱
四曲何處是	松崖日西沈	潭心巖影倒	色色皆蘸之	林泉深更好	幽興自難勝
五曲何處是	隱屏最好看	水邊精舍在	瀟洒意無極	箇中常講學	詠月且吟風
六曲何處是	釣溪水邊濶	不知人與魚	其樂孰爲多	黃昏荷竹竿	聊且帶月歸
七曲何處是	楓巖秋色鮮	淸霜薄言打	絕壁眞錦繡	寒岩獨坐時	聊亦且忘家
八曲何處是	琴灘月正明	玉軫與金徽	聊奏數三曲	古調無知者	何妨獨自樂
九曲何處是	文山歲暮時	奇巖與怪石	雪裏埋其形	遊人自不來	謾謂無佳景

(右尤菴先生所飜) (『玉所藏夻』)

2.「高山九曲歌」

高山九曲潭	世人曾未知	誅茅來卜居	朋友皆會之	武夷仍想象	所願學朱子	尤菴
一曲何處是	冠巖日色照	平蕪煙斂後	遠山眞如畫	松間置綠樽	延佇友人來	尤菴
二曲何處是	花巖春景晚	碧波泛山花	野外流出去	勝地人不知	使人知如何	尤菴
三曲何處是	翠屏葉已敷	綠樹有山鳥	下上其音時	盤松受淸風	頓無夏炎熱	尤菴
四曲何處是	松崖日西沈	潭心巖影倒	色色皆蘸之	林泉深更好	幽興自難勝	尤菴
五曲何處是	隱屏最好看	水邊精舍在	瀟洒意無極	箇中常講學	詠月且吟風	尤菴
六曲何處是	釣峽水邊濶	不知人與魚	其樂孰爲多	黃昏荷竹竿	聊且帶月歸	尤菴
七曲何處是	楓巖秋色鮮	淸霜薄言打	絕壁眞錦繡	寒巖獨坐時	聊亦且忘家	尤菴
八曲何處是	琴灘月正明	玉軫與金徽	聊奏數三曲	古調無知者	何妨獨自樂	尤菴
九曲何處是	文山歲暮時	奇巖與怪石	雪裡埋其形	遊人自不來	謾謂無佳景	尤菴

(『海東歌謠』)

3.「栗谷先生九曲潭歌」

高山九曲潭	世人曾未知	誅茅來卜居	朋友皆會之	武夷仍想像	所願學朱子	尤菴
一曲何處是	冠岩日色照	平蕪烟斂後	遠山眞如畫	松間置綠樽	延佇友人來	尤菴
二曲何處是	花岩春景晚	碧波泛山花	野外流出去	勝地人不知	使人知如何	尤菴
三曲何處是	翠屏葉已敷	綠樹有山鳥	下上其音時	盤松受淸風	頓無夏炎熱	尤菴

四曲何處是	松厓日西沉	潭心巖影倒	色色皆蘸之	林泉深更好	幽興難再勝	尤菴
五曲何處是	隱屏最好看	水邊精舍在	瀟灑意無極	箇中常講學	咏月且吟風	尤菴
六曲何處是	釣峽水邊潤	不知人與魚	其樂孰爲多	黃昏荷竹竿	聊且帶月歸	尤菴
七曲何處是	楓巖秋色鮮	清霜薄言打	絶壁眞錦繡	寒巖獨坐時	聊爾且忘家	尤菴
八曲何處是	琴灘月正明	玉軫與金徽	聊奏數三曲	古調無知者	何妨獨自樂	尤菴
九曲何處是	文山歲暮時	奇巖與怪石	雪裏埋其形	遊人自不來	謾謂無佳景	尤菴

(『樂府』高大本)

4.「九曲歌」

一曲何處是	冠岩日色照	平蕪煙斂後	遠山眞如畫	松間置綠樽	延佇友人來
二曲何處是	花岩春景晚	碧波泛山花	野外流出去	勝地人不知	使人知如何
三曲何處是	翠屏葉已敷	綠樹有山鳥	下上其音時	盤松受淸風	頓無夏炎熱
四曲何處是	松崖日西沈	潭心巖影倒	色色皆蘸之	林泉深更好	幽興自難勝
五曲何處是	隱屏最好看	水邊精舍在	蕭灑意無極	箇中常講學	詠月且吟風
六曲何處是	釣溪水邊闊	不知人與魚	其樂孰爲多	黃昏荷竹竿	聊且帶月歸
七曲何處是	楓巖秋色鮮	清霜薄言打	絶壁眞錦繡	寒菴獨坐時	聊亦且忘家
八曲何處是	琴灘月正明	玉軫與金徽	聊奏數三曲	古調無知者	何妨獨自樂
九曲何處是	文山歲暮時	奇巖與怪石	雪裏埋其形	遊人自不來	漫謂無佳景
五百天鍾地炳靈		栗翁姿稟粹而清		高山九曲幽深處	泪瀺寒流點瑟聲　尤菴

(金宗弼,『楓巖輯話』)

「高山九曲詩」 10수

(1) 宋時烈(1607~1689),「咏高山九曲歌寄示權致道尚夏」

五百天鍾地炳靈	栗翁姿稟秀而清
高山九曲幽深處	泪瀺寒流點瑟聲 (『宋子大全』卷2)

(2) 金壽恒(1629~1689),「高山一曲次朱子武夷一曲韻」

[原註: 尤齋嘗寫高山九曲圖, 屬同志諸公, 分次武夷棹歌韻以紀之. 公諾而未就, 至是始尸占.]

一曲松間漾玉船	冠巖初日映前川
携筇坐待佳朋至	遠岫平蕪卷夕烟 (『文谷集』卷6)

(3) 宋奎濂(1630~1709), 「石潭二曲」

栗谷先生嘗有石潭九曲歌. 尤齋先生先就考亭武夷十絶句, 自步其首絶韻, 用武夷意屬石潭. 其下九曲, 令門人知舊, 分韻各和. 獨二曲詩屬退憂老峰, 而皆未及製, 權致道尙夏爲致其意. 仍使代斲, 不敢辭效拙云.

二曲仙巖花映峰　　　　　碧溪流水漾春容
落紅解使漁郎識　　　　　休說桃源隔萬重 (『霽月堂集』卷3)

(4) 鄭澔(1648~1736), 「高山九曲詩」

三曲曾聞詠艤船　　　　　上游移櫂問何年
山禽解說滄桑事　　　　　下上其音正可憐 (『栗谷全書』附錄 續編)

(5) 李畬(1645~1718), 「石潭第四曲」[原註: 次武夷櫂歌第四曲韻]

四曲松崖萬丈巖　　　　　日斜林影翠毿毿
怡情正在幽深處　　　　　雲白山靑集一潭 (『睡谷集』卷1)

(6) 金壽增(1624~1701), 「高山九曲詩」

五曲雲煙深復深　　　　　武夷精舍此山林
儵然杖屨淸溪上　　　　　誰會吟風詠月心 (『栗谷全書』附錄 續編)

(7) 金昌翕(1653~1722), 「石潭六曲次朱子武夷棹歌韻」[原註: 棹歌韻尤翁所嘗分屬於同志, 而未就者門下諸公繼託於公, 故有此和述.]

六曲煙磯浸綠灣　　　　　一竿隨意出松關
從容坐到潭心月　　　　　魚躍人歌上下閒 (『三淵集』卷9)

六曲春深釣綠灣　　　　　歸時溪月照松關
濠梁上下天機活　　　　　魚我相忘果孰閑 (『三淵集拾遺』卷7)

(8) 權尙夏(1641～1721), 「詠高山七曲用武夷櫂歌韻」[原註: 尤菴
先生次第一韻, 命同志人各次九曲韻]

七曲楓巖倒碧灘　　　　　　錦屛秋色鏡中看
悠然獨坐忘歸路　　　　　　一任霜風拂面寒 (『寒水齋集』卷1)

(9) 李喜朝(1655～1724), 「石潭八曲次朱子武夷櫂歌韻」[原註:
尤翁嘗分屬於同志諸公]

八曲溪山何處開　　　　　　琴灘終日好沿洄
牙絃欲奏無人和　　　　　　獨對靑天霽月來 (『芝村集』卷1)

(10) 宋疇錫(1650～1692), 「石潭第九曲」[原註: 文正公以武夷櫂歌
韻作石潭九曲詩分屬門下諸公]

九曲文巖雪皓然　　　　　　奇形掩盡舊山川
遊人謾說無佳景　　　　　　未肯窮尋此洞天 (『鳳谷集』卷1)

• 資料

「高山九曲詩」

五百天鍾地炳靈	栗翁姿稟秀而淸	高山九曲幽深處	汩瀯寒流點瑟聲	尤庵宋時烈
一曲松間漾玉船	冠巖初日映前川	携筇坐待佳朋至	遠岫平蕪卷夕烟	文谷金壽恒
二曲僊巖花映峰	碧溪流水漾春容	落紅解使漁郎識	休說桃源隔萬重	霽月宋奎濂
三曲曾聞詠堅船	上游移櫂問何年	山禽解說滄桑事	下上其音正可憐	丈巖鄭澔
四曲松崖萬丈巖	日斜林影翠鬖鬖	怡情正在幽深處	雲白山靑集一潭	睡谷李畬
五曲雲煙深復深	武夷精舍此山林	條然杖屨淸溪上	誰會吟風詠月心	谷雲金壽增
六曲春深釣綠灣	歸時溪月照松關	濠梁上下天機活	魚我相忘果孰閒	三淵金昌翕
七曲楓巖倒碧灘	錦屛秋色鏡中看	悠然獨坐忘歸路	一任霜風拂面寒	遂庵權尙夏
八曲溪山何處開	琴灘終日好沿洄	牙絃欲奏無人和	獨對靑天霽月來	芝村李喜朝
九曲文巖雪皓然	奇形掩盡舊山川	遊人謾說無佳景	未肯窮尋此洞天	校理宋疇錫

(『栗谷全書』附錄 續編)

「栗谷先生九曲潭歌」

五百天鍾地炳靈	栗翁姿稟秀而淸	高山九曲幽深處	汩瀯寒流點瑟聲	尤庵宋時烈

一曲松間漾玉船	冠巖初日映前川	携笻坐待佳朋至	遠岫平蕪卷夕烟	文谷金壽恒
二曲僊巖花映峰	碧溪流水漾春容	落紅解使漁郎識	休說桃源隔萬重	霽月宋奎濂
三曲曾聞詠壑船	上游移權問何年	山禽解說滄桑事	下上其音正可憐	丈巖鄭澔
四曲松崖萬丈巖	日斜林影翠鬖鬖	怡情正在幽深處	雲白山靑集一潭	睡谷李畬
五曲雲煙深復深	武夷精舍此山林	脩然杖屨淸溪上	誰會吟風詠月心	谷雲金壽增
六曲春深釣綠灣	歸時溪月照松關	濠梁上下天機活	魚我相忘果孰閒	三淵金昌翕
七曲楓巖倒碧灘	錦屛秋色鏡中看	悠然獨坐忘歸路	一任霜風拂面寒	逐庵權尚夏
八曲溪山何處開	琴灘終日好沿洄	牙絃欲奏無人和	獨對靑天霽月來	芝村李喜朝
九曲文巖雪皓然	奇形掩盡舊山川	遊人謾說無佳景	未肯窮尋此洞天	校理宋疇錫
(『樂府』高大本)				

32. 申命圭(1618~1688)

「次梅壑韻悼懈菴」,「又和桃李曲」

「次梅壑韻悼海菴」

處士平生一褐衣　　　　惟將巖壑樂烟霏
自由陽春寡和曲　　　　希音長伴短笻揮 (1478)

梅萼非關凍雪肥　　　　寒松那復借春輝
貞姿尙有傾葵志　　　　日樂西山淚滿衣 (1478)

飮水茹蔬道不飢　　　　誰知山玉自生輝
百年梅壑眞同調　　　　愛把幽貞爲發揮 (1478)

謫來僑得舊墟遊　　　　處事淸風歲幾周

巖上矮松今尙在　　　　　　高歌一曲自生愁 (1478)

(『懈菴文集』卷2)

「又和桃李曲」

仁風一夜淨朝暉　　　　　　桃李殘花滿地飛

獨有巖向老松樹　　　　　　榮枯元不管春輝 (2420)

生平不作不平鳴　　　　　　此日那聞舊日聲

唯有鳳凰歌一曲　　　　　　至今淸絶響瑤京 (2420)

(『懈菴文集』卷2)

33. 柳馨遠(1622~1673)

「翻俗歌」

(1)

竹爲雪壓　　　　　　　　　孰謂竹曲

如其曲兮　　　　　　　　　雪裏綠兮 (674)

(2)

謂玉爲石　　　　　　　　　其可惜兮

彼博物子　　　　　　　　　猶或識之

識而不知　　　　　　　　　我心劃兮 (2115)

(3)

君莫道山不高	上出干雲宵
君莫道谷口深	臨門來海潮
此身雖無朋君不見浩蕩沙鷗	相親相近暮又朝

(4)

| 今日復今日 | 明朝亦今日 |
| 每日若今日 | 何爲愁不樂 |

오늘이 오늘이쇼셔 每日의 오늘이쇼셔

져므려지도 새지도 마르시고

미양에 晝夜長常에 오늘이 오늘이쇼셔 (2063)

(5)

| 此身若化物 | 將化爲何物 |
| 崑崙第一峯 | 落落參天栢 (2323) |

(6)

| 綠酒淡若空 | 見之猶可愛 |
| 對此胡不飮 | 春風不相待 |

(7)

| 青天一片月 | 我今問一言 |
| 萬古幾英雄 | 吾輩亦何人 (2859) |

(8)

| 山高水淸處 | 月釣耕雲裡 |

豈云生涯足　　　　　　而無外羨事

山 됴코 물 됴흔 곳의 바회 지혀 뛰집 짓고
돌 아래 고기 낙고 구름 속의 밧츨 가니
生理야 足 홀ㄱ마ᄂ 블을 일은 업셰라 (1447)

(9)

勿謂西日高　　　　　　勿謂濁水淺
甚酗在君心　　　　　　朝暮隋時善

(10)

秋天雨晴色　　　　　　掇貯珊瑚箱
誰是北去者　　　　　　欲寄夫君傍 (40)

(11)

江湖有期約　　　　　　十載久不歸
君恩猶未報　　　　　　鷗鳥莫相譏 (117)

(12)

此身死復死　　　　　　一百回復死
白骨魂有無　　　　　　丹心寧改已 (2325)

(13)

匈奴斬滅盡　　　　　　謁帝入明光
洗劍鴨江波　　　　　　歸來報我王

（14）

太岳雖云高　　　　　　　亦是天下山
登登又登登　　　　　　　本無登之難
世人自不登　　　　　　　徒謂山崢嶸 (3061)

（15）

盲人騎瞎馬　　　　　　　日暮西郊天
不知行近遠　　　　　　　何更催揮鞭
路前有深池　　　　　　　愼旃加愼旃 (李鼎輔 海周 333)

（16）

如玉兮三角　　　　　　　如銀兮白岳
見之心自喜　　　　　　　不見長相望
其下夫君在　　　　　　　自然未敢忘

（17）

孰謂我衰老　　　　　　　老人豈如斯
看花眼自明　　　　　　　把酒興相隨
任他春風裏　　　　　　　垂垂千丈絲　一作星星雙鬢垂 (689)

（『磻溪逸稿』）

34. 徐鳳翎(1622~1687)

「檃栝圃隱先生和絕三峰鄭道傳短歌」外

「檃栝圃隱先生和絕三峰鄭道傳短歌」

(1)

此身千百死還死　　　　　骨化爲塵魂有無

嗟我愛君心一片　　　　　肯隨魂骨敢同枯 (2325)

(2)

更識哀歌甚痛哭　　　　　至今餘響感人心

可憐麥秀吾箕範　　　　　千載相傳一片心 (2325)

(3)

太師圃隱忠貞脉　　　　　嗟我重峰是嫡傳

千載一心何處托　　　　　氷壺秋月照溪邊 (2325)

(4)

傷心無路顧天問　　　　　欲和哀歌更斷魂

一心未傳三疊○　　　　　千秋愧負隱峯門 (2325)

(5)

善竹橋邊月幾圓　　　　　采薇遺響至今傳

隱峯晚節傳心訣　　　　　爲報神交千里邊 (2325)

• **資料**

「秋日閒居無人慰, 獨不勝遜翁神交付冥漠之感, 謹橷栝圃隱先生和絶三峰鄭道傳短歌一関, 以爲沿泝我太師麥秀源流之地, 而轉寄老峯相國, 以申我隱峯老先生師友晚節之鑑戒, 而且惟明良際遇之難, 忠賢黨錮之禍, 又不可不鑑戒者, 而終小效螻蟻犬馬眕畝憂愛之忱, 以母〔毋〕負葵藿傾太陽之物性也.」

小序

憶昔麗運造訖, 三峯鄭道傳欲擅圃翁從違之幾, 歌以諷之, 先生和而痛絶之, 至于三章而志盆烈. 其歌雖寂寥短腔, 慷慨激烈, 直與採薇麥秀二歌同一, 甚慟哭之哀, 而播諸詞林閭巷之歌謠. 我國歌辭異於中州之樂府, 只寄聲於謳吟歌詠之地, 而不得收入於朝野記載, 如麥秀采薇二歌之著在簡冊, 故其首腔二関, 今皆不傳, 只終曲一関, 尙今人謳吟, 而世代緜邈, 漸不知其誰某之歌. 嗚呼, 悲哉! 昔年嘗侍坐於隱峯先生之門下, 談話間語及圃翁, 慷慨灑涕, 爲誦其三疊和腔, 而末関乃世所傳誦, 婦孺皆知之関, 而首腔二関, 小子所初聞而世共不聞知者, 故欲誦而傳之千古, 而嚴不敢請, 復欲竢異日閒燕之暇, 更請申敎矣, 未及書紳, 奄忽易簀, 首陽餘響杳無尋處. 余小子不勝感慨之, 至不揆蕪拙, 只橷栝末関之意, 以爲千古忠義之同一悲吟悼傷之地. 嗚呼, 噫噫!

此身千百死還死 骨化爲塵魂有無 嗟我愛君心一片 肯隨魂骨敢同枯
其2
更識哀歌甚痛哭 至今餘響感人心 可憐麥秀吾箕範 千載相傳一片心
其3
太師圃隱忠貞脉 嗟我重峰是嫡傳 千載一心何處托 氷壺秋月照溪邊[原註: 隱峯一號氷壺而愛道于坡山溪上故云]
其4
傷心無路顧天問 欲和哀歌更斷魂 一心未傳三疊○ 千秋愧負隱峯門[原註: 小子未誦傳首腔二疊故末聯云]
其5
善竹橋邊月幾圓 采薇遺響至今傳 隱峯晚節傳心訣 爲報神交千里邊

隱峯先生嘗著一書, 以戒師友晚節, 而以圃隱思菴二老晚節爲後來之鑑戒, 而閣下於老先生受千里神交之托云, 故末聯敢此相屬. 小子雖非隱峯深望, 閣下之晚節, 更不愧於圃思兩先生, 而不但如灘渚二老感悅誦味而已也. (『梅壑先生遺稿』卷1)

「又橷栝河西哭錦湖哀歌」

(1)

長松百尺棟樑材　　　斬伐那堪委草來

大廈如傾誰作柱　　　　　長歌甚哭至今哀 (1933)

(2)

宇宙棟梁誰斬伐　　　　　風顚楠樹泣詩翁
長歌哀怨聲逾哭　　　　　千載何人不淚濛 (1933)

(3)

明堂若柱誰梁棟　　　　　百尺長松一夜顚
更覺長歌甚痛哭　　　　　至今哀唱似當年 (1933)

(『梅壑先生遺稿』卷1)

• 資料

「又欄括河西哭錦湖哀歌一闋編拙記忘三絶」

小序

　謹按錦湖當孝陵冑筵際遇之盛, 其人物才調爲退陶湛翁之所推重, 而珠丘未完, 遽罹斬伐之禍, 每思退翁嘆賞嗟惜之語, 直欲顧天而無從者, 豈獨岳武穆一人也已? 當門之蘭, 不免於斧鋤之嘆, 信千古一涕, 而况我河翁悲歌一闋, 甚痛哭之哀, 而至今餘響令人膽裂, 信古人莫向西湖歌此曲, 水光山色不勝悲者也. 嗚呼, 痛矣! 彼蒼者天, 謂之何哉? 俛仰宇宙, 欲哭不可. 謹欄括悼傷哀怨之遺音餘韻, 以洩曠百世相感冤憤之萬一也, 未知世又有如僕之感慨而同一悲歎者, 和而唱之, 至使正氣歌聲, 與麥秀朵薇之哀腔, 同激烈於天壤之間, 長使英雄淚滿襟也哉! 嗚呼, 噫噫!

　長松百尺棟樑材 斬伐那堪委草萊 大廈如傾誰作柱 長歌甚哭至今哀[末聯一作河翁蕙嘆有餘哀]
　其2
　宇宙棟梁誰斬伐 風顚楠樹泣詩翁 長歌哀怨聲逾哭 千載何人不淚濛
　其3
　明堂若柱誰梁棟 百尺長松一夜顚 更覺長歌甚痛哭 至今哀唱似當年
　(『梅壑先生遺稿』卷1)

時調 · 歌辭 漢譯資料集成

1

82

「檃栝懈菴金處士聞明朝昇遐悲歌」

(1)

三冬無褐且無衣　　　　　嚴穴多沾雨雪霏

雲掩寒暉雖未見　　　　　西山日落淚堪揮 (1478)

(2)

凍臥寒巖雪矼肥　　　　　平生不識翳雲暉

西山日落猶含痛　　　　　長樂何人咤紫衣 (1478)

(3)

窮廬黃馘凍兼饑　　　　　嚴穴平生不見暉

葵藿物性猶未奪　　　　　悲歌激烈淚堪揮 (1478)

(4)

葵藿微誠猶向日　　　　　何心膚敏祼將周

懈菴徵士哀歌響　　　　　千古箕邦志士愁 (1478)

(『梅墅先生遺稿』卷1,『懈菴文集』卷2)

・資料

「又檃栝懈菴金處士聞明廟昇遐悲歌一闋，　以續和杜老葵藿傾太陽物性固莫奪之遺音餘韻，以闡揚畝忠蔞憂之潛德幽光，四絕併序.」

　[懈菴集: 處士名應井字某]其世居康津之兵營鄉校洞，而處士結廬於朔邐先塋之側，隱淪不出. 松江相公按節湖中，薦除靖陵參奉，不起，而聞明廟昇遐，作歌哀之. 歌雖寂寥短閡，其激烈惻怛有一唱三嘆之韻，而使世之志士幽人，抆淚謳吟，有感發天性思舜之善，以增夫三綱五常之重，正不下於離騷之哀怨. 每一詠嘆竊，不勝曠世相感之義[懈菴集: 每一詠歎不勝曠世相感之義]. 卽余雖病且衰，而疾痛呻吟之暇，尤感發於遜翁註楚騷之壯心. 謹檃栝其語，以昭示螻蟻犬馬憂愛之義，實極天罔墜，而不以幽顯而有所豐嗇之理，而其辭調拙訥，不足以協諸風雅之聲律，則有不暇恤　嗚呼，噫噫!

三冬無褐且無衣　巖穴多沾雨雪霏　雲掩寒暉雖未見　西山日落淚堪揮 (1478)

其2

凍臥寒巖雪砭肌　平生不識翳雲暉　西山日落猶含痛　長樂何人咤紫衣

其3

窮廬黃韲凍兼饑　巖穴平生不見暉　葵藿物性猶未奪　悲歌激烈淚堪暉

其4

葵藿微誠猶向日　何心膚敏裸將周　懶菴徵士哀歌響　千古箕邦志士愁

(『梅墅先生遺稿』卷1,『懶菴文集』卷2)

「又橻栝鳳鳴関」

(1)

滿城桃李蕩春輝　　　　　　那意隨風一夜飛

岩壑矮松容不改　　　　　　凜然蒼翠射寒暉 (2420)

(2)

剛賀朝陽彩鳳鳴　　　　　　昏鴉驚散滿林聲

可憐老鶴心猶壯　　　　　　清唳中宵動玉京 (2420)

• 資料

「又橻栝鳳鳴一関謳吟歎賞之餘意」

滿城桃李蕩春輝　那意隨風一夜飛　岩壑矮松容不改　凜然蒼翠射寒暉

其2

剛賀朝陽彩鳳鳴　昏鴉驚散滿林聲　可憐老鶴心猶壯　清唳中宵動玉京(『梅墅先生遺稿』卷

1,『懶菴文集』卷2)

謹按圃隱先生旣已委質爲臣於危難之際，則其以一身任五百年綱常之重者，固其宜也．而
河翁之於湖老，以平生道義之交，要見一朝斬伐之禍殃，則其悼傷哀怨之發於謳吟思咏之間者，
又不得自已者也．至我懶菴逸士，生老於畎畝蓬蒿之中，初不識吁咈寅協之契，而稿項黃韲，
其忍窮餓於憲室顏巷之間，則其於憂愛扶持之重，實鴻泥泥鵠虫之邈然不相接，而丘園舒娛之際，
悲歌慷慨之哀，實有甚於痛哭，抑又奇矣．其視廣道熟，視忠賢魚肉社稷夷滅，而端委百揆，裸

將五代, 而享中庸長樂之尊榮, 其相去不啻蘇合香之於蟻蜋丸, 而世方寶燕石而竄和璞, 則孰
知此老之遺珠於瘴海沙礫之中也耶! 倘非松相攬苣滋蘭之馨德, 則其九畹淸芬, 終萎絶於哀壑
之榛莽也矣, 豈不惜哉! 菽余弱植不勝蕙嘆, 敢聯編於圃翁河老哀腔遺韻之後, 以爲千古志士
悲吟賡和之地, 未知世又有如僕之感慨懷仰者也耶! 嗚呼, 噫噫! (『梅壑先生遺稿』 卷1)

35. 尹恒緒(17세기)

「次徐梅壑檃括歌曲韻」

「次徐梅壑檃括歌曲韻」

(1)

巖穴三冬一布衣　　　　　寒天雨雪亂霏霏
漏雲殘照雖未曝　　　　　日落西山淚堪揮 (1478)

(2)

愛君素性同葵藿　　　　　持服行喪歲幾周
日落泣墳歌兩闋　　　　　使人嗚咽使人愁 (1478)

(3)

向榮群物媚春輝　　　　　一遇秋風落盡飛
惟有矮松終保節　　　　　亭亭獨立傲多暉 (2420)

(4)

崑邱彩鳳海東鳴　　　　　驚散千林衆鳥聲

85

日落西山歌一闋　　　　也應嘲得上玉京 (2420)

(5)

雪中徒跣掃封塋　　　　停箒悵然涕亂零

非爲身寒雙足冷　　　　縱來親側閱音形 (『懈菴文集』)

(6)

夢化白鷗江上翩　　　　飛飛可上九重天

仰見露氣涵雲黑　　　　空染霜翎色換鮮 (『懈菴文集』)

(『海菴文集』卷2)

---

36. 南九萬 (1629~1711)
「飜方曲」外

「飜方曲」

(1)

此身死復死　　　　百死又千死

白骨爲塵土　　　　魂魄復何有

向君一片丹心　　　　到此猶未已 (2325)

(2)

咸關嶺高復高　　　　夜宿曉去寒雲飛

孤臣冤淚欲附汝　　　　　願帶爲雨長安歸

長安宮闕九重裏　　　　　儻向君前一霏霏 (2823)

　(3)

青石嶺已過　　　　　九連城何許

胡風寒又寒　　　　　陰雨苦復苦

誰能畫我此行李　　　　　遠寄君王處 (2875)

　(4)

朝天路草塞　　　　　玉河舘人空

大明崇禎今何在

三百年事大　　　　　至誠如夢中 (2615)

　(5)

東方明否　　　　　鸕鴣已鳴

飯牛兒胡爲眠在房

山外有田墾畝闊　　　　　今猶不起何時耕 (899)

　(6)

誰謂余爲老　　　　　老者乃能如此耶

看花笑自發　　　　　把杯興還多

只此春風亂白髮　　　　　渠自生來吾奈何 (689)

　(7)

吾心旣云醉　　　　　事事皆成癡

月沈到三更　　　　　豈是人來時

風鳴葉落聲　　　　　　　猶復浪驚疑 (956)

(8)

何曾妾無信　　　　　　　乃與君相欺

深夜遠來意　　　　　　　而君諒不知

鳴風落葉本無情　　　　　渠自爲聲妾何爲 (588)

(9)

新情苦未洽　　　　　　　夜夢幸無礙

衷情未盡訴　　　　　　　倏焉失所在

嗟我夢眞皆一般　　　　　只待霎時看

(10)

征馬嘶欲去　　　　　　　佳人啼欲留

夕陽落已盡　　　　　　　客路千里悠

佳人且收淚　　　　　　　吾魂消幾流 (992)

(11)

昨耶今耶迷不記　　　　　白雲山中古寺裏

與君相見曾似夢　　　　　此地何幸更相從

終然不定後會期　　　　　妾人於玆益傷悲

「鐵嶺歌」

咸關嶺高復高　　　　　　夜宿曉去寒雲飛

孤臣冤淚欲附汝　　　　　願帶爲雨長安歸

長安宮闕九重裏　　　　　　儻向君前一霏霏 (2823)

● 資料

(1) 頃歲余嘗北登咸關嶺, 乃先生獻此議後竄逐時所過也. 北地之人, 尙傳先生過嶺時寄哀之歌. 至今聞之, 不覺涕涔涔下, 與楚人之辭, 願寄言於浮雲者, 語則同而意加切. 其所以增三綱五典之重, 亦豈下於此獻議哉! 雖然歌曲俚語也. 不可與文字之傳, 並其久遠. 故余於登嶺之日, 諷誦遺曲, 韻之而爲詞. 其詞曰, "咸關嶺高復高, 夜宿曉去寒雲飛. 孤臣寃淚欲附汝, 願帶爲雨長安歸. 長安宮闕九重裏, 儻向君前一霏霏." 此詞文字雖陋拙, 若語意則實出於先生者也, 亦不可以不傳. 故並書此以寄士成, 俾附手草帖末[士成名時顯] (『藥泉集』卷27, 題跋, 「白沙獻議手草跋」)

(2) 公登鐵嶺作歌, 其辭曰: "鐵嶺 노픈 재에 자고 가는 뎌 구롬아. 孤臣寃淚을 비 삼아 띄여다가, 님 계신 九重宮闕의 쓰려본들 엇더ᄒ리." 此歌傳播都下, 宮人皆習唱. 一日光海君遊宴後庭, 酒酣聞此曲, 問誰所作也. 宮人以實對, 光海愀然不樂, 因泣下罷酒, 而終不能召還. 至今聞之者, 莫不感泣. 事載南原士人趙敬男野史. 尤齋宋相國翻而爲詞曰: "鐵嶺高處宿雲飛, 飛飛何處歸. 飛帶孤臣數行淚, 作雨去向終南北岳間. 沾灑瓊樓玉欄干." 南相國九萬嘗按北路, 過咸關嶺, 亦翻此歌爲詩曰: "咸關嶺高復高, 夜宿曉去寒雲飛. 孤臣寃淚慾付汝, 願帶爲雨長安歸. 長安宮闕九重裡, 倘向君前一霏霏." 蓋以鐵嶺爲咸關者, 傳聞之異也. (『白沙先生北遷日錄』註)

37. 金起泓 (1634~ ?)

「寬谷八景歌」

(1)

寬谷 너븐 들히 北海를 벼여이셔

天地 삼긴 후에 몃 사름 든녀간고

이제와 卜居焉ᄒ니 百年사가 ᄒ노라 (右寬谷卜居)

寬谷平郊枕湖水

自天地開闢了　　　　　　有幾人更跰蹰

伊今卜地　　　　　　　　庶幾乎百年可居

(2)

巖上 松柏들히 草木과 섯거디여

饕風 虐雪의 쇽졀업시 늙거간다

우리도 太平烟月의 늙는 주를 모르리라 (右巖上松柏)

巖上松柏長　　　　　　草木雜生長

饕風虐雪空自老

今余太平烟月　　　　　不知老將至

(3)

杜鵑花 어제 디고 躑躅이 오늘 픠니

山中 繁華ㅣ야 이 밧긔 ᄯᅩ 이실가

힝호나 流水에 흘러 消息 알가 ᄒ노라 (右山頭躑躅)

杜鵑花已開落　　　　　躑躅了繼發

山中春色孰與汝比

秪恐浮流水傳消息

(4)

白岳의 올나 안자 蒼海를 도라보니

구름이 노피 개고 漁舟만 즐겨 잇다

두어라 落霞孤鶩을 닐러 므슴ᄒ리오 (右白岳玩景)

登白岳　　　　　　　　回看蒼海

雲高捲漁舟沉

誰知道落霞孤鶩　　　　比並此了

(5)

　赤島에 빅를 민고 陶穴을 ᄎ자보니

　當時 遺跡이 完然 모흔뎌이고

　우리도 豊沛 赤子로 沒世不忘 ᄒ리 (右赤島懷古)

艤舟乎赤島　　　　　　探討其陶穴

當時遺跡尙完然

我亦豊沛遺民　　　　　自謂沒世不忘

(6)

　卵島에 올나 안자 蒼海를 구버보니

　믈결이 자잔ᄂ딕 넘노ᄂ니 白鷗ㅣ로다

　뉘라셔 네 알을 줏관딕 몯내 슬허 ᄒ노라 (右卵島取卵)

登卵島　　　　　　　　俯視蒼海

水波粼粼　　　　　　　白鷗兮翩翩飛

不知何人取那卵　　　　哀哀鳥聲悲

(7)

　松山里 碧溪邊의 절로 ᄌ란 고사리를

　일 업시 노닐며서 것고 것고 다시 것거

　朝夕에 빈브로 먹으니 주릴 주리 이시랴 (右採薇療飢)

松山里碧溪邊	和露生軟蕨香
采采又采采	
供朝夕腹	果然奈何餓死了

(8)

　　낫대를 두러메고 夕陽을 씌여 가니

　　釣臺 노픈 고듸 白鷗만 모다 잇다

　　白鷗야 놀라디 마라 네 벗 되려 ᄒ노라 (右釣臺盟鷗)

荷釣竿	帶夕陽
臨釣臺高處	白鷗集
鷗兮鷗兮不復驚	與汝盟有期

(『寬谷集』)

38. 金萬重(1637~1692)
「昔日若如此」

昔日若如此	此身那得保持
愁心如亂絲	曲曲皆成結
欲鮮復欲鮮	不知端去處 (2045)

・資料

　朱子以傳燈錄西天祖師偈有韻脚, 謂之華人贗作. 自以爲捉得正臟, 笑楊大年·蘇子由之不

能覺察. 夫三代聖人謨訓之傳於後者無幾,, 豈獨西竺之語, 流傳數千年都無殘缺之理乎？ 此固不足信也. 然韻脚之有無爲斷案, 則恐不然. 外國之語, 非但無韻, 亦豈有五言七言之別乎？惟在譯者之所爲耳. 譯經唯以不失本旨爲貴, 語之長短煩簡元無所關, 況有韻無韻乎？ 萬曆間華使在館, 聞街巷唱曲聲, 問館伴曰: "彼歌云何？" 館伴書以對曰: "昔日若如此, 此身那得保. 愁心如亂絲, 曲曲皆成結. 欲解復欲解, 不知端去處." 華使稱善. 盖館伴一時副急, 又恐失本旨, 故未能就韻也. 今若改保爲活, 改去處二字爲所在, 則活與結在與解成韻矣. 然歌意則初無彼此之殊, 豈可以無韻者爲高麗風謠, 有韻者爲華人贗作乎？ 漢明帝時, 西羌白狼所獻樂章亦有韻. 盖漢人譯之而就韻, 固非, 羌語本有韻, 亦豈漢人贗作乎？ 中國人不識外國語勢, 無怪朱子言如此.(『西浦漫筆』)

39. 洪萬宗(1643~1725)
「何如歌」外

「何如歌」

如此亦何如	如彼亦何如
萬壽山葛藟	纏綿亦何如
我輩亦何如	此百年享如何 (2291)

「丹心歌」

此身死復死	百番更死了
白骨化塵土	不論魂有無
向主一片心	寧有變改理 (2325)

「昔日若如此」

| 昔日若如此 | 此形安得持 |

愁心化爲絲　　　　　　曲曲還成結

欲解復欲解　　　　　　不知端在處 (2045)

「金樽歌」

滿滿酌金樽　　　　　　綠酒三百杯

浩浩發長歌　　　　　　意氣橫八垓

不愁夕陽盡　　　　　　天風吹月來 (385)

「君平歌」

君平旣棄世　　　　　　世亦棄君平

醉狂上之上　　　　　　時事更之更

淸風與明月　　　　　　無情還有情 (326)

• 資料

   ○ 按國乘曁小說, 或有以詩釋歌以載之者. 故今幷疏于左, 以觀夫先輩寓意遣辭之處耳. 高麗史曰: 太宗設宴, 邀致鄭夢周, 至酒闌, 太宗把杯作俗謳一関以侑. 詩以解之曰: "如此亦何如, 如彼亦何如. 萬壽山葛藟, 纏綿亦何如. 我輩亦何如, 此百年享如何." 夢周作俗謳以和. 詩以解之曰: "此身死復死, 百番更死了. 白骨化塵土, 不論魂有無. 向主一片心, 寧有變改理." 太宗知其終不變也. 於于野談曰: "天將楊經理, 以禦倭留王京, 行軍過靑坡郊. 時田中男女鉏耘, 齊聲而歌. 經理問通官曰: '彼歌亦有腔調乎?' 曰: '皆有腔調' 曰: '可得聞乎?' 曰: '用俚語爲曲, 非文字也.' 曰: '令接伴使李恒福翻以進' 其歌曰: '昔日若如此, 此形安得持? 愁心化爲絲, 曲曲還成結. 欲解復欲解, 不知端在處.' 經理覽之稱曰: '觀此農人, 非徒勤於本業, 其歌曲甚有理可賞也.' 遂給靑布一疋."

   余髮未燥, 已嗜詩, 猥爲溟老所獎愛. 嘗呼余爲敬亭山, 盖謂相看兩不厭之意也. 余荷其誘掖開導之勤, 致力於觚翰間, 而病不能專. 曾於戊申間, 抱痾杜門, 一日, 東溟來問, 休窩栢谷亦繼至, 皆不期也. 余於是, 設小酌致數三, 女樂以娛之. 酒半溟丈乘興擧酌曰: "丈夫生世, 韶華如電. 今朝一歌, 可敵萬鍾." 休窩卽吟一絕曰: "春動寒梅臘酒濃, 栢翁溟老兩難逢. 樽前錦瑟棄淸唱, 醉對終南雪後峯." 題畢屬東溟曰: "蘭亭之會賦者賦飮者飮, 今日之樂亦可以歌者歌舞者舞, 吾請歌之. 仍作俗謳一関, 揮手大唱, 詩以解之曰: "滿滿酌金樽, 綠酒三百杯. 浩浩發長歌, 意氣橫八垓. 不愁夕陽盡, 天風吹月來." 餘興未了, 又拍案而唱曰: "君平旣棄世, 世亦棄君平. 醉狂上之上, 時事更之更. 淸風與明月, 無情還有情." 仍破顏微笑, 素髮朱顏, 眞酒中仙也. (『旬五志』稿本)

40. 李夏朝(1644~1700)

「高山景行之思」外

「又用朱先生武夷九曲韻以寓高山景行之思」

(1)

一盃聊欲賀山靈　　　　九曲溪潭乃爾淸

早得先生爲地主　　　　高名千古共流聲 (179)

(2)

一曲深深可泛船　　　　海門咫尺受長川

武夷山勢如方帽　　　　今有冠岩立紫烟　右一曲冠岩 (2424)

(3)

二曲蹲蹲列衆峰　　　　雨餘林木作春容

漁人欲逐桃花浪　　　　借問仙源路幾重　右二曲花岩 (2278)

(4)

三曲搖搖不繫船　　　　錦屏蒼翠自千年

君子一點洞庭野　　　　造化奇功眞可憐原註：　屏在大野中兀兀

搖搖狀如虛舟之不繫　右三曲翠屏 (1470)

(5)

四曲奇奇白玉岩　　　　古松蒼翠落氍毹

不知當年茅山下　　　　　能有龍吟百丈潭　右四曲松崖 (1372)

(6)

五曲丹青古廟深　　　　　庭前槐木儼成林

山高水濶徘徊地　　　　　誰識先生一片心　右五曲隱屏 (2050)

(7)

六曲楓林烟雨灣　　　　　綠楊春色也非關

登臨不賦騷人怨　　　　　緬想當時杖屨閒　右六曲楓岩 (2256)

(8)

七曲何如八節灘　　　　　漁人垂釣愛相看

磻溪暫試經綸手　　　　　敢道閒盟白鳥寒　右七曲釣峽 (3028)

(9)

八曲橫臨大野開　　　　　暮雲流水共沿洄

瑤琴一斷無人續　　　　　千載高山獨我來　右八曲琴灘 (3078)

(10)

九曲奇形無不然　　　　　大賢元得好山川

文山秀色偏相感　　　　　縮地能移海曲天　右九曲文山 (284)

（『三秀軒稿』卷2）

時調・歌辭 漢譯資料集成 ①

「石潭九曲用曲名中一字題一絕時先訪文山以次至冠岩」

(1)

層峰矗處是文山　　　　老木清流作好顏

依舊山名眞自好　　　　文風應振海西間　右九曲文山 (284)

(2)

大野中間忽小灘　　　　月明何似玉溪寒

先生逝後琴亡矣　　　　誰復泠泠作夜彈　右八曲琹灘 (3078)

(3)

一道長川走劈峽　　　　橋崩水潤悵難涉

官僮催喚貫魚來　　　　政值漁人操網集　右七曲釣峽 (3028)

(4)

丹書字古在危岩　　　　岩上楓林岩下潭

欲識四時奇絕景　　　　九秋紅葉帶霜酣　右六曲楓岩 (2256)

(5)

古廟前頭玉作屛　　　　高臺鐵笛最堪聽

溪山亦有集成地　　　　將向沙邊更築亭[伯氏將搆一小亭於屛下

溪上名以瑤琴] 右五曲隱屛 (2050)

(6)

岩間側掛古松皆　　　　菴廢猶稱境最佳

知有佛家無量力　　　　飛甍不日煥層崖[古有架空菴子今廢伯氏

方令沙門惠寬營立〕右四曲松崖 (1372)

(7)

廣野高張雲錦屏　　沙頭立馬見蒼翠

春陰欲雨日將西　　未可溪邊成一醉〔天雨日曛立馬草草望見〕右三曲翠
屏 (1470)

(8)

落落蒼松夾水多　　　　　松間隱暎兩三家
遊人莫道春猶早　　　　　岩上辛夷盡發花　右二曲花岩 (2278)

(9)

一曲冠岩最後看　　　　　茲行知是幾童冠
莫將曲曲論高下　　　　　大抵溪山此亦難　右一曲冠岩 (2424)

『三秀軒稿』卷2)

「栗谷先生九曲潭歌」

一杯聊欲賀山靈　　　　九曲溪潭乃爾淸
早得先生爲地主　　　　高名千古○○聲　三秀李賀朝 (179)

一曲深深可泛船　　　　海門咫尺受長川
武夷山勢如方帽　　　　今有冠岩立紫烟　李賀朝 (2424)

二曲蹲蹲列衆峰　　　　雨餘林本作春容
漁人欲逐桃花浪　　　　借問仙源路幾重　李賀朝 (2278)

時調・歌辭 漢譯資料集成 1

98

三曲搖搖不繫船　　　　　錦屏蒼翠自千年
羣山一點洞庭野　　　　　造化奇功眞可憐　李賀朝　(1470)

四曲奇奇白玉岩　　　　　古松蒼翠落氍毹
不知當年茅山下　　　　　能有龍吟百丈潭　李賀朝　(1372)

五曲丹靑古廟深　　　　　庭前槐木儼成林
山高長澗徘徊地　　　　　誰識先生一片心　李賀朝　(2050)

六曲楓林烟雨灣　　　　　綠楊春色也非關
登臨不賦騷人怨　　　　　緬想當時杖屨閒　李賀朝　(2256)

七曲何如八節灘　　　　　漁人垂釣愛相看
磻溪暫試經綸手　　　　　敢道閒盟白鳥寒　李賀朝　(3028)

八曲橫臨大野開　　　　　暮雲流水共舡洄
瑤琴一斷無人續　　　　　千載高山獨我來　李賀朝　(3078)

九曲奇形無不然　　　　　大賢元得好山川
文山秀色偏相感　　　　　縮地能移海曲天　李賀朝　(284)

(『樂府』高大本)

41. 李基休(1650~1710)

「短歌十九章」

(1)

宿鳥投林栖	新月上樹掛
前溪小橋危	歸僧獨杖閒
有寺知不遠	鍾聲來入耳 (2495)

(2)

秀岳山高山寺	持飄丐乞僧
雲衲纔掩骼	困臥板室中
不識平生離別恨	猶勝人間暗斷腸

(3)

秋天失群雁	離却瀟湘岸
旅館孤燈夜	寒聲驚我眠
千里思故人	幽恨倍傷神

(4)

松下一逕斜	歸夢步步閒
塵世別離恨	爾其知耶不
爲言山僧縱不知	聞道人間有是愁 (1678)

(5)

喜聞蘆笳聲　　　　　驚開竹窗看
宿雨長堤邊　　　　　牛背一小兒
前溪有新聲　　　　　忙手覓竹竿

(6)

萬里楚天闊　　　　　夜月愁子規
空山無不可　　　　　宜向樹雲啼
思歸欲作家山夢　　　莫近寒窓喚客愁

(7)

窓外有黃菊　　　　　菊裏釀白酒
酒熟菊初開　　　　　故人帶月來
童子持瓢子　　　　　夜酌亂無巡 (2718)

(8)

青天失群雁　　　　　幾日過長安
願借雲外翮　　　　　要寄一封書
萬里歸思催　　　　　六翮未肯休 (2893)

(9)

磨天嶺第一峰　　　　宿雲猶未散
願帶孤臣淚　　　　　添作沛然雨
九重有美人　　　　　歸灑鳳闕下 (2823)

(10)

東方明邪否	布穀處處啼
牧童起耶未	犁牛覓草去
西疇多宿草	今夕恐不易 (899)

(11)

我雨浥輕塵	簑衣何須着
歸程只十里	且莫策寒驢
前村有酒家	停鞭故遲遲 (37)

(12)

白沙堤紅蓼邊	窺魚有白鷗
底事爲口腹	終日苦役役
一身貴閒暇	縱饑亦何傷 (1192)

(13)

秋江淸秋月明	水天同一色
錦壁當天倚	靑烟鎖層崖
於物魚有躍	幽人玩未眠 (2964)

(14)

可憐房中燭	不知誰與別
寸心消不已	殘淚濕未乾
觸目多所感	物我正相似 (1166)

(15)

鴻門一宴開	玉斗碎紛紛
范增鐵石腸	當日幾多銷
風雨八年夢	驚罷楚歌聲 (3262)

(16)

垂釣楚江翁	且莫釣魚歸
當年屈大夫	入葬魚腹裡
如今假使烹鼎鑊	萬古忠魂豈變異 (2918)

(17)

人生復幾何	微陽草頭露
一別人間後	幾日復還歸
知是此生歸不歸	不如長醉不歸前 (2399)

(18)

夢是人間耶	人間是夢耶
蘧然一瞥間	好惡何紛紛
人間大夢無先覺	疑是人間夢中夢 (2387)

(19)

南薰殿月白夜	八元八凱在前席
彈五絃歌南風	解吾民之慍兮
此生何日臥康衢	鼓腹爭唱擊壤歌 (546)

(『不世堂集』)

42. 李衡祥(1653~1733)

「圃隱歌」,「冶隱歌」外

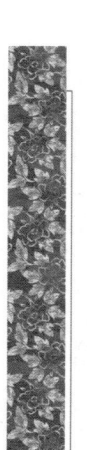

「圃隱歌」(世傳圃隱對太宗大王作)

此身死復死	一百番更死
白骨爲塵土	魂兮有也無
向主一片丹心	寧有更改理

이몸이 주거 주거 一百番 다시 주거

白骨이 진퇴되야 넉시라도 잇고 업고

님向흔 一片丹心이야 가실 줄이 이시랴 (2291)

(『樂學便考』)

「圃隱歌」(此歌至今傳唱)

此身死復死 一百番更死 白骨爲塵土 魂兮有也無 向主一片丹心 寧有更改理 (2291)
(『芝嶺錄』)

「冶隱歌」(世傳冶隱聞太祖大王昇遐而作)

三冬衣布衣	岩穴雨雪霑
蔽雲陽旭	雖無所探
西山聞日落	是以傷心

三冬의 뵈옷 입고 巖穴에 눈비 마자

구롬 씐 볏뉘을 쐰셰는 업건마는

西山의 히 지다ᄒ니 그를 傷心ᄒ노라 (1478)

（『樂學便考』）

• 資料 ────────────────────────────

「冶隱歌」（世傳冶隱聞太祖大王昇遐而作）

三冬衣布衣　岩穴雨雪霑　薇雲陽旭　雖無所探　西山聞日落　是以傷心(1478)『芝嶺錄』

────────────────────────────────

「何如歌」

如此也如何	如彼也如何
城隍堂後垣	頹落也如何
我輩若是兮	不死也如何 (2291)

（『瓶窩隨筆』）

「丹心歌」

此身死兮死	一百番更死
白骨爲塵土	魂兮有也無
向主一片丹心	寧有更改理 (2325)

（『瓶窩隨筆』）

「浩歌謳」

(1) 望太平

忠臣滿朝廷	孝子家家在

聖主垂衣裳　　　　　　萬物皆眞宰
我輩安耕鑿　　　　　　太平翹足待 (3012)

(2) 路松嵒

昻莊石逕松　　　　　　自謂超塵寰
何不更踰山　　　　　　立於深谷間
喧囂邈不到　　　　　　只許幽人攀 (2845)

(3) 弊屣関

功名若弊屣　　　　　　弊屣將焉往
吾今脱而還　　　　　　入此深谷放
山靈向余言　　　　　　此眞佳客况 (234)

(4) 陋巷樂

十年經營久　　　　　　草屋一間設
半間清風在　　　　　　又半間明月
江山無置處　　　　　　屛簇左右列 (1803)

(5) 安分勅

神龍得雲升　　　　　　雕虎待霧隱
若無外物激　　　　　　彼且烏乎奮
烟霞自入室　　　　　　分明是吾分

(6) 漁父約

借問爾何居　　　　　　捣來江居且
又問爾何業　　　　　　無事魚漁且

時調・歌辭 漢譯資料集成 ❶

心精不外役　　　　　吾亦爾偕且 (1844)

(7) 樵翁怨

老翁持斧出　　　　　所怨燧人氏
木實亦命延　　　　　無欲最可喜
如何敎人食　　　　　使我未晨起 (1186)

(8) 邀仙檄

童子採藥去　　　　　竹亭當午空
散落彼碁局　　　　　孰收松桂叢
巢鶴待丹成　　　　　來報川石東 (1839)

(9) 白鷺駁

晴沙紅蓼邊　　　　　窺魚彼白鷺
口腹如是急　　　　　不憚折腰步
一身若不閒　　　　　雖飽亦何補 (1192)

(10) 白髮鑷

漢法雖寬假　　　　　殺人者必死
秋霜待時降　　　　　護花慢堪忌
白髮將殺我　　　　　不鑷更何俟

(11) 鵠鬢囑

假使白還黑　　　　　雪色猶可悲
況聞不復黔　　　　　何遽先我髭
亦稟金氣剛　　　　　無令我更衰 (3329)

（12）老妄歎

講畢忘書帙	睡了失釣竹
老我昏耗象	兒曹勿深督
少年雄豪氣	吾亦緬如昨 (2609)

（13）督農課

東方欲曙未	鵪庚已先鳴
可憎牧豎輩	尙耽短長更
上平田畝長	恐未趂日耕 (899)

（14）樵子對

鵲山樵子輩	刈薪恐傷竹
待其苴壯長	將以爲釣木
我曹亦知此	只欲取樸樕 (2940)

（15）月色探

長風颯然吹	陰翳自擁篲
華表千年後	月色明如晝
借問丁令威	爾亦知此否 (2528)

（16）節操祝

此身雖一死	餘氣想不蟄
蓬萊第一峯	願作長松立
風雪滿乾坤	獨也靑以直 (2323)

（『瓶窩集』卷4）

108

・資料

(1) 忠臣滿朝廷 孝子家家在 聖主垂衣裳 萬物皆眞宰 我輩安耕鑿 太平翹足待 (右望太平)
(2) 昂莊石逕松 自謂超塵寰 何不更踰山 立於深谷間 喧囂遝不到 只許幽人攀 (右路松訊)
(3) 功名若弊屣 弊屣將焉往 吾今脫而還 入此深谷放 山靈向余言 此眞佳客況 (右弊屣関)
(4) 十年經營久 草屋一間設 半間淸風在 又半間明月 江山無置處 屛簇左右列 (右陋巷樂)
(5) 神龍得雲升 雕虎待霧隱 若無外物激 彼且鳥乎奮 烟霞自入室 分明是吾分 (右安分勅)
(6) 借問爾何居 竭來江居且 又問爾何業 無事魚漁且 心精不外役 吾亦爾偕且 (右漁父約)
(7) 老翁持斧出 所怨燧人氏 木實亦命延 無欲最可喜 如何敎人食 使我未晨起 (右樵翁怨)
(8) 童子採藥去 竹亭當午空 散落彼碁局 孰收松桂叢 巢鶴待丹成 來報川石東 (右邀仙橃)
(9) 晴沙紅蓼邊 窺魚彼白鷺 口腹如是急 不憚折腰步 一身若不閒 雖飽亦何補 (右白鷺駁)
(10) 漢法雖寬假 殺人者必死 秋霜待時降 護花慢堪忌 白髮將殺我 不鑷更何俟 (右白髮鑷)
(11) 假使白還黑 雪色猶可悲 況聞不復黔 何遽先我髭 亦稟金氣剛 無令我更衰 (右鵠鬚囑)
(12) 講畢忘書帙 睡了失釣竹 老我昏耗象 兒曺勿深督 少年雄豪氣 吾亦緬如昨 (右老妄歎)
(13) 東方欲曙未 鶴庚已先鳴 可憎牧豎輩 尚耽短長更 上平田畝長 恐未趁日耕 (右督農課)
(14) 鵲山樵子輩 刈薪恐傷竹 待其苗壯長 將以爲釣木 我書亦知此 只欲取模樣 (右樵子對)
(15) 長風颯然吹 陰翳自擁篲 華表千年後 月色明如晝 借問丁令威 爾亦知此否 (右月色探)
(16) 此身雖一死 餘氣想不褻 蓬萊第一峯 願作長松立 風雪滿乾坤 獨也靑以直 (右節操祝)

(『更永錄』)

「今俗行用歌曲」

　行用中平調羽調界面調自是大綱，而如中大葉心方曲感君恩北殿之載
於琴譜者，可考而知其緩急也. 然慢大葉幾乎絕響，梨園老師亦未有歌之
者. 只取俗樂之可解者，以分於三調之中，使後人知有所取舍焉.

平調第一旨

〈村居樂〉

皇矣聖代　　　　　太平無痕
堯之日月　　　　　舜之乾坤
如吾老病　　　　　樂此丘園 (2295)

〈感君恩〉

泰山雖高	一尺可量
東海雖深	一葦可航
吾君恩德	何葦何尺 (3062)

〈自況誇〉

藤蘿繞屋	水石爲座
松風颯吹	鶯歌自和
物外豪權	亦足來賀 (2458)

〈山居勝〉

三間草屋	岩穴間移
青山屛簇	白雲藩籬
何來巢許	間間相追

〈江興獨〉

江村日暮	平沙鴈落
漁舡棹還	白鷗睡熟
箇中豪興	惟我是獨 (3089)

〈大學遺〉

入門在卽	規模自定
語孟詩書	由此可徑
矧有次第	何敢聽瑩

〈明德綱〉

大學經一章	首言明明德
天賦以命	心受爲得
況新民至善	皆從此覺

〈新民推〉

父母遺財	我若先推
兄弟可共	非我獨私
是以先覺	必欲新之

〈至善總〉

山不仞九	井不及泉
此謂半途	前功可損
何今登山	皆不欲巓

〈心性判〉

靈者爲心	實底是性
光明活動	得而爲行
是之謂德	何患不聖

〈格致圾〉

格爲工夫	致爲效驗
既格既致	何玉可玷
但有功程至	苦苦探索便不是

〈誠意關〉

意誠有要	必無自欺
一念或假	萬物皆私
況有零賊	嗚呼其危

〈正心鑰〉

未發先養	旣發亦察
天理人欲	是存是遏
若鏡無垢	姸媸何失

〈修身訣〉

修身一節	貴賤所敎
自此以下	方可爲效
齊家治平	如夢斯覺

〈靈臺澈〉

理粹氣渾	性發情隨
虛靈易感	体用惟時
況有要道	不敬何爲

〈學工博〉

助長多空	窺高如跂
頓悟徑約	節節非理
是有常道	不偏不倚

平調第二旨

〈懷古噫〉

春草綿芊谷　　　　　　溪流嗚咽去
歌臺舞殿　　　　　　　何處何處何處
夕陽掠水玄鳥　　　　　爾或知道 (2898)

〈夕眺歡〉

宿鳥飛入　　　　　　　新月升之
獨木矼上　　　　　　　獨去彼禪師
爾寺何許　　　　　　　遠遠鍾聲聞 (2495)

〈經筵諷〉

孟子見梁惠王　　　　　第一言仁義
朱文公集註　　　　　　眷眷乎正心誠意
我今遇聖君　　　　　　何講何議 (1014)

〈聖道歎〉

崇華雖云高　　　　　　不過天下山
登登復登登　　　　　　亦須時日間
如何倦遊客　　　　　　謂是邈難攀 (3061)

〈忠邪辨〉

烏雖日浴　　　　　　　不白還黑
蔗雖日曝　　　　　　　既皓何塩
請觀天下物　　　　　　毫釐判涼炎

〈樵翁慢〉

老翁負薪　　　　　　　　所怨燧人有巢氏
作木實亦生
何教人火食　　　　　　　使我困行 (1186)

〈採芝覺〉

忙聞芝生　　　　　　　　芒鞋陟遏
千山白雲　　　　　　　　萬壑青霞
顧四皓當年　　　　　　　羽翼堪瑕 (640)

平調第三旨

〈樂太平〉

南薰殿月明夜　　　　　　八元八凱相携
五絃琴一聲　　　　　　　解吾民之慍兮
吾輩祝聖壽　　　　　　　願與天齊 (546)

〈春風丐〉

春山解雪風　　　　　　　而今何處去
霎然借得來　　　　　　　願吹吾寢處
鬢上年久霜　　　　　　　庶幾盡消除 (2982)

〈異端駁〉

老虗佛無明　　　　　　　德所累列曠
莊憤豈新民可議

時調・歌辭 漢譯資料集成

1

114

況五伯假借　　　　　　不於善止

羽調第一旨

〈漁父約〉
爾何居江居且
爾何事漁魚且
吾亦汝偕且 (1844)

〈夜坐興〉
梧桐雨滴　　　　　　舜琴如鳴
竹林風動　　　　　　楚漢如爭
金樽月白　　　　　　如見李白 (2070)

〈荊玉寃〉
喚玉爲石　　　　　　雖然可慨
博物君子　　　　　　識見應在
知而不知　　　　　　是以傷之 (2115)

〈荊玉寃〉
我有一寶玉　　　　　欲使世人覺
惟其外爲石　　　　　孰知內有璞
此旣有本質　　　　　何關識不識 (3240)

〈關東行〉

洒落關東景	昔聞今何如
明沙十里	海棠初舒
何處白鷗飛	兩兩疎雨於 (1097)

〈峽窰激〉

欲居山中	杜鵑堪羞
俯瞰吾家	鼎小也喚謳
天旣窮我	尙嫌其大 (1429)

〈淸聖悼〉

首陽山下水	爲夷齊怨淚
晝夜不息	灘灘嗚咽意
至今爲國忠	誠不盡鳴 (1701)

〈可孝問〉

夢見宗聖公	爲問事親孝
答云無他道	要在和容貌
深愛苟不著	愉色非外效 (338)

羽調第二旨

〈樂山操〉

| 解冠松樹掛 | 彈琴山鳥和 |
| 箕水川邊 | 洗耳高臥 |

天公爲我說　　　　　　願與偕老 (270)

〈浩氣闋〉
天地何時生　　　　　　興亡又誰知
萬古英雄　　　　　　　幾箇來斯
無心一片明月　　　　　爾或知之 (2793)

〈月樽皎〉
劉伶縱嗜酒　　　　　　豈盡携酒去
太白雖愛月　　　　　　亦豈鞭月御
吾將收所遺　　　　　　酌酒皓月覵 (2248)

〈野眺憑〉
鐵笛聲纔聞　　　　　　竹窓忙開
細雨長堤　　　　　　　牛背上牧孩
兒兮理釣竹　　　　　　江湖春入 (2586)

〈孤竹誄〉
岩畔彼孤竹　　　　　　有心如抱寃
我問爾世系　　　　　　孤竹君之幾代孫
首陽山萬古清風　　　　如見二公 (1871)

〈霜竹特〉
桃李笑春風　　　　　　所瑕惟薄情
蟋蟀俟秋吟　　　　　　亦係不平鳴
最愛經霜竹　　　　　　無瘁亦無榮

〈雪梅訪〉

聞梅發山中入
春雪深萬壑一色
何處暗香自來芳 (1011)

〈歎逝詠〉

假令百年生　　　　　　百年眞須臾
疾病憂患除　　　　　　餘日全無
又況非百歲人生　　　　不樂何須 (2445)

羽調第三旨

〈採薇解〉

初意欲死　　　　　　已入首陽餒
寧爲口腹計　　　　　而以薇蕨採
却嫌周雨露　　　　　更欲商鼎漑 (2627)

〈三閭怨〉

楚江漁父等　　　　　捉魚莫烹
屈三閭忠魂　　　　　魚腹中明
雖烹之鼎鑊　　　　　寧有可熟 (2918)

〈小大感〉

鷦鷯巢林木　　　　　大鵬莫笑
九萬里長天　　　　　雖到亦眇

同是一般禽　　　　　　何大何小 (85)

〈表裡叱〉

莫黔非鳥　　　　　　白鷗且莫笑

毛雖不潔　　　　　　裡豈如表

表白裡黑　　　　　　人孰汝要 (15)

〈瀟湘斑〉

蒼梧山聖帝魂　　　　雲物並瀟湘之寄

夜半流入　　　　　　竹間相化意

至今二妃　　　　　　寃淚不盡洗 (2731)

界面調第一旨

〈行路易〉

伏羲所行道　　　　　二帝三王共由

孔孟程朱更治　　　　坦坦平夷無幽

如何捷徑客　　　　　反謂今不修

〈自嘲勒〉

竹色如何看　　　　　宜烟宜雨又宜風

松韻如何聽　　　　　半夜濤聲寒在空

我獨無華無聲　　　　高臥草廬中

其二

〈白髮囑〉

白髮如功名	人人必爭逐
如我愚拙	老亦靡及
惟其爲公物也	貴人頭上何貰 (1191)

界面調第二旨

〈自在吟〉

靑山自在自在	綠水自在自在
山自在水自在	吾亦自在渠亦自在
旣自在自在	吾將自在自在 (2857)

〈淸凉秘〉

淸凉山最高丘	知者吾與白鷗
白鷗勿誇	所不信者桃花
桃花且勿移	恐爲舟子知 (2844)

〈落葉護〉

落木馬蹄蹙	葉葉秋聲
風伯爲箒	掃盡淸
彼崎嶇山	路是欲覆 (480)

界面調第三旨

〈天君釋〉

謂龍胡無角　　　　　　謂鳳胡無翼

變化神不測　　　　　　出入方寸隙

時時得雲雨　　　　　　亦知天地窄

〈項籍悔〉

自恃萬人敵　　　　　　力盡猶不降

亭長艤舡待　　　　　　謂急渡烏江

至今田父疑　　　　　　吾亦不知

(『芝嶺錄』)

「長歌」

(1) 將進酒

一杯飲　　　　　　　　復一杯飲

折花作籌　　　　　　　無盡無盡飲

此身死後　　　　　　　機上覆箸仍草縛

厥或流蘇寶帳裡　　　　百夫緦麻行且哭

茸莎葉檟白楊下　　　　去則去耳何須擇

瞑日沉霞泣　　　　　　愁雲滯雨來

蕭風自咽　　　　　　　誰復勸一杯

況彼猿每向塚顚嘯　　　雖悔曷追哉　(3189)

時調漢譯資料

(2) 雍門周

千秋前所貴艷	孟嘗君埶尊
千秋後所悲恨	孟嘗君尤寃
食客何曾小	名聲寧寂寥
鷄鳴及狗盜	人力爲榮戕
及到身死後	荊棘生幽壙
樵童牧豎輩	躑躅行其上
悲歌一曲調	豈料於斯唱
雍門周一曲琴	孟嘗君噓唏如下復如上
兒兮須擊淸	及生且遊賞 (2810)

(3) 狗馬戀

我久爲客	歲月空徂
忱誠少乎	咎罰多乎
何事落南	至此之離
月白風淸	別恨愈悲
昨夜勞夢	入去君所
耽耽別懷	切切呼訴
吾情若此	主豈無心
覺後更思	自然霑襟

(4) 歎息喝

歎息爾胡爲	日暮來吾所
羔毛莊子	細矢莊子
蔓莊子牡丹莊子	擧莊子掛莊子
牝樞金牡樞金	排目擧矢促錯釘

龍齗鑰鐵　　　　　做做然鎖停

屏風對曲　　　　　對曲撤入乎

簇子突胡　　　　　盧錄捲入乎

嗟嗟彼歎息　　　　爾從那裡便入

顧汝來止夕　　　　睡不堪着 (3181)

(『芝嶺錄』)

43. 權燮(1671~1795)

「憐娘歌曲」外

「憐娘歌曲」

南岳火燒　　　　　而西園月出

北方賤人　　　　　則得失知不知

幼兒乎　　　　　　今得旣失之慈母

• 資料

　唏哉! 倫常. 天地衰末, 凌遲已大都. 今○咸山老妓女, 甲戌所咏之歌曲, 其何人斯? 昔年劉村隱以小人有母之言, 使賊相失色低首. 今此娘倉卒喉中之出, 亦能驚倒, 何方伯之心腸, 貴賤何言? 劉輋轂下之男子, 而北塞絶域中花坊賤地, 亦有此烈烈名節何也? 嗚呼! 是娘生年以博雅古今史, 聞於京外, 此何淺之知是娘也? 玉所翁今八十七歲, 薄遊北路, 逢見此娘. 此娘同花甲而同我不死, 與之對坐別地. 嘻噓! 娘名可憐, 其歌曰: "南岳火燒, 而西園月出. 北方賤人, 則得失知不知, 幼兒乎, 今得旣失之慈母." 是其歡然而樂, 此可入於千古伶譜.(『玉所稿』聞慶本, 雜著, 「題可憐歌曲後」)

「翻老婆歌曲戲成一詞」

七寶亭前	君子之花
白首把折	驚動老婆
男仙女仙	游戲婆娑
千古風情	一曲悲歌 (『玉所稿』聞慶本，雜著)

「翻老婆歌曲十五章」

(1)

琴絃已斷	看君更續之
山峨峨水洋洋	豈雜彈於鳳凰曲
誠千古無對之	知己不可離去

(2)

興王舊山水	名區勝地多又多
歸水寺讀書堂	見之又往之
白首衷曲	是涵濡而糾結

(3)

筆落如驚風雨	詩成鬼神如泣
白首風骨	卽飄然之神仙
同老乾坤	欲相與而同不老

(4)

仙翁書字字珠玉	歌曲以酬之

高下好不好　　　　　　木瓜瓊琚似

女娘學識無　　　　　　此亦非偶然

(5)

老當益壯　　　　　　　邇來風流又有之

相同歲甲　　　　　　　亦豈作女娘之友也

仰望不及　　　　　　　慨然咄咄亦奈何

(6)

正果嘗其味　　　　　　櫻桃乎蜂液乎

有信多情　　　　　　　賞味可悟之

明朝入拜　　　　　　　必然開口笑

(7)

千秋前杜牧之　　　　　少年之橘滿車

九十詩仙　　　　　　　坐而亦橘

古今與議論　　　　　　此爲高地

(8)

虛名何誤聽　　　　　　以文翰下之

絶句乎譚子乎　　　　　盲人何解見

差病後卽之入拜　　　　此意可聽之

(9)

行具勿整待　　　　　　百爾不可去

下降之仙翁　　　　　　豈任意來往乎

晦初間待天晴　　　　我願同隨之

(10)

是何老丈夫肝腸　　　堅而矯而强乎也
不惜離恨　　　　　　餙文翰而出之
文翰則貴而悅　　　　奈離別之悵然

(11)

我心非石　　　　　　此心懷何以抑
老妄羞文翰　　　　　字字多情
送後悵然　　　　　　時腸欲斷

(12)

拜見時笑而迎　　　　去時泣而離別
斷腸消魂　　　　　　及此九十時
古今之墨客騷人　　　必是皆寃讐

(13)

豊沛館秋七月旣望　　成川江舟已艤
問之哉沙工乎　　　　阿誰阿誰去
權神仙李太白蘇子瞻　載風月而歸

(14)

其舡勿離岸　　　　　我亦從之去
三神山女仙　　　　　豈可忘而獨去
若未得同行　　　　　魂亦從其後

(15)

悲乎哉昔年歌曲	名公巨卿幾多見
八十有七年	謫降仙翁又見之
身世坐思之	涕淚不禁

「**翻咸婆歌曲**」

其何玉所翁	不復玉其音
黃沙磧裡	飛下寶唾
欣然哉惶恐感激外	不知告白語　.
鴻雁帶秋雲	歸故鄉乎
過去黃江時	必傳此洒息
傳之則憐婆福愁	庶可察知否

(『玉所稿』聞慶本, 雜著)

「**答咸山老婆**」

成川江陰離別	九十年光豈獨汝
松茸醬此何味	夢魂之千里
除是一関詞章	寄之彼鴈聲

「**答寄咸婆**」

(1)

一聲帶霜雁	昨昨日過去
其足所繫書	等閑之故○

春風北歸時　　　　　　　亦不知我意否

(2)

除非玉所翁玉顏　　　　　紅根知不知
寄哉此名節　　　　　　　九十歲同花甲
一夢兮北關　　　　　　　千里來去哉

(『玉所稿』聞慶本, 雜著)

「翻栗翁高山九曲歌用武夷櫂歌韻」

高山九曲效神靈　　　　　來卜新居地益淸
千載武夷同九曲　　　　　夢中伊軋櫂歌聲　　首詩 (179)

一曲泓深可泛船　　　　　冠岩出日野連川
松間置酒印須友　　　　　欲捲春山滿壑烟　　冠巖 (2424)

二曲花岩聳數峰　　　　　千紅齊發與誰容
無人解道春風面　　　　　泛出千重又萬重　　花巖 (2278)

三曲岩平坐似船　　　　　小屛濃翠幾何年
盤松蔭拂冷風籟　　　　　下上鳴禽聽可憐　　翠屛 (1470)

四曲蒼蒼幾尺岩　　　　　松蘿斜日與毿毿
林泉步入深猶好　　　　　衆色相涵漾碧潭　　松崖 (1372)

五曲先生坐處深　　　　　水邊精舍有斯林

風清月白良宵永　　　　不盡先生講學心　　隱屏 (2050)

六曲垂綸坐廣灣　　　　魚游我樂與相關
終然取適非猜爾　　　　帶月歸來意亦閑　　釣溪 (2256)

七曲山回激處灘　　　　終朝獨坐有何看
清霜薄打酣千樹　　　　錦繡秋光分外寒　　楓巖 (3028)

八曲琴灘皓月開　　　　金徽玉軫響沿洄
悠然獨坐泠泠奏　　　　誰識先生雅調來　　琴灘 (3078)

九曲文山太古然　　　　源泉混混下成川
深林歲暮無人到　　　　怪石奇岩盡雪天　　文山 (284)

(『玉所藏杳』)

• **資料**

1.「翻栗翁高山九曲歌用武夷櫂歌韻」

高山九曲效神靈	來卜新居地盒清	千載武夷同九曲	夢中伊軋櫂歌聲	首詩
一曲泓深可泛船	冠岩出日野連川	松間置酒印須友	欲捲春山滿壑烟	冠巖
二曲花岩聳數峰	千紅齊發與誰容	無人解道春風面	泛出千重又萬重	花巖
三曲岩平束似船	小屏濃翠幾何年	盤松蔭拂冷風籟	下上鳴禽聽可憐	翠屏
四曲蒼蒼幾尺岩	松蘿斜日與氎氎	林泉步入深猶好	衆色相涵漾碧潭	松崖
五曲先生坐處深	水邊精舍有斯林	風清月白良宵咏	不盡先生講學心	隱屏
六曲垂綸坐廣灣	魚游我樂與相關	終然取適非猜爾	帶月歸來意亦閑	釣溪
七曲山回激處灘	終朝獨坐有何看	清霜薄打酣千樹	錦繡秋光分外寒	楓巖
八曲琴灘皓月開	金徽玉軫響沿洄	悠然獨坐泠泠奏	誰識先生雅調來	琴灘
九曲文山太古然	源泉混混下成川	深林歲暮無人到	怪石奇岩盡雪天	文山

(『玉所集』卷1)

2.「石潭窮尋九曲用武夷棹歌韻」

高山地界仗人靈　栗老遺祠洞府清　初曲下驢窮九曲　溪流不改舊時聲　高山九曲

午日初停海口船　平郊滾滾有長川　滄桑一變冠巖倒　村戶閒籠寂歷烟　一曲冠巖
小雨東風過碧峯　巖花粧得一春容　臨流獨酌山村酒　塵世喧莩隔幾重　二曲花巖
何年顚覆上游船　摧折盤松又幾年　斜日獨來還獨立　數聲啼鳥聽堪憐　三曲翠屏
天畔峩峩百丈巖　松蘿交翠影鬖鬖　居僧盡歲生涯淡　掬米筐蔬洗碧潭　四曲松崖
壁色潭潭澗谷深　客來閒閣拜空林　明宮儼有滄洲制　千載淵源水月心　五曲隱屏
游魚潛躍小溪灣　自在天機也不關　誰識當年垂釣意　先生別有靜中閒　六曲釣溪
遊懷搖落過巖灘　分外淸吟仰面看　霜後萬楓他自好　半山紅錦九秋寒　七曲楓巖
山勢盤旋地欲開　薛蘿陰裏水渟洄　青天月上沙洲白　誰送瑤琴一曲來　八曲琴灘
籬落何心亦偶然　窮尋還有一山川　登高欲唱當時曲　却悔吾行未雪天　九曲文山
(『玉所藏呇』,『玉所集』卷1)

「黃江九曲用武夷櫂歌韻翻所詠歌曲」

(1)

天開是峽地明靈　　　　水月千秋分外淸
昔日齋居今廟貌　　　　石潭巴谷繼名聲　首詩

(2)

終歲欹危溯峽船　　　　東南蒼翠好山川
平岩伏在澄澄畔　　　　十里長湖淡淡烟　一曲對岩

(3)

靑山合杳列千峯　　　　風物烟花未自容
水外長川連野色　　　　數村鷄狗小林重　二曲花岩

(4)

泛泛烟波上下船　　　　寒齋風物已何年
明宮儼處衿紳咏　　　　月色秋江優可憐　三曲黃江

(5)

噴壑驚濤亂拍岩　　　　　　藤蘿楓梡又羧羧

長年已有如神手　　　　　　知是潛龍臥下潭　四曲皇恐灘

(6)

一江流到是湖深　　　　　　南北村籬處處林

地設斯區天似待　　　　　　是翁長有小廬心　五曲權湖

(7)

短短屏山幾曲彎　　　　　　玉京遙指白雲關

三分太守神仙似　　　　　　塞壁樓臺早暮閑　六曲錦屏

(8)

雙橈溯上下三灘　　　　　　夕照明時仰首看

幾日如聞黃鶴唳　　　　　　一梯高聳碧穹寒　七曲芙蓉壁

(9)

小壑深閑與我開　　　　　　幾年茅棟每沿洄

琴書不是山中客　　　　　　一室雙亭所去來　八曲凌江

(10)

亭亭一閣望依然　　　　　　丹筆蒼臺坐逝川

大壁張來千丈水別藏其外　　洞中天九曲龜潭從子八十二歲書

（『玉所藏杏』）

1. 「黃江九曲歌」

　　하늘이 뫼흘 여러 地界도 붉을시고
　　千秋 水月이 分 밧긔 묽아셰라
　　아마도 石潭已谷을 다시볼듯 ᄒ여라　總歌

　　一曲은 어드메오 花岩이 奇異홀샤
　　仙源의 깁흔 믈이 十里의 長湖로다
　　엇더타 一陣帆風이 갈듸 아라 가느니　對岩

　　二曲은 어드메오 花岩도 됴흘시고
　　千峰이 合沓ᄒ듸 限업슨 烟花로다
　　어듸셔 犬吠鷄鳴이 골골이 들니느니　花岩

　　三曲은 어드메오 黃江이 여긔로다
　　洋洋 絃誦이 舊齋를 니어시니
　　至今의 秋月亭江이 어제론 듯 ᄒ여라　黃江

　　四曲은 어드메오 일흠도 홀난홀샤
　　灘聲과 岳危이 一壑을 흔드는듸
　　그 아래 깁히 자는 龍이 櫂歌聲의 씨거다　皇恐灘

　　五曲은 어드메오 이 어인 權소ㅣ런고
　　일흠이 偶然혼가 化翁이 기드린가
　　이 中의 左右村落의 살아볼가 ᄒ노라　權湖

　　六曲은 어드메오 屏山이 錦繡로다
　　白雲 明月이 玉京이 여긔로다
　　뎌 우희 太守神仙이 네 뉘신줄 몰내라　錦屏

　　七曲은 어드메오 芙蓉壁이 奇絶홀샤
　　百尺 天梯의 鶴唳를 듯ᄌ올 듯
　　夕陽의 泛泛孤舟로 오락가락 ᄒ다　芙蓉壁

　　八曲은 어드메오 凌江洞이 묽고 깁희
　　琴書 四十年의 네어인 손이러니
　　아마도 一室雙亭의 못내 즐겨 ᄒ노라　凌江

　　九曲은 어드메오 一閣이 그 뉘러니

132

釣臺 丹筆이 古今의 風致로다
져긔 져 別有洞天이 千萬世ㄴ가 ᄒ노라　龜潭
(『玉所藏沓』)

2.「黃江九曲十首」

天開是峽地明靈	水月千秋分外清	昔日齋居今廟貌	石潭巴谷繼名聲	首詩
終歲欹危溯峽船	東南蒼翠好山川	平岩伏在澄澄畔	十里長湖淡淡烟	一曲對岩
靑山合杏列千峯	風物烟花未自容	水外長川連野色	數村鷄狗小林重	二曲花岩
泛泛烟波上下船	寒齋風物已何年	明宮儼處衿紳咏	月色秋江優可憐	三曲黃江
噴壑驚濤亂拍岩	藤蘿楓栝又鋑鋑	長年已有如神手	知是潛龍臥下潭	四曲皇恐灘
一江流到是湖深	南北村籬處處林	地設斯區天似待	是翁長有小廬心	五曲權湖
短短屛山幾曲彎	玉京遙指白雲關	三分太守神仙汝	塞壁樓臺早暮閒	六曲錦屛
雙橈溯上下三灘	夕照明時仰首看	幾日如聞黃鶴唳	一梯高聳碧穹寒	七曲芙蓉壁
小壑深閑興與我開	幾年茅棟每沿洄	琴書不是山中客	一室雙亭所去來	八曲凌江
亭亭一閣望依然	丹筆蒼臺坐逝川	大壁張來千丈水	別藏其外洞中天	九曲龜潭

(『玉所集』卷1)

44. 南道振(1674~1735)

「三疊歌」

其一疊曰

丸齋翁兮閒無事　　　訪無極翁兮

循天根而下月窟　　　入靈臺中兮

鳶飛天而魚躍淵　　　興自不窮兮 (3193)

其二疊曰

瞻彼白雲離離兮　　　無心出遠岑

時調漢譯資料

133

飛上天去又來兮　　　　　　氣埃不能侵

愼勿變靑雲向洛水兮　　　　却恐是有心

　其三疊曰

草綠長堤有放馬　　　　　　脫羈絡兮

嘶風振鬣東奔走西　　　　　踊躍兮

自得揚揚索雖長　　　　　　不可縛兮

(『弄丸齋遺稿』卷4, 丸齋公自傳)

• 資料 ──────────────────────────────

「三疊歌」

　其一疊曰

　丸齋翁兮閒無事　訪無極翁兮　循天根而下月窟　入靈臺中兮　鳶飛天而魚躍淵　興自不窮兮

　其二疊曰

　瞻彼白雲離離兮　無心出遠岑　飛上天去又來兮　氣埃不能侵　愼勿變靑雲向洛水兮　或恐是有心

　其三疊曰

　草綠長堤有放馬　脫羈絡兮　嘶風振髮東奮走西　踊躍兮　自得揚揚索雖長　不可縛兮

　(『宜寧南氏家乘』卷5)

45. 丁一愼(1682~1713)

「仍俗歌成句二首」

　(1)

種松爲亭子　　　　　　　　養菊是藩籬

白雲深處谷　　　　我在其誰知
庭畔鶴徘徊　　　　知是我友斯 (823)

(2)
功名與富貴　　　　付與世人輩
無語靑山裏　　　　無事臥自在
春雨自生蕨　　　　知是我分內 (227)

（『臨窩遺稿』卷2）

46. 李森(1677~1735)

「聖主鴻恩歌」

(1)
報了報了　　　　聖主鴻恩報了
此身雖死　　　　何以盡報了
玆生未報恩　　　　後生當報了

(2)
慷慨哉人兮　　　　一片丹心誰復知
爲國一死　　　　庶幾乎知
知而不之知　　　　是以悲之

（『白日軒遺集』, 『漫錄』）

• 資料

갑프리라 갑프리라 셩쥬홍은 갑프리라
이 몸이 죽을진들 어이ᄒᆞ야 다 갑프리
이 심애 못 갑픈 은혜는 후싱의나 갑프리라

애돌을슨 사람일다 일편단심 그 뉘 알리
위국일ᄉᆞᆫ 알암즉도 ᄒᆞ건만은
알고도 모로는 체ᄒᆞ니 그를 셜워 ᄒᆞ노라 (『漫錄』)

47. 李縡(1682~1750)
「飜訓民歌十八章」

(1) 父義母慈

父兮生我母兮育　　　　　不有雙親孰止慈
嗚呼罔極如天德　　　　　其奈無緣報答爲 (1817)

(2) 兄友弟恭

請看昆季類肌貌　　　　　此令何爲不友恭
同氣分形同乳飮　　　　　長成須勿各心胸 (3242)

(3) 君民

尊卑雖曰等天地　　　　　聖主咸知疾痛民
輿情豈昧涓埃報　　　　　將把肥芹獻玉宸 (2455)

(4) 子孝

親年脩短有誰知　　　　先事生前是謂孝
也識世人難再事　　　　春輝報得寸心效 (1918)

(5) 夫婦有恩

壹體乾坤作伉儷　　　　死生契活有深恩
堪嗟薄俗狂愚輩　　　　反目相看不足言 (3166)

(6) 男女有別

女往男來各避行　　　　固知斯義有分別
如非聘幣爲夫婦　　　　愼勿問名親且昵 (59)

(7) 子弟有學

孝經小學禮家書　　　　爾子吾兒方始學
學而時習爲賢士　　　　其在親心不亦樂 (621)

(8) 鄉閭有禮

爲語鄉閭作善事　　　　人而無誼柰如禮
方今晟際違風化　　　　冠著馬牛卽一體 (953)

(9) 長幼有序

長執幼肱手兩擎　　　　此儀通謂識倫序
且當飮罷鄉隣酒　　　　扶杖徐行陪後去 (3080)

(10) 朋友有信

以他人與作朋友　　　　莫易其交必有信

微爾誰能言我失　　　　　　　此身多賴少瑕釁 (530)

(11) 貧窮患難親戚相救
無衣無食互爲憂　　　　　　　叔姪親情必欲救
此外諸般艱苟事　　　　　　　亦皆相恤與之佑 (1955)

(12) 婚姻死喪隣里相助
人世婚喪兩大事　　　　　　　在隣里道豈無助
我雖家本餘儲少　　　　　　　可不傾困以致慮 (624)

(13) 無惰農桑
東嶺且看日已出　　　　　　　西疇爭往務農桑
乃知民事無如豫　　　　　　　熟讀豳風戒不忘 (2052)

(14) 無作盜賊
飢寒雖是切窮事　　　　　　　他物潛圖乃爲賊
倘以累名身壹陷　　　　　　　平生其奈難能滌 (1354)

(15) 無學賭博無好爭訟
肄業不宜學賭博　　　　　　　爲文況可好爭訟
請看邦有常刑在　　　　　　　繫械圜門此甚恐 (1508)

(16) 斑白者不負戴
半白黑頭彼老人　　　　　　　背何堪負首何戴
相看不覺哀矜至　　　　　　　請以吾身身自代 (2277)

時調 · 歌辭 漢譯資料集成 ❶

138

(17) 無以惡凌善無以富吞貧

世態人情不甚美	惡能慢善富吞貧
我於貧暴將何畏	爾犯常刑悔必臻 (2173)

(18) 行者讓路耕者讓畔

路計閒忙許爾往	田量豐約遜吾畔
不圖民俗至於斯	古昔淳風此復看 (560)

(『茅山亭遺稿』)

48. 南夏正(1687~1751)

「少郎輩編里巷雜曲累數十章」

少郎輩編里巷雜曲累數十章. 余理病愁寂, 輒取而閱之, 太半是男女相悅之辭, 率淫哇鄙媒, 宜在見放. 其中稍采得比興雅正, 有不背詩人之旨者, 凡九章, 演成韻語, 窃附於古樂府遺意九首.

(1)

古人不見吾	吾不見古人
古人雖不見	古道猶在前
此道古人行	今人宜見遵 (187)

(2)

青山山下臺　　　　　　　臺下水流廻

水中有羣鷗　　　　　　　自去還自來

白駒何皎皎　　　　　　　遐心肯不回 (1445)

(3)

壓雪離披竹　　　　　　　誰言不自直

如可枉其節　　　　　　　何能雪中綠

亭亭歲寒色　　　　　　　萬古惟爾獨 (674)

(4)

集谷羣雅咻　　　　　　　孤飛一白鷗

白鷗慎所適　　　　　　　羣雅妒爾白

清流濯自潔　　　　　　　去去莫緇涅 (23)

(5)

語汝日中烏　　　　　　　勿去且聽吾

汝是反哺鳥　　　　　　　鳥中參之徒

羲輪爲我駐　　　　　　　駐我堂北隅 (2449)

(6)

三冬衣短褐　　　　　　　巖穴蒙雨雪

浮雲翳朝曦　　　　　　　陽輝不我晞

忽聞日西落　　　　　　　我心還惻惻 (1478)

(7)

老翁行負薪　　　　　　　誰怨怨爆人
憶昔茹毛世　　　　　　　亦各萬千歲
如何敎火食　　　　　　　使我肩未息 (1186)

(8)

歸去兮歸去　　　　　　　卯友兮歸去
秋風兮忽起　　　　　　　白露兮爲霜
北風兮雨雪　　　　　　　恐歸兮不及將

(9)

昨日靑絲髮　　　　　　　今朝盡成雪
借問明鏡中　　　　　　　何處此老翁
忽憶少年事　　　　　　　行樂夢裏似 (1967)

（『桐巢遺稿』 桐巢樂府）

49. 安昌後(1687~1771)

「閒說二十五幷詩歌」

(1) 人道

人이 人이라 흔들 人마다 人이랴
人이 人이라사 人이 人이니라

진실노 人노릇 ᄒ랴 ᄒ면 反求諸己ᄒ여스라

人世人多豈盡人	人能人道乃爲人
求諸己也備人道	不必勞勞遠訪人

(2) 人心道心

道心은 惟微ᄒ고 人心은 惟危ᄒ니

惟精惟一이라사 允執厥中 ᄒ오리라

진실노 이 말ᄉᆞᆷ 體得ᄒ면 聖賢同歸 ᄒ오리라

一心中發道人二	人是橫危道直微
倘識危微精一執	人皆可與聖同歸

(3) 心意志氣

心爲一身之主요 意爲有爲之臣이라

志因意而定立ᄒ고 氣得隨而發行ᄒ다

아마도 持其志오사 無暴其氣ㄹ가 ᄒ노라

心是一身賢主人	意兮萬事有謀臣
志能辨別公私立	氣意其直並得伸

(4) 食色

食色 雖重ᄒ나 亡身이 ᄯᅩ 害ㅣ로쇠

言其重 不可無요 言其害 不可有ㅣ니

아마도 不厭不貪ᄒ오사 善養氣質일가 ᄒ노라

食色於人無亦難　　　　　因而滅性有爲難
難無難有中何得　　　　　不厭不貪是不難

(5) 天性賢愚同

　堯舜도 사름이요 내 역시 사름이다
　사름은 흔가지나 堯舜 호자 堯舜이다
　아마도 發憤力行ᄒ면 人皆可爲 堯舜일가 ᄒ노라

聖人之性與吾同　　　　　爲聖爲吾底不同
同得倘能同不失　　　　　禮同義同智仁同

(6) 謹身以約接人以厚

　言人過後患何ᄂ 孟夫子의 垂訓이요
　卽其新不究舊ᄂ 韓昌黎의 至論이라
　이 말ᄉᆞᆷ 시ᅙᆡᆼᄒ면 身不危俗淳厚 ᄒ오리라

人過耳聞口莫說　　　　　聖人有訓戒招嗔
卽其新也無追舊　　　　　處世無危俗亦淳

(7) 愛惡以公

　愛而知其惡ᄒ고 惡而知其善ᄒ면
　中心이 至公ᄒ야 是非分明ᄒ오리라
　엇지타 末世言論은 阿於所好ᄒᄂ게야

愛之知惡愛爲公　　　　　惡又記賢惡亦公
今世人多阿所好　　　　　譽惟私也毁何公

時調漢譯資料

(8) 士有恒心民易失恒

單瓢陋巷 不改樂은 顏子 호자 ᄒ여잇고

無恒産 無恒心은 凡人이 거의로다

그러나 秉彝良心은 업슬 줄이 이시랴

士惟樂道窮愈堅	民未操心易變迂
難兒深嗟氣質性	不泯何幸秉彝天

(9) 知事

일 모로기 흔치 말고 일마다 持公ᄒ면

七情이 절노 트여 모를 일 업스리라

진실노 萬事無惑ᄒ면 隨處能安 ᄒ오리라

臨事莫歎事不知	是非先定去吾私
心權度處情錘運	左應右酬事事宜

(10) 知義理

義理 알기 어렵다 ᄒ나 良知良能 뉘 업스리

절노 아ᄂ 義理 推明ᄒ면 모ᄅ던 義理 漸漸 씨리

엇지타 私欲 마글 줄 모ᄅ고 下愚自處 ᄒᄂ게야

義理不須高遠知	反身人盡有良知
良知都喪於私欲	甘作下愚故未知

(11) 喜聞過無隱無識

그른 일 그로라 ᄒ고 모ᄅᄂ 일 모ᄅ노라 ᄒ면

그른 일 고치고 모르던 일 아라 가리
이말슴 賤近ᄒ오나 進就홀 道理니라

不逮其非非反是   毋隱無識識愈博
難而爲易易而難   於此不難曰好學

(12) 養子方知我不孝
고이ᄒ다 내 일이야 ᄒᆞᆫ 마음 두가지다
양ᄌᆞ에 진심ᄒ고 事親에 未盡ᄒ니
慈烏에 未反哺ᄂᆞᆫ 내 恨인가 ᄒ노라

養子方知父母心   昊天岡極莫高深
爲父爲子吾心二   恨結慈烏反哺林

(13) 子以父母心爲心則率性而爲孝
잇버도 잇분 줄 모르고 괴로와도 괴로운 줄 모르니
養子홀 至誠은 愚夫愚婦 ᄒᆞᆫ가지다
아마도 父母心 爲心者ㅣ아 率性之孝ᆫ가 ᄒ노라

呴勞何日不深誠   保護無時減至情
知是吾人能率性   事親何不此心行

(14) 可繼述則繼述 可改則改之
善繼人志도 聖人事요 不待三年改도 古訓이다
善繼ᄂᆞᆫ 彰前美요 改之ᄂᆞᆫ 盖昔非라
父兄의 올흔 ᄯᅳᆺ 못 니으면 忝厥祖ㄴ가 ᄒ노라

善爲繼述彰前美　　　　　不待三年改昔非
雖猶昔非猶可改　　　　　況乎前美作虛歸

(15) 思先則睦族

同姓은 百代之親이요 敦睦은 傳家之風이라

이 敦睦 못ᄒ니으면 子孫 잇다 ᄒ올소냐

各思其親ᄒ면 절노 私同홀가 ᄒ노라

我不身修家不齊　　　　　此無觀感彼何齊
人人倘各思先祖　　　　　同氣相隨自睦齊

(16) 戒貪女樂

能不爲 外物誘ᄂ 成德君子의 일이요

迷耳目 私心發은 凡人의 例事로다

이러모로 伊川이 初學者의 先學인가 ᄒ노라

明道心安無妓雜　　　　　伊川已克避妖姸
避妖今可冀初學　　　　　無妓誠難責少年

(17) 樂樂而不淫

古樂도 못보왓고 今樂도 못비홧ᄂ

冷冷 嘈嘈中에 正聲淫聲 다르도다

그러나 與衆樂樂ᄒ고 樂而不淫 ᄒ오리라

古樂何如今樂何　　　　　正聲淫律自相訛
與人同樂猶今古　　　　　莫樂其流共樂和

(18) 心樂爲本樂樂爲末

풍악이 즐겁다 ᄒ나 듯기로셔 달ᄋ도다

즐거운 이 드르면 즐기고 슬푸니 드르면 슬퍼ᄒᄂᆝ

아마도 心樂이 本이요 樂악은 말인가 ᄒ노라

樂者如聞樂可樂	愁人雖聽樂何樂
樂非樂也惟由人	人果樂之樂亦樂

(19) 戒好勝

민망ᄒ다 긔 爲帥ㅣ여 好勝ㄹ 專主ᄒ니 義理샹의 눔이로다

改過ᄒ랴다가 눔이 알면 부러 아니ᄒ니

아마도 好從善이라사 氣從令일가 ᄒ노라

閔矣人之氣作帥	勝人爲主義何知
人先己意爲嫌惡	初欲爲之故不爲

(20) 是非不可自恃輕定

그른 일 올타 ᄒ고 올흔 일 그르다 알기 쉬오니

深思精察ᄒ야 ᄌ시 알기 공부ᄒ소

이 도리 有道者의 質定ᄒ오사 是非分明ᄒ오리라

似是以非人未知	似非而是亦何知
熟思精察雖無惑	猶不恃知更質知

(21) 戒驕

富貴도 驕로 일코 才能도 驕로 損失ᄒ니

션빅의 仁義禮智 교만ㅎ고 불글소냐

아마도 驕字의 警戒ᄂ 天子庶人 一樣일가 ㅎ노라

失國人無以國待   亡家誰有造家呈

士驕不獨喪家國   儒行皆戱百病生

(22) 有知不敎不知同

天性은 ᄒᆞᆫ가지나 氣稟은 다ᄅᆞ도다

先覺이 覺後覺은 하늘의 ᄡᅳ지니 元無識은 불이고 知而不言 괴이ㅎ다

아마도 敎人不倦은 好學者의 道理인가 ㅎ노라

先覺固宜覺後覺   智人所以擇仁居

不知非義元無責   識者不言不識如

(23) 自歎出處難

杜門ㅎ면 벗이 업고 出入ㅎ면 失宜ㅎᄂᆡ

벗 업스면 棄人이요 失宜ㅎ면 妄人이다

ᄎᆞ랄히 棄人이 되연졍 妄人은 免ㅎ오리라

反身未縮州難行   講學無誠罕與迎

窮巷靜居宜守分   何須妄擧誤平生

(24) 自責徒言無實

徒言은 크게 ㅎ나 進就에 無實ㅎ니

反己ㅎ야 自愧ㅎ고 向人ㅎ야 嘲笑ㅣ로다

그러나 狂夫言도 聖人이 ᄀᆞᆯ희시니 不以人廢言일가 ㅎ노라

徒言過大吞三爻　　　　無實堪當取笑嘲

狂士嘐嘐誰更數　　　　無私開月卽深交

(『閒說堂遺稿』)

・資料

(1) 〈人道〉人世人多豈盡人　人能人道乃爲人　求諸己也備人道　不必勞勞遠訪人 (歌)
人이 人이라 ᄒᆞᆫ들 人마다 人이랴 人이 人이라사 人이 人이니라 진실노 人노릇 ᄒᆞ랴
ᄒᆞ면 反求諸己ᄒᆞ여스라

(2) 〈人心道心〉 一心中發道二人　人是橫危道直微　倘識危微精一執　人皆可與聖同歸
(歌) 道心은 惟微ᄒᆞ고 人心은 惟危ᄒᆞ니 惟精惟一이라사 允執厥中 ᄒᆞ오리라 진실노
이 말ᄉᆞᆷ 體得ᄒᆞ면 聖賢同歸 ᄒᆞ오리라

(3) 〈心意志氣〉 心是一身賢主人　意兮萬事有謀臣　志能辨別公私立　氣意其直並得伸
(歌) 心爲一身之主요　意爲有爲之臣이라 志因意而定立ᄒᆞ고 氣得隨而發行ᄒᆞ다 아마
도 持其志오사 無暴其氣ㄹ가 ᄒᆞ노라

(4) 〈食色〉食色於人無亦難　因而滅性有爲難　難無難有中何得　不厭不貪是不難 (歌) 食
色 雖重ᄒᆞ나 亡身이 ᄯᅩ 害ㅣ로ᄃᆡ 言其重 不可無요 言其害 不可有ㅣ니 아마도 不厭
不貪ᄒᆞ오사 善養氣質일가 ᄒᆞ노라

(5) 〈天性賢愚同〉聖人之性與吾同　爲聖爲吾底不同　同得倘能同不失　禮同義同智仁同
(歌) 堯舜도 사름이요 내 역시 사름이다 사름은 ᄒᆞᆫ가지나 堯舜 호자 堯舜이다 아마도
發憤力行ᄒᆞ면 人皆可爲 堯舜일가 ᄒᆞ노라

(6) 〈謹身以約接人以厚〉人過耳聞口莫說　聖人有訓戒招嗔　卽其新也無追舊　處世無危
俗亦淳 (歌) 言人過後患何ᄂᆞᆫ 孟夫子의 垂訓이요 卽其新不究舊ᄂᆞᆫ 韓昌藜의 至論이라
이 말ᄉᆞᆷ 시힘ᄒᆞ면 身不危俗淳厚 ᄒᆞ오리라

(7) 〈愛惡以公〉愛之知惡愛爲公　惡又記賢惡亦公　今世人多阿所好　譽惟私也毁何公
(歌) 愛而知其惡ᄒᆞ고 惡而知其善ᄒᆞ면 中心이 至公ᄒᆞ야 是非分明ᄒᆞ오리라 엇지타 末
世言論은 阿於所好ᄒᆞᄂᆞᆫ게야

(8) 〈士有恒心民易失恒〉士惟樂道窮愈堅　民未操心易變迂　難兌深嗟氣質性　不泯何幸
秉彛天 (歌) 單瓢陋巷 不改樂ᄂᆞᆫ 顔子 호자 ᄒᆞ여잇고 無恒産 無恒心은 凡人이 거의로
다 그러나 秉彛良心은 업슬 줄이 이시랴

(9) 〈知事〉臨事莫歎事不知　是非先定去吾私　心權度處心情錘運　左應右酬事事宜 (歌) 일
모로기 ᄒᆞᆫ치 말고 일마다 持公ᄒᆞ면 七情이 절노 트여 모룰 일 업스리라 진실노 萬事
無惑ᄒᆞ면 隨處能安 ᄒᆞ오리라

(10) 〈知義理〉義理不須高遠知　反身人盡有良知　良知都喪於私欲　甘作下愚故未知 (歌)
義理 알기 어렵다 ᄒᆞ나 良知良能 뉘 업스리 절노 아ᄂᆞᆫ 義理 推明ᄒᆞ면 모ᄅᆞ던 義理
漸漸 씨리 엇지타 私欲 마글 줄 모ᄅᆞ고 下愚自處 ᄒᆞᄂᆞᆫ게야

(11) 〈喜聞過無隱無識〉不遂其非非反是　毋隱無識識愈博　難而爲易易而難　於此不難曰
好學 (歌) 그른 일 그로라 ᄒᆞ고 모ᄅᆞᄂᆞᆫ 일 모로노라 ᄒᆞ면 그른 일 고치고 모ᄅᆞ던 일
아라 가리 이말ᄉᆞᆷ 賤近ᄒᆞ오나 進就홀 道理니라

149

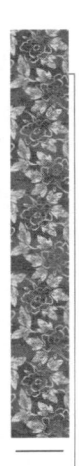

(12) 〈養子方知我不孝〉養子方知父母心 昊天罔極莫高深 爲父爲子吾心二 恨結慈烏反
哺林 (歌) 고이ᄒ다 내 일이야 ᄒᆞᆫ 마음 두가지다 양ᄌᆞ에 진심ᄒ고 事親에 未盡ᄒ니
慈烏에 未反哺ᄂᆞᆫ 내 恨인가 ᄒ노라

(13) 〈子以父母心爲心則率性而爲孝〉劬勞何日不深誠 保護無時減至情 知是吾人能率
性 事親何不此心行 (歌) 잇버도 잇븐 줄 모르고 괴로와도 괴로운 줄 모르니 養子ᄒᆞᆯ
至誠은 愚夫愚婦 ᄒᆞᆫ가지다 아마도 父母心 爲心者ㅣ아 率性之孝ㄴ가 ᄒ노라

(14) 〈可繼述則繼述 可改則改之〉善爲繼述彰前美 不待三年改昔非 雖猶昔非猶可改
況乎前美作虛歸 (歌) 善繼人志도 聖人事요 不待三年改도 古訓이다 善繼ᄂᆞᆫ 彰前美요
改之ᄂᆞᆫ 盖昔非라 父兄의 올ᄒᆞᆫ 쏫 못 니으면 恭厥祖ㄴ가 ᄒ노라

(15) 〈思先則睦族〉我不身修家不齊 此無觀感彼何齊 人人倘各思先祖 同氣相隨自睦齊
(歌) 同姓은 百代之親이요 敦睦은 傳家之風이라 이 敦睦 못니으면 子孫 잇다 ᄒ올소
냐 各思其親ᄒ면 절노 私同ᄒᆞᆯ가 ᄒ노라

(16) 〈戒貪女樂〉明道心安無妓雜 伊川己克避妖妍 避妖今可冀初學 無妓誠難責少年
(歌) 能不爲 外物誘ᄂᆞᆫ 成德君子의 일이요 迷耳目 私心發은 凡人의 例事로다 이러모
로 伊川이 初學者의 先學인가 ᄒ노라

(17) 〈樂樂而不淫〉古樂何如今樂何 正聲淫律自相訛 與人同樂猶ᄀᆞ古 莫樂其流共樂和
(歌) 古樂도 못보왓고 今樂도 못비홧ᄂᆞᆫ 冷冷 嘈嘈中에 正聲淫聲 다르도다 그러나 與
衆樂樂ᄒ고 樂而不淫 ᄒ오리라

(18) 〈心樂爲本樂樂爲末〉樂者如開樂可樂 愁人雖聽樂何樂 樂非樂也惟由人 人果樂之
樂亦樂 (歌) 풍악이 즐겁다 ᄒ나 듯기로써 달ᅌᅳ도다 즐거운 이 드르면 즐기고 슬푸니
드르면 슬허ᄒ니 아마도 心樂이 本이요 樂악은 말인가 ᄒ노라

(19) 〈戒好勝〉閔矣人之氣作帥 勝人爲主義何知 人先己意爲嫌惡 初欲爲之故不爲 (歌)
민망ᄒ다 긔 爲帥ㅣ여 好勝ㄹ 專主ᄒ니 義理상의 놈이로다 改過ᄒ랴다가 남이 알면
부러 아니ᄒ니 아마도 好從善이라사 氣從令일가 ᄒ노라

(20) 〈是非不可自恃輕定〉似是以非人未知 似非而是亦何知 熟思精察雖無惑 猶不恃知
更質知 (歌) 그른 일 올타 ᄒ고 올흔 일 그르다 알기 쉬오니 深思精察ᄒ야 ᄌᆞ시 알기
공부ᄒ소 이 도리 有道者의 質定ᄒ오사 是非分明ᄒ오리라

(21) 〈戒驕〉失國人無以國待 亡家誰有造家呈 士驕不獨喪家國 儒行皆戲百病生 (歌) 富
貴도 驕로 일코 才能도 驕로 損失ᄒ니 션비의 仁義禮智 교만ᄒ고 불글소냐 아마도
驕字의 警戒는 天子庶人 一樣일가 ᄒ노라

(22) 〈有知不敎不知同〉先覺固宜覺後覺 智人所以擇仁居 不知非義元無責 識者不言不
識如 (歌) 天性은 ᄒᆞᆫ가지나 氣稟은 다르도다 先覺이 覺後覺은 하늘의 쓰지니 元無識
은 불이고 知而不言 괴이ᄒ다 아마도 敎人不倦은 好學者의 道理인가 ᄒ노라

(23) 〈自歎出處難〉反身未縮州難行 講學無誠字與迎 窮巷靜居宜守分 何須妄擧誤平生
(歌) 杜門ᄒ면 벗이 업고 出入ᄒ면 失宜ᄒ니 벗 업스면 棄人이요 失宜ᄒ면 妄人이다
ᄎᆞ랄히 棄人이 되연정 妄人은 免ᄒ오리라

(24) 〈自責徒言無實〉徒言過大呑三爻 無實堪當取笑嘲 狂士嘐嘐誰更數 無私開月卽深
交 (歌) 徒言은 크게 ᄒ나 進就에 無實ᄒ니 反己ᄒ야 自愧ᄒ고 向人ᄒ야 嘲笑ㅣ로다
그러나 狂夫言도 聖人이 굴히시니 不以人廢言일가 ᄒ노라

(『閒說堂遺稿』)

50. 吳光運 (1689~1745)

「百死歌」

此身死復死百廻死　　　白骨塵沉復灰飄

魂兮有也無　　　　　　向君一片丹心那可銷

可憐天壽門前水　　　　千古東流善竹橋 (2325)

・資料

　[世傳鄭圃隱百死歌, 使忠臣志士千古拱涙, 謹依其聲而韻之, 因結之.]此身死復死百廻死, 白骨塵沉復灰飄. 魂兮有也無, 向君一片丹心那可銷. 可憐天壽門前水, 千古東流善竹橋.(『海東樂府』)

51. 任埏 (1694~1756)

「夜坐聞歌漫筆翻錄」, 「翻方曲」

「夜坐聞歌漫筆翻錄」

(1)

是何夜之長　　　　　他人之夜亦爾否

豈其夜之長　　　　　爲我無眠

故君將眠亦去　　　　相思胡爾苦

(2)

征馬臨路嘶	郎君摻袖泣
夕陽已踰嶺	去路千里逖
願郎勿停馬	但復麾落日 (992)

(5)

掛席舟已發	此去何時來
萬頃蒼波往	旋回夜半
至匆忽聲	如使離腸崔 (764)

(7)

今日是今日	每日如今日
日暮復日出	每日晝夜長
常爲今日 (2063)	

「翻方曲」

(3)

征馬臨去嘶	情人摻袂啼
夕陽度西嶺	歸路千里餘
憑君莫挽我	且駐咸池暉 (992)

(4)

寢食俱未安	不知此何病
憶君念如結	相思祟此證

端由爲君故　　　　　　唯君藥所命

(6)

松根坐憩僧　　　　　　爾坐幾十年

我坐不必問　　　　　　歸路杳無邊

欲去未能起　　　　　　爾然我亦然 (1689)

(9)

綠楊千萬絲　　　　　　難挽春風住

狂蝶縱眈花　　　　　　奈此花辭樹

郎心欲留歡　　　　　　其如歡便去 (643)

(15)

假使夢中路　　　　　　眞能有行迹

所歡窻前路　　　　　　雖石亦必泐

無郎夢無蹤　　　　　　起坐空沾臆 (334)

（『巵齋遺稿』）＊李家源，『朝鮮文學史』(中), 재인용

52. 李希齡(1697~1776)

「白鷺歌」, 「秋風白髮歌」

「白鷺歌」

烏巢枝　　　　　　白鷺愼莫窺

怒烏妬白色　　　　　　　滄滄水濯濯羽

蘆花風麗曜羽　　　　　　怕他啄向風塵落 (23)

「秋風白髮歌」

誰謂我老　　　　　　　　老也如許耶

看花眼却明　　　　　　　持盃笑自多

秋風自生白髮　　　　　　我也如渠何 (689)

・資料

　　金鼎九字德甫, 安東人. 公事母孝, 累試於有司, 竟不得志. 宗家貧不能祭, 則割驪江良田數十頃以贍之. 其後桃廟及公, 而卒不言其田. 公秀軡豊下, 顏如渥丹. 性好酒, 醉輒爲短歌, 其辭曰: "烏巢枝, 白鷺愼莫窺. 怒烏妬白色, 滄滄水濯濯羽, 蘆花風麗曜羽. 怕他啄向風塵落."又歌曰: "誰謂我老, 老也如許耶? 看花眼却明, 持盃笑自多. 秋風自生白髮, 我也如渠何?" 往往持盃歌呼, 不知酒之落地. 盖憤世自豪, 寓之聲而見志焉. (『藥坡漫錄』卷94 金鼎九條, 『藥坡漫錄』藏書本)

53. 南有容(1698~1773)

「夜聞隣歌倚其聲爲新詞三関」

(1)

清凉山六六峯　　　　　　惟有白鷗知我家

白鷗淸愼豈負吾　　　　　輕薄難信是桃花

桃花桃花更莫出洞去　　　恐引外客來經過[右李退溪詞] (2844)

(2)

漁父驚風波	賣舟買騏驥
誰知羊腸險	甚於瞿塘水
從今棄舟又棄馬	願從老農學耕稼[右朴思菴翻] (3123)

(3)

三冬一布褐	巖穴受風雪
雲間一寸暉	不曾晞我褐
忽聞西山白日頹	自然淚落心中哀[右金河西翻] (1478)

(『雷淵集』卷8 雜詩,『雷淵詩稿』)

---

54. 崔瑞琳(17세기)

「悼林士遂寃死歌」,「自然歌」,「白鷗歌」

「悼林士遂寃死歌」

昨日伐了木	百尺長松非也歟
若使小焉在	可作棟樑材
此後明堂傾矣	于何以支之

엇그제 버힌 남기 백척장송 아니런가
져근덧 두엇든들 동량지 되리리니
이 뒤 명당이 기울면 어나 남기 밧치리

・資料 ─────────

昨日伐了木(엇그제 버힌 남기) 百尺長松非也歟(백척장송 아니런가) 若使小焉在(저근덧 두엇든들) 可作棟樑材(동량지 되리리니) 此後明堂傾矣(이 뒤 명당이 기울면) 于何以支之(어 나 남기 밧치리)○謹按古今歌曲載以鄭松江所作, 而松江於錦湖寃死時年纔十二, 非作此歌 時也, 恐是松江平日恒誦師門此歌, 故傳錄之誤也. (『河西先生續集』)

───────────

「自然歌」

靑山自然自然	綠水自然自然
山自然水自然	山水間我亦自然
已矣哉自然生來人生	將自然自然老

청산도 졀로졀로 록수도 졀로졀로

산도 졀로 물도 졀로 하니 산수간 나도 졀로

아마도 졀로 삼긴 人生이라 졀로졀로 늙사오려

・資料 ─────────

靑山自然自然(청산도 졀로졀로) 綠水自然自然(록수도 졀로졀로) 山自然水自然(산도 졀로 물도 졀로 하니) 山水間我亦自然(산수간 나도 졀로) 已矣哉 自然生來人生(아마도 졀로 삼 긴 人生이라) 將自然自然老(졀로졀로 늙사오려)○謹按海東歌謠及大東風雅載以宋尤庵所作, 而河西後孫時瑞常慕先祖此歌, 號其堂以自然, 而又使崔公瑞琳譯以文句如此, 則河西所作 無疑. (『河西先生續集』)

───────────

「白鷗歌」

蘆花發處	落霞橫帶
三三五五雜遊之彼白鷗	
我輩江湖舊盟將尋	

로화 픠온 곳에   락하를 빗겨 띄고

삼삼오오히 섯겨 노는 져 백구야

우리도 강호구맹을 차자볼가 하로라

• 資料

　蘆花發處(로화 픠온 곳에) 落霞橫帶(락하를 빗겨 띄고) 三三五五雜遊之彼白鷗(삼삼오오
히 섯겨 노는 져 백구야) 我輩江湖舊盟將尋(우리도 강호구맹을 차자볼가 하로라) ○歌曲源流
載以先生所作, 而實合於先生中年退老之事. 大東風雅雖以松江所作入錄, 而不合於松江之
事. (『河西先生續集』)

55. 金景泌(1701~1748)
「翻老先生淸涼山歌」

淸涼山六六峯	知者白鷗與儂
白鷗寧敗事	難信是桃花
桃花莫浪逐水去	怕有漁舟覓儂家

(『聞韶世稿』卷27, 鶴陰遺稿 上)

56. 南肅寬(1704~1781)

「短謠」,「山人問白雲歌」

「短謠」

(1) 瀟湘夜雨歌

蒼梧山聖帝魂	雲中出兮下瀟湘
化爲竹間雨蕭蕭	滴夜涼聲繞枝意
如何欲洗	千年淚痕香 (2731)

(2) 楚伯王歌

夢遇楚伯王	細論勝敗事
拔劍唔語淒楚	重瞳先下淚
烏江江上艤船時	吾亦不知不渡意 (339)

(3) 蘆洲辭

汀樹冥冥起暮烟	漁船回泊白鷗眠
誰家載酒風流客	尋我蘆洲月午天 (3089)

(4) 莫烹魚歌

楚江爾漁父	釣魚愼莫烹
靈均一片心	魚腹千古明
爾雖事鼎鑊	此魚焉可熟 (2918)

(5) 感君恩曲

江湖留舊約	十年計差池
無情白鷗羣	笑我尋盟遲
君恩猶未報	不忍浩然歸 (117)

(6) 行路難歌

篙師怕風波	賣船買小騄
九折兮羊腸	難於上瞿塘
此後不須舟兮不須馬	江上田兮歸可畊 (3123)

(7) 歎老詞

昨日青雲髮	未必今日皓
鏡裏一衰容	不知此何老
佳人若問爾爲誰	只道我是我乎而 (1967)

(8) 調花詞

花兮慳爾香	來蝶且莫辭
春光能幾時	爾亦非不知
綠葉成陰子滿枝	此時何蝶復肯來 (204)

(9) 種種曲

天上星種種	水底沙種種
一出新門外	松種種兮塚種種
可憐佳人鬢	復恐雪種種

(10) 送春詞

琵琶斜抱兮	乍倚玉欄西
細雨東風兮	亂落花成泥
春鳥亦悲送春去	盡日百般啼 (1366)

(11) 惜別行

征馬行欲嘶	佳人相挽啼
夕陽在遙嶺	去路千里兮
佳人莫挽將行子	須繫西日低

(12) 采石風月歌

瀟湘江細雨中	簑衣篛笠一漁翁
浪頭駕扁舟	借問向何處
李白騎鯨飛上天	欲載風月采石去 (1659)

(13) 淇澳綠竹歌

瞻彼淇澳	綠竹漪漪密如簀
有斐君子徒	須借一竿竹
三綱領八條目	吾欲釣之次第得 (2827)

(14) 夢曾子歌

我思事親道	夜夢感曾子
曾子曰鳴呼	小子吾語爾
事親豈有他	敬之而已矣 (338)

(『八灘公遺稿』)

「山人問白雲歌」

(1) 山人問白雲歌

問爾嶺之雲兮	胡爲出深山
爾自無心出兮	溶溶而下天之端
或恐爾爲靑雲兮	人作有心看

(2) 白雲答山人歌

嗟汝丸齋翁兮	爾可認吾情
我本無心白兮	肯作有意靑
淡淡出岫意兮	長隨君兮水上亭

(3) 平調第一章

伏羲開宮三十六	文王孔子此棲息
無名公重修後	管無人兮長寂寞
余欲淨灑掃	送餘年兮此樓閣 (1266)

(4) 平調第二章

山齋閒意足	乃尋無極翁
來自天根上	去入月窟中
鳶飛魚躍兮上下	坐看乾坤造化功 (3193)

(5) 平調界面調

瞻彼道傍木橋	拂雲兮大連抱
匠石風斤下	爾何獨不夭
柢因空心無所用	百年風霜自在老

(6) 羽調界面調

長堤草長離離中　　　　　有不羈馬

吃草兮飲水　　　　　　　有時當風嘶遠野

誰敢絡頭去　　　　　　　唯自在兮山之下

・原文・

一日月夜, 靜坐丸齋, 呼不肖曰: 汝彈琴, 吾依而歌, 不肖弄羽調第一章, 於是, 山人問白雲歌曰: "問爾嶺之雲兮 胡爲出深山 爾自無心出兮 溶溶而下天之端 或恐爾爲靑雲兮 人作有心看" 乃彈羽調第二章, 於是, 歌白雲答山人歌曰: "嗟汝丸齋翁兮 爾可認吾情 我本無心白兮 肯作有意靑 淡淡出崀意兮 長隨君兮水上亭" 乃彈平調第一章 歌曰 伏羲開宮三十六 文王孔子此棲息 無名公重修後 管無人兮長寂寞 余欲淨灑掃 送餘年兮此樓閣" 乃彈平調第二章 歌曰 "山齋閒意足 乃尋無極翁 來自天根上 去入月窟中 鳶飛魚躍兮上下 坐看乾坤造化功" 乃變音而作平調界面調 歌曰 "瞻彼道傍木橋 拂雲兮大連抱 匠石風斤下 爾何獨不夭 柢因空心無所用 百年風霜自在老" 乃變音而作羽調界面調 歌曰 "長堤草長離離中 有不羈馬 吃草兮飲水 有時當風嘶遠野 誰敢絡頭去 唯自在兮山之下 (『宜寧南氏家乘』卷4 「先考行錄」癸卯條)

57. 李匡師(1705~1777)
「百死歌」

高麗侍中 圃隱先生鄭夢周知天意人心已歸我太祖 託問疾往察之 太宗使人歌於酒席曰 이런들 엇더ᄒ리 뎌런들 엇더ᄒ리 萬壽山 드렁츩이 얼거딘들 엇더ᄒ리 우리도 이리코 잇다가 百年산들 엇더ᄒ리 圃隱和之曰 이 몸 죽어 죽어 一百番 고텨 죽어 白骨이 塵土 되여 넉시라도 잇고 업고 님 向ᄒᆫ 一片丹心이야 가싈 줄이 이시랴 歸路入舊酒家 階

上百花爛開 呼酒極飲 起舞花間日 今日風色甚惡甚惡 逐欲直造闕上 變

行至善竹橋 趙英珪持鐵椎伏橋下 椎殺之 今上幸松都 手書立碑於橋邊

萬壽山邊滿原葛	鋪茱擢蔓相縈綴
人生若寄歡日少	何不同聲送餘日
長享尊榮誰不樂	物性難奪言何益
身死身死至百死	白骨成塵無魂魄
獨猶向主心一片	天壞地泐長不變
祖伊奔告詎可緩	密雲西郊雨欲遍
城南春晚花如海	誰家有酒香菩蕾
花下命篩花作籌	飜槽覆榼澆礧磈
興酣放吟百死歌	起奮長袖飜山河
頓蔚躑跎不能已	貂蟬欹側玉帶斜
亂極天意歸龍德	孤節不肯餉周粟
玉字貞珉粲竹橋	萬古黃壤虹氣白

(『東國樂府』)

時調漢譯資料

58. 金相肅(1717~1792)

「想思曲」, 「爾我歌」

「想思曲」

昔愁思如今夕	將此形體那能生

愁思化爲亂絲　　　　　　　亂絲棼棼曲曲縈
欲解緖無由解　　　　　　　此緖不知絲端在何所　(2045)

「爾我歌」
我與爾於後生　　　　　　　我則爲爾爾爲我
我爲爾相思寸腸　　　　　　爾更爲我斷耐過
前生時相思苦恨　　　　　　一番輪回其若何　(2180)

（『海東俚謠』）

• 資料

　　市栗一升 上置于懸架 玄首囓鼠 盡剝食餘一顆 殼則與父 皮則與母 吾與汝肉哺 甘又甘
甘又甘: 장에서 밤 한되를 사다가 시렁 위에 두엇더니 마리감은 새양쥐가 다 까먹고 밤 한톨
을 남겻네 번데기는 아버지 주고 껍대기는 어머니 주고 나랑너랑 알맹이는 먹자 달강 달강
달강。

　　紫蜻蜓 紫蜻蜓 彼往則死 此來則生: 장아 장아 고추장아 저리 가면 죽느니라 이리 오면
사느니라。

「想思曲」

　　昔愁思如今夕 將此形體那能生 愁思化爲亂絲 亂絲棼棼曲曲縈 欲解緖無由解 此緖不知
絲端在何所: 녯적의 이러ᄒ면 이 形容이 나마실가　愁心이 실이 되어 구뷔구뷔 미쳐이셔
아모리 푸로랴 ᄒ되 긋간 ᄃᆡ를 몰래라。

「爾我歌」

　　我與爾於後生 我則爲爾爾爲我 我爲爾相思寸腸 爾更爲我斷耐過 前生時相思苦恨 一番
輪回其若何: 우리 둘이 후생ᄒ여 네 나 되고 내 너 되어　너 그려 싫든 애롤 너도 나 그려
슷쳐보렴　平生에 내 설어ᄒ든 줄을 돌려볼려 볼가 ᄒ노라。

　　(李秉岐, 『國文學全史』)

時調 · 歌辭 漢譯資料集成 ❶

59. 李敏輔(1717~1799)

「余愛聽歌曲」

余愛聽歌曲, 其言多含山居野趣, 亦足警世醒俗, 惜其方言俚辭, 樂府無傳, 漫演其語, 成八章.

(1)

客來勿布茵	落葉亦可藉
何必吹松火	月回如昨夜
蔬醪誠薄劣	續具母偲罷 (2701)

(2)

松壇新睡醒	望遠攪醉眸
夕陽依浦口	去來多白鷗
江山豈無主	我獨爲閑游 (1685)

(3)

鷦鷯信么麽	大鵬何揚揚
長天九萬里	汝翔渠亦翔
同時一飛禽	小大境誰詳 (85)

(4)

梢工愕風波	賣舟旋買馬
驅上羊腸險	甚於水漩瀉

願言捨舟馬　　　　　　　操耟服田舍 (3123)

（5）
手折細柳枝　　　　　　　穿得新釣魚
行將訪酒家　　　　　　　短橋橫淸渠
村深杏花亂　　　　　　　指點迷所如 (1606)

（6）
君家酒初熟　　　　　　　邀我樽前醉
花發草堂下　　　　　　　吾亦招子至
悠哉百年內　　　　　　　共破憂患事 (2474)

（7）
秋江夜已深　　　　　　　洲虛波正寒
投餌與潛魚　　　　　　　終不上釣竿
蘆花霜淅瀝　　　　　　　空船載月還 (2966)

（8）
小園百花艷　　　　　　　紛紅蝴蝶飛
耽英雖可樂　　　　　　　戀枝莫久依
蜘蛛巧作網　　　　　　　伺夕向爾圍 (1669)

（『豐墅集』）

60. 梁周翊 (1722~1802)

「感聖恩歌五疊」, 「又感恩曲五疊」

時調漢譯資料

「感聖恩歌五疊」

(1)

此也聖恩	彼也聖恩
何以也報之	與天地無窮聖恩
逗語囉世世生生	萬之一圖報云

　일이ㅎ야도 聖恩이요 뎌리ㅎ야도 聖恩이라

　엇지ㅎ야 갑프녀뇨 與天地無窮ᄒ 聖恩이라

　두어라 世世生生ㅎ야 萬之一이나 갑파볼가 ᄒ로라 (2303)

(2)

今日聖恩	明日聖恩
百年三萬六千日	日日聖恩
阿嘛道　向國一片丹心	白日天中懸

　오늘도 聖恩이요 ᄂᆡ일도 聖恩이라

　百年 三萬六千日이 날날마다 聖恩이라

　아마도 向國 一片丹心은 흰날이 天中에 ᄃᆞᆯ련ᄂᆞᆫ가 ᄒ로라 (2053)

(3)

死者聖恩	生者聖恩
幽明之間	浩蕩縈紆者聖恩
馭什哦　結草圖報語	歇後之萬千

듀건 이도 聖恩이오 산 이도 聖恩이라

幽明之間에 浩蕩히 얼킨거시 聖恩이라

어즙아 結草圖報탄 말은 歇後키 萬千인가 ᄒ로라 (2653)

(4)

蛟山聖恩	蓼水聖恩
山峩峩水洋洋	都不如聖恩
南山日東海月	萬壽无疆祝吾君

蛟山도 聖恩이요 蓼水도 聖恩이라

山峩峩 水洋洋이 다 聖恩만 못ᄒ여라

南山의 날과 東海예 ᄃᆞᆯ로 萬壽无疆을 비로니 우리님긔 (282)

(5)

進亦聖恩	退亦聖恩
廊廟江湖到處	俱是聖恩
此身一百番死	此心千千·萬萬春

나아가도 聖恩이요 물너가도 聖恩이라

廊廟나 江湖나 간곳마다 聖恩이라

이몸이 一百番 듁어도 이 ᄆᆞ음은 千千萬萬春인가 ᄒ로라 (446)

「又感恩曲五疊」

(1)

天地窄窄　　　　　　　　河海淺淺

文武兼啣六十字　　　　　四百年來初恩典

忠壯公感泣淚　　　　　　九泉之下 又一泉濺

天地도 좁고 좁고 河海라도 엿고 엿다

文武兼啣 六十字은 四百年來 처음이라

忠壯公 感泣ᄒᆞᄂᆞᆫ 늬물이 九泉下의 ᄯᅩ ᄒᆞᆫ 솜이 솟ᄂᆞᆫ가 ᄒᆞ노라 (2802)

(2)

湖南第一寒門　　　　　　過分恩澤如蒸

夙夜洞屬　　　　　　　　是我之心淵氷

終古宇宙間大英雄　　　　都來自戰戰兢兢

湖南 第一寒門에 過分ᄒᆞᆫ 恩澤이 ᄶᅵᄂᆞᆫᄃᆞᆺᄒᆞ니

夙夜洞屬ᄒᆞ야 이내 ᄆᆞ음이 淵氷이로다

終古로 宇宙間大英雄이 다 戰戰兢兢으로 와ᄂᆞᆫ니 (3248)

(3)

蛟龍山上上峰　　　　　　棲在彼白雲

老臣不忍訣淚　　　　　　作雨滿載奔

洛陽宮闕望雲漢時　　　　沛然下而聞

蛟龍山 上上峰에 깃드려 인ᄂᆞᆫ 져 白雲아

時調漢譯資料

老臣의 不忍訣ᄒᆞᄂᆞᆫ 눈믈을 비삼아 ᄀᆞ득 실어다가

洛陽宮闕雲漢 볼 쌔예 沛然이 ᄂᆞ려 들일가 ᄒᆞ뇌 (281)

(4)

太平十二策　　　　　　　　爾豈不獻

吾君做時不如說時　　　　　朱夫子訓戒文

百里亦一小朝廷　　　　　　簡易蕩平入德門

　太平十二策을 네 아니 드려ᄂᆞᆫ 우리님씌

　做時不如說時란 말은 朱夫子의 訓戒文이라

　百里도 ᄯᅩᄒᆞᆫ 小朝廷이니 簡易蕩平이 入德門인가 ᄒᆞ노라 (3070)

(5)

胸藏萬甲一等精兵　　　　　任他萬古名將諸葛孔明

八陣圖風雲　　　　　　　　大破慾寇長城

眞箇破破了　　　　　　　　天下歸仁也廓淸

　胸藏萬甲 一等精兵을 萬古名將 諸葛孔明을 맛겨

　八陣圖風雲으로 大破코져 欲寇長城

　진실로 破키곳 破ᄒᆞ면 天下歸仁ᄒᆞ야 廓淸ᄒᆞ리라 (3318)

(『无極集』卷1)

61. 洪良浩(1724~1802)

「青丘短曲」, 「北塞雜謠」

「青丘短曲」

(1) 日之曙

兒兮日之曙	荷鋤南畝去
麥畦當先薅	秔田次可除
歸時採桑城南	持與少婦飼蠶 (2052)

(2) 山上去

腰鎌山上去	背薪雪中歸
老妻滌釜待炊	稚子候門呼饑
翻嫌燧人氏	敎人火食眞多事
不如餐木飲水時	人生百憂從此始 (1186)

(3) 莫燃松

莫燃松	明月上前峰
莫設席	紅葉滿溪石
兒兮急速取酒來	山肴野蔌聊以娛今夕 (2701)

(4) 秋夜永

洞房秋夜永	厭聞蟋蟀聲
何事雲間鴻	又向月中鳴

渠自無心聽自愁　　　　　　夜孤枕夢不成 (2936)

(5) 一日
一日如三秋　　　　　　　　一月當幾秋
徒知眼前樂　　　　　　　　不念閨中愁
爾雖不我思　　　　　　　　我思那能休 (2421)

(6) 君家酒
君家酒熟否　　　　　　　　何不喚我去
東園花發後　　　　　　　　我亦當邀汝
人生百年幾何　　　　　　　莫如對酒看花 (2474)

(7) 川有鱗
川有鱗兮桃花肥　　　　　　甕有酒兮竹葉香
明月在山　　　　　　　　　短琴橫床
此時故人來不來　　　　　　松影依依過東墻 (3286)

(8) 靑蒻笠
靑蒻笠碧蓑衣　　　　　　　細雨飛時荷耡歸
山田草多除未了　　　　　　倦臥綠陰裏
何來一聲牧笛　　　　　　　驚破夕陽閒睡 (1493)

(9) 手把竿
手把釣竿獨去　　　　　　　前溪水漲魚肥
騎牛客來如相問　　　　　　我帶月方始歸

(10) 橋邊衲

橋邊白衲影過　　　　　　問爾何山歸去

悠然飛錫不語　　　　　　笑指白雲生處 (1083)

(11) 睡起

睡起忘釣竿　　　　　　　舞罷失簑衣

嗟爾小兒曹　　　　　　　莫笑老夫狂且癡

春江十里桃花發　　　　　少日豪興未全衰 (2609)

(12) 黃河淸

聞道黃河淸　　　　　　　果然聖人生

羣彥起草野　　　　　　　冠蓋峨峨滿洛城

唯是松風蘿月無人管　　　容我一壑老太平 (3303)

(13) 門前水

門前流水　　　　　　　　水邊高臺

携酒獨上臺　　　　　　　雲水共徘徊

唯有兩兩白鷗　　　　　　終日飛去飛來 (1685)

(14) 百花釀

百花釀成酒香　　　　　　無人來欸山房

淸風捲我簾　　　　　　　月入我床

明月淸風爲友　　　　　　莫道無與共觴 (700)

(15) 溪上釣

溪上釣魚貫柳條　　　　　爲賖春酒度斷橋

時調漢譯資料

千村渾是杏花　　　　　　不知何處酒家 (1606)

(16) 睡罷

睡罷松坍擡醉眸　　　　　夕陽浦口下雙鷗
問此江山誰是主　　　　　白鷗與我共分留 (1685)

(17) 裹飯

裹飯靑荷葉　　　　　　　掛壺綠柳枝
扁舟隨波任所之
不知行遠近　　　　　　　但見前山移 (2917)

(18) 古人

古人不待今人　　　　　　今人還思古人
古人雖已遠　　　　　　　行處又今人
莫道今人古人不相及　　　聖賢與我均是人 (187)

(19) 一臥

一臥山中後　　　　　　　石逕埋蒼苔
無人更相訪　　　　　　　柴扉不須開
舊面唯有明月在　　　　　　夜殷勤上山來 (1457)

(20) 一片月

天上一片月　　　　　　　團團掛碧空
千秋萬古常明　　　　　　四海九州皆同
但願無風又無雨　　　　　夜夜長照金樽中 (780)

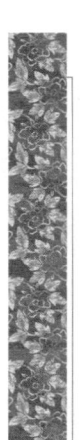

(21) 山之雲

山之雲何事出山去	去作人間千里雨
待得慰滿三農	歸與閒人共住

(22) 百年

人生縱使百年	百年眞如風中烟
除却疾病與憂患	開口笑語能幾時
況復百年難期	今我不樂何爲 (1175)

(23) 風雨

風雨兮莫吹	長安花柳將盡衰
歲月兮莫逝	人間志士空催老
嗟呼花柳雖衰春更發	志士一老兮不復少 (1122)

(24) 人生

人生不滿百	此身寧有二
元是假形來	偶然寄在此
胡爲漫營營	貴惟適意 (2401)

(25) 清江月

清江月白夜	散棹一葉舟
釣竿拂水面	驚起滿汀鷗
鷗亦似解閒情	故故向人飛鳴 (2963)

(26) 汀洲草

汀洲草色遠依依	輕棹載酒下烟磯

滿江蘆荻白鷺飛　　　　　春水如酥魚正肥
悠然獨酌對斜暉　　　　　江風拂面酒力微
山頭日落行人稀　　　　　欸乃聲中垂綸歸
不知夜何其　　　　　　　明月滿人衣 (2963)

(27) 雪晴

雪晴新月上　　　　　　　酒熟故人來
今夕是何夕　　　　　　　與君同醉月下杯
直到月落鷄鳴　　　　　　酒未盡君莫回 (876)

(28) 萬疊山

我住萬疊青山裏　　　　　君遊十丈紅塵中
紅塵翠盖映朝日　　　　　細柳白馬嘶春風
願君善事明主和陰陽　　　風雨知時年穀豐
使我瓦罇秫酒長不空

(29) 鍾聲

鍾聲隱隱來何自　　　　　青山之巔白雲裏
此中有寺應不遠　　　　　烟霞不辨何處是 (1321)

(30) 關東

關東風景問何如　　　　　山僧向我說依俙
鳴沙十里棠花外　　　　　夕陽踈雨鷺雙飛 (1097)

(31) 落葉

馬蹄行踏落葉　　　　　　步步皆生秋聲

西風捲向山頭去　　　　　　　秋聲却從雲間生 (480)

(32) 山有木

山有木兮木有柯　　　　　　　綠葉繁兮清陰多

旣翳日兮又障雨　　　　　　　行者息兮勞者歌

一夕秋風葉蕭疎　　　　　　　飛鳥亦不來過

(33) 靑山裏

靑山裏碧溪水　　　　　　　　誰令日夜奔流

一到滄海無歸日　　　　　　　明月滿山兮何不少淹留 (2858)

(34) 春風

忽然春風過今朝　　　　　　　山頭積雪一時消

安得借爾吹我頂　　　　　　　消盡鬢邊雪白毛 (2982)

(35) 溪邊鷺

溪邊彼白鷺　　　　　　　　　久立欲何爲

魚自無心莫相窺

同是水中活　　　　　　　　　不如兩忘機 (613)

(36) 烏不黑

誰謂烏不黑　　　　　　　　　誰謂鷗不白

黑白不可易　　　　　　　　　有目皆可識

如何世人惡分析　　　　　　　欲將黑白混一色 (17)

(37) 園中竹

青青園中竹	雪壓枝半披
莫以枝蹔披	遂謂節可移
苟非歲寒不改操	安得雪中青如斯 (674)

(38) 萬頃波

萬頃滄波之水	鷗鷺鸂鶒鳥鷗鷺鵝鴨共浮沈
問爾浮沈在水面	能知水淺深
嗟乎水雖深猶可測	孰知世路與人心 (964)

(39) 劉伶

劉伶頌酒德	淵明識酒趣
呻吟者謳歌	憂惱者蹈舞
異哉食物中	有此陶寫人性情
嗣宗所以比聖賢	太白所以同死生
就中何處最適意	須向花前月下傾 (1742)

(40) 男兒

男兒生世間	所學惟孔顏
盛德與大業	巍巍不可攀
不然且從圯橋叟	太公六韜持在手
身登百尺雲坁上	腰佩黃金印如斗
風雲龍蛇變現於指麾	熊虎貔貅羅列於前後
單于頸上繫長纓	黃龍堆前飲大酒
安能效尋章摘句之腐儒	碌碌塵埃老白首 (830)

(『耳溪集』筆寫本 卷1, 『靑丘短曲』筆寫本)

時調・歌辭 漢譯資料集成 ①

・資料

〈日之曙〉

兒兮日之曙 荷耡南畝去 麥畦當先薅 秫田次可除 歸時採桑城南 持與少婦飼蠶

〈山上去〉

腰鎌山上去 背薪雪中歸 老妻滌釜待炊 稚子候門呼饑 飜嫌燧人氏 敎人火食眞多事 不如餐木飲水時 人生百憂從此始

〈莫燃松〉

莫燃松 明月上前峰 莫設席 紅葉滿溪石 兒兮急速取酒來 山肴野蔌聊以娛今夕

〈秋夜永〉

洞房秋夜永 厭聞蟋蟀聲 何事雲間鴻 又向月中鳴 渠自無心聽自愁 夜夜孤枕夢不成

〈一日〉

一日如三秋 一月當幾秋 徒知眼前樂 不念閨中愁 爾雖不我思 我思那能休

〈川有鱗〉

川有鱗兮桃花肥 甕有酒兮竹葉香 明月在山 短琴橫床 此時故人來不來 松影依依過東墻

〈靑蒻笠〉

靑蒻笠碧蓑衣 細雨飛時荷耡歸 山田草多除未了 倦臥綠陰裏 何來一聲牧笛 驚破夕陽閒睡

〈手把竿〉

手把釣竿獨去 前溪水漲魚肥 騎牛客來如相問 言我帶月方始歸

〈橋邊衲〉

橋邊白衲影過 問爾何山歸去 悠然飛錫不語 笑指白雲生處

〈睡起〉

睡起忘釣竿 舞罷失簑衣 嗟爾小兒曹 莫笑老夫狂且癡 春江十里桃花發 少日豪興未全衰

〈溪上釣〉

溪上釣魚貫柳條 爲賖春酒度斷橋 千村渾是杏花 不知何處酒家

〈裹飯〉

裹飯靑荷葉 掛壺綠柳枝 扁舟隨波任所之 不知行遠近 但見前山移

〈古人〉

古人不待今人 今人還思古人 古人雖已遠 行處又今人 莫道今人古人不相及 聖賢與我均是人

〈一臥〉

一臥山中後 石逕埋蒼苔 無人更相訪 柴扉不須開 舊面唯有明月在 中夜殷勤上山來

〈山之雲〉

山之雲何事出山去 去作人間千里雨 待得慰滿三農 歸與閒人共住

〈百年〉

人生縱使百年 百年眞如風中烟 除却疾病與憂患 開口笑語能幾時 況復百年難期 今我不樂何爲

〈人生〉

人生不滿百 此身寧有二 元是假形來 偶然寄在此 胡爲漫營營 所貴惟適意

〈汀洲草〉

汀洲草色遠依依 輕棹載酒下烟磯 滿江蘆荻白鷺飛 春水如酥魚正肥 悠然獨酌對斜暉 江風拂面酒力微 山頭日落行人稀 欸乃聲中垂綸歸 不知夜何其 明月滿人衣

時調漢譯資料

179

〈萬疊山〉

我住萬疊靑山裏 君遊十丈紅塵中 紅塵翠盖映朝日 細柳白馬嘶春風 願君善事明主和陰陽
風雨知時年穀豐 使我瓦罇秫酒長不空

〈關東〉

關東風景問何如 山僧向我說依俙 鳴沙十里棠花外 夕陽踈雨鷺雙飛

〈落葉〉

馬蹄行踏落葉 步步皆生秋聲 西風捲向山頭去 秋聲却從雲間生

〈靑山裏〉

靑山裏碧溪水 誰令日夜奔流 一到滄海無歸日 明月滿山兮何不少淹留

〈溪邊鷺〉

溪邊彼白鷺 久立欲何爲 魚自無心莫相窺 同是水中活 不如兩忘機

〈烏不黑〉

誰謂烏不黑 誰謂鷗不白 黑白不可易 有目皆可識 如何世人惡分析 欲將黑白混一色

〈園中竹〉

靑靑園中竹 雪壓枝半披 莫以枝暫披 遂謂節可移 苟非歲寒不改操 安得雪中靑如斯

〈萬頃波〉

萬頃滄波之水 鸕鷀鷄鷘鳥鷗鷺鵝鴨共浮沈 問爾浮沈在水面 能知水淺深 嗟乎水雖深猶可
測 孰知世路與人心

(『耳溪集』卷2, 活字本)

「北塞雜謠」

(1) 城津

城津夜已深	渤海風雨起
寒燈明滅不成眠	故鄉回首三千里
置之不復思	摩雲摩天都已過 思之亦奈何 (1061)

(2) 掛劍

掛劍白頭山石	飮馬黑龍江水
東家腐儒莫笑我	男兒事業當如此
他日麟閣圖形後	角巾騎牛去訪爾 (2505)

(3) 白頭山

白頭山在北斗邊	行行終須到上嶺
今人不肯去攀	但道山高如天 (3061)

(4) 幽蘭

幽蘭在空谷	白雲在高山
蘭有香兮可掇	雲有影兮可攀
彼美一人獨不見	欲往從之道路艱 (2246)

(『耳溪集』筆寫本 卷1, 『耳溪集』活字本 卷2, 『靑丘短曲』筆寫本)

・**資料** ──────────────────────────────

(1) 房中曲同聲歌, 絶響幾千年, 不料復聞於吾邦. 譬猶仁人君子終日對晤, 其氣舒以溫, 其音平以緩, 可以貰冶, 可以壽世, 周官探之, 可以卜其國, 詩豈小道也哉! 北謠如堯化漸陰崖之草, 鄒律變寒谷之黍, 先春東虛項北噍殺之氣, 幾盡氷融, 何爲而然哉! 小瀛

(2) 樂府貴古雅, 謠歌貴莽奧, 太白一變, 第非當家本色, 斷續往復, 錯綜隱見, 使人讀之, 若可識言外風諭. 李賓之又一變, 率直粗厲, 古意不可得見, 可厭可厭. 今讀耳溪靑丘謠曲, 變俚作雅, 殆同鍛凡成聖. 北方之風謠習俗契闊苦樂, 摸出如畵, 比興諷諭, 經濟謨猷, 不但詞人口氣, 可驗公輔體度. 或以曼延通而少欠樂府本色者, 不要之在太邱設賓之前. 震澤 (『靑丘短曲』筆寫本)

──────────────────────────────

62. 馬聖麟(1727~1798)
「短歌解」外

「短歌解」(古詩十七首)

(1)

十年經營一間廬　　　　　　半間淸風半間月

獨有江山無入處　　　　　　四圍置之眼前列 (1803)

(2)

綠樹靑山深深處　　　　　　靑藜緩步任去來

萬壑千峯雲霧裏　　　　　　此中景槩世慮灰 (640)

(3)

千古凜凜大丈夫　　　　　　獨有漢代壽亭侯

桃園不負弟兄義　　　　　　風雨五關匹馬由 (2595)

(4)

綸巾鶴氅四輪車　　　　　　變幻指揮白羽扇

梁甫吟罷草廬上　　　　　　大耳皇叔三顧見

(5)

周公天下大聖賢　　　　　　後世之人可以師

文王之子武王弟　　　　　　平生驕氣一不爲 (2622)

(6)

劉伶入地酒不去　　　　　李白上天月不隨
天有餘月樽有酒　　　　　對月長醉百年期 (2248)

(7)

松壇睡罷醉眼看　　　　　夕陽江邊白鷗飛
江山勝處我當主　　　　　世上何人敢是非 (1685)

(8)

人生不二又不三　　　　　此身非四亦非五
借來人世夢中身　　　　　何以不樂長憂苦 (2401)

(9)

睡裏見偸釣魚竿　　　　　醉舞又失綠簑衣
白鷗莫笑我老妄　　　　　十里花香興欲飛 (2609)

(10)

興亡有數水流行　　　　　滿月臺空秋草荒
五百年來王業事　　　　　夕陽牧笛客心傷 (3325)

(11)

庭畔植此碧梧樹　　　　　欲見鳳皇來過遊
長待鳳皇終不至　　　　　一片明月掛枝頭 (1241)

(12)

空山寂莫夜蒼蒼　　　　　哀哀杜鵑聲可傷

蜀國興亡非昨日　　　　　　奈何至今斷人腸 (263)

(13)

千古英雄誰可哀　　　　　　西楚霸王獨有恨

駿馬佳人何以別　　　　　　八年干戈不須論

(14)

醉荷琵琶坐石溪　　　　　　東風花落草萋萋

山鳥亦知春盡意　　　　　　飛來飛去百般啼 (1366)

(15)

小園春日百花叢　　　　　　寄語輕蝶與狂蜂

香氣莫貪頻來往　　　　　　夕陽蜘蛛待網中 (1669)

(16)

團團明月掛碧空　　　　　　萬古風霜不變容

至今長照金樽酒　　　　　　使我痛飲興無窮 (780)

(17)

冬至永夜折其腰　　　　　　春風暗藏枕席下

相思美人來宿日　　　　　　慇勤解出繼短夜 (894)

「短歌解」（長短詞十五首）

(1)

五丈原頭秋夜月　　　　可憐諸葛武侯

竭忠報國將星流

至今魚腹浦　　　　　　風雨使人愁 (2086)

(2)

借問禪師何處住　　　　風景欲探關東

明沙十里海棠紅

遠浦斜陽裏　　　　　　白鷗細雨中 (1097)

(3)

雪後山容忽變易　　　　峯巒皆是銀玉

東風吹消山更碧

鬢霜雖欲掃　　　　　　白髮恨無藥 (904)

(4)

柴門雖有老尨吠　　　　山屋何人來尋

日午竹林鶴夢深

獨酌樽中酒　　　　　　有時撫素琴 (1767)

(5)

手折東風細柳枝　　　　穿魚卽是生涯

酒家何在短橋湄

此處花如雪　　　　　　不知何所之 (1606)

(6)

銀河水勢接天湧　　　　烏鵲不能作橋

騎牛仙子不相邀

可憐織女意　　　　　　寸寸肝腸消 (2271)

(7)

頭戴篛笠着簑衣　　　　細雨荷鋤出野

山田纔治綠陰臥

牧童驅牛羊　　　　　　喧覺暫睡我 (1493)

(8)

夕陽不勝醉中興　　　　身倚寒驢任他

十里溪山夢裡過

何人覺我睡　　　　　　漁笛數聲歌 (1565)

(9)

若將白髮換功名　　　　世人必也相爭

如我愚拙不敢望

天地至公道　　　　　　惟此鬢邊霜 (1191)

(10)

何人謂我老妄人　　　　老者豈能若是

看花則笑把盃喜

呼兒買酒來　　　　　　花前終日醉 (689)

(11)

夢裡忽逢項羽魂　　　八年勝敗暫論
重瞳淚落拔劍言
至今千載後　　　　　不渡烏江嘆 (339)

(12)

天地幾番開且闢　　　英雄不知幾何
萬古興亡一南柯
何處鄉暗客　　　　　笑我醉中歌 (2807)

(13)

宿鳥投林山日暮　　　天邊月出光明
忽逢橋上老僧行
問爾何寺住　　　　　雲外指鐘聲 (2495)

(14)

借問君家何處住　　　白雲洞裏山圍
竹林茅屋掩柴扉
門前何所有　　　　　白鷺水田飛 (625)

(15)

堯治天下五十年　　　不知天下治歟
億兆蒼生戴己歟
康衢聞童謠　　　　　知是太平歟 (3026)

(『安和堂私集』)

「戲贈美妓」古詩九首

(1)

汝死爲花我爲蝶　　　　果是當初金石約
奈何未過一周年　　　　視我如同弊棄鳥 (424)

(2)

我本肥白好男子　　　　爲爾瘦了身一半
前生何等有冤業　　　　使我日夜長愁歎

(3)

一月每有三十日　　　　一年又有十二朔
一日亦爲十二時　　　　豈無片時一來隙 (3200)

(4)

人若死而有還生　　　　汝化爲我我爲汝
平生因汝斷腸事　　　　沒數輪回付汝許 (2180)

(5)

爾是一團熱火耶　　　　爾是一把利斧耶
若非熱火又利斧　　　　奈何焦戕我心耶

(6)

爾不來時衾自冷　　　　爾不來時枕半餘
爾來溫氣襲我骨　　　　爾來和氣滿吾廬

時調‧歌辭 漢譯資料集成
①

(7)

倉頡許多作字時	離別二字奈何爲
秦帝焚時能得免	至今在世使人悲 (2742)

(8)

神農曾嘗百草根	廣濟天下萬人病
相思一病獨無醫	汝以妙藥活我病 (1783)

[壬寅冬 余以濕㾌 首尾五旬 委身枕席 長夜亦不能寐 燈下間間抄韻 戱題雜詩
弄作八九十首 以消病憂 此皆無足觀人 雖然棄之則惜矣 姑書于卷末 以爲閑
中一笑之資焉]

（『安和堂私集』）

63. 黃胤錫(1729~1791)

「古歌新飜」外

「古歌新翻二十九章並序」

古歌詞雜出於賢人騷客蕩子思婦之屬，而其間往往有礪俗之意驚人之
韻，皆可傳諸後世，以而與中原諸樂府馳騁而上下，而顧我方言異於華
音，故其爲歌也，悉以俚諺而以文字者實尠，雖欲傳諸後世，而曾未幾傳，
何便失其眞，矧能與古樂府齊驅哉！又如百濟山有花一曲，只有其聲而其
詞則亡，此必只行當世而未托於文字故耳. 滄溪林公蓋嘗是惜，以李太白

189

憶秦娥調追補其亡, 而又不合於今人之傳唱, 若此者蓋不一二. 頃於閑隙, 搜得若干, 譯以文字, 要隨本語而少加閏色而已, 又不必拘拘於古樂府之效響, 而反失其本意云爾.

(1)

清凉山六六峰　　　　　　　知者惟吾與白鷗

白鷗元自不虛疎　　　　　　最難信桃花流

桃花莫浪浮水去　　　　　　門前絶怕來漁舟 (2844)

(2)

泰山雖云高　　　　　　　　豈不爲天下山

一上又一上　　　　　　　　世上應無不上人

曷之乎不上上　　　　　　　徒稱莫高是泰山 (3061)

(3)

風浪驚心老梢工　　　　　　歸來卻賣船

一自買馬九折羊腸　　　　　還復劇狂瀾

從今賣船買馬都休說　　　　且買農牛日耕田 (3123)

(4)

江天月白　　　　　　　　　水共天一色

水底天　　　　　　　　　　天上坐

却疑此身　　　　　　　　　已化神仙客 (2964)

(5)

無懷氏民歟　　　　　　　　葛天氏民歟

忘世間之甲子　　　　　　醉壺裏之乾坤
兒攜酒巵深酌的我　　　　我欲做長醉不醒魂

(6)

宿鳥翩翩　　　　　　　　飛入北青樓

新月稍稍輾　　　　　　　上神雪樓

瞻彼獨木橋　　　　　　　獨歸僧獨歸僧

招提隔幾里　　　　　　　暮鐘聲傳白雲悠 (2495)

(7)

問歸僧　　　　　　　　　關東八景正甚麼

明沙十里　　　　　　　　遍是海棠花

白鷗兩兩飛疎霞　　　　　禪翁荅了飄飆去 (1097)

吾亦身疑上摩訶

(8)

美人在西方　　　　　　　十年相思惱相思惱

鏡裏容顏　　　　　　　　日也虛老

已焉哉佳期太晼晩　　　　消息蒼茫隔蓬島

(9)

興亡有數　　　　　　　　滿月臺亦春草

五百年王業　　　　　　　摠付了牧笛聲

夕陽掠水燕　　　　　　　爾亦何知還有知 (3325)

(10)

寂無人掩柴扉　　　　　　滿庭花落月明時

獨倚紗窓長歎息

遠村一鷄鳴　　　　　　　輾轉反朝暉 (2566)

(11)

大丈夫一死後　　　　　　成底物

崑崙山第一峰頭　　　　　且願做落落長松

白雪滿乾坤　　　　　　　獨也亭亭 (2323)

(12)

手捉大鵬鳥　　　　　　　灸之電光喫

吸盡南溟水　　　　　　　北海方一躍

夫何泰山巓　　　　　　　驍劃被足趦 (817)

(13)

解纜兮舟泛　　　　　　　此去何時歸

萬頃蒼波　　　　　　　　如去時且速還

應知夜半至匇忽一聲中　　輾轉不成眠 (764)

(14)

黃菊丹楓九月九　　　　　桃紅李白三月三

洞庭春風　　　　　　　　赤壁秋雨

白玉盃流霞酒　　　　　　一盃一盃復一盃 (1485)

(15)

清溪上草堂邊　　　　春何晚
梨花白雪香　　　　　柳色黃金嫩
滿壑雲蜀魄聲中　　　春思更茫然 (2837)

(16)

林泉爲草堂　　　　　高枕石頭眠
琴是松風　　　　　　歌是鵑
定知無事閑人　　　　獨吾身 (2458)

(17)

秋江夜　　　　　　　冷波寒
江魚不上竿
若非江天新月色　　　一船還應空自還 (2966)

(18)

功名一弊屣　　　　　納弊屣將安歸
從他脫抛去　　　　　入山谷間
老天說余　　　　　　要與子同老 (234)

(19)

兒休撥松火　　　　　昨落月還復出東山
且休設竹簟　　　　　草坐亦足容吾身
一盃酒兒酌　　　　　我方欲席地而衾天 (2701)

(20)

誰謂雲無心	定虛說
浮中天	任來去
曷之乎	蔽我光明之日月 (293)

(21)

百川東到海	何時復西歸
古往今來	元無逆流水
曷之乎肝腸消腐盡	化作清淚却倒流 (1212)

(22)

泰山是底山	楚山是這山
白雲軒高處	有人隨雲閑
臥雲正底處湘水上仙人	覓不得我身 (2942)

(23)

泛舟兮伊川	問路兮明道
行行日且暮	須向晦庵宿
正濂溪霽月一團白	閑興自不耐 (2372)

(24)

此身死復死	一百番又復死
白骨爲塵土	魂雖或在否
曷之乎	一片丹心有銷鑠 (2325)

(25)

南薰殿月明夜　　　　　　携八元八凱

五絃琴一聲中　　　　　　解吾民之慍兮

臣亦侍聖君　請　　　　　同樂太平 (546)

(26)

四海水之深　　　　　　　用矴纜猶可量

主恩澤之深　　　　　　　更可用底纜量

請享福無疆　萬歲延　　　請享福無疆　萬歲延

一竿明月亦君恩

泰山雖云高　　　　　　　猶未及乎天

主之恩與德　　　　　　　猗歟高如天

[此下與享福無疆之詞語意相同]

四海之廣　　　　　　　　舟楫卽可渡

主之洪恩澤　　　　　　　此生可能報

[上同]

只一片丹心　　　　　　　天乎願洞知

白骨雖糜粉　　　　　　　丹心豈消澌

[上同]

(27)

平沙兮落鴈　　　　　　　江村兮日暮

漁船兮未歸　　　　　　　白鷗兮孤睡

正底處一聲長笛　　　　　驚起蓬窓蝶一場 (3089)

(28)

天地起底時　　　　　興亡又孰知

古今英雄　　　　　又已經幾箇

誰獨無心一片松月　　　　　也須知不知 (2793)

(29)

風霜九月夜　　　　　初開黃菊花

聖上折得置金盤　　　　　送寄玉堂中

桃李從此更休誇　　　　　主意我自知 (3111)

• 資料 ─────────────────────────────

○淸涼山六六峰 知者惟吾與白鷗 白鷗元自不虛疎 最難信桃花流 桃花莫浪浮水去 門前
絕怕來漁舟 第一章 [世傳退陶先生歌]

○泰山雖云高 豈不爲天下山 一上又一上 世上應無不上人 昂之乎不上上 徒稱莫高是泰
山 第二章 [世傳一齋先生歌 此卽勸人進學無日道遠之意]

○風浪驚心老梢工 歸來卻賣船 一自買馬 九折羊腸還復劇狂瀾 從今賣船買馬都休說 且
買農牛日耕田 第三章 [寄托無窮 豈非傷於世路 有心歸歟者乎]

○江天月白 水共天一色 水底天天上坐 却疑此身已化神仙客 第四章

○無懷氏民歟 葛天氏民歟 忘世間之甲子 醉壺裏之乾坤 兒攜酒卮深酌我 我欲做長醉不
醒魂 第五章 [五柳之流也]

○宿鳥翩翩飛入北靑樓 新月稍稍輾上神雪樓 瞻彼獨木橋獨歸僧 獨歸僧 招提隔幾里 暮
鐘聲傳白雲悠 第六章

○問歸僧 關東八景正甚麼 鳴沙十里遍是海棠花 白鷗兩兩飛疎霞 禪翁苔了飄飄去 吾亦
身疑上摩訶 第七章 [此與金剛僧問話關東八景而听僧答語之作也]

○美人在西方 十年相思惱 相思惱鏡裏容顏 日也虛老 已焉哉 佳期太晼晚 消息蒼茫隔蓬
島 第八章[此簡兮末章之意]

○興亡有數 滿地臺亦春草 五百年王業 摠付了牧笛聲 夕陽掠水燕 爾亦何知還有知 第九
章 [松京歌 未知誰作]

○寂無人掩柴扉 滿庭花落月明時 獨倚紗窓長歎息 遠村一鷄鳴 輾轉反朝暉 第十章 [淸婉
悽絕 豈非思婦之作乎]

○大丈夫一死後 成底物 崑崙山第一峰頭 且願做落落長松 白雪滿乾坤 獨也亭亭 第十一章

○手捉大鵬鳥 炙之電光喫 吸盡南溟水 北海方一躍 夫何泰山巔璙 劃被足趫 第十二章
[氣槪嬌爽傑豪]

○解纜兮舟泛 此去何時歸 萬頃滄波如去時且速還 應知夜半至朔忽一聲中 輾轉不成眠
第十三章 [國初航海朝明南京 起行于靈光法聖浦 郡倅張樂餞之 此其行船曲也 至今傳
唱 使人聞之 便有黍離之感云 至菊忽卽古所稱欸乃聲也]

○黃菊丹楓九月九 桃紅李白三月三 洞庭春風 赤壁秋雨 一盃玉盃流霞酒 一盃一盃復一盃
第十四章 [此章本語如此 不須移動]

○淸溪上草堂邊 春何晚 梨花白雪香 柳色黃金嫩 滿壑雲蜀魄聲中 春思更茫然 第十五章

○林泉爲草堂 高枕石頭眠 琴是松風 歌是鶊 定知無事閑人 獨吾身 第十六章

○秋江夜冷波寒 江魚不上竿 若非江天新月色 一船還應空自還 第十七章

○功名一弊屣 納弊屣將安歸 從他脫抛去 入山谷間 老天說余要與子同老 第十八章 [昔我
叔祖龜岩先生 每玉臺微醺 命客歌之 未知初 出何人也]

○兒休撥松火 昨落月還復出東山 且休設竹簟 草坐亦足容吾身 一杯酒兒酌 我方欲席地
而衾天 第十九章

○誰謂雲無心 定虛說 浮中天任來去 曷之乎 蔽我光明之日月 第二十章

○百川東到海 何時復西歸 古往今來 元無逆流水 曷之乎 肝腸消腐盡 化作淸淚却倒流
第二十一章

○秦山是底山 楚山是這山 白雲軒高處 有人隨雲閑 臥雲正底處 湘水上仙人 覓不得我身
第二十二章 [故都正李衡鎭宰楚山作]

○泛舟兮伊川 問路兮明道 行行日且暮 須向晦庵宿 正濂溪霽月一團白 閑興自不耐 第二
十三章 [此未知誰作而其論進學次序亦明]

○此身死復死 一百番又復死 白骨爲塵土 魂雖或在否 曷之乎 一片丹心有銷鑠 第二十四
章 [世傳麗末我太祖威德日盛 鄭道傳等方議推戴 而圃隱先生 獨不肯 太祖於宴席唱萬
壽山老葛歌示微意 先生卽以此歌應之 贊所謂百死之歌可裂金石者此也]

○南薰殿月明夜 携八元八凱 五絃琴一聲中 解吾民之慍兮 臣亦侍聖君 請同樂太平 第二
十五章 [世傳豐呈宴時 一朝士所作]

○四海水之深 用矴纜猶可量 主恩澤之深 更可用底纜量 請享福無疆万歲延 請享福無疆
万歲延 一竿明月亦君恩 第二十六章 [出梁德壽玄琴譜感君恩曲, 蓋祝君壽樂太平之詞
也]泰山雖云高 猶未及乎天 主之恩與德 猗歟高如天[此下與請享福無疆之詞語意相同]
四海之廣 舟楫卽可渡 主之洪恩澤 此生可能報[上同] 只一片願洞知 天乎願洞知 白骨雖
糜粉 丹心豈消漸[上同]

○平沙兮落雁 江村兮日暮 漁船兮未歸 白鷗兮孤睡 正底處一聲長笛 驚起蓬窓蝶一場 第
二十七章

○天地起底時 興亡又孰知 古今英雄又已經幾箇 誰獨無心一片松月 也須不知不知 第二十
八章

○風霜九月夜 初開黃菊花 聖上折得置金盤 送寄玉堂中 桃李從此更休誇 主意我自知 第
二十九章 [世傳成三問在玉堂 世宗送菊花 公作歌示意] (『頤齋亂稿』卷1)

「古歌新翻二十九章 續十四章」

(1)

白鷗翩翩大同江上飛　　　　長松落落淸流壁上翠

大野東頭點點山　　　　　　夕陽斜

長城北面溶溶水　　　　　泛一葉漁艇載春酒[扣枻乘流任所之] (1170)

(2)

假使百年生　　　　　　百年能幾何

計疾病憂患　　　　　　餘日又無多

已焉哉　非百歲人生　　不醉游其怎麼[嗟老之辭] (1175)

(3)

靑天飛飛雁一雙

歸過漢陽城東麼　　　　少住叫傳一言麼

答云我亦忽忙底行色　　未料得過不過[遠客之詞] (2893)

(4)

非亦是　　　　　　是亦非

世上人事　　　　　已矣哉儂不知

從此後　　　　　　且是他人儂自非 (2142)

(5)

語楚江漁父　　　　休釣楚江魚

屈三閭冤魂　　　　葬在魚腹裏

雖於鼎鑊烹　　　　寧有壞爛理 (2918)

(6)

人生正可憐　　　　　　水上浮萍草
偶然逢此友　　　　　　悠然又分手
倘此後重邂逅　　　　　也應緣分有 (2397)

(7)

靑山下綠水上　　　　　新成屋一間
半間淸風　　　　　　　又半間明月
江山無處貯　　　　　　環四面永相看 (1803)

(8)

瀟湘細雨綠簑衣
一葉漁艇何處之
聞李白上天飛　　　　　滿船要載風月歸[效宋高宗漁父詞一疊] (1659)

(9)

橋下影水上僧
問何山歸去處
一筇遙指白雲間　　　　笑而不答飄颻去 (1083)

(10)

窓前誰植碧梧桐
可愛婆娑月影中　　　　底夜半驟雨
一葉二葉一聲二聲　　　偏攪愁人枕夢驚[是無亦思士思婦之作乎] (688)

(11)

草堂眠初起　　　　　　　高按一張琴
已焉哉　　　　　　　　　人間有誰知大音
窓外日遲遲　　　　　　　春興自不禁[此吾鄉芹村宋進士顯道俏] (2929)

(12)

酒汝緣底事　　　　　　　換白面成朱顏
毋寧換白髮成黑頭
倘能黑白髮　　　　　　　正長醉不醒 (1730)

(13)

去矣三角山　　　　　　　將再見漢江水
故國山川　　　　　　　　寧欲少相離
時節何紛紛　　　　　　　倘重還相見麼 [世傳仁廟丁丑之亂　昭顯
世子入質瀋陽　去國時所作　至今傳唱　令人氣短] (3)

(14)

新醸適飲盡　　　　　　　久別良朋來到家
酒家不須問　　　　　　　敝衣將典得幾何
呼兒爾休論多少　　　　　且速沽將來過 (1364)

(『頤齋亂稿』卷1)

「改翻金龍溪止南美人詞一絶」

千里遮程別美人　　　　　此心無着俯川濱
波聲入夜還如我　　　　　流去烏烏更愴神 (2762)

(『頤齋亂藁』卷7)

「翻淸泠浦歌」

清泠浦上明月時　　　　　徹夜哀鳴有子規

能解六臣寃恨否　　　　　冥冥天地已難知 (9999)

(『頤齋亂藁』卷8)

64. 李福休(1729~1800)

「鐵嶺歌」

鐵嶺山高巍　　　　　　　彼雲宿而歸

帶得孤臣怨淚　　　　　　和雨飛和雨飛

飛入靈修　　　　　　　　九重宮闕灑霏霏

何年玉几[肌]托遺孤　　　穆陵松栢青依依

西宮火砲夜夜發　　　　　金墉城裡秋蕭瑟

孤臣一死不足惜　　　　　但恐天綱從此滅

悲風夜吼鐵塔椎　　　　　延興之獄尤堪噫

嗚呼　仙軿往往白雲中　　一片臣心知不知 (2823)

・**資料**

　光海君五年[癸丑], 徐羊甲朴應犀先後誣告, 延興府院君金悌男謀立永昌大君䃆. 於是延興被禍, 大君賜死. 先是宣廟末年[丙午], 壼殿誕生大君, 至有百官陳賀, 鄭仁弘駁論首相柳永慶窺覦之罪, 先廟怒竄仁弘, 及昇遐之時[時大君三歲], 慮人心叵測, 遺書付托于七宰臣. 及是, 禍色日熾, 延及大妃, 至有廢降之議. 白沙李公恒福, 以原任大臣, 獻議不當廢逐, 謫北青, 路過鐵嶺, 見飛雲, 作歌以悲之. [夾註:收議被謫人, 奇自獻, 吳允謙, 李愼義, 金德誠, 鄭弘翼.] "鐵嶺山高巍 彼雲宿而歸 帶得孤臣怨淚 和雨飛和雨飛 飛入靈修 九重宮闕灑霏霏 何

 201

年玉几[肌]托遺孤 穆陵松栢靑依依 西宮火砲夜夜發 金墉城裡秋蕭瑟 孤臣一死不足惜 但恐天綱從此滅 悲風夜吼鐵塔椎 延興之獄尤堪噫 嗚呼 仙軺往往白雲中 一片臣心知不知 [夾註: 己未, 移大妃于慶宮, 托巫覡逐邪, 邪魅之言, 以火砲二十柄, 夜夜壓勝, 進士趙㴐嚴惶上疏諫之, 皆被謫]此歌聞處, 黯然消魂, 頗似寧越押去都事歌曲一般悲酸, 第忠臣義士辦一大事, 則雖千萬古之下, 愚婦癡儒亦皆聳聞而垂淚, 此可見天賦之衷均善耳. (『海東樂府』)

65. 金養根(1734~1799)

「東調」

開中日, 關東人雜調, 以爲禦眠遣懷之資. 雖其作者命意, 各有雅俗之不同, 而風謠被絃亦不害爲勸懲之一助矣. 余於樂府素蔑裂, 而只效郭敬言之入洛聽歌. 雖不解曲, 亦能言佳, 引喉一唱三歎不足, 又輒逐一飜成, 凡詩百八十首. 口義之端的承接, 語法之委曲周旋, 固不無彼此之可議, 而如以九方歆相馬之術, 則猶可以彷想其萬一, 眞所謂格外步也. 聊此錄付書籢云

〈五倫〉

(1)

生我者父親	育我者母親
苟非我父母	夫焉有此身
昊天難報恩	明發懷二人 (1817)

(2)

父母之於子	是爲天屬親
罔極父母恩	慇懃貽我身
反哺猶烏鳥	願言孝養人 (1919)

(3)

釣得王祥鯉	挈來孟宗笋
玄髮直至白	且着老萊裰
平生養志孝	曾子以爲準 (2139)

(4)

林中彼啼鳥	爾何啼相隨
何者是汝母	何者又汝兒
嗟我未盡反哺淚獨灑	風不待欲靜枝

(5)

何以事我君	正路須來遵
鞠躬以盡瘁	死後恩始報行
且志不合奉	身退亦一道 (721)

(6)

君之與百姓	天高於地卑
苦惱我輩事	猶欲盡知之
況我輩忍獨嘗	春芹正肥時 (2455)

(7)

三冬衣布衣	巖穴雨雪沐
已隔雲天澤	安見春陽一曝
西山見落照	猶然普天均慟哭 (1478)

(8)

此身死又死	百番死不還
白骨化塵土	魂魄有無間
惟向君一片心	暫時可能刪 (2325)

(9)

所以爲夫婦	異姓而齊體
如彼鼓瑟琴	和鳴家道濟
然而不解相敬道	無乃禽犢抵 (1296)

(10)

手操冀缺鉏	眉齊孟光案
相愛亦人情	相敬烏可諼
河洲彼鳴鳩	雙雙摯不亂

(11)

處家則敬兄	出門而悌長
明堂養老禮	聖主會再創
倘使我執爵酬周旋	庶不迷所向

時調・歌辭 漢譯資料集成

(12)

彼鳴彼黃鳥	哭誰鳴不已
沽酒青絲繫	理絃坐傍置
兒乎且少待	隔溪某友至

〈友愛〉

(1)

問爾兄弟巖	何時爾立彼
兄友與弟恭	吾亦庶可企
每日相守不相離	惟是羨乎爾 (1096)

(2)

脊鴒鳥脊鴒鳥	何爾原上對啼
棠棣樹棠棣樹	何爾堂前影齊
分明孔懷急難誼	微物亦不迷

〈道學〉

(1)

天皇氏所刱屋	禹湯文武勤
灑掃風雨	漢唐宋歲已久頹欲倒
何時陪我聖明主	此屋能再造 (2821)

(2)

當時所由路　　　　　　　幾年今棄置

何處枉走了　　　　　　　而今始還至

而今始還至　　　　　　　枉路勿復爲意 (799)

(3)

春風花滿山　　　　　　　秋夜月滿臺

四時此佳興　　　　　　　人人共難裁

況魚躍鳶飛雲影天光　　　古今焉有限哉 (2999)

(4)

水生木木生火　　　　　　火生土土生金

順數自河圖　　　　　　　伏羲泐靈襟

於是畫八卦　　　　　　　先天陽與陰

〈喜慶〉

(1)

清乎黃河水　　　　　　　聖人果爾出

草野多遺賢　　　　　　　次第茅茹拔

好好此江山　　　　　　　去日何人可屬 (3303)

(2)

如此太平聖代　　　　　　如彼聖代太平

堯乾坤蕩蕩　　　　　　　舜日月明明

吾輩且待聖主　　　　　同樂太平成 (2295)

(3)
南薰殿月明夜　　　　　八元八凱同携提
一曲五絃琴　　　　　　解吾民之慍兮
幸吾輩生逢舜世　　　　不樂太平奚 (546)

〈際遇〉

(1)
江湖留一約　　　　　　十年狂奔走
彼不知白鷗　　　　　　競以暹來咎
然聖主恩如海　　　　　且待一報後 (117)

〈棲逸〉

(1)
春入江湖裏　　　　　　此身還多事
老我補弊網　　　　　　兒曹畊且耔
後山新芽藥苗　　　　　採來且誰使 (125)

(2)
東牕漸向明　　　　　　鸕鷺亂鳴初
無心飯牛兒　　　　　　尚此不起歟

恐川邊畝長田　　　　　　　今日耕又餘 (899)

(3)
寒事禦則可　　　　　　　何必文繡衣
飢腸充則可　　　　　　　何嫌山茱菲
矧我無閒愁　　　　　　　微分此庶幾

(4)
松壇悄眠覺　　　　　　　悠然擡醉眸
夕陽正浦口　　　　　　　來去自白鷗
若問江山主人　　　　　　非我更有疇 (1685)

(5)
無言是靑山　　　　　　　無累是流水
無價淸風是　　　　　　　無主明月是
更是中無病我　　　　　　無憂老死擬 (989)

(6)
烏之黑不黑　　　　　　　鷺之白不白
短不短鳧脛　　　　　　　長不長鶴膝
姑舍之黑白與長短　　　　世事吾不識 (17)

(7)
經營餘十載　　　　　　　草廬一間纔成
半間藏好風　　　　　　　又半間納月明
江山無入處　　　　　　　左右畵屛橫 (1803)

時調・歌辭 漢譯資料集成

1

208

〈閒適〉

(1)

勿出藁方席	落葉宜且坐
松燈勿用擧	昨夜落月又山左
村醪潤蔬勿言薄	兒乎稱家無不可 (2701)

(2)

脫冠扉外出	網巾不着友人來
牡麻亭子下	匏碁局閒開
兒乎且接山蔬浸	不妨釃出未熟酒 (942)

(3)

無耳沙陶器	漉盛熱熟酒
無跗方平枰	糯菽熬且有
兒乎去請金約正	達曙飮爲友

(4)

君家酒倘熟	珍重我必速
草堂花倘發	我亦君必告
百年中無愁若箇事	將欲議續續 (2474)

(5)

花則夜雨發	昨濃酒又盡熟
携琴山北友	伴月來有約
忽茅簷生白	東山轉 友來 乎兒視極 (208)

(6)

琴絃間挿匙	幽獨午眠時
吠犬忙出扉	情朋來不期
兒乎點心聊且做	典衣濁酒先沽宜 (140)

(7)

秋雨幾何來	雨裝不須出
十里路幾何去	蹇驢不須叱
去時如遇酒家入	去不去又未必 (36)

(8)

嶺北戒勸農	昨聞其家酒正熟
蹴使臥牛起	弊轎加背仍垂脚
在否汝勸農	鄭座首來兒且告 (2532)

(9)

山重重水疊疊	鴻鴈來又去
竹杖吾自有	芒鞋覓何許
處處落葉鋪如茵	休歟休歟不須遽

(10)

風其順矣乎	解舟且泛之
萬千江天景	收拾載無遺
中流縱所如	舟止是止期

（11）

細細瀟湘雨	蒻笠彼老翁
空船獨自棹	何向杳靄中
聞李白騎鯨飛	會輸來月與風 (1659)

（12）

萬頃天如水	生魚跳手柳橋邊
興亡事吾豈關	蘆花月一船
十年江湖臥節	去無誰傳 (962)

（13）

使好爵人人易	誰肯農事事
使醫生能已疾	北邙豈如彼
兒乎滿滿載爾盃	所好從吾意 (1288)

〈豪爽〉

（1）

誰謂我老矣	老人如此耶
見花心自愛	把盃笑自多
彼飄霜白髮	吾亦奈爾何 (689)

（2）

| 睡失在手竿 | 舞忘荷肩蓑 |
| 老人荒妄象 | 白鷗且莫呵 |

十里桃花發　　　　　　　　閒興一婆娑 (2609)

(3)

酒兮我嗜不　　　　　　　　酒也渠自隨

飲者我過不　　　　　　　　隨者酒過不

且飲之且隨之　　　　　　　不知過者是疇 (1726)

〈感傷〉

(1)

分明生百年　　　　　　　　百年其幾何

除却疾與憂　　　　　　　　中間餘日元無多

況人生非百年　　　　　　　不樂其如飛光俄 (2445)

(2)

言則謂雜類　　　　　　　　不言以爲愚

富貴必見猜　　　　　　　　亦笑貧而臞

嗟乎似此天下　　　　　　　何以處此一箇軀 (998)

(3)

空山寂寞中　　　　　　　　悲鳴彼杜鵑

故國興亡事　　　　　　　　有非今日昨日然

何至今哭出血　　　　　　　夜夜腸獨煎 (263)

(4)

以此其然其然   以彼其然其然

夫旣皆其然   安得不其然

每每其然復其然   衰世之意非其然 (354)

(5)

此身死一去   廻來不廻來

旣無入見人   又無人云廻

一去無廻此人生   不飮何爲哉 (1392)

〈懷想〉

(1)

月色明又明   五更夜長又長

故國思歸緒   多又多多難忘

何處失侶鴈   鳴又鳴鳴以翔 (1044)

〈離別〉

(1)

淀浮舟欲離   今去幾時來

萬頃蒼波上   如去時且亟回

夜政半枝菊叢   聲聲斷腸催 (764)

(2)

馬則鳴欲去	君則摻手泣
夕陽山上在	去路千里恰
嗟君莫挽　欲去我且去	夕陽長繩縶 (2875)

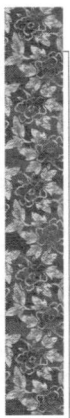

〈行役〉

(1)

青石嶺已過乎	草河溝何處是
胡風寒且寒	陰雨又何以
其誰畫此行色	予美在處一獻只 (2875)

〈景致〉

(1)

秋山帶夕陽	浸在江之心
肩荷一竿竹	泛泛小艇行且吟
政天公認閒暇	明月又送臨 (2967)

(2)

問師景何似	關東行遍覩
軟沙明十里	海棠紅無數
就中又有白鷗遙	浦起兩兩飛疎雨 (1097)

(3)

馬驚爾何事	控勒且俯視
漫山紅綠影	斑斑浸在水
爾馬休驚怪	光景此足喜 (995)

(4)

鳴者布穀歟	青者柳林歟
兩三漁父村	此中出沒疎
兒乎春江生新水	補弊網且莫徐 (2167)

(5)

蘆花深深處	斜帶落霞秋
三三與五五	和浮彼白鷗
我亦無機事	從汝以優游 (636)

(6)

水下成影子	橋上老僧去
僧乎其處立	汝去寺何許
以杖指白雲	去而不我語 (1083)

(7)

政聞梅花笑	去入山中索
春雪深未消	萬壑白一色
忽何處芳香臭	風頭來撲撲 (1011)

〈諷諭〉

(1)

人間是夢歟	非夢而人間歟
可喜可悲事	何爲其紛如
噫竟無先覺者	只是一夢且 (2387)

(2)

日幾暮于暮日	噪噪彼黃雀
微微一個身	牛柯尙自足
況彼大大叢	爭之何所欲

〈古意〉

(1)

顏淵不幸死	哭之慟夫子
三千多門弟	道統將誰畀
聞一能知十	慟哭亶爲此

(『東埜集 卷4』)

66. 南極曄(1736~1804)

「愛景堂十二月歌」

(1)

시릭산 져 上峰의 반가올샤 上元돌이

豊年 消息 씌여다가 내 窓압폐 젼ᄒ엿다

아마도 이밤 조흔 景을 聖主씌 알일가 ᄒ로라

辭曰

節彼載山　　　　　　上元好月些

喜占豊年　　　　　　欲獻吾君些

樂矣乎　太平之樂　　感君恩些

詩曰

載山高處好看月　　　消息豊年夜色新

聖德太平深感祝　　　皇堯帝舜若相親

[右正月　載山望月章]

(2)

醉ᄒ 줌 느게 기여 江郊룰 보라보이

廣野의 폐인 안개 處處의 奇峰이다

아ᄒ야 술 부어라 前村의 醉ᄒ 興을 聖主 알ᄅ실가 ᄒ로라

辭曰

時維佳節　　　　　雨歇江郊些

曉霧處處　　　　　能作奇峯些

可愛乎　前村醉興　　欲使吾君知之些

詩曰

主人晚覺醉春睡　　　十里江郊曉霧連

野老街童能識否　　　康衢烟月又今年

[右二月　江郊曉霧章]

(3)

　곳나무 심은 셤의 부나니 東風이다

　곳 보고 술부은이 白髮리 새롭도다

　아마도 검은 머리 희기도 聖恩인가 ᄒ로라

辭曰

滿庭花卉　　　　　習習東風些

探花酌酒　　　　　多愧白髮些

噫吁乎　黑頭白髮　　莫非君恩些

詩曰

花深小陰香深處　　　爲酌靑春白髮羞

頭黛君恩兼黑白　　　一生林下好春秋

[右三月　東崗花卉章]

(4)

　綠樹 山亭의 벗부르는 제 새솔이

東風 細雨中의 부루는이 벗시로다

아마도 우리 계원은 저 새 붓그려 ᄒᆞ로라

辭曰

鶯歌綠樹	猶求友聲些
獨向邱偶	知其所止些
吁嗟乎 可以人兮	反不如鳥乎些

詩曰

陰濃樹綠山亭裏	好鳥多情喚友聲
獨向邱隅能止止	於人胡不反深誠

[右四月 山亭鶯聲章]

(5)

南風 부는 비예 뉘녁삭갓 저 農夫아

밧가러 밥먹기는 긔 아이 職分닌가

古棧들 다 졈은 날 아름답다 農歌로다

辭曰

薰風自南	吹雨濛濛些
簑笠野夫	耕食乃職些
儘矣乎 古棧歌聲	樂莫樂兮些

詩曰

南風吹雨濛濛夕	蒻笠簑衣滿野夫
始識鑿耕安素業	古棧農曲咏多稱

[右五月 古棧農歌章]

(6)

　　小溪水 젹다 말고 大堤水 크다 마라

　　귀흔 거시 근원이라 저러틋시 물결이다

　　聖人이 이른 말슴 물보기 슐넛기는 긔 아이 적실흔가

辭曰

小溪之水　　　　　　　　流而大堤些

所貴本源　　　　　　　　波瀾淸且漣漣些

是知乎　聖人之敎　　　　觀水有術些

詩曰

門溪流入郊堤水　　　　　　不擇小溪是大堤

聖敎觀瀾良有術　　　　　　尋原剩得散玻瓈

[右六月　大堤觀漲章]

(7)

　　바람이 건듯 부이 瑞石峯 몰근 긔운 雨後景이 더옥 조타

　　竹牖을 半開ᄒ야 終日을 默對ᄒ이

　　아마도 物外良朋이 너ᄲᆞᆫ인가 ᄒ로라

辭曰

一雨滌署　　　　　　　　山高氣淸些

終朝竹牖　　　　　　　　物我忘形些

悠悠乎　百年良朋　　　　默然有情些

時調·歌辭 漢譯資料集成 ❶

220

詩曰

宇宙乍凉風颯颯　　　　　峭然瑞石氣生淸

終朝竹牖忘形坐　　　　　物外良朋默有情

[右七月　瑞石靑嵐章]

(8)

　골골리 나는 물에 흘르는이 稻花로다

　八月仙 어늬 집의 春酒 아이 비져실까

　아히야 잔부어라 以介眉壽 ᄒ자셔라

辭曰

流觴之谷　　　　　　　　稻花泛泛些

始覺八月農夫作神仙些

勉旃哉　爲此春酒　　　　以介眉壽父母些

詩曰

稻花泛泛流觴谷　　　　　始覺農家八月仙

眉壽今朝春酒滿　　　　　如松如栢祝千年

[右八月　四野稻花章]

(9)

　씬남우 셜리입피 錦繡屛風 둘러 잇다

　北嶽의 올나서셔 南浦을 보라본이 志士悲秋 위인 말고

　두어라 滿天肅氣에 늑는 거시 더옥 셥다

辭曰

楓林霜葉	疑是錦繡屛些
北顧南望	志士胡然悲秋些
已矣乎　滿天肅氣	老奈何些

詩曰

| 坐愛楓林霜葉晚 | 冑峯特立錦屛中 |
| 曠懷多感登臨處 | 志士悲秋萬古同 |

[右九月　北嶽丹楓章]

(10)

考槃 호 曲調로 澗水 マ의 徘徊 호이

물은 어니 淙淙 호고 다 모도 츤쇼리다

두어라 閒暇 호 이내 듯슬 永矢弗告 호오이라

辭曰

邁軸之樂	在此澗邊些
我歌我唱	世無我知些
其果乎　樂此樂兮	不欲向人道些

詩曰

| 扣槃扣軸徘徊處 | 磵水添寒淅瀝聲 |
| 一樂悠然知者誰 | 此心不欲與人許 |

[右十月　溪邊澗水章]

(11)

눈 속의 풀른빗시 긔 안이 솔이느가

222

滿山草木 黃落盡ᄒ이

너 혼차 르진 절을 세한 후의 알리로다

辭曰

冒雪蒼翠　　　　　　　獨也松兮些

歲寒後凋　　　　　　　可愛晚節些

快哉夫其義　　　　　　卓卓復何渝兮些

詩曰

雪中獨立何心事　　　　一節彌堅萬古靑

天寒始覺後凋義　　　　應愧春園妬衆馨

[右十一月 雪裏孤松章]

(12)

淇澳에 옹긴 샐이 物中의 君子로다

淸風을 和答ᄒ야 玉音을 훗터신이

아마도 虛心高節은 比홀 듸 업다 ᄒ로라

辭曰

愛爾物中　　　　　　　有此君子些

淸風玉音　　　　　　　灑落襟懷些

斐然哉　虛心高節　　　無所比些

詩曰

有斐靑靑淇澳姿　　　　此君眞是物中賢

玉音灑落淸風和　　　　付與襟懷許自然

[右十二月　風前舞竹章]

(『愛景堂遺稿』)

67. 朴趾源(1737~1805)

「排打羅其曲」

碇擧兮船離　　　　　此時去兮何時來

萬頃蒼波去似回 (764)

・原文・

我東大樂府有所謂排打羅其曲, 方言如曰船離也, 其曲悽愴欲絕. 置畫船於筵上, 選童
妓一雙, 扮小校, 衣紅衣朱笠貝纓, 揷虎鬚白羽箭, 左執弓弭, 右握鞭鞘, 前作軍禮. 唱初吹
則庭中動鼓角, 船左右群妓皆羅裳繡裙, 齊唱漁父辭, 樂隨而作. 又唱二吹三吹如初禮, 又
有童妓扮小校立船上唱, 發船砲, 因收碇擧航, 群妓齊歌且祝. 其歌曰:"碇擧兮船離, 此時
去兮何時來, 萬頃滄波去似回." 此吾東第一墮淚時也. (『熱河日記』漠北行程錄)

68. 鄭宗魯(1738~1816)

「開巖十二曲」

問爾巖　　　　　開口爲甚麽

豈欲吸萬頃蒼波乎

人多翻覆　　　　　　　吾亦笑不禁些

(『立齋集』卷29, 開巖亭重建記)

· 資料

1. 〈前略〉先生卜居于江上蒼鷹峰下

　對是巖而築一亭　名之曰開巖　而因自號焉　蓋悅其狀之奇也　於是爲作一曲歌云　問爾巖
開口爲甚麼　豈欲吸萬頃蒼波乎　人多**翻覆**　吾亦笑不禁些〈後略〉(『立齋集』卷29, 開巖亭重
建記)

2. 金宇宏(1524~1590), 「開巖十二曲」1

　뭇노라 버리바회야 엇디ᄒᆞ여 버럿ᄂᆞᆫ다. 萬頃蒼波水를 다 마시랴 버러ᄂᆞᆫ다. 우리도 人間
飜覆을 못내 우서 버럿노라. 右開巖(金鎭東,『追慕錄』)

---

69. 朴準源(1739~1807)

「翻風兮謠」

風兮莫吹木葉落　　　　　日月莫逝父母老

葉落猶可明春生　　　　　父母一老不復少 (1122)

· 資料

「翻風兮謠 并書」

　余閒居, 有里中兒歌風兮之謠. 其辭短而其志切, 眞情愛父母之意, 藹乎溢矣. 夫閭巷小
兒, 豈知愛日之意, 而自然發於謳謠者如此, 民之性善其可誣乎? 此謠若出於聖人刪詩之時,

則其必採入於風雅, 而不在蓼莪之下者無疑矣. 余聞而深有所感, 乃翻其語爲句, 其下又以己意衍之爲句, 庶幾使覽者三復而詠歎云. "風兮莫吹木葉落　日月莫逝父母老　葉落猶可明春生　父母一老不復少" (『錦石集』 卷3)

70. 李令翊(1740~1780)

「翻文淸騎牛訪牛溪歌」, 「何如歌」, 「丹心歌」

「翻文淸騎牛訪牛溪歌」

越岡成勸農宅　　昨聞新酒熟
足蹴臥牛起　　置薦鞍跨着
童子汝家勸農在　　爲報鄭座首來此 (2532)

• 資料

「題騎牛訪牛溪圖」

右幅畵, 鄭副正敾作, 鄭文淸公跨牛訪成文簡先生, 平州申大羽藏之, 詩令翊飜文淸歌闋書後. 臨是畵, 諷是辭, 不唯可以想慕先輩風采, 亦可見交道灑落, 與今人呢呢者甚不相似, 百歲之下, 使人感歎, 大羽藏之, 其有深意歟. 庚辰正月十八日, 完山李令翊敬題.

「翻文淸騎牛訪牛溪歌」

越岡成勸農宅, 昨聞新酒熟. 足蹴臥牛起, 置薦鞍跨着. 童子汝家勸農在, 爲報鄭座首來此. (『信齋集』 雜著)

「何如歌」「丹心歌」

如此如何　　如彼如何

萬壽山蔓葛　　　　　　紫糾如賀

君徒亦如何　　　　　　在百年生何如 (2291)

此身死死　　　　　　　一百番死更死

白骨爲塵土　　　　　　魂魄有也未

嚮主一片丹心　　　　　寧有變改所 (2325)

・資料

「百死歌」

　高麗侍中鄭文忠公. 知天意人心已歸我太祖. 託問疾至, 察之. 太宗使人歌酒席曰: "如此 如何 如彼何如 萬壽山蔓葛 紫糾如賀 君徒亦如何 在百年生何如" 文忠和曰 "此身死死 一百 番死更死 白骨爲塵土 魂魄有也未 嚮主一片丹心 寧有變改所" 歸路入舊酒家, 階上百花爛 開. 呼酒極陰, 起舞花間曰, 今日風色, 甚惡甚惡. 遂欲直造闕, 行至善竹橋, 遇害.

　百年生如何, 如何不如此. 人心已有歸, 天意我亦揣. 爲樂我自有, 有忠與義耳. 今朝相訣 別, 舞袖紛紛起. 紛紛意未已, 何家酒味美. 花底樽與罍, 安排甚有理. 今日風色惡, 有酒當及 時. 安能百年生, 一百番死死.

　(『信齋集』, 朝鮮樂府, 「百死歌」)

---

71. 金載瓚(1746~1827)

「時謠」

(1)

明月照孤宿　　　　　　一鴈鳴秋風

念雄空自鳴　　　　　　奈爾儂相同

時調‧歌辭 漢譯資料集成 ①

(2)

窓前養小尨　　　　　攤飯呼尨食

囑爾夜莫吠　　　　　與歡三更約

(3)

寂聽有衣聲　　　　　謂歡當來宿

開戶起覓聲　　　　　非歡梧葉落

(4)

郎化爲高木　　　　　妾化爲葛藟

千回縈復縈　　　　　木葛同時死

(5)

小屏畫金鷄　　　　　夜夜鳴鼓翼

畫鷄鳴有時　　　　　郎心那復得

(6)

隔墻花乍動　　　　　小書緣花落

不知郎底意　　　　　笑就花前拾

(7)

郎屬三醫司　　　　　儂家十字街

每曉當星起　　　　　漫道去赴衙

(8)

紫金香角囊　　　　　歡從那裡得

栽線非儂手　　　　　——皆生目

(9)
初更與郎宿　　　　　半夜衾忽空
曉起尋行迹　　　　　草開小墻東

(10)
捷身就郎抱　　　　　兩言無不到
始知都賺儂　　　　　念念生憎懊

(11)
儂識他儂家　　　　　昨夜歡底爲
簾背隱一燈　　　　　窓前雙履兒

(12)
簾帷掩孤房　　　　　深坐禱明月
小姑來在房　　　　　敢啼不敢說

(13)
妾身無君物　　　　　只留一釵角
脫下還與君　　　　　去遺新儂揷

(14)
雪糖調紅露　　　　　玉女勸君酡
醉輒來嚇儂　　　　　公然生風波

(15)

綠軸床頭祝　　　　　與他百年歡

結髮纏三歲　　　　　他意如轉環

（『海石遺稿』卷1）

72. 柳得恭(1748~1807)
「東人之歌」

(1)

蛺蝶靑山去　　　　　相隨虎蛺蝶

日暮花間宿　　　　　花嗔宿於葉 (445)

(2)

城上布穀鳥　　　　　問爾何故鳴

梧桐舊葉落　　　　　萋萋新葉生

(3)

今日何寥寥　　　　　且爲行軍樂

卿去復卿去　　　　　城上孤生木

(4)

非二非三生　　　　　無四無五身

生借身是夢 　　　　遊戲在何辰 (2401)

(5)
今日是今日 　　　　明日是今日
朝朝復暮暮 　　　　今日只是一 (2063)

(6)
莫踐波底沙 　　　　沙織跡還沈
卿言甚愛我 　　　　我何知卿心 (1085)

(7)
滄波汎汎鳥 　　　　汎汎鴛與鴦
莫言知深淺 　　　　深淺誠難量 (964)

(8)
魚入我池中 　　　　可憐誰驅汝
魚言無人驅 　　　　一來不復去 (1879)

(9)
綠陰芳草谷 　　　　有一端坐鶯
可憐聲相似 　　　　似我佳人聲 (648)

(10)
屏間缺齒貓 　　　　相對小香鼠
人言貓狡獪 　　　　蹲蹲思捕汝 (1254)

(11)

此身化爲鵑　　　　　　　梨花深處藏
夜半苦苦叫　　　　　　　必能斷君腸 (2318)

(12)

荳田烏犢子　　　　　　　打打不知去
休踢衾底郎　　　　　　　今夜去何處 (3041)

(13)

纒情復纒情　　　　　　　一擔上高嶺
寧爲情壓死　　　　　　　棄之本不肯 (1404)

(14)

別後當相思　　　　　　　相思詎無病
病者所不活　　　　　　　莫如今夜竟 (2054)

(15)

今夜與君歡　　　　　　　君歸問何時
畫屏雄黃鷄　　　　　　　鼓翼唱咿咿 (632)

　　　　　　　　　　　　　　　　（『古芸堂筆記』天理大本）

73. 沈魯崇(1762~1837)

「梨花桃花杏花」

梨花桃花杏花芳草等　　一年春光莫怨

爾等雖然與天地無窮　　非百歲人生吾所恨

桃花梨花 杏花芳草들아 一年春光 恨치마라

너희는 그려도 與天地 無窮이라

우리는 百歲 뿐이니 그를 슬어 하노라 (869)

・資料

"日氣淸暖, 近日初有. 午後與李老人童輩登屋後, 山暄野曠, 雲輕風淡, 原麥平鋪綠綾, 林花襍綴班綺, 老人不識遏密之義, 口中爲細聲時調襍曲曰: "梨花桃花杏花芳草等, 一年春光莫怨, 爾等雖然與天地無窮, 非百歲人生吾所恨." 聲惻惻感人. 余曰: "老人百歲只殘十八年, 人人如老人者, 此歌必不作, 今老人而唱此歌, 花草得不怨乎?"

相見視而笑.

(『孝田散稿』9책, 山海筆戱)

74. 姜必孝(1764~1848)

「陶山十二曲」

其一

이런들 엇디하며 져런들 엇지 하료

쵸야우싱이 이러타 엇지
ᄒ믈며 쳐셕고황을 고쳐 무슴 ᄒᆞ로

如此何　　　　　　　　　如彼何
草野愚生如此何
況泉石膏肓改何爲

其二

연하로 집을 삼고 풍월로 벗들 삼아
틱평셩딕예 병으로 늘거 가니
이 듕의 ᄇᆞ라ᄂᆞᆫ 일 허믈이 업고져

煙霞爲家　　　　　　　　　風月爲友
太平聖代病老去
此中望底事欲無過了

其三

슌풍이 죽다 ᄒᆞ니 진실노 거즛마리
인셩이 지다 ᄒᆞ니 진실노 오른 말리
쳔하 허다영ᄌᆡ을 소겨 말슴ᄒᆞᆯ가

淳風云亡　　　　　　　　　實僞言
人性云善　　　　　　　　　實是言
天下許多英材敢欺言爲

234　　　其四

유란이 지곡ᄒ니 자연이 듯기 됴희

박운이 지산ᄒ니 자연이 보기 됴희

이 중에 피기일인을 더욱 잇지 못ᄒᄂ

幽蘭在谷　　　　　自然聞了好

白雲在山　　　　　自然見了好

此中彼美一人益不忘了

其五

산젼에 유ᄃ ᄒ고 ᄃᄒ에 유쉬로다

셰 마흔 ᄀᆯ머기ᄂ 오면 가면 ᄒ거든

엇지 교교빅구ᄂ 멀니 마음 ᄒ난고

山前有臺　　　　　臺下有水

多羣鷗鳥　　　　　來了去了

何皎皎白駒遠心爲

其六

츈풍에 화만산고 츄야에 월만ᄃ라

샤시가흥이 사ᄅᆷ과 ᄒ가지라

ᄒ믈며 어약연비운영친광이야 엇지 그지 일슬고

春風花滿山　　　　　秋夜月滿臺

四時佳興與人同了

況魚躍鳶飛雲影天光有何窮

其七

쳐운뒤 도라 드러 완락뒤 소쇄흔대

만궈슁애로 낙사무궁ᄒᆞ야

이중에 왕녀풍뉴를 닐너 무슴ᄒᆞᆯ고

天雲臺還入　　　　　　　玩樂齋蕭灑

萬卷生涯樂事無窮了

此中往來風流云如何

其八

뇌졍이 파사ᄒᆞ야도 농자ᄂᆞᆫ 못 듯ᄂᆞ니

빅일이 즁쳔ᄒᆞ야도 고자ᄂᆞᆫ 못 보ᄂᆞ니

우리ᄂᆞᆫ 이목통명남자로 농고 갓디 마로라

雷霆破山　　　　　　　聾者不聽了

白日中天　　　　　　　瞽者不見了

吾輩耳目聰明男子

勿如聾瞽了

其九

고인도 날 못 보고 나도 고인 못 보니

고이를 못 보나 녀던 길 압픠 잇거든

아니 녀고 엇절고

古人不見我　　　　　　　我不見古人

古人雖不見　　　　　　　行了路在前

不行了何

其十

   당시예 녀던 길흘 몃히을 브려두고

   어듸 가 둔니다가 이졔야 도라온고

   인졔 도라오나니 더 가치 무음 마로리

當時行了路　　　　　　幾年棄置

何去行而今歸來了

雖而今歸來　勿如前放心了

其十一

   청산 엇더ㅎ야 만고애 프르며

   뉴슈는 엇더ㅎ야 쥬야애 긋지 아닌는고

   우리도 그치지 마라 만고장청호리라

青山何爲　　　　　萬古青了

流水何爲　　　　　晝夜不舍了

吾輩亦不舍　　　　萬古長青了

其十二

   우부도 알며 ㅎ거니 그 아니 쉬운가

   성인도 못다 ㅎ시니 그 아니 어려운가

   쉽거나 어렵거낫 중에 늙는 쥴 몰래라

愚夫亦知　　　而爲其非易歟

聖人亦未盡　　　爲其非難歟
易與難中　　　　不知老了

(『海隱別稿』卷1)

• 資料

1. 陶山十二曲

　　退老先生陶山十二曲舊本, 只是歌曲, 有聲而無詩. 必孝就其諺錄印本, 敢倣高山九曲宋
文正毓文例, 依永爲詞, 以附于武夷九曲. 世之君子幸恕其僭妄之罪, 而敢裁其景慕之誠云.
(『海隱別稿』卷1)

2. 「海隱歌」

　　嗚呼世人聽我歌　三皇五帝何際　夏商周逖矣　一帶黃河那時晴　茫茫天地間　一身置無
地　回顧四方　惟靑海環處於斯隱[本是番語]
　　어와 세샹 사람아　이니 노리 들어보소　삼황오제 언제런고　우흐샹주 머러셔라　일듸
화하슈은 언의젹 말글넌고　망망천지간의　혼몸 둘 듸 업도다　샤방을 도라보니　오쟉 푸른
바다 둘은 곳의　게나 숨어 볼셰
　　(『海隱別稿』卷1)

---

75. 友松(1764~ ？)

「登望高臺」, 「海山亭」, 「三日浦」, 「登毘盧峯」

「登望高臺」

路仄垂猿臂	磴拆引雲索
坐處惟半空	去天只一握
喜超鴻濛界	眞得象外遊
怳如御鶴背	渾忘登鰲頭

乾坤如一塊　　　　　　滄溟卽小盂
一蹴可昇天　　　　　　何煩鳳鞭催

　구룸의 의지ᄒ야 望高臺 안자시니
　鴻蒙乙 뿌여나셔 仙境이 여긔로다
　언제나 鶴背冷風의 白日昇天 ᄒ리요 (東遊綠)

「海山亭」

蓬山落照倚欄頭　　　　七十翁能辦壯遊
千里行裝蒼海闊　　　　百年身世白鷗浮
壤虫塵界多乾沒　　　　鴻鵠雲天置匹儔
日月任他詩裏過　　　　風烟簇哢錦囊收

　도라보니 萬二千峰 구버보니 瑤海三千
　沙鷗는 도라오고 夕陽은 빗겻는듸
　엇더타 날 ᄃ릴 笙鶴은 이대도록 더듸는고 (東遊綠 4)

「三日浦」

瑤岑六六擁湖邊　　　　鏡裏沿洄太乙船
三日清遊牢日繼　　　　四仙佳興一仙專
丹書石面神雲護　　　　碑閣波心彩翼翩
若遇氷郎同遠擧　　　　仙區從此亦蹄筌

　蓬萊山 남은 興을 太乙船의 시러시니
　四仙 前遊가 오늘과 어쎳턴고
　清湖의 雙雙白鷗 네나 알가 ᄒ노라 (東遊綠 3)

「登毘盧峯」

天畔瓊岑駕鶴登　　　　　冷風八月素襟氷

眼通瑤海三千里　　　　　身在璇霄九萬層

頭上星辰如可摘　　　　　望中銀闕幾時昇

凌雲頓覺非人界　　　　　不有仙緣到未能

　毘盧峯 上上頂의 후루룩 ᄂ라올라

　流霞 一盃의 彩雲의 누어시니

　아마도 世外眞仙은 나 쉰인가 ᄒ노라 (東遊綠 2)

(『東遊綠』)

76. 李家淳(1768~1844)

「西山日落歌」

三冬衣布衣　　　　　巖穴霑雨雪

密雲天之下　　　　　幾年不見日

雖然西山景云落　　　　　是以心悲絕 (1478)

• 資料

　仁廟改玉, 中外相慶, 坽自歎曰: "嫠婦不可以夫之不義而改其所守" 屢日不食, 只一進糜
淖, 有諺歌詞一章曰: "三冬衣布衣, 巖穴霑雨雪. 密雲天之下, 幾年不見日. 雖然西山景云落,
是以心悲絕." (『霞溪集』卷5 溪巖金先生請諡疏)

77. 申緯(1769~1845)

「小樂府四十首」

東國言語文字, 繁簡懸殊, 古來詞曲, 皆參合言語文字而成也. 故初無
秩然之平仄, 句讀之叶韻, 但以喉嚨間長短, 脣齒上輕重, 或促而斂之,
或引而申之, 以準其歌調之刻數, 然後墜之爲羽聲, 抗之爲商音. 其視花
間樽前, 塡詞度曲之法, 亦可謂鄙野之極矣. 雖然被之管弦, 自成律呂,
哀樂變態, 感動心志, 是知天地間, 原有自然之樂, 有不可以限地分疆而
論也. 今欲採其辭入詩, 則或可以長短其句, 散押其韻, 強名之曰古體.
然吟詠咀嚼之間, 頓乖聲響, 非復詞曲本色, 儘可謂憂憂乎其難於措手
矣. 是以文苑諸公, 置若罔聞, 將使昭代歌謠, 聽其散亡而不傳, 可勝歎
哉! 高麗李益齋先生, 採曲爲七絶, 命之曰小樂府, 今在先生集中, 擧皆
今日管弦家不傳之曲, 而其辭之不亡 賴有此詩, 文人命筆, 顧不重歟? 余
竊喜之, 就我朝小曲中, 余所記憶者, 亦以爲七言絶句, 藻采雖萬萬不逮
先生, 而異代同調, 各採其國之風則一也. 余在江都留臺時, 始有此意,
所作不過六絶句而止, 旋失艸本, 甚恨之. 近因當時居幕府者篋有副本,
重錄而不至逸, 其亦幸矣. 通錄余山中湖上往來所得者若干首, 亦以小樂
府爲題. 然每章各系以曲子名, 則余所創例, 又非益齋先生之舊也. 凡我
朝忠臣志士, 哲輔鴻匠, 高明幽逸, 才子佳人, 得志不遇, 出於咏嘆嚬呻
之餘者, 略備於此. 縱不堪與黃河遠上之詞, 甲乙於旗亭, 亦庶幾存一代
之風雅, 補詩家之闕文, 後之覽者, 於風前月下香炮燈光, 試一吟諷, 未
必不如品竹彈絲, 而亦必有賞音者矣. 若其時代先後, 則隨記隨作, 非出
於一時者, 故不復詮次元爾.

(1) 人月圓

金絲烏竹紫葡萄　　　　　　雙牡丹叢一丈蕉

影落紗窓荷葉盞　　　　　　意中人對月中宵 (「金絲烏竹 牡丹芭蕉외」)

(2) 奉盧言

向儂恩愛非眞辭　　　　　　最是難憑夢見之

若使如儂眠不得　　　　　　更成何夢見儂時 (1405)

(3) 滿庭芳

昨夜桃花風盡吹　　　　　　山童縛箒凝何思

落花顔色亦花也　　　　　　何必苦庭勤掃之 (67)

(4) 宜身至前

莫倩他人尺素馳　　　　　　當身曷若自來宜

縱眞原是憑傳札　　　　　　成否從違未可知 (544)

(5) 白馬靑娥

欲去長嘶郎馬白　　　　　　挽衫惜別少娥靑

夕陽冉冉銜西嶺　　　　　　去路長亭復短亭 (1183)

(6) 梅花訊

一樹槎枒鐵幹梅　　　　　　犯寒年例東風回

舊開花想又開着　　　　　　春雪紛紛開未開 (1009)

(7) 紅燭淚

房中紅燭爲誰別　　　　　　風淚汎瀾不自禁

畢竟怪伊全似我　　　　任情灰盡寸來心 (1166)

(8) 竹謎
人間百卉皆堪種　　　　惟竹生憎種不宜
箭往不來長笛怨　　　　最難畫出筆相思 (1213)

(9) 神來路
水雲渺渺神來路　　　　琴作橋梁濟大川
十二琴絃十二柱　　　　不知何柱降神絃 (「마누라님 어대 가오」)

(10) 子規啼前腔
梨花月白五更天　　　　啼血聲聲怨杜鵑
儘覺多情原是病　　　　不關人事不成眠 (2376)

(11) 子規啼後腔
寄語子規休且哭　　　　哭之無益到如今
云何只管渠心事　　　　我淚翻敎又不禁 (2469)

(12) 公莫拂衣
莫拂挽衫輕別離　　　　長堤昏草日西時
客窓輾轉愁滋味　　　　孤剔殘燈到自知 (2209)

(13) 秋山淸曉
蒼涼曉月照人歸　　　　石室松關鎖翠微
落葉滿山無路入　　　　白雲肩重女蘿衣 (1683)

（14）玉斧桂樹

玉斧年多鈍却鎩　　　　　　月中桂樹韌難當

廣寒殿後蘗靑葉　　　　　　能使繁陰翳放光 (2096)

（15）影波

秋山夕照蘸江心　　　　　　釣罷孤憑小艇吟

漸見水光迎棹立　　　　　　半彎新月一條金 (2967)

（16）掌中盃

耳朵有聞旋旋忘　　　　　　眼兒看做不看樣

右堪執盞左持螯　　　　　　兩手幸吾無病恙 (935)

（17）蝴蹀靑山去

白蝴蝶汝靑山去　　　　　　黑蝶團飛共入山

行行日暮花堪宿　　　　　　花薄情時葉宿還 (445)

（18）沒下梢

豪華富貴信陵君　　　　　　一去人耕春艸墳

矧爾諸餘醉夢者　　　　　　不堪比數漫云云 (3253)

（19）漁樂

鳴者鵓鳩靑者柳　　　　　　漁村烟淡有無疑

山妻補網纔完未　　　　　　正是江魚欲上時 (2176)

（20）實事求是

喫驚風波旱路行　　　　　　羊腸豺虎險於鯨

時調・歌辭 漢譯資料集成 1

從今非馬非船業　　　　　紅杏村深雨暎耕 (3123)

(21) 醉不願醒

昨日沈酣今日醉　　　　　茫然大昨醉醒疑

明朝客有西湖約　　　　　不醉無醒兩未知 (1969)

(22) 慣看賓

休煩款待黃茅薦　　　　　且坐何妨紅葉堆

豈必松明燃照室　　　　　前宵落月又浮來 (2701)

(23) 碧溪水

靑山影裏碧溪水　　　　　容易東流爾莫誇

一到滄江難再見　　　　　且留明月暎婆娑 (2858)

(24) 綠草靑江馬

茸茸綠草靑江上　　　　　老馬身閒謝轡銜

奮首一鳴時向北　　　　　夕陽無限戀君心 (652)

(25) 祝聖壽

千千萬萬萬千千　　　　　又享千千萬萬年

鐵柱開花花結子　　　　　殷紅子熟獻宮筵 (2773)

(26) 冶春

黃山谷裏蕩春光　　　　　李白花枝手折將

五柳村尋陶令宅　　　　　葛巾漉酒雨浪浪 (3297)

(27) 落花流水

睡失漁竿舞失蓑　　　　　白鷗休笑老人家

溶溶綠浪春江水　　　　　泛泛紅桃水上花 (2609)

(28) 一杵鍾

一杵霜鍾寺近遠　　　　　聞聲忖寺去無深

青山之上白雲下　　　　　認且茫然何處尋 (1321)

(29) 夢踏痕

魂夢相尋屐齒生　　　　　鐵門石路亦應平

原來夢徑無行跡　　　　　伊不知儂恨一生 (334)

(30) 枕邊風月冷

十二月添閏十三　　　　　月三十日夜時五

一年通打算閒時　　　　　果沒片閒來一聚 (3200)

(31) 攖寧

人或害吾吾不較　　　　　苟吾相較將無同

彼原未必先無曲　　　　　曲直都忘不較中 (539)

(32) 雙玉筯

逝者滔滔挽不得　　　　　百川東倒幾時回

如何點滴肝腸水　　　　　卻向秋波滾上來 (1212)

(33) 春去也

燕子鶯雛遞訴寃　　　　　非花肯落是風翻

時調・歌辭 漢譯資料集成 ❶

青春去也多魔戲　　　　　　簾影樑塵枉斷魂 (214)

(34) 鷗盟
讀書窓爲倦書拓　　　　　　滿地江湖雙白鷗
摒却浮名身外事　　　　　　一生堪與汝同遊 (2745)

(35) 金爐香
金爐香盡漏聲殘　　　　　　誰與橫陳罄夜歡
月上闌干斜影後　　　　　　打探人意驀來看 (375)

(36) 響屢疑
寡信何曾瞞著麼　　　　　　月沈無意夜經過
颯然響地吾何與　　　　　　原是秋風落葉多 (588)

(37) 小桃源
君家何在大江上　　　　　　翠竹林深獨掩扉
試一相尋挐舟去　　　　　　問之無答白鷗飛 (625)

(38) 人生行樂耳
一度人生還再否　　　　　　此身能有幾多身
借來若夢浮生世　　　　　　可作區區做活人 (2401)

(39) 十洲佳處
釋子相逢無別語　　　　　　關東風景也如許
明沙十里海棠花　　　　　　兩兩白鷗飛小雨 (1097)

(40) 冬之永夜

截取冬之夜半强　　　　　春風被裏屈蟠藏

燈明酒煖郎來夕　　　　　曲曲鋪成折折長 (894)

(『小樂府四十首』가람본)

• 資料

1. 『警修堂藁略』藏書閣本,「小樂府四十首」

　東國言語文字, 繁簡懸殊, 古來詞曲, 皆參合言語文字而成也. 故初無秩然之平仄, 句讀之叶韻, 但以喉喉間長短, 脣齒上輕重, 或促而斂之, 或引而申之, 以準其歌調之刻數, 然後墜之爲羽聲, 抗之爲商音. 其視花間樽前, 塡詞度曲之法, 亦可謂鄙野之極矣. 雖然被之管弦, 自成律呂, 哀樂變態, 感動心志, 是知天地間, 原有自然之樂, 有不可以限地分疆而論也. 今欲採其辭入詩, 則或可以長短其句, 散押其韻, 强名之曰古體. 然吟詠咀嚼之間, 頓乖聲響, 非復詞曲本色, 儘可謂戛戛乎其難於措手矣. 是以文苑諸公, 置若罔聞, 將使昭代歌謠, 聽其散亡而不傳, 可勝歎哉! 高麗李益齋先生, 採曲爲七絶, 命之曰小樂府, 今在先生集中, 擧皆今日管弦家不傳之曲, 而其辭之不亡, 賴有此詩, 文人命筆, 顧不重歟? 余竊喜之, 就我朝小曲中, 余所記憶者, 亦以爲七言絶句, 藻采雖萬萬不逮先生, 而異代同調, 各採其國之風則一也. 余在江都留臺時, 始有此意, 所作不過六絶句而止, 旋失艸本, 甚恨之. 近因當時居幕府者篋有副本, 重錄而不至逸, 其亦幸矣. 通錄余山中湖上往來所得者若干首, 亦以小樂府爲題. 然每章各系以曲子名, 則余所創例, 又非益齋先生之舊也. 凡我朝忠臣志士, 哲輔鴻匠, 高明幽逸, 才子佳人, 得志不遇, 出於咏嘆嚬呻之餘者, 略備於此. 縱不堪與黃河遠上之詞, 甲乙於旗亭, 亦庶幾存一代之風雅, 補詩家之闕文, 後之覽者, 於風前月下香炕燈光, 試一吟諷, 未必不如品竹彈絲, 而亦必有賞音者矣. 若其時代先後, 則隨記隨作, 非出於一時者, 故不復詮次云爾.

```
1〈人月圓〉
金絲烏竹紫葡萄　雙牡丹叢一丈蕉　影落紗窓荷葉盞　意中人對月中宵
2〈奉虛言〉
向儂恩愛非眞辭　最是難憑夢見之　若使如儂眠不得　更成何夢見儂時
3〈滿庭芳〉
昨夜桃花風盡吹　山童縛箒凝何思　落花顏色亦花也　何必苦庭勤掃之
4〈宜身至前〉
莫倩他人尺素馳　當身曷若自來宜　縱眞原是憑傳札　成否從違未可知
5〈白馬靑娥〉
欲去長嘶郎馬白　挽衫惜別少娥靑　夕陽冉冉銜西嶺　去路長亭復短亭
6〈梅花訊〉
一樹槎枒鐵幹梅　犯寒年例東風回　舊開花想又開着　春雪紛紛開未開
7〈紅燭淚〉
```

房中紅燭爲誰別　風淚汎瀾不自禁　畢竟怪伊全似我　任情灰盡寸來心
8 〈竹謎〉

人間百卉皆堪種　唯竹生憎種不宜　箭往不來長笛怨　最難畵出筆相思
9 〈神來路〉

水雲渺渺神來路　琴作橋梁濟大川　十二琴弦十二柱　不知何柱降神弦
10 〈子規啼前腔〉

梨花月白五更天　啼血聲聲怨杜鵑　儘覺多情原是病　不關人事不成眠
11 〈子規啼後腔〉

寄語子規休且哭　哭之無益到如今　云何只管渠心事　我淚翻敎又不禁
12 〈公莫拂衣〉

莫拂挽衫輕別離　長堤昏草日西時　客窓輾轉愁滋味　孤剔殘燈到自知
13 〈秋山淸曉〉

蒼凉曉月照人歸　石室松關鎖翠微　落葉滿山無路入　白雲肩重女蘿衣
14 〈玉斧桂樹〉

玉斧年多鈍却鋩　月中桂樹靭難當　廣寒殿後蓊靑葉　能使繁陰翳放光
15 〈影波〉

秋山夕照蘸江心　釣罷孤憑小艇吟　漸見水光迎棹立　半彎新月一條金
16 〈掌中盃〉

耳朶有聞旋旋忘　眼兒看做不看樣　右堪執盞左持螯　兩手幸吾無病恙
17 〈蝴蝶靑山去〉

白蝴蝶汝靑山去　黑蝶團飛共入山　行行日暮花堪宿　花薄情時葉宿還
18 〈沒下梢〉

豪華富貴信陵君　一去人耕春草墳　矧爾諸餘醉夢者　不堪比數漫云云
19 〈漁樂〉

鳴者鶄鳩靑者柳　漁村烟澹有無疑　山妻補網縫完未　正是江魚欲上時
20 〈實事求是〉

喫驚風波早路行　羊腸豺虎險於鯨　從今非馬非船業　紅杏村深雨暎耕
21 〈醉不願醒〉

昨日沈酣今日醉　茫然大昨醉醒疑　明朝客有西湖約　不醉無醒兩未知
22 〈慣看賓〉

休煩款待黃(茅)薦　且坐何妨紅葉堆　豈必松明燃照室　前宵落月又浮來
23 〈碧溪水〉

靑山影裏碧溪水　容易東流爾莫誇　一到滄江難再見　且留明月映婆娑
24 〈綠草淸江馬〉

茸茸綠草靑江上　老馬身閑謝轡銜　奮首一鳴時向北　夕陽無限戀君心
25 〈祝聖壽〉

千千萬萬萬千千　又享千千萬萬年　鐵柱開花花結子　殷紅子熟獻宮筵
26 〈冶春〉

黃山谷裏蕩春光　李白花枝手折將　五柳村尋陶令宅　葛巾漉酒雨浪浪
27 〈落花流水〉

時調漢譯資料

睡失漁竿舞失簑	白鷗休笑老人家	溶溶綠浪春江水	泛泛紅桃水上花
28〈一杵鍾〉			
一杵霜鍾寺近遠	聞聲忖寺去無深	靑山之上白雲下	認且茫然何處尋
29〈夢踏痕〉			
魂夢相尋屐齒生	鐵門石路亦應平	原來夢徑無行跡	伊不知儂恨一生
30〈枕邊風月冷〉			
十二月添閏十三	月三十日夜時五	一年通打算閑時	果沒片閒來一聚
31〈攪寧〉			
人或害吾吾不較	苟吾相較將無同	彼原未必先無曲	曲直都忘不較中
32〈雙玉筋〉			
逝者滔滔挽不得	百川東倒幾時回	如何點滴肝腸水	却向秋波滾上來
33〈春去也〉			
燕子鶯雛遞訴寃	非花肯落是風翻	靑春去也多魔戲	簾影梁塵杠斷魂
34〈鷗盟〉			
讀書窓爲倦書拓	滿地江湖雙白鷗	摒却浮名身外事	一生堪與汝同遊
35〈金爐香〉			
金爐香盡漏聲殘	誰與橫陳罄夜歡	月上闌干斜影後	打探人意驀來看
36〈響屧疑〉			
寡信何曾瞞著麼	月沈無意夜經過	颯然響地吾何與	原是秋風落葉多
37〈小桃源〉			
君家何在大江上	翠竹林深獨掩扉	試一相尋拏舟去	問之無答白鷗飛
38〈人生行樂耳〉			
一度人生還再否	此身能有幾多身	借來若夢浮生世	可作區區做活人
39〈十洲佳處〉			
釋子相逢無別語	關東風景也如許	明沙十里海棠花	兩兩白鷗飛小雨
40〈冬之永夜〉			
截取冬之夜半强	春風被裏屈蟠藏	燈明酒煖郎來夕	曲曲鋪成折折長

(『警修堂藁略』藏書閣本,「小樂府四十首」)

2.『警修堂全藁』藏書閣本,「小樂府四十首」

東國言語文字繁簡懸殊, 古來詞曲皆參合言語文字而成也. 故初無秩然之平仄, 句讀之叶韻, 但以喉嚨間長短, 脣齒上輕重, 或促而斂之, 或引而申之, 以準其歌詞之刻數然後, 墜之爲羽聲, 抗之爲商音. 其視花間壩前塡詞度曲之法, 亦可謂鄙野之極矣. 雖然被之管弦, 自成律呂, 哀樂變態感動心志, 是知天地間原有自然之樂, 有不可以限地分疆而論也. 今欲採其辭入詩, 則或可以長短其句, 散押其韻, 强名之曰古體. 然吟咏咀嚼之間, 頓乖聲響, 非復詞曲之本色, 儘可謂戞戞乎, 其難於措手矣. 是以文苑諸公置若罔聞, 將使昭代歌謠, 聽其散亡而不傳, 可勝哉! 高麗李益齋先生採曲爲七絶, 命之曰小樂府, 今在先生集中, 擧皆今日管弦家不傳之曲, 而其辭之不亡賴有此詩, 文人命筆顧不重歟? 余竊喜之, 就我朝小曲中余所記憶者, 亦以爲七言絶句, 藻采雖萬萬不逮先生, 而異代同調, 各採其國之風則一也. 余在江都留臺時, 始有此意, 所作不過六絶句而止, 旋失草本, 甚恨之. 近因當時居幕府者篋有副本, 重

錄而不至逸, 其亦幸矣. 通錄余山中湖上往來所得者若干首, 亦以小樂府爲題. 然每章各系以曲子名, 則余所創例, 又非盒齋先生之舊也. 凡我朝忠臣志士哲輔鴻匠高明幽逸才子佳人得志不遇, 出於咏歎噸呻之餘者, 略備於此. 縱不堪與黃河遠上之詞, 甲乙於旗亭, 亦庶幾存一代之風雅, 補詩家之闕文, 後之覽者於風前月下香炧燈光, 試一吟諷, 未必不如品竹彈絲, 而亦必有賞音者矣. 若其時代先後, 則隨記隨作, 非出於一時者, 故不復詮次云爾.

〈人月圓〉
金絲烏竹紫葡萄　雙牧丹叢一丈蕉　影落紗窓荷葉盞　意中人對月中宵

〈奉虛言〉
向儂恩愛非眞辭　最是難憑夢見之　若使如儂眠不得　更成何夢見儂時 (1405)

〈滿庭芳〉
昨夜桃花風盡吹　山童縛箒凝何思　落花顏色亦花也　何必苦庭勤掃之

〈宜身至前〉
莫倩他人尺素馳　當身曷若自來宜　縱眞原是憑傳札　成否從違未可知

〈白馬靑娥〉
欲去長嘶郞馬白　挽衫惜別小娥靑　夕陽冉冉衝西嶺　去路長亭復短亭

〈梅花訊〉
一樹槎枒鐵幹梅　犯寒年例東風回　舊開花想又開著　春雪紛紛開未開

〈紅燭淚〉
房中紅燭爲誰別　風淚汍瀾不自禁　畢竟怪伊全似我　任情灰盡寸來心

〈竹謎〉
人間百卉皆堪種　唯竹生憎種不宜　箭往不來長笛怨　最難畫出筆相思

〈神來路〉
水雲渺渺神來路　琴作橋梁濟大川　十二琴弦十二柱　不知何柱降神弦

〈子規啼前腔〉
梨花月白五更天　啼血聲聲怨杜鵑　儘覺多情原是病　不關人事不成眠

〈子規啼後腔〉
寄語子規休且哭　哭之無益到如今　云何只管渠心事　我淚翻敎又不禁

〈公莫拂衣〉
莫拂挽衫輕別離　長堤昏草日西時　客窓輾轉愁滋味　孤剔殘燈到自知

〈秋山淸曉〉
蒼凉曉月照人歸　石室松關鎖翠微　落葉滿山無路入　白雲肩重女蘿衣

〈玉斧桂樹〉
玉斧年多鈍却鋩　月中桂樹靭難當　廣寒殿後聚靑葉　能使繁陰翳放光

〈影波〉
秋山夕照蘸江心　釣罷孤憑小艇吟　漸見水光迎棹立　半彎新月一條金

〈掌中盃〉
耳朶有聞旋旋忘　眼兒看做不看樣　右堪執盞左持螯　兩手幸吾無病恙

〈蝴蝶靑山去〉
白蝴蝶汝靑山去　黑蝶團飛共入山　行行日暮花堪宿　花薄情時葉宿還

〈沒下梢〉

豪華富貴信陵君〈漁樂〉	一去人耕春草墳	矧爾諸餘醉夢者	不堪比數漫云云
鳴者鶊鳩靑者柳〈實事求是〉	漁村烟淡有無疑	山妻補網縫完未	正是江魚欲上時
喫驚風波早路行〈醉不願醒〉	羊腸豺虎險於鯨	從今非馬非船業	紅杏村深雨映耕
昨日沈酣今日醉〈慣看賓〉	茫然大昨醉醒疑	明朝客有西湖約	不醉無醒兩未知
休煩款待黃茅薦〈碧溪水〉	且坐何妨紅葉堆	豈必松明燃照室	前宵落月又浮來
靑山影裏碧溪水〈綠草靑江馬〉	容易東去爾莫誇	一到滄江難再見	且留明月映婆娑
茸茸綠草靑江上〈祝聖壽〉	老馬身閑謝轡銜	奮首一鳴時向北	夕陽無限戀君心
千千萬萬千千〈冶春〉	又享千千萬萬年	鐵柱開花花結子	殷紅子熟獻宮筵
黃山谷裏蕩春光〈落花流水〉	李白花枝手折將	五柳村尋陶令宅	葛巾漉酒雨浪浪
睡失漁竿舞失簑〈一杵鍾〉	白鷗休笑老人家	溶溶綠浪春江水	泛泛紅桃水上花
一杵霜鍾寺近遠〈夢踏痕〉	聞聲忖寺去無深	靑山之上白雲下	認且茫然何處尋
魂夢相尋屐齒輕〈枕邊風月冷〉	鐵門石路亦應平	原來夢徑無行跡	伊不知儂恨一生
十二月添閏十三〈攖寧〉	月三十日夜時五	一年通打算閑時	果沒片閑來一聚
人或害吾吾不較〈雙玉筋〉	苟吾相較將無同	彼原未必先無曲	曲直都忘不較中
逝者滔滔挽不得〈春去也〉	百川東倒幾時回	如何點滴肝腸水	却向秋波滾上來
燕子鶯雛遞訴寃〈鷗盟〉	非花肯落是風翻	靑春去也多魔戲	簾影樑塵枉斷魂
讀書窓爲倦書拓〈金爐香〉	滿地江湖雙白鷗	摒却浮名身外事	一生堪與汝同遊
金爐香盡漏聲殘〈響屧疑〉	誰與橫陳罄夜歡	月上欄干斜影後	打探人意驀來看
寡信何曾瞞著麽〈小桃源〉	月沉無意夜經過	颯然響地吾何與	原是秋風落葉多
君家何在大江上〈人生行樂耳〉	翠竹林深獨掩扉	試一相尋挐舟去	問之無答白鷗飛

252

一度人生還再否　此身能有幾多身　借來若夢浮生世　可作區區做活人
〈十洲佳處〉
釋子相逢無別語　關東風景也如許　明沙十里海棠花　兩兩白鷗飛小雨
〈冬之永夜〉
截取冬之夜半强　春風被裏屈蟠藏　燈明酒煖郎來夕　曲曲鋪成折折長
(『警修堂全藁』藏書閣,「小樂府四十首」)

3. 『警修堂全藁』高大本,「小樂府四十首」

　東國言語文字繁簡懸殊, 古來詞曲皆參合言語文字而成也. 故初無秩然之平仄, 句讀之叶
韻, 但以喉嚨間長短, 脣齒上輕重, 或促而斂之, 或引而申之, 以準其歌詞之刻數然後, 墜之
爲羽聲, 抗之爲商音. 其視花間鱒前塡詞度曲之法, 亦可謂鄙野之極矣. 雖然被之管弦, 自成
律呂, 哀樂變態感動心志, 是知天地間原有自然之樂, 有不可以限地分疆而論也. 今欲採其辭
入詩, 則或可以長短其句, 散押其韻, 强名之曰古體. 然吟詠咀嚼之間, 頓乖聲響, 非復詞曲
之本色, 儘可謂憂憂乎, 其難於措手矣. 是以文苑諸公置若罔聞, 將使昭代歌謠, 聽其散亡而
不傳, 可勝哉! 高麗李益齋先生採曲爲七絶, 命之曰小樂府, 今在先生集中, 擧皆今日管弦家
不傳之曲, 而其辭之不亡賴有此詩, 文人命筆顧不重歟? 余竊喜之, 就我朝小曲中余所記憶
者, 亦以爲七言絶句, 藻采雖萬萬不逮先生, 而異代同調, 各採其國之風則一也. 余在江都留
臺時, 始有此意, 所作不過六絶句而止, 旋失草本, 甚恨之. 近因當時居幕府者篋有副本, 重
錄而不至逸, 其亦幸矣. 通錄余山中湖上往來所得者若干首, 亦以小樂府爲題. 然每章各系以
曲子名, 則余所創例, 又非益齋先生之舊也. 凡我朝忠臣志士哲輔鴻匠高明幽逸才子佳人得
志不遇, 出於咏歎嚬呻之餘者, 略備於此. 縱不堪與黃河遠上之詞, 甲乙於旗亭, 亦庶幾存一
代之風雅, 補詩家之闕文, 後之覽者於風前月下香炧燈光, 試一吟諷, 未必不如品竹彈絲, 而
亦必有賞音者矣. 若其時代先後, 則隨記隨作, 非出於一時者, 故不復詮次云爾.
〈人月圓〉
金絲烏竹紫葡萄　雙牧丹叢一丈蕉　影落紗窓荷葉盡　意中人對月中宵
〈奉虛言〉
向儂恩愛非眞辭　最是難憑夢見之　若使如儂眠不得　更成何夢見儂時
〈滿庭芳〉
昨夜桃花風盡吹　山童縛箒凝何思　落花顏色亦花也　何必苦庭勤掃之
〈宜身至前〉
莫倩他人尺素馳　當身曷若自來宜　縱眞原是憑傳札　成否從違未可知
〈白馬靑娥〉
欲去長嘶郎馬白　挽衫惜別小娥靑　夕陽冉冉銜西嶺　去路長亭復短亭
〈梅花訊〉
一樹槎枒鐵幹梅　犯寒年例東風回　舊開花想又開著　春雪紛紛開未開
〈紅燭淚〉
房中紅燭爲誰別　風淚汍瀾不自禁　畢竟怪伊全似我　任情灰盡寸來心
〈竹謎〉
人間百卉皆堪種　唯竹生憎種不宜　箭往不來長笛怨　最難畫出筆相思
〈神來路〉

水雲渺渺神來路〈子規啼前腔〉	琴作橋梁濟大川	十二琴弦十二柱	不知何柱降神弦
梨花月白五更天〈子規啼後腔〉	啼血聲聲怨杜鵑	儘覺多情原是病	不關人事不成眠
寄語子規休且哭〈公莫拂衣〉	哭之無益到如今	云何只管渠心事	我淚翻敎又不禁
莫拂挽衫輕別離〈秋山清曉〉	長堤昏草日西時	客窓輾轉愁滋味	孤剔殘燈到自知
蒼凉曉月照人歸〈玉斧桂樹〉	石室松關鎖翠微	落葉滿山無路入	白雲肩重女蘿衣
玉斧年多鈍却鋩〈影波〉	月中桂樹靭難當	廣寒殿後蕶靑葉	能使繁陰翳放光
秋山夕照蘸江心〈掌中盃〉	釣罷孤憑小艇吟	漸見水光迎棹立	半彎新月一條金
耳朶有聞旋旋忘〈蝴蹀靑山去〉	眼兒看做不看樣	右堪執盞左持螯	兩手幸吾無病恙
白蝴蝶汝靑山去〈沒下梢〉	黑蝶團飛共入山	行行日暮花堪宿	花薄情時葉宿還
豪華富貴信陵君〈漁樂〉	一去人耕春草墳	矧爾諸餘醉夢者	不堪比數漫云云
鳴者鶉鳩靑者柳〈實事求是〉	漁村烟淡有無疑	山妻補網纔完未	正是江魚欲上時
喫驚風波早路行〈醉不願醒〉	羊腸豺虎險於鯨	從今非馬非船業	紅杏村深雨映耕
昨日沈酣今日醉〈慣看賓〉	茫然大昨醉醒疑	明朝客有西湖約	不醉無醒兩未知
休煩款待黃茅薦〈碧溪水〉	且坐何妨紅葉堆	豈必松明燃照室	前宵落月又浮來
靑山影裏碧溪水〈綠草靑江馬〉	容易東去爾莫誇	一到滄江難再見	且留明月映婆娑
茸茸綠草靑江上〈祝聖壽〉	老馬身閑謝轡銜	奮首一鳴時向北	夕陽無限戀君心
千千萬萬萬千千〈冶春〉	又享千千萬萬年	鐵柱開花花結子	殷紅子熟獻宮筵
黃山谷裏蕩春光〈落花流水〉	李白花枝手折將	五柳村尋陶令宅	葛巾漉酒雨浪浪
睡失漁竿舞失簔〈一杵鍾〉	白鷗休笑老人家	溶溶綠浪春江水	泛泛紅桃水上花
一杵霜鍾寺近遠〈夢踏痕〉	聞聲忖寺去無深	靑山之上白雲下	認且茫然何處尋

時調 · 歌辭 漢譯資料集成 ①

魂夢相尋屐齒輕　鐵門石路亦應平　原來夢徑無行跡　伊不知儂恨一生
〈枕邊風月冷〉

十二月添閏十三　月三十日夜時五　一年通打算閑時　果沒片閑來一聚
〈攪寧〉

人或害吾吾不較　苟吾相較將無同　彼原未必先無曲　曲直都忘不較中
〈雙玉筋〉

逝者滔滔挽不得　百川東倒幾時回　如何點滴肝腸水　却向秋波滾上來
〈春去也〉

燕子鶯雛遞訴冤　非花肯落是風翻　青春去也多魔戯　簾影樑塵枉斷魂
〈鷗盟〉

讀書窓爲倦書拓　滿地江湖雙白鷗　摒却浮名身外事　一生堪與汝同遊
〈金爐香〉

金爐香盡漏聲殘　誰與橫陳罄夜歡　月上欄干斜影後　打探人意驀來看
〈響屧疑〉

寡信何曾瞞著麼　月沉無意夜經過　颯然響地吾何與　原是秋風落葉多
〈小桃源〉

君家何在大江上　翠竹林深獨掩扉　試一相尋挐舟去　問之無答白鷗飛
〈人生行樂耳〉

一度人生還再否　此身能有幾多身　借來若夢浮生世　可作區區做活人
〈十洲佳處〉

釋子相逢無別語　關東風景也如許　明沙十里海棠花　兩兩白鷗飛小雨
〈冬之永夜〉

截取冬之夜半强　春風被裏屈蟠藏　燈明酒煖郎來夕　曲曲鋪成折折長
(『警修堂全藁』高大本,「小樂府四十首」)

4. 『警修堂全稿』奎章閣本,「小樂府四十首」

東國言語文字繁簡懸殊, 古來詞曲皆參合言語文字而成也. 故初無秩然之平仄, 句讀之叶韻, 但以喉嚨間長短, 脣齒上輕重, 或促而斂之, 或引而申之, 以準其歌詞之刻數然後, 墜之爲羽聲, 抗之爲商音. 其視花間轉前塡詞度曲之法, 亦可謂鄙野之極矣. 雖然被之管絃, 自成律呂, 哀樂變態感動心志, 是知天地間原有自然之樂, 有不可以恨地分疆而論也. 今欲採其辭入詩, 則或可以長短其句, 散押其韻, 强名之曰古體. 然吟咏咀嚼之間, 頓乖聲響, 非復詞曲之本色, 儘可謂憂憂乎, 其難於措手矣. 是以文苑諸公置若罔聞, 將使昭代歌謠, 聽其散亡而不傳, 可勝哉! 高麗李益齋先生採曲爲七絶, 命之曰小樂府, 今在先生集中, 擧皆今日管弦家不傳之曲, 而其辭之不亡賴有此詩, 文人命筆顧不重歟? 余竊喜之, 就我朝小曲中余所記憶者, 亦以爲七言絶句, 藻采雖萬萬不逮先生, 而異代同調, 各采其國之風則一也. 余在江都留臺時, 始有此意, 所作不過六絶句而止, 旋失草本, 甚恨之. 近困當時居幕府者篋有副本, 重錄而不至逸, 其亦幸矣. 通錄余山中湖上往來所得者若干首, 亦以小樂府爲題. 然每章各系以曲子名, 則余所創例, 又非益齋先生之舊也. 凡我朝忠臣志士哲輔鴻匠高明幽逸才子佳人得志不遇, 出於咏歎嚬呻之餘者, 略備於此. 縱不堪與黃河遠上之詞, 甲乙於旗亭, 亦庶幾存一代之風雅, 補詩家之闕文, 後之覽者於風前月下香炧燈光, 試一吟諷, 未必不如品竹彈絲, 而

亦必有賞音者矣. 若其時代先後, 則隨記隨作, 非出於一時者, 故不復詮次云爾.

〈人月圓〉
金絲烏竹紫葡萄　雙牧丹叢一丈蕉　影落紗窓荷葉盞　意中人對月中宵

〈奉虛言〉
向儂恩愛非眞辭　最是難憑夢見之　若使如儂眠不得　更成何夢見儂時

〈滿庭芳〉
昨夜桃花風盡吹　山童縛帚凝何思　落花顏色亦花也　何必苦庭勤掃之

〈宜身至前〉
莫倩他人尺素馳　當身曷若自來宜　縱眞原是憑傳札　成否從違未可知

〈白馬靑娥〉
欲去長嘶郎馬白　挽衫惜別小娥靑　夕陽冉冉銜西嶺　去路長亭復短亭

〈梅花訊〉
一樹槎枒鐵幹梅　犯寒年例東風回　舊開花想又開著　春雪紛紛開未開

〈紅燭淚〉
房中紅燭爲誰別　風淚汍瀾不自禁　畢竟怪伊全似我　任情灰盡寸來心

〈竹謎〉
人間百卉皆堪種　唯竹生憎種不宜　箭往不來長笛怨　最難畫出筆相思

〈神來路〉
水雲渺渺神來路　琴作橋梁濟大川　十二琴弦十二柱　不知何柱降神弦

〈子規啼前腔〉
梨花月白五更天　啼血聲聲怨杜鵑　儘覺多情原是病　不關人事不成眠

〈子規啼後腔〉
寄語子規休且哭　哭之無益到如今　云何只管渠心事　我淚翻教又不禁

〈公莫拂衣〉
莫拂挽衫輕別離　長堤昏草日西時　客窓輾轉愁滋味　孤剔殘燈到自知

〈秋山淸曉〉
蒼凉曉月照人歸　石室松關鎖翠微　落葉滿山無路入　白雲肩重女蘿衣

〈玉斧桂樹〉
玉斧年多鈍却鋩　月中桂樹韌難當　廣寒殿後藂靑葉　能使繁陰翳放光

〈影波〉
秋山夕照蘸江心　釣罷孤憑小艇吟　漸見水光迎棹立　半彎新月一條金

〈掌中盃〉
耳朶有聞旋旋忘　眼兒看做不看樣　右堪執盞左持螯　兩手幸吾無病恙

〈蝴蹀靑山去〉
白蝴蝶汝靑山去　黑蝶團飛共入山　行行日暮花堪宿　花薄情時葉宿還

〈沒下梢〉
豪華富貴信陵君　一去人耕春草墳　矧爾諸餘醉夢者　不堪比數漫云云

〈漁樂〉
鳴者鶊鳩靑者柳　漁村烟淡有無疑　山妻補網縫完未　正是江魚欲上時

〈實事求是〉

喫驚風波旱路行〈醉不願醒〉	羊腸豺虎險於鯨	從今非馬非船業	紅杏村深雨映耕
昨日沈酗今日醉〈慣看賓〉	茫然大昨醉醒疑	明朝客有西湖約	不醉無醒兩未知
休煩款待黃茅薦〈碧溪水〉	且坐何妨紅葉堆	豈必松明燃照室	前宵落月又浮來
青山影裏碧溪水〈綠草青江馬〉	容易東去爾莫誇	一到滄江難再見	且留明月映婆娑
茸茸綠草青江上〈祝聖壽〉	老馬身閑謝轡銜	奮首一鳴時向北	夕陽無恨戀君心
千千萬萬萬千千〈冶春〉	又享千千萬萬年	鐵柱開花花結子	殷紅子熟獻宮筵
黃山谷裏蕩春光〈落花流水〉	李白花枝手折將	五柳村尋陶令宅	葛巾漉酒雨浪浪
睡失漁竿舞失簑〈一杵鍾〉	白鷗休笑老人家	溶溶綠浪春江水	泛泛紅桃水上花
一杵霜鍾寺近遠〈夢踏痕〉	聞聲忖寺去無深	青山之上白雲下	認且茫然何處尋
魂夢相尋屐齒輕〈枕邊風月冷〉	鐵門石路亦應平	原來夢徑無行跡	伊不知儂恨一生
十二月添閏十三〈攖寧〉	月三十日夜時五	一年通打算閑時	果沒片閑來一聚
人或害吾吾不較〈雙玉筋〉	苟吾相較將無同	彼原未必先無曲	曲直都忘不較中
逝者滔滔挽不得〈春去也〉	百川東倒幾時回	如何點滴肝腸水	却向秋波滾上來
燕子鶯雛遞訴冤〈鷗盟〉	非花肯落是風翻	青春去也多魔戲	簾影樑塵枉斷魂
讀書窓爲倦書拋〈金爐香〉	滿地江湖雙白鷗	摒却浮名身外事	一生堪與汝同遊
金爐香盡漏聲殘〈響屧疑〉	誰與橫陳罄夜歡	月上欄干斜影後	打探人意驀來看
寡信何曾瞞著麼〈小桃源〉	月沉無意夜經過	颯然響地吾何與	原是秋風落葉多
君家何在大江上〈人生行樂耳〉	翠竹林深獨掩扉	試一相尋挐舟去	問之無答白鷗飛
一度人生還再否〈十洲佳處〉	此身能有幾多身	借來若夢浮生世	可作區區做活人
釋子相逢無別語〈冬之永夜〉	關東風景也如許	明沙十里海棠花	兩兩白鷗飛小雨

截取冬之夜半强　春風被裏屈蟠藏　燈明酒煖郎來夕　曲曲鋪成折折長
(『警修堂全稿』奎章閣本,「小樂府四十首」)

5.『警修堂全藁』趙秉儀 抄本,「小樂府四十首」

　　東國言語文字, 繁簡懸殊, 古來詞曲, 皆參合言語文字而成也. 故初無秩然之平仄, 句讀之
叶韻, 但以喉嚨間長短, 脣齒上輕重, 或促而斂之, 或引而申之, 以準其歌詞之刻數, 然後墜
之爲羽聲, 抗之爲商音. 其視花間樽前, 塡詞度曲之法, 亦可謂鄙野之極矣. 雖然被之管絃,
自成律呂, 哀樂變態, 感動心志, 是知天地間, 原有自然之樂, 有不可以限地分疆而論也. 今
欲採其辭入詩, 則或可以長短其句, 散押其韻, 强名之曰古體. 然吟咏咀嚼之間, 頓乖聲響,
非復詞曲本色, 儘可謂戞戞乎其難於措手矣. 是以文苑諸公, 置若罔聞, 將使昭代歌謠, 聽其
散亡而不傳, 可勝慨哉! 高麗李益齋先生, 採曲爲七絶, 命之曰小樂府, 今在先生集中, 擧皆
今日管絃家不傳之曲, 而其辭之不亡 賴有此詩, 文人命筆, 顧不重歟? 余竊喜之, 就我朝小
曲中, 余所記憶者, 亦以爲七言絶句, 藻采萬萬不逮先生, 而異代同調, 各采其國之風則一也.
余在江都留臺時, 始有此意, 所作不過六絶句而止, 旋失草本, 甚恨之. 近因當時居幕府者篋
有副本, 重錄而不至逸, 其亦幸矣. 通錄余山中湖上往來所得者若干首, 亦以小樂府爲題. 然
每章各系以曲子名, 則余所創例, 又非益齋先生之舊也. 凡我朝忠臣志士, 哲輔鴻匠, 高明幽
逸, 才子佳人, 得志不遇, 出於咏嘆嚬呻之餘者, 略備於此. 繼不堪與黃河遠上之詞, 甲乙於
旗亭, 亦庶幾存一代之風雅, 補詩家之闕文, 後之覽者, 於風前月下香炧燈光, 試一吟諷, 未
必不如品竹彈絲, 而亦必有賞音者矣. 若其時代先後, 則隨記隨作, 非出於一時者, 故不復詮
次云爾.

〈人月圓〉
金絲烏竹紫葡萄　雙牧丹叢一丈蕉　影落紗窓荷葉盞　意中人對月中宵
〈奉虛言〉
向儂恩愛非眞辭　最是難憑夢見之　若使如儂眠不得　更成何夢見儂時
〈滿庭芳〉
昨夜桃花風盡吹　山童縛箒凝何思　落花顏色亦花也　何必苦庭勤掃之
〈宜身至前〉
莫倩他人尺素馳　當身曷若自來宜　縱眞原是憑傳札　成否從違未可知
〈白馬靑娥〉
欲去長嘶郞馬白　挽衫惜別小娥靑　夕陽冉冉銜西嶺　去路長亭復短亭
〈梅花訊〉
一樹槎枒鐵幹梅　犯寒年例東風回　舊開花想又開著　春雪紛紛開未開
〈紅燭淚〉
房中紅燭爲誰別　風淚汍瀾不自禁　畢竟怪伊全似我　任情灰盡寸來心
〈竹謎〉
人間百草皆堪種　唯竹生憎種不宜　箭往不來長笛怨　最難畫出筆相思
〈神來路〉
水雲渺渺神來路　琴作橋樑濟大川　十二琴絃十二柱　不知何柱降神弦
〈子規啼前腔〉
梨花月白五更天　啼血聲聲怨杜鵑　儘覺多情原是病　不關人事不成眠

〈子規啼後腔〉

| 寄語子規休且哭 | 哭之無盆到如今 | 云何只管渠心事 | 我淚翻教又不禁 |

〈公莫拂衣〉

| 莫拂挽衫輕別離 | 長堤昏草日西時 | 客窓輾轉愁滋味 | 孤剔殘燈到自知 |

〈秋山淸曉〉

| 蒼涼曉月照人歸 | 石室松關鎖翠微 | 落葉滿山無路入 | 白雲肩重女蘿衣 |

〈玉斧桂樹〉

| 玉斧年多鈍却鋩 | 月中桂樹靭難當 | 廣寒殿後聚靑葉 | 能使繁陰翳放光 |

〈影波〉

| 秋山夕照蘸江心 | 釣罷孤憑小艇吟 | 漸見水光迎棹立 | 半彎新月一條金 |

〈掌中盃〉

| 耳朵有聞旋旋忘 | 眼兒看做不看樣 | 右堪執盞左持螯 | 兩手幸吾無病恙 |

〈蝴蝶靑山去〉

| 白蝴蝶汝靑山去 | 黑蝶團飛共入山 | 行行日暮花堪宿 | 花薄情時葉宿還 |

〈沒下梢〉

| 豪華富貴信陵君 | 一去人耕春草墳 | 矧爾諸餘醉夢者 | 不堪比數漫云云 |

〈漁樂〉

| 鳴者鶊鳩靑者柳 | 漁村烟淡有無疑 | 山妻補網縫完未 | 正是江魚欲上時 |

〈實事求是〉

| 喫緊風波旱路行 | 羊腸豺虎險於鯨 | 從今非馬非船業 | 紅杏村深雨暎耕 |

〈醉不願醒〉

| 昨日沈酣今日醉 | 茫然大昨醉醒疑 | 明朝客有西湖約 | 不醉無醒兩未知 |

〈慣看賓〉

| 休煩款待黃茅薦 | 且坐何妨紅葉堆 | 豈必松明燃照室 | 前宵落月又浮來 |

〈碧溪水〉

| 靑山影裏碧溪水 | 容易東流爾莫誇 | 一到滄江難再見 | 且留明月影婆娑 |

〈綠草淸江馬〉

| 茸茸綠草淸江上 | 老馬身閑謝轡衛 | 奮首一鳴時向北 | 夕陽無恨戀君心 |

〈祝聖壽〉

| 千千萬萬萬千千 | 又享千千萬萬年 | 鐵柱開花花結子 | 殷紅子熟獻宮筵 |

〈冶春〉

| 黃山谷裏蕩春光 | 李白花枝手折將 | 五柳村尋陶令宅 | 葛巾漉酒雨浪浪 |

〈落花流水〉

| 睡失漁竿舞失簑 | 白鷗休笑老人家 | 溶溶綠浪春江水 | 泛泛紅桃水上花 |

〈一杵鍾〉

| 一杵霜鍾寺近遠 | 聞聲忖寺去無深 | 靑山之上白雲下 | 認且茫然何處尋 |

〈夢踏痕〉

| 魂夢相尋屐齒輕 | 鐵門石路亦應平 | 原來夢徑無行跡 | 伊不知儂恨一生 |

〈枕邊風月冷〉

| 十二月添閏十三 | 月三十日夜時五 | 一年通打算閑時 | 果沒片閑來一聚 |

〈搜寧〉

人或害吾吾不較　苟吾相較將無同　彼原未必先無曲　曲直都忘不較中

〈雙玉筋〉

逝者滔滔挽不得　百川東倒幾時回　如何點滴肝腸水　却向秋波滾上來

〈春去也〉

燕子鶯雛遞訴寃　非花肯落是風翻　靑春去也多魔戲　簾影樑塵枉斷魂

〈鷗盟〉

讀書窓爲倦書拓　滿地江湖雙白鷗　擯却浮名身外事　一生堪與汝同遊

〈金爐香〉

金爐香盡漏聲殘　誰與橫陳罄夜歡　月上欄干斜影後　打探人意驀來看

〈響屧疑〉

寡信何曾瞞著麼　月沈無意夜經過　颯然響地吾何與　原是秋風落葉多

〈小桃源〉

君家何在大江上　翠竹林深獨掩扉　試一相尋挐舟去　問之無答白鷗飛

〈人生行樂耳〉

一度人生還再否　此身能有幾多身　借來若夢浮生世　可作區區做活人

〈十洲佳處〉

釋子相逢無別語　關東風景也如許　明沙十里海棠花　兩兩白鷗飛小雨

〈冬之永夜〉

截取冬之夜半强　春風被裏屈蟠藏　燈明酒煖郎來夕　曲曲鋪成折折長

(『警修堂全藁』趙秉儀 抄本,「小樂府四十首」)

6. 『警修堂全藁』一蓑本,「小樂府四十首」

東國言語文字, 繁簡懸殊, 古來詞曲, 皆參合言語文字而成也. 故初無秩然之平仄, 句讀之叶韻, 但以喉嚨間長短, 脣齒上輕重, 或促而斂之, 或引而申之, 以準其詞語之刻數, 然後墜之爲羽聲, 抗之爲商音. 其視花間樽前, 塡詞度曲之法, 亦可謂鄙野之極矣. 雖然被之管弦, 自成律呂, 哀樂變態, 感動心志, 是知天地間, 原有自然之樂, 有不可以恨地分疆而論也. 今欲採其辭入詩, 則或可以長短其句, 散押其韻, 强名之曰古體. 然唫咏咀嚼之間, 頓乖聲響, 非復詞曲本色, 儘可謂憂憂乎其難於措手矣. 是以文苑諸公, 置若罔聞, 將使昭代歌謠, 聽其散亡而不傳, 可勝歎哉! 高麗李益齋先生, 採曲爲七絶, 命之曰小樂府, 今在先生集中, 擧皆今日管弦家不傳之曲, 而其辭之不亡 賴有此詩, 文人命筆, 顧不重歟? 余竊喜之, 就我朝小曲中, 余所記憶者, 亦以爲七言絶句, 藻釆雖萬萬不逮先生, 而異代同調, 各釆其國之風則一也. 余在江都留臺時, 始有此意, 所作不過六絶句而止, 旋失草本, 甚恨之. 近因當時居幕府者篋有副本, 重錄而不至逸, 其亦幸矣. 通錄余山中湖上往來所得者若干首, 亦以小樂府爲題. 然每章各系以曲子名, 則余所創例, 又非益齋先生之舊也. 凡我朝忠臣志士, 哲輔鴻匠, 高明幽逸, 才子佳人, 得志不遇, 出於咏嘆嚬呻之餘者, 略備於此. 縱不堪與黃河遠上之詞, 甲乙於旗亭, 亦庶幾存一代之風雅, 補詩家之闕文, 後之覽者, 於風前月下香炷燈光, 試一吟諷, 未必不如品竹彈絲, 而亦必有賞音者矣. 若其時代先後, 則隨記隨作, 非出於一時者, 故不復詮次云爾.

〈人月圓〉

金絲烏竹紫葡萄 〈奉虛言〉	雙牧丹叢一丈蕉	影落紗窓荷葉盞	意中人對月中宵
向儂恩愛非眞辭 〈滿庭芳〉	最是難憑夢見之	若使如儂眠不得	更成何夢見儂時
昨夜桃花風盡吹 〈宜身至前〉	山童縛箒凝何思	落花顏色亦花也	何必苦庭勤掃之
莫倩他人尺素馳 〈白馬靑娥〉	當身曷若自來宜	縱眞原是憑傳札	成否從違未可知
欲去長嘶郎馬白 〈梅花訊〉	挽衫惜別小娥靑	夕陽冉冉衔西嶺	去路長亭復短亭
一樹槎枒鐵幹梅 〈紅燭淚〉	犯寒年例東風回	舊開花想又開著	春雪紛紛開未開
房中紅燭爲誰別 〈竹謎〉	風淚汍瀾不自禁	畢竟怪伊全似我	任情灰盡寸來心
人間百年皆堪種 〈神來路〉	唯竹生憎種不宜	箭往不來長笛怨	最難畫出筆相思
水雲渺渺神來路 〈子規啼前腔〉	琴作橋樑濟大川	十二琴弦十二柱	不知何柱降神弦
梨花月白五更天 〈子規啼後腔〉	啼血聲聲怨杜鵑	儘覺多情原是病	不關人事不成眠
寄語子規休且哭 〈公莫拂衣〉	哭之無益到如今	云何只管渠心事	我淚翻教又不禁
莫拂挽衫輕別離 〈秋山淸曉〉	長堤昏草日西時	客窓輾轉愁滋味	孤剔殘燈到自知
蒼凉曉月照人歸 〈玉斧桂樹〉	石室松關鎖翠微	落葉滿山無路入	白雲肩重女蘿衣
玉斧年多鈍却鋩 〈影波〉	月中桂樹韌難當	廣寒殿後蘩靑葉	能使繁陰翳放光
秋山夕照蘸江心 〈掌中盃〉	釣罷孤憑小艇吟	漸見水光迎棹立	半彎新月一條金
耳朵有聞旋旋忘 〈蝴蹀靑山去〉	眼兒看做不看樣	右堪執盞左持螯	兩手幸吾無病恙
白蝴蝶汝靑山去 〈沒下梢〉	黑蝶團飛共入山	行行日暮花堪宿	花薄情時葉宿還
豪華富貴信陵君 〈漁樂〉	一去人耕春草墳	矧爾諸餘醉夢者	不堪比數漫云云
鳴者鶊鳩靑者柳 〈實事求是〉	漁村烟淡有無疑	山妻補網纔完未	正是江魚欲上時
喫驚風波旱路行 〈醉不願醒〉	羊腸豺虎險於鯨	從今非馬非船業	紅杏村深雨暎耕

昨日沈酣今日醉 〈慣看賓〉	茫然大昨醉醒疑	明朝客有西湖約	不醉無醒兩未知
休煩款待黃茅薦 〈碧溪水〉	且坐何妨紅葉堆	豈必松明燃照室	前宵落月又浮來
靑山影裏碧溪水 〈綠草淸江馬〉	容易東流爾莫誇	一到滄江難再見	且留明月影婆娑
茸茸綠草靑江上 〈祝聖壽〉	老馬身閑謝轡銜	奮首一鳴時向北	夕陽無恨戀君心
千千萬萬萬千千 〈冶春〉	又亨千千萬萬年	鐵柱開花花結子	殷紅子熟獻宮筵
黃山谷裏蕩春光 〈落花流水〉	李白花枝手折將	五柳村尋陶令宅	葛巾漉酒雨浪浪
睡失漁竿舞失簑 〈一杵鍾〉	白鷗休笑老人家	溶溶綠浪春江水	泛泛紅桃水上花
一杵霜鍾寺近遠 〈夢踏痕〉	聞聲忙寺去無深	靑山之上白雲下	認且茫然何處尋
魂夢相尋屐齒輕 〈枕邊風月冷〉	鐵門石路亦應平	原來夢徑無行跡	伊不知儂恨一生
十二月添閏十三 〈攖寧〉	月三十日夜時五	一年通打算閑時	果沒片閒來一聚
人或害吾吾不較 〈雙玉筋〉	苟吾相較將無同	彼原未必先無曲	曲直都忘不較中
逝者滔滔挽不得 〈春去也〉	百川東倒幾時回	如何點滴肝腸水	却向秋波滾上來
燕子鶯雛遞訴寃 〈鷗盟〉	非花肯落是風翻	靑春去也應魔戲	簾影樑塵枉斷魂
讀書窓爲倦書拓 〈金爐香〉	滿地江湖雙白鷗	摒却浮名身外事	一生堪與汝同遊
金爐香盡漏聲殘 〈響屧廛〉	誰與橫陳罄夜歡	月上欄干斜影後	打探人意驀來看
寡信何曾瞞著麽 〈小桃源〉	月沈無意夜經過	颯然響地吾何與	原是秋風落葉多
君家何在大江上 〈人生行樂耳〉	翠竹林深獨掩扉	試一相尋拏舟去	問之無答白鷗飛
一度人生還再否 〈十洲佳處〉	此身能有幾多身	借來若夢浮生世	可作區區做活人
釋子相逢無別語 〈冬之永夜〉	關東風景也如許	明沙十里海棠花	兩兩白鷗飛小雨
截取冬之夜半強	春風被裏屈蟠藏	燈明酒煖郞來夕	曲曲鋪成折折長

（『警修堂全藁』一蕓本，「小樂府四十首」）

7. 『警修堂全藁』延世大本, 「小樂府四十首」

東國言語文字, 繁簡懸殊, 古來詞曲, 皆參合言語文字而成也. 故初無秩然之平仄, 句讀之
叶韻, 但以喉嚨間長短, 脣齒上輕重, 或促而斂之, 或引而申之, 以準其歌詞之刻數, 然後墜
之爲羽聲, 抗之爲商音. 其視花間疇前, 塡詞度曲之法, 亦可謂鄙野之極矣. 雖然被之管絃,
自成律呂, 哀樂變態, 感動心志, 是知天地間, 原有自然之樂, 有不可以限地分疆而論也. 今
欲採其辭入詩, 則或可以長短其句, 散押其韻, 强名之曰古體. 然吟咏咀嚼之間, 頓乖聲響,
非復詞曲之本色, 儘可謂憂憂乎. 其難於措手矣. 是以文苑諸公, 置若罔聞, 將使昭代歌謠,
聽其散亡而不傳, 可勝歎哉! 高麗李益齋先生採曲爲七絶, 命之曰小樂府, 今在先生集中, 擧
皆今日管絃家不傳之曲, 而其辭之不亡 賴有此詩, 文人命筆, 顧不重歟? 余竊喜之, 就我朝
小曲中, 余所記憶者, 亦以爲七言絶句, 藻采雖萬萬不逮先生, 而異代同調, 各採其國之風則
一也. 余在江都留臺時, 始有此意, 所作不過六絶句而止, 旋失草本, 甚恨之. 近因當時居幕
府者篋有副本, 重錄而不至逸, 其亦幸矣. 通錄余山中湖上往來所得者若干首, 亦以小樂府爲
題. 然每章各系以曲子名, 則余所創例, 又非益齋先生之舊也. 凡我朝忠臣志士, 哲輔鴻匠,
高明幽逸, 才子佳人, 得志不遇, 出於咏歎嚬呻之餘者, 略備於此. 縱不堪與黃河遠上之詞,
甲乙於旗亭, 亦庶幾存一代之風雅, 補詩家之闕文, 後之覽者, 於風前月下香炧燈光, 試一吟
諷, 未必不如品竹彈絲, 而亦必有賞音者矣. 若其時代先後, 則隨記隨作, 非出於一時者, 故
不復詮次云爾.

〈人月圓〉

金絲烏竹紫葡萄　　雙牧丹叢一丈蕉　　影落紗窓荷葉盞　　意中人對月中宵

〈奉虛言〉

向儂恩愛非眞辭　　最是難憑夢見之　　若使如儂眠不得　　更成何夢見儂時

〈滿庭芳〉

昨夜桃花風盡吹　　山童縛箒凝何思　　落花顏色亦花也　　何必苦庭勤掃之

〈宜身至前〉

莫倩他人尺素馳　　當身曷若自來宜　　縱眞原是憑傳札　　成否從違未可知

〈白馬靑娥〉

欲去長嘶郞馬白　　挽衫惜別小娥靑　　夕陽冉冉銜西嶺　　去路長亭復短亭

〈梅花訊〉

一樹槎枒鐵幹梅　　犯寒年例東風回　　舊開花想又開著　　春雪紛紛開未開

〈紅燭淚〉

房中紅燭爲誰別　　風淚汍瀾不自禁　　畢竟怪伊全似我　　任情灰盡寸來心

〈竹謎〉

人間百卉皆堪種　　惟竹生憎種不宜　　箭往不來長笛怨　　最難畫出筆相思

〈神來路〉

水雲渺渺神來路　　琴作橋梁濟大川　　十二琴弦十二柱　　不知何柱降神弦

〈子規啼前腔〉

梨花月白五更天　　啼血聲聲怨杜鵑　　儘覺多情原是病　　不關人事不成眠

〈子規啼後腔〉

寄語子規休且哭　　哭之無益到如今　　云何只管渠心事　　我淚翻敎又不禁

〈公莫拂衣〉

莫拂挽衫輕別離 〈秋山淸曉〉	長堤昏草日西時	客窓輾轉愁滋味	孤剔殘燈到自知
蒼凉曉月照人歸 〈玉斧桂樹〉	石室松關鎖翠微	落葉滿山無路入	白雲肩重女蘿衣
玉斧年多鈍却鋩 〈影波〉	月中桂樹韌難當	廣寒殿後蓊靑葉	能使繁陰翳放光
秋山夕照蘸江心 〈掌中盃〉	釣罷孤憑小艇吟	漸見水光迎棹立	半彎新月一條金
耳朶有聞旋旋忘 〈蝴蝶靑山去〉	眼兒看做不看樣	右堪執盞左持螯	兩手幸吾無病恙
白蝴蝶汝靑山去 〈沒下梢〉	黑蝶團飛共入山	行行日暮花堪宿	花薄情時葉宿還
豪華富貴信陵君 〈漁樂〉	一去人耕春草墳	矧爾諸餘醉夢者	不堪比數漫云云
鳴者鶊鳩靑者柳 〈實事求是〉	漁村烟淡有無疑	山妻補網縷完未	正是江魚欲上時
喫驚風波早路行 〈醉不願醒〉	羊腸豺虎險於鯨	從今非馬非船業	紅杏村深雨映耕
昨日沈酣今日醉 〈慣看賓〉	茫然大昨醉醒疑	明朝客有西湖約	不醉無醒兩未知
休煩款待黃茅薦 〈碧溪水〉	且坐何妨紅葉堆	豈必松明燃照室	前宵落月又浮來
靑山影裏碧溪水 〈綠草淸江馬〉	容易東去爾莫誇	一到滄江難再見	且留明月映婆娑
茸茸綠草靑江上 〈祝聖壽〉	老馬身閑謝轡銜	奮首一鳴時向北	夕陽無限戀君心
千千萬萬萬千千 〈冶春〉	又享千千萬萬年	鐵柱開花花結子	殷紅子熟獻宮筵
黃山谷裏蕩春光 〈落花流水〉	李白花枝手折將	五柳村尋陶令宅	葛巾漉酒雨浪浪
睡失漁竿舞失簑 〈一杵鍾〉	白鷗休笑老人家	溶溶綠浪春江水	泛泛紅桃水上花
一杵霜鍾寺近遠 〈夢踏痕〉	聞聲忖寺去無深	靑山之上白雲下	認且茫然何處尋
魂夢相尋屐齒輕 〈枕邊風月冷〉	鐵門石路亦應平	原來夢徑無行跡	伊不知儂恨一生
十二月添閏十三 〈攖寧〉	月三十日夜時五	一年通打算閑時	果沒片閒來一聚
人或害吾吾不較 〈雙玉筯〉	苟吾相較將無同	彼原未必先無曲	曲直都忘不較中

逝者滔滔挽不得　百川東倒幾時回　如何點滴肝腸水　却向秋波滾上來
〈春去也〉
燕子鶯雛遞訴冤　非花肯落是風翻　青春去也多魔戲　簾影樑塵枉斷魂
〈鷗盟〉
讀書窓爲倦書拓　滿地江湖雙白鷗　摒却浮名身外事　一生堪與汝同遊
〈金爐香〉
金爐香盡漏聲殘　誰與橫陳罄夜歡　月上欄干斜影後　打探人意驀來看
〈響屧疑〉
寡信何曾瞞著麽　月沈無意夜經過　颯然響地吾何與　原是秋風落葉多
〈小桃源〉
君家何在大江上　翠竹林深獨掩扉　試一相尋挐舟去　問之無答白鷗飛
〈人生行樂耳〉
一度人生還再否　此身能有幾多身　借來若夢浮生世　可作區區做活人
〈十洲佳處〉
釋子相逢無別語　關東風景也如許　明沙十里海棠花　兩兩白鷗飛小雨
〈冬之永夜〉
截取冬之夜半强　春風被裏屈蟠藏　燈明酒煖郎來夕　曲曲鋪成折折長
(『警修堂全藁』延世大本,「小樂府四十首」)

8.『紫霞詩選』國立中央圖書館本,「小樂府四十首」

東國言語文字, 繁簡懸殊, 古來詞曲, 皆參合言語文字而成也. 故初無秩然之平仄, 句讀之
叶韻, 但以喉嚨間長短, 脣齒上輕重, 或促而斂之, 或引而申之, 以準其歌詞之刻數, 然後墜
之爲羽聲, 抗之爲商音. 其視花間鐏前, 塡詞度曲之法, 亦可謂鄙野之極矣. 雖然被之管弦,
自成律呂, 哀樂變態, 感動心志, 是知天地間, 原有自然之樂, 有不可以恨地分疆而論也. 今
欲採其辭入詩, 則或可以長短其句, 散押其韻, 强名之曰古體. 然吟咏咀嚼之間, 頓乖聲響,
非復詞曲之本色, 儘可謂憂憂乎其難於措手矣. 是以文苑諸公, 置若罔聞, 將使昭代歌謠, 聽
其散亡而不傳, 可勝哉! 高麗李益齋先生, 採曲爲七絶, 命之曰小樂府, 今在先生集中, 擧皆
今日管弦家不傳之曲, 而其辭之不亡賴有此詩, 文人命筆顧不重歟? 余窃喜之, 就我朝小曲
中, 余所記憶者, 亦以爲七言絶句, 藻采雖萬萬不逮先生, 而異代同調, 各採其國之風則一也.
余在江都留臺時, 始有此意, 所作不過六絶句而止, 旋失草本, 甚恨之. 近因當時居幕府者篋
有副本, 重錄而不至逸, 其亦幸矣. 通錄余山中湖上往來所得者若干首, 亦以小樂府爲題. 然
每章各系以曲子名, 則余所創例, 又非益齋先生之舊也. 凡我朝忠臣志士, 哲輔鴻匠, 高明幽
逸, 才子佳人, 得志不遇, 出於咏歎嚬呻之餘者, 略備於此. 縱不堪與黃河遠上之詞, 甲乙於
旗亭, 亦庶幾存一代之風雅, 補詩家之闕文, 後之覽者, 於風前月下香炧燈光, 試一吟諷, 未
必不如品竹彈絲, 而亦必有賞音者矣. 若其時代先後, 則隨記隨作, 非出於一時者, 故不復詮
次元爾.
〈人月圓〉
金絲烏竹紫葡萄　雙牧丹叢一丈蕉　影落紗窓荷葉盞　意中人對月中宵
〈奉虛言〉
向儂恩愛非眞辭　最是難憑夢見之　若使如儂眠不得　更成何夢見儂時

〈滿庭芳〉

昨夜桃花風盡吹　山童縛箒凝何思　落花顏色亦花也　何必苔庭勤掃之

〈宜身至前〉

莫倩他人尺素馳　當身曷若自來宜　縱眞原是憑傳札　成否從違未可知

〈白馬靑娥〉

欲去長嘶郎馬白　挽衫惜別少娥靑　夕陽冉冉銜西嶺　去路長亭復短亭

〈梅花訊〉

一樹槎枒鐵幹梅　犯寒年例東風回　舊開花想又開著　春雪紛紛開未開

〈紅燭淚〉

房中紅燭爲誰別　風淚汍瀾不自禁　畢竟怪伊全似我　任情灰盡寸來心

〈竹謎〉

人間百卉皆堪種　唯竹生憎種不宜　箭往不來長笛怨　最難畫出筆相思

〈神來路〉

水雲渺渺神來路　琴作橋梁濟大川　十二琴弦十二柱　不知何柱降神弦

〈子規啼前腔〉

梨花月白五更天　啼血聲聲怨杜鵑　儘覺多情原是病　不關人事不成眠

〈子規啼後腔〉

寄語子規休且哭　哭之無益到如今　云何只管渠心事　我淚翻教又不禁

〈公莫拂衣〉

莫拂挽衫輕別離　長堤昏草日西時　客窓輾轉愁滋味　孤剔殘燈到自知

〈秋山淸曉〉

蒼凉曉月照人歸　石室松關鎖翠微　落葉滿山無路入　白雲肩重女蘿衣

〈玉斧桂樹〉

玉斧年多鈍却鋩　月中桂樹韌難當　廣寒殿後聚靑葉　能使繁陰翳放光

〈影波〉

秋山夕照蘸江心　釣罷孤憑小艇吟　漸見水光迎棹立　半彎新月一條金

〈掌中盃〉

耳朶有聞旋旋忘　眼兒看做不看樣　右堪執盞左持螯　兩手幸吾無病恙

〈蝴蝶靑山去〉

白蝴蝶汝靑山去　黑蝶團飛共入山　行行日暮花堪宿　花薄情時葉宿還

〈沒下梢〉

豪華富貴信陵君　一去人耕春草墳　矧爾諸餘醉夢者　不堪比數漫云云

〈漁樂〉

鳴者鵁鳩靑者柳　漁村烟淡有無疑　山妻補網纔完未　正是江魚欲上時

〈實事求是〉

喫驚風波早路行　羊腸豺虎險於鯨　從今非馬非船業　紅杏村深雨映耕

〈醉不願醒〉

昨日沈酣今日醉　茫然大昨醉醒疑　明朝客有西湖約　不醉無醒兩未知

〈慣看實〉

休煩款待黃茅薦　且坐何妨紅葉堆　豈必松明燃照室　前宵落月又浮來

266

〈碧溪水〉

靑山影裏碧溪水	容易東去爾莫誇	一到滄江難再見	且留明月映婆娑

〈綠草靑江馬〉

| 茸茸綠草靑江上 | 老馬身閑謝轡銜 | 奮首一鳴時向北 | 夕陽無限戀君心 |

〈祝聖壽〉

| 千千萬萬萬千千 | 又享千千萬萬年 | 鐵柱開花花結子 | 殷紅子熟獻宮筵 |

〈冶春〉

| 黃山谷裏蕩春光 | 李白花枝手折將 | 五柳村尋陶令宅 | 葛巾漉酒雨浪浪 |

〈落花流水〉

| 睡失漁竿舞失簑 | 白鷗休笑老人家 | 溶溶綠浪春江水 | 泛泛紅桃水上花 |

〈一杵鍾〉

| 一杵霜鍾寺近遠 | 聞聲忖寺去無深 | 靑山之上白雲下 | 認且茫然何處尋 |

〈夢踏痕〉

| 魂夢相尋展齒輕 | 鐵門石路亦應平 | 原來夢徑無行跡 | 伊不知儂恨一生 |

〈枕邊風月冷〉

| 十二月添閏十三 | 月三十日夜時五 | 一年通打算閑時 | 果沒片閒來一聚 |

〈攪寧〉

| 人或害吾吾不較 | 苟吾相較將無同 | 彼原未必先無曲 | 曲直都忘不較中 |

〈雙玉筯〉

| 逝者滔滔挽不得 | 百川東倒幾時回 | 如何點滴肝腸水 | 却向秋波滾上來 |

〈春去也〉

| 燕子鶯雛遞訴寃 | 非花肯落是風翻 | 靑春去也多魔戱 | 簾影樑塵枉斷魂 |

〈鷗盟〉

| 讀書窓爲倦書拓 | 滿地江湖雙白鷗 | 摒却浮名身外事 | 一生堪與汝同遊 |

〈金爐香〉

| 金爐香盡漏聲殘 | 誰與橫陳罄夜歡 | 月上欄干斜影後 | 打探人意驀來看 |

〈響屨疑〉

| 寡信何曾瞞著麼 | 月沈無意夜經過 | 颯然響地吾何與 | 原是秋風落葉多 |

〈小桃源〉

| 君家何在大江上 | 翠竹林深獨掩扉 | 試一相尋挐舟去 | 問之無答白鷗飛 |

〈人生行樂耳〉

| 一度人生還再否 | 此身能有幾多身 | 借來若夢浮生世 | 可作區區做活人 |

〈十洲佳處〉

| 釋子相逢無別語 | 關東風景也如許 | 明沙十里海棠花 | 兩兩白鷗飛小雨 |

〈冬之永夜〉

| 截取冬之夜半强 | 春風被裏屈蟠藏 | 燈明酒煖郞來夕 | 曲曲鋪成折折長 |

(『紫霞詩選』國立中央圖書館本,「小樂府四十首」)

9. 金澤榮編 『申紫霞詩集』,「小樂府」

東國言語文字, 繁簡懸殊, 古來詞曲, 皆參合言語文字而成也. 故初無秩然之平仄, 句讀之

叶韻, 但以喉嚨間長短, 脣齒上輕重, 或促而斂之, 或引而伸之, 以準其歌詞之刻數, 然後墜之爲羽聲, 抗之爲商音. 其視塡詞度曲之法, 亦可謂鄙野之極矣. 雖然被之管絃, 自成律呂, 哀樂變態, 感動心志, 是知天地間, 原有自然之樂, 有不可以限地分疆而論也. 今欲採其辭入詩, 則或可以長短其句, 散押其韻, 强名之曰古體. 然吟咏咀嚼之間, 頓乖聲響, 非復詞曲之本色, 儘可謂戛戛乎其難於措手矣. 是以文苑諸公, 置若罔聞, 將使昭代歌謠, 聽其散亡而不傳, 可勝慨哉! 高麗李益齋先生, 採曲爲七絶, 命之曰小樂府, 今在先生集中, 擧皆今日絃弦家不傳之曲, 而其辭之不亡, 賴有此詩, 文人命筆, 顧不重歟? 余竊喜之, 就我朝小曲中, 余所記憶者, 亦以爲七言絶句, 雖藻采萬萬不逮先生, 而異代同調, 各採其國之風則一也. 凡我朝忠臣志士, 哲輔鴻匠, 高明幽逸, 才子佳人, 得志不遇, 出於咏歎嚬呻之餘者, 略備於此. 縱不得與黃河遠上之詞, 甲乙於旗亭, 亦庶幾存一代之風雅, 補詩家之闕文, 後之覽者, 於風前月下香炧燈光, 試一吟諷, 未必不如品竹彈絲, 而亦必有賞音者矣. 若其時代先後, 則隨記隨作, 非出於一時者, 故不復詮次云爾.

〈人月圓〉

金絲烏竹紫葡萄	雙牧丹叢一丈蕉	影落紗窓荷葉盞	意中人對月中宵

〈白馬靑娥〉

欲去長嘶郎馬白	挽衫惜別小娥靑	夕陽冉冉銜西嶺	去路長亭復短亭

〈紅燭淚〉

房中紅燭何愁思	風淚汍瀾自不禁	畢竟怪伊全似我	任情灰盡寸來心

〈竹謎〉

人間百草皆堪種	唯竹生憎種不宜	箭往不來長笛怨	最難畫出筆相思

〈神來路〉

水雲渺渺神來路	琴作橋梁濟大川	十二琴絃十二柱	不知何柱降神絃

〈子規啼前腔〉

梨花月白五更天	啼血聲聲怨杜鵑	儘覺多情原是病	不關人事不成眠

〈子規啼後腔〉

寄語子規且休哭	哭之無益到如今	云何只管渠心事	我淚翻教又不禁

〈秋山淸曉〉

蒼涼曉月照人歸	石室松關鎖翠微	落葉滿山無路入	白雲肩重女蘿衣

〈影波〉

秋山夕照蘸江心	釣罷孤憑小艇吟	漸見水光迎棹立	半彎新月一條金

〈掌中盃〉

耳朶有聞旋旋忘	眼兒看做不看樣	右堪執盃左持螯	兩手幸吾無病恙

〈蝴蹀靑山去〉

白蝴蝶汝靑山去	黑蝶團飛共入山	行行日暮花堪宿	花薄情時葉宿還

〈漁樂〉

鳴者鷁鳩靑者柳	漁村烟淡有無疑	山妻補網纔完未	正是江魚欲上時

〈實事求是〉

吃驚風波旱路行	羊腸犲虎險於鯨	從今非馬非船業	紅杏村深雨映耕

〈慣看實〉

休煩款待黃茅薦	且坐何妨紅葉堆	豈必松明燃照室	前宵落月又浮來

〈碧溪水〉
青山影裏碧溪水　　容易東流爾莫誇　　一到滄江難再見　　且留明月影婆娑
〈綠草青江馬〉
茸茸綠草青江上　　老馬身閑謝轡銜　　奮首一鳴時向北　　夕陽無限戀君心
〈祝聖壽〉
千千萬萬萬千千　　又享千千萬萬年　　鐵柱開花花結子　　殷紅子熟獻宮筵
〈冶春〉
黃山谷裏蕩春光　　李白花枝手折將　　五柳邮尋陶令宅　　葛巾漉酒雨浪浪
〈落花流水〉
睡失漁竿舞失簑　　白鷗休笑老人家　　溶溶綠浪春江水　　泛泛紅桃水上花
〈雙玉筋〉
逝者滔滔挽不得　　百川東倒幾時回　　如何點滴肝腸水　　却向秋波滾上來
〈響屧疑〉
寡信何曾瞞著麼　　月沈無意夜經過　　飄然響地吾何與　　原是秋風落葉多
〈人生行樂耳〉
一度人生還再否　　此身能有幾多身　　借來若夢浮生世　　可作區區做活人
〈十洲佳處〉
釋子相逢無別語　　關東風景近何許　　明沙十里海棠花　　兩兩白鷗飛小雨
(金澤榮編『申紫霞詩集』,「小樂府」)

10. 『警修堂詩選』1, 奎章閣本,「小樂部四十韻」
〈人月圓〉
金絲烏竹紫葡萄　　雙牧丹叢一丈蕉　　影落紗窓荷葉盞　　意中人對月中宵
〈虛言歌〉
向儂思愛非眞辭　　最是難憑夢見之　　若使如儂眠不得　　更成何夢見儂時
〈滿庭芳〉
昨夜桃花風盡吹　　山童縛箒凝所思　　落花顏色亦花也　　何必苦庭勤掃之
〈身至前〉
莫倩他人尺素馳　　當身曷若自來宜　　縱眞原是憑傳札　　成否從違未可知
〈白馬青蛾〉
欲去長嘶郎馬白　　挽衫惜別小蛾青　　夕陽冉冉銜西嶺　　去路長亭復短亭
〈梅花汜〉
一樹槎枒鐵幹梅　　犯寒年例東風回　　舊開花想又開着　　春雪紛紛開未開)
〈紅燭淚〉
房中紅燭爲誰別　　風淚汎瀾不自禁　　畢竟怪伊全似我　　任情灰盡寸來心
〈竹謔歌〉
人間百草皆堪種　　惟竹生憎種不宜　　箭往不來長笛怨　　最難畫出筆相思
〈神來路〉
水雲渺渺神來路　　琴作橋梁濟大川　　十二琴絃十二柱　　不知何柱降神絃
〈子規啼前腔〉

時調漢譯資料

269

時調
·
歌辭
漢譯
資料
集成

①

寄語子規休且哭〈子規啼後腔〉	哭之無益到如今	云何只管渠心事	我淚翻撥不自禁
梨花月白五更天〈公莫拂衣〉	啼血聲聲怨杜鵑	儘覺多情原是病	不關人事不成眠
莫拂挽衫輕別離〈秋山淸曉〉	長堤昏草日西時	客窓輾轉愁滋味	孤剔殘燈到自知
蒼凉曉月照人歸〈玉斧桂樹〉	石室松關鎖翠微	落葉滿山無路入	白雲肩重女蘿衣
玉斧年多鈍却鋩〈影波歌〉	月中桂樹韌難當	廣寒殿後叢靑葉	能使繁陰翳放光
秋山文藻蘸江心〈掌中盃〉	釣罷孤憑小艇吟	漸見水光迎棹立	半彎新月一條金
耳朵有聞旋旋忘〈蝴蝶靑山去〉	眼兒看做不看樣	右堪執盞左持蟹	兩手幸吾無病恙
白蝴蝶汝靑山去〈沒下梢〉	黑蝶團飛共入山	行行日暮花間宿	花薄情時葉宿還
豪華富貴信陵君〈漁樂〉	一去人耕靑草墳	矧爾諸餘醉夢者	不堪比較謾云云
鳴者鶺鳩靑者柳〈實事求邊〉	漁村烟淡有無疑	山妻補網緩完未	正是江魚欲上時
喫驚風波旱路行〈醉不願醒〉	羊腸豺虎險於鯨	從今非馬非船業	紅杏村中暮雨耕
昨日沉酣今日醉〈慣看賓〉	茫然大昨醉醒疑	明朝客有西湖約	不醉無醒兩未知
休煩妖侍黃茅薦〈碧溪水〉	且坐何妨紅葉堆	豈必松明燃照室	前宵落月又浮來
靑山影裏碧溪水〈綠草淸江馬〉	容易東流爾莫誇	一到滄江難再見	且將明月共徘徊
茸茸綠草靑江上〈祝聖壽〉	老馬身閑謝轡銜	奮首一鳴時向北	夕陽無限戀君心
千千萬萬又千千〈治春〉	又享千千萬萬年	鐵柱開花花結子	殷紅子熟獻宮筵
黃山谷裏蕩春光〈落花流水〉	李白花枝手折將	五柳村尋陶令宅	葛巾漉酒雨浪浪
睡失漁竿舞失簑〈一杵鍾〉	白鷗休笑老人家	溶溶綠浪春江水	泛泛紅桃水上花
一杵霜鍾寺近遠〈夢踏痕〉	聞聲忖寺去無深	靑山之上白雲下	認且茫然何處尋
魂夢相尋屐齒成〈枕邊風月吟〉	鐵門石路亦應平	原來夢路無行跡	伊不知儂恨一生

十二月添閏三十　月三十日夜時五　一年通打算閑時　果沒片閒來一聚
〈櫻寧〉

人或害吾吾不較　苟吾相較將無同　彼吾未必先無曲　曲直都忘不較中
〈雙玉筋〉

逝者滔滔挽不得　百川東倒幾時回　如何點滴肝腸水　却向秋波滾上來
〈春去也〉

薦子鸎雛遞訴冤　非花自落是風飜　青春去也多魔戯　簾影槐塵枉斷魂
〈鷗盟〉

讀書憁爲倦書拓　滿地江湖雙白鷗　摒却浮名身外事　一生堪與汝同遊
〈金爐香〉

金爐香盡漏聲殘　誰與橫欄罄夜歡　月上欄干斜影後　打探人意驀來看
〈響罌〉

寡信何曾睹着麼　月沉無意夜經過　颯然響地吾何與　原是秋風落葉多
〈小桃源〉

君家何在大江上　翠竹林深獨掩扉　試一相尋擎舟去　問之無答白鷗飛
〈人生行樂〉

一度一生還再否　此身能有幾多身　借來若夢浮生世　可作區區做活人
〈十洲佳處〉

釋子相逢無別語　關東風景也如許　明沙十里海棠花　兩兩白鷗飛小雨
〈冬之永夜〉

截取冬之夜半强　春風被裏屈蟠藏　燈明酒煥郎來夕　曲曲鋪成折折長
(『警修堂詩選』1，奎章閣本，「小樂部四十韻」)

11. 『警修堂詩選』2，奎章閣本，「小樂部四十韻」
〈人月圓〉

金絲烏竹紫葡萄　雙牧丹叢一丈蕉　影落紗憁荷葉盞　意中人對月中宵
〈虛言歌〉

向儂思愛非眞辭　最是難憑夢見之　若使如儂眠不得　更成何事見儂時
〈滿庭芳〉

昨夜桃花風盡吹　山童縛箒凝所思　落花顏色亦花也　何必苦庭勤掃之
〈身至前〉

莫倩他人尺素馳　當身曷若自來宜　縱眞原是憑傳札　成否從違未可知
〈白馬靑娥〉

欲去長嘶郎馬白　挽衫惜別小娥靑　夕陽冉冉銜西嶺　去路長亭復短亭
〈梅花訊〉

一樹槎枒鐵幹梅　犯寒年例東風回　舊開花盡又開着　春雪紛紛開未開
〈紅燭淚〉

房中紅燭爲誰別　風淚汎瀾不自禁　畢境怪伊全似我　任情灰盡寸來心
〈竹譴歌〉

人間百草皆堪種　惟竹生憎種不宜　箭往不來長笛怨　最難畫出筆相思

〈神來路〉
水雲渺渺神來路　琴作橋梁濟大川　十二琴絃十二柱　不知何柱降神絃

〈子規啼前腔〉
寄語子規休且哭　哭之無益到如今　云何只管渠心事　我淚翻教不自禁

〈子規啼後腔〉
梨花月白五更天　啼血聲聲怨杜鵑　儘覺多情原是病　不關人事不成眠

〈公莫拂衣〉
莫拂挽衫輕別離　長堤昏草日西時　客膓轉輾愁滋味　孤剔殘燈到自知

〈秋山清曉〉
蒼凉曉月照人歸　石室松關鎖翠微　落葉滿山無路入　白雲肩重女蘿衣

〈玉斧桂樹〉
玉斧年多鈍却鋩　月中桂樹靭難當　廣寒殿後叢青葉　能使繁陰翳放光

〈影波歌〉
秋山文藻蘸江心　釣罷孤憑小艇吟　漸見水光迎棹立　半彎新月一條金

〈掌中盃〉
耳朶有聞旋旋忘　眼兒看做不看樣　右堪執盞左持蟹　兩手幸吾無病恙

〈蝴蝶青山去〉
白蝴蝶汝青山去　黑蝶團飛共入山　行行日暮花間宿　花薄情時葉宿還

〈沒下梢〉
豪華富貴信陵君　一去人耕青草墳　矧爾諸餘醉夢者　不堪比較謾云云

〈漁樂〉
鳴者鶊鳩青者柳　漁村烟淡有無疑　山妻補網縫完未　正是江魚欲上時

〈實事求邊〉
喫盡風波旱路行　羊腸豺虎險於鯨　從今非馬非船業　紅杏村中暮雨耕

〈醉不願醒〉
昨日沈酣今日醉　茫然大作醉醒疑　明朝客有西湖約　不醉無醒兩未知

〈慣看賓〉
休煩欸待黃茅薦　且坐何妨紅葉堆　豈必松明燃照室　前宵落月又浮來

〈碧溪水〉
青山影裡碧溪水　容易東流爾莫誇　一到滄江難再見　且留明月暫徘徊

〈綠草清江馬〉
茸茸綠草青江上　老馬身閑謝轡銜　奮首一鳴時向北　夕陽無限戀君心

〈祝聖壽〉
千千萬萬又千千　又享千千萬萬年　鐵柱開花花結子　殷紅子熟獻宮筵

〈冶春〉
黃山谷裡蕩春光　李白花枝手折將　五柳村尋陶令宅　葛巾漉酒雨浪浪

〈落花流水〉
睡失漁竿舞失簑　白鷗休笑老人家　溶溶綠浪春江水　汎汎紅桃水上花

〈一杵鍾〉
一杵霜鍾寺近遠　聞聲忖寺去無深　青山之上白雲下　認且茫然何處尋

〈夢踏痕〉

| 魂夢相尋屐齒成 | 鐵門石路亦應平 | 原來夢路無行跡 | 伊不知儂恨一生 |

〈枕邊風月吟〉

| 十二月添閏三十 | 月三十日夜時五 | 一年通打算閑時 | 果沒片間來一聚 |

〈攪寧〉

| 人或害吾吾不較 | 苟吾相較將無同 | 彼原未必先無曲 | 曲直都忘不較中 |

〈雙玉筋〉

| 逝者滔滔挽不得 | 百川東倒幾時回 | 如何點滴肝腸水 | 却向秋波滾上來 |

〈春去也〉

| 鷰子鸎雛遞訴寃 | 非花肯落是風翻 | 青春去也多魔戲 | 簾影槐塵枉斷魂 |

〈鷗盟〉

| 讀書慵爲倦書拓 | 滿地江湖雙白鷗 | 捭却浮名身外事 | 一生堪與汝同遊 |

〈金爐香〉

| 金爐香盡漏聲殘 | 誰與橫欄罄夜歡 | 月上闌干斜影後 | 打探人意驀來看 |

〈響瓤〉

| 寡信何曾瞞着麼 | 月沉無意夜經過 | 颯然響地吾何與 | 原是秋風落葉多 |

〈小桃源〉

| 君家何在大江上 | 翠竹林深獨掩扉 | 試一相尋拏舟去 | 問之無答白鷗飛 |

〈人生行樂〉

| 一度一生還再否 | 此身能有幾多身 | 借來若夢浮生世 | 可作區區做活人 |

〈十洲佳處〉

| 釋子相逢無別語 | 關東風景也如許 | 明沙十里海棠花 | 兩兩白鷗飛小雨 |

〈冬之永夜〉

| 截取冬之夜半强 | 春風被裡屈蟠藏 | 燈明酒煖郎來夕 | 曲曲鋪成折折長 |

(『警修堂詩選』2, 奎章閣本, 「小樂部四十韻」)

12. 『小樂府』延世大本, 「小樂府」

東國言語文字, 繁簡懸殊, 古來詞曲, 皆參合言語文字而成也. 故初無秩然之平仄, 句讀之叶韻, 但以喉嚨間長短, 脣齒上輕重, 或促而斂之, 或引而伸之, 以準其歌調之刻數, 然後墜之爲羽聲, 抗之爲商音. 其視花間樽前, 塡詞度曲之法, 亦可謂鄙野之極矣. 雖然被之管絃, 自成律呂, 哀樂變態, 感動心志, 是知天地間, 原有自然之樂, 有不可以限地分疆而論也. 今欲採其辭入詩, 則或可以長短其句, 散押其韻, 强名之曰古體. 然吟咏咀嚼之間, 頓乖聲響, 非復詞曲之本色, 儘可謂戞戞乎, 其難於措手矣. 是以文苑諸公, 置若罔聞, 將使昭代歌謠, 聽其散亡而不傳, 可勝歎哉! 高麗李益齋採曲爲七絶, 命之曰小樂府, 今在先生集中, 擧皆今日管絃家不傳之曲, 而其辭之不亡 賴有此詩, 文人命筆, 顧不重歟? 余竊喜之, 就我朝小曲中, 余所記憶者, 亦以爲七言絶句, 藻采雖萬萬不逮先生, 而異代同調, 各採其國之風則一也. 余在江都留臺時, 始有此意, 所作不過六絶而止, 旋失艸本, 甚恨之. 近因當時居幕府者篋有副本, 重錄而不至逸, 其亦幸矣. 通錄余山中湖上往來所得者若干首, 亦以小樂府爲題. 然每章各系以曲子名, 則余所創例, 又非益齋先生之舊也. 凡我朝忠臣志士, 哲輔鴻匠, 高明幽逸, 才子佳人, 得志不遇, 出於咏歎嚬呻之餘者, 略備於此. 縱不堪與黃河遠上之詞, 甲乙於旗亭,

亦庶幾存一代之風雅, 補詩家之闕文, 後之覽者, 於風前月下香炧燈光, 試一吟諷, 未必不如品竹彈絲, 而亦必有賞音者矣. 若其時代先後, 則隨記隨作, 非出於一時者, 故不復詮次云爾.

〈人月圓〉
金絲鳥竹紫葡萄　雙牧丹叢一丈蕉　影落紗窓荷葉藙　意中人對月中宵

〈奉虛言〉
向儂恩愛非眞辭　最是難憑夢見之　若使如儂眠不得　更成何夢見儂時

〈滿庭芳〉
昨夜桃花風吹盡　山僮縛箒凝何思　落花顏色亦花也　何必苦庭勤掃之

〈宜身至前〉
莫倩他人尺素馳　當身曷若自來宜　縱眞原是憑傳札　成否從違未可知

〈白馬靑娥〉
欲去長嘶郎馬白　挽衫惜別小娥靑　夕陽冉冉啣西嶺　去路長亭復短亭

〈梅花訊〉
一樹槎枒鐵幹梅　犯寒年例東風回　舊開花想又開着　春雪紛紛開未開

〈紅燭淚〉
房中紅燭爲誰別　風淚汎瀾不自禁　畢竟怪爾全似我　任情灰盡寸來心

〈竹謎〉
人間百卉皆堪種　惟竹生憎種不宜　箭往不來長笛怨　最難畫出筆相思

〈神來路〉
水雲渺渺神來路　琴作橋梁濟大川　十二琴絃十二柱　不知何柱降神絃

〈子規啼前腔〉
梨花月白五更天　啼血聲聲怨杜鵑　儘覺多情原是病　不關人事不成眠

〈子規啼後腔〉
寄語子規休且哭　哭之無益到如今　云何只管渠心事　我淚翻教又不禁

〈公莫拂衣〉
莫拂挽衫輕別離　長堤昏艸日西時　客窓輾轉愁滋味　孤剔殘燈到自知

〈秋山淸曉〉
蒼涼曉月照人歸　石室松關鎖翠微　落葉滿山無路入　白雲肩重女蘿衣

〈玉斧桂樹〉
玉斧年多鈍却鋩　月中桂樹靭難當　廣寒殿後靑叢葉　能使繁陰翳放光

〈影波〉
秋山夕照蘸江心　釣罷孤憑小艇吟　漸見水光迎棹立　半彎新月一條金

〈掌中盃〉
耳朶有聞旋旋忘　眼兒看做不看樣　右堪執杯左持鰲　兩手幸吾無病恙

〈蝴蝶靑山去〉
白蝴蝶汝靑山去　黑蝶團飛共入山　行行日暮花堪宿　花薄情時葉宿歸

〈沒下梢〉
豪華富貴信陵君　一去人耕春草墳　矧爾諸餘醉夢者　不堪比數漫云云

〈漁樂〉
鳴者鶊鳩靑者柳　漁村煙淡有無疑　山妻補網纔完未　正是江魚欲上時

〈實事求是〉
喫驚風波旱路行　羊腸豺虎險於鯨　從今非馬非船業　紅杏村深雨暎耕

〈醉不願醒〉
昨日沈酣今日醉　茫然大作醉醒疑　明朝客有西湖約　不醉無醒兩未知

〈慣看賓〉
休煩款待黃茅薦　且坐何妨紅葉堆　豈必松明燃照室　前宵落月又浮來

〈碧溪水〉
靑山影裏碧溪水　容易東流爾莫誇　一到滄江難再見　且留明月影婆娑

〈綠草淸江馬〉
茸茸綠草淸江上　老馬身閑謝轡銜　奮首一鳴時向北　夕陽無限戀君心

〈祝聖壽〉
千千萬萬萬千千　又享千千萬萬年　鐵柱開花花結子　殷紅子熟獻宮筵

〈冶春〉
黃山谷裏蕩春光　李白花枝手折將　五柳春深陶令宅　葛巾漉酒雨浪浪

〈落花流水〉
睡失漁竿舞失蓑　白鷗休笑老人家　溶溶綠浪春江水　泛泛紅桃水上花

〈一杵鍾〉
一杵霜鍾寺近遠　聞聲忄寺去無深　靑山之上白雲下　認且茫然何處尋

〈夢踏痕〉
魂夢相尋屐齒輕　鐵門石路亦應平　原來夢境無行跡　伊不知儂恨一生

〈枕邊風月冷〉
十二月添閏十三　月三十日夜時五　一年通打算閑時　果沒片閒來一聚

〈攪寧〉
人或害吾吾不較　苟吾相較將無同　彼原未必先無曲　曲直都忘不較中

〈雙玉筋〉
逝者滔滔挽不得　百川東倒幾時回　如何點滴肝腸水　却向秋波滾上來

〈春去也〉
燕子鶯雛遞訴寃　非花肯落是風翻　靑春去也多戱魔　簾影樑塵枉斷魂

〈鷗盟〉
讀書窓爲倦書拓　滿地江湖雙白鷗　摒却浮名身外事　一生堪與汝同遊

〈金爐香〉
金爐香盡漏聲殘　誰與橫陳罄夜歡　月上欄干斜影後　打探人意驀來看

〈響屧疑〉
寡信何曾瞞著麼　月沈無意夜經過　颯然響地吾何與　原是秋風落葉多

〈小桃源〉
君家何在大江上　翠竹林深獨撑扉　試一相尋挐舟去　問之無荅白鷗飛

〈人生行樂耳〉
一度人生還再否　此身能有幾多身　借來若夢浮生世　可作區區做活人

〈十洲佳處〉
釋子相逢無別語　關東風景也如許　明沙十里海棠花　兩兩白鷗飛小雨

截取冬之夜半强　春風被裏屈蟠藏　燈明酒煖郎來夕　曲曲鋪成折折長
(『小樂府』延世大本, 「小樂府」)

13. 『海東小樂府』서울대본, 「海東小樂府」
〈人月圓〉
金絲烏竹紫葡萄　雙牧丹叢一杖蕉　影落紗窓荷葉盞　意中人對月中宵
〈虛言歌〉
向儂思愛非眞辭　最是難憑夢見之　若使如儂眠不得　更成何夢見儂時
〈滿庭芳〉
昨夜桃花風盡吹　山童縛箒凝何思　落花顏色亦花也　何必苦庭勤掃之
〈宜身至前〉
莫倩他人尺素馳　當身曷若自來宜　縱眞原是憑傳札　成否縱違未可知
〈白馬靑娥〉
欲去長嘶郎馬白　挽衫惜別少娥靑　夕陽冉冉啣西嶺　去路長亭復短亭
〈梅花訊〉
一樹槎枒鐵幹梅　犯寒年例東風回　舊開花想又開着　春雪紛紛開未開
〈紅燭淚〉
房中紅燭爲誰別　風淚汎瀾不自禁　畢竟怪伊全似我　任情灰盡寸來心
〈竹謎歌〉
人間百卉皆種堪　惟竹生增種不宜　箭往不來長篆怨　最難畵出筆相思
〈神來路〉
水雲渺渺神來路　琴作橋梁濟大川　十二琹絃十二柱　不知何柱降神絃
〈子規啼前腔〉
寄語子規休且哭　哭之無益到如今　云何只管渠心事　我淚翻教又不禁
〈子規啼後腔〉
梨花月白五更天　啼血聲聲怨杜鵑　儘覺多情原是病　不關人事不成眠
〈公莫拂衣〉
莫拂挽衫輕別離　長堤昏艸日西時　客囱輾轉愁滋味　孤囧殘燈到自知
〈秋山淸曉〉
蒼凉曉月照人歸　石室松關鎖翠微　落葉滿山無路入　白雲肩重女蘿衣
〈玉斧桂樹〉
玉斧年多鈍却鉈　月中桂樹靭難當　廣寒殿後叢靑葉　能使繁陰翳放光
〈影波〉
秋山夕照蘸江心　釣罷孤憑小艇唫　漸見水光迎掉立　半彎新月一條金
〈掌中盃〉
耳朵有聞旋旋忘　眼兒看做不看樣　右堪執盞左持螯　兩手幸吾無病恙
〈蝴蹀靑山去〉
白蝴蝶汝靑山去　黑蜻團飛共入山　行行日暮花堪宿　花薄情時葉宿還
〈沒下梢〉

時調・歌辭 漢譯資料集成

豪華富貴信陵君　一去人耕春艸墳　矧爾諸餘醉夢者　不堪比數漫云云
〈漁樂〉

鳴者鶊鳩靑者柳　漁村煙淡有無疑　山妻補網纔完未　正是江魚欲上時
〈實事求是〉

喫驚風波早路歸　羊腸豺虎險於鯨　從今非馬非船業　紅杏邨深暮雨耕
〈醉不願醒〉

昨日沉酣今日醉　茫然大酢醉醒疑　明朝客有西湖約　不醉無醒兩未知
〈慣看賓〉

休煩款待黃茅蔍　且坐何妨紅葉堆　豈必松明燃照室　前宵落月又浮來
〈碧溪水〉

靑山影裡碧溪水　容易東流爾莫誇　一到滄江難再見　且留明月暎婆娑
〈綠[艸晴]江馬〉

茸茸綠艸晴靑江上　老馬身閑謝轡銜　奮首一鳴時向北　西陽無限戀君心
〈祝聖壽〉

千千萬萬千千　又享千千萬萬年　鐵柱開花花結子　殷紅子熟獻宮筵
〈冶春〉

黃山谷裏蕩春光　李白花枝手折將　五柳邨尋陶令宅　葛巾漉酒雨浪浪
〈落花流水〉

睡失漁竿舞失簑　白鷗休笑老人家　溶溶綠浪春江水　泛泛紅桃水上花
〈一杵鍾〉

一杵霜鍾寺近遠　聞聲忖寺去無深　靑山之上白雲下　認此茫然何處尋
〈夢踏痕〉

魂夢相尋屐齒生　鐵門石路亦應平　原來夢徑無行跡　伊不知儂恨一生
〈枕邊風月冷〉

十二月添閏十三　月三十日夜時五　一年通打算閑時　果沒片閑來一聚
〈櫻寧〉

人或害吾吾不較　苟吾相較將無同　彼原未必先無曲　曲直都忘不較中
〈雙玉筋〉

逝者滔滔挽不得　百川東倒幾時回　如何點滴肝腸水　却向秋波滾上來
〈春去也〉

燕子鶯雛遞訴寃　非花肯落是風翻　靑春去也多魔戲　簾影樑塵枉斷魂
〈鷗盟〉

讀書窓爲倦書拓　滿地江湖雙白鷗　摒却浮名身外事　一生堪與汝同遊
〈金爐香〉

金爐香盡漏聲殘　誰與橫陳罄夜歡　月上闌干斜影後　打探人意驀來看
〈響屧疑〉

寡信何曾瞞著麼　月沈無意夜經過　颯然響地吾何與　原是秋風落葉多
〈小桃源〉

君家何在大江上　翠竹深處獨掩扉　試一相尋挐舟去　問之無答白鷗飛
〈人生行樂耳〉

時調漢譯資料

一度人生還再否　此身能有幾多身　借來若夢浮生世　可作逼逼做活人
〈十洲佳處〉
釋子相逢無別語　關東風景也如許　明沙十里海棠花　兩兩白鷗飛小雨
〈冬之永夜〉
截取冬之夜半强　春風被裏屈蟠藏　有燈無月郎來夕　曲曲鋪舒寸寸長
(『海東小樂府』서울대본,「海東小樂府」)

14.『朝鮮歌謠集成』,「小樂府五十首」

　　東國言語文字, 繁簡懸殊, 古來詞曲, 皆參合言語文字而成也. 故初無秩然之平仄, 句讀之叶韻, 但以喉　間長短, 脣齒上輕重, 或促而斂之, 或引而伸之, 以準其歌詞之刻數, 然後墜之爲羽聲, 抗之爲商音. 其視花間樽前, 塡詞度曲之法, 亦可謂鄙野之極矣. 雖然被之管絃, 自成律呂, 哀樂變態, 感動心志, 是知天地間, 原有自然之樂, 有不可以限地分疆而論也. 今欲採其辭入詩, 則或可以長短其句, 散押其韻, 强名之曰古體. 然吟咏咀嚼之間, 頓乖聲響, 非復詞曲本色, 儘可謂憂憂乎, 其難於措手矣. 是以文苑諸公, 置若罔聞, 將使昭代歌謠, 聽其散亡而不傳, 可勝慨哉! 高麗李益齋先生, 採曲爲七絶, 命之曰小樂府, 今在先生集中, 擧皆今日管絃家不傳之曲, 而其辭之不亡 賴有此詩, 文人命筆, 顧不重歟? 余竊喜之, 就我朝小曲中, 余所記憶者, 亦以爲七言絶句, 雖藻采萬萬不逮先生, 而異代同調, 各採其國之風則一也. 余在江都留臺時, 始有此意, 所作不過六絶句而止, 旋失草本, 甚恨之. 近因當時居幕府者 有副本, 重錄而不至逸, 其亦幸矣. 通錄余山中湖上往來所得者若干首, 亦以小樂府爲題. 然每章各系以曲子名, 則余所創例, 又非益齋先生之舊也. 凡我朝忠臣志士, 哲輔鴻匠, 高明幽逸, 才子佳人, 得志不遇, 出於咏(嘆)嚬呻之餘者, 略備於此. 縱不得與黃河遠上之詞, 甲乙於旗亭, 亦庶幾餘一代之風雅, 補詩家之闕文, 後之覽者, 於風前月下香　燈光, 試一吟諷, 未必不如品竹彈絲, 而亦必有賞音者矣. 若其時代先後, 則隨記隨作, 非出於一時者, 故不復詮次云爾.

　　〈人月圓〉
金絲烏竹紫葡萄　雙牧丹叢一丈蕉　影落紗窓荷葉蓋　意中人對月中宵
　　〈白馬靑娥〉
欲去長嘶郎馬白　挽衫惜別小娥靑　夕陽冉冉銜西嶺　去路長亭復短亭
　　〈紅燭淚〉
房中紅燭爲誰別　風淚汍瀾自不禁　畢竟怪爾全似我　任情灰盡寸來心
　　〈竹謎〉
人間百卉皆堪種　惟竹生憎種不宜　箭往不來長笛怨　最難畫出筆相思
　　〈神來路〉
水雲渺渺神來路　琴作橋梁濟大川　十二琴絃十二柱　不知何柱降神絃
　　〈子規啼前腔〉
梨花月白五更天　啼血聲聲怨杜鵑　儘覺多情原是病　不關人事不成眠
　　〈子規啼後腔〉
寄語子規休且哭　哭之無盃到如今　云何只管渠心事　我淚翻敎又不禁
　　〈秋山淸曉〉
蒼凉曉月照人歸　石室松關鎖翠微　落葉滿山無路入　白雲肩重女蘿衣

時調・歌辭 漢譯資料集成 ①

278

〈影波〉
秋山夕照蘸江心　釣罷孤憑小艇吟　漸見水光迎棹立　半彎新月一條金
〈掌中盃〉
耳朵有聞旋旋忘　眼兒看做不看樣　右堪執盃左持螯　兩手幸吾無病恙
〈蝴蝶青山去〉
白蝴蝶汝青山去　黑蝶團飛共入山　行行日暮花堪宿　花薄情時葉宿還
〈漁樂〉
鳴者鶪鳩青者柳　漁村烟淡有無疑　山妻補網纔完未　正是江魚欲上時
〈實事求是〉
吃驚風波旱路行　羊腸豺虎險於鯨　從今非馬非船業　紅杏村深雨映耕
〈慣看賓〉
休煩款待黃茅薦　且坐何妨紅葉堆　豈必松明燃照室　前宵落月又浮來
〈碧溪水〉
青山影裏碧溪水　容易東流爾莫誇　一到滄江難再見　且留明月影婆娑
〈綠草清江馬〉
茸茸綠草清江上　老馬身閑謝轡銜　奮首一鳴時向北　夕陽無限戀君心
〈祝聖壽〉
千千萬萬萬千千　又享千千萬萬年　鐵柱開花花結子　殷紅子熟獻宮筵
〈冶春〉
黃山谷裏蕩春光　李白花枝手折將　五柳村尋陶令宅　葛巾漉酒雨浪浪
〈落花流水〉
睡失漁竿舞失簑　白鷗休笑老人家　溶溶綠浪春江水　泛泛紅桃水上花
〈雙玉筯〉
逝者滔滔挽不得　百川東倒幾時回　如何點滴肝腸水　却向秋波滾上來
〈響屧疑〉
寡信何曾瞞着麼　月沈無意夜經過　飄然響地吾何與　原是秋風落葉多
〈人生行樂耳〉
一度人生還再否　此身能有幾多身　借來如夢浮生世　可作區區做活人
〈十洲佳處〉
釋子相逢無別語　關東風景近何許　明沙十里海棠花　兩兩白鷗飛小雨
〈奉虛言〉
向儂恩愛非眞辭　最是難憑夢見之　若使如儂眠不得　更成何夢見儂時
〈滿庭芳〉
昨夜桃花風盡吹　山童縛箒凝何思　落花顏色亦花也　何必苔庭勤掃之
〈宜身至前〉
莫倩他人尺素馳　當身曷若自來宜　縱眞原是憑傳札　成否從違未可知
〈梅花訊〉
一樹杈枒鐵幹梅　犯寒乖例東風回　舊開花想又開着　春雪紛紛開未開
〈公莫拂衣〉
莫拂挽衫輕別離　長堤昏草日西時　客窓輾轉睡滋味　孤剔殘燈到自知

〈玉斧桂樹〉
玉斧年多鈍却鉎　月中桂樹靭難當　廣寒殿後靑叢葉　能使繁陰翳放光

〈沒下梢〉
豪華富貴信陵君　一去人耕春草墳　矧爾諸餘醉夢者　不堪比數漫云云

〈醉不願醒〉
昨日沈酣今日醉　茫然大昨醉醒疑　明朝客有西湖約　不醉無醒兩未知

〈一杵鍾〉
一杵霜鍾寺近遠　聞聲忖寺去無深　靑山之上白雲下　認且茫然何處尋

〈夢踏痕〉
魂夢相尋屐齒輕　鐵門石路亦應平　原來夢徑無行迹　伊不知儂恨一生

〈枕邊風月冷〉
十二月添閏十三　月三十日夜時五　一年通打算閑時　果沒片閒來一聚

〈攖寧〉
人或害吾吾不較　苟吾相較將無同　彼原未必先無曲　曲直都忘不較中

〈春去也〉
燕子鶯雛遞訴冤　非花肯落是風翻　靑春去也多魔戲　簾影樑塵枉斷魂

〈鷗盟〉
讀書摠爲倦時拓　滿地江湖雙白鷗　摒却浮名身外事　一生堪與汝同遊

〈金爐香〉
金爐香盡漏聲殘　誰與橫陳罄夜歡　月上欄干斜影後　打探人意驀來看

〈小桃源〉
君家何在大江上　翠竹林深獨掩扉　試一相尋拏舟去　問之無答白鷗飛

〈冬之永夜〉
截取冬之夜半強　春風被裏屈蟠藏　燈明酒煖郎來夕　曲曲舖成折折長

[附十首]
〈紅雨春〉
山映樓頭春雨歇　白雲峰色不勝新　欲問武陵何處是　桃花流水卽如眞

〈怨別離〉
當年狙擊博浪椎　項羽手中一任之　破碎人間離別字　情人莫使忽生離

〈相思月〉
落花寂寂日將暮　儂未去時渠到宜　月倒西垣人影斷　定非臥病有情誰

〈春風面〉
軟腸消盡血成痕　畵出金屛枕外存　月落紗窓燈欲滅　相思時復使儂翻

〈秋夜長〉
不知君似妾宵長　秋月滿庭空斷腸　葉有聲兮眠不得　情人來否更商量

〈長相思〉
妝膚無復舊時肥　近日不寒還不飢　我病非君人未瘳　未逢君處長相思

〈風雨夢〉
淚成細雨唱生風　歔麗君邊窓外桐　應爾無情能穩夢　攪來要使我懷同

〈不移節〉
此身仙去欲何爲　松立蓬萊第一奇　傲到乾坤蕭瑟後　靑靑獨也雪霜時
〈第一春〉
短節携出賞春興　松倒絕崖魚泳溪　次第看過悄獨往　忽有鵑花爛熳堤
〈其二-圓超〉
淸溪魚躍興堪誇　好是岩松柳更斜　見我欣然誰復有　無情花作有情花
(『朝鮮歌謠集成』, 「小樂府五十首」)

15. 『紫霞小樂府』成均館大本, 「紫霞小樂府」
〈竹謎〉
人間百卉皆堪種　惟竹生憎種不宜　箭往不來長笛怨　最難畵出筆相思
〈冬之永夜〉
截取冬之夜半强　春風被裏屈蟠藏　燈明酒煖郞來夕　曲曲舖成折折長
〈人月圓〉
金絲烏竹紫葡萄　雙牡丹叢一丈蕉　影落紗牕荷葉盃　意中人對月中宵
〈奉虛言〉
向儂恩愛非眞辭　最是難憑夢見之　若使如儂眠不得　更成何夢見儂時
〈滿庭芳〉
昨夜桃花風盡吹　山童縛箒凝何思　落花顏色亦花也　何必苦庭勤掃之
〈宜身至前〉
莫倩他人尺素馳　當身曷若自來宜　縱眞原是憑傳札　成否從違未可知
〈白馬靑娥〉
欲去長嘶郞馬白　挽衫惜別少娥靑　夕陽冉冉銜西嶺　去路長亭復短亭
〈梅花訊〉
一樹槎枒鐵幹梅　犯寒乖例東風回　舊開花想又開着　春雪紛紛開未開
〈寸心灰〉
房中紅燭爲誰別　風淚汍瀾不自禁　畢竟怪伊令似我　任情灰盡寸來心
〈神來路〉
水雲渺渺神來路　琴作橋梁濟大川　十二琹絃十二柱　不知何柱降神絃
〈子規啼前腔〉
李花月白五更天　啼血聲聲怨杜鵑　儘覺多情原是病　不關人事不成眠
〈子規啼後腔〉
寄語子規休且哭　哭之無益到如今　云何只管渠心事　我淚翻敎又不禁
〈公莫拂衣〉
莫拂挽衫輕別離　長堤昏草日西時　客囱輾轉愁滋味　孤剔殘燈到自知
〈秋山淸曉〉
蒼凉曉月照人歸　石室松關鎖翠微　落葉滿山無路入　白雲肩重女蘿衣
〈醉不願醒〉
昨日沉沉酣今日醉　茫然大昨醉醒疑　明朝客有西湖約　不醉無醒兩未知
〈慣看賓〉

休煩款待黃茅薦	且坐何妨紅葉堆	豈必松明燃照室	前宵落月又浮來
〈碧溪水〉			
靑山影裏碧溪水	容易東流爾莫誇	一到滄江難再見	且留明月影婆娑
〈綠草靑江馬〉			
茸茸綠草靑江上	老馬身閒謝轡銜	奮首一鳴時向北	夕陽無恨戀君心
〈祝聖壽〉			
千千萬萬萬千千	又享千千萬萬年	鐵柱開花花結子	殷紅子熟獻官筵
〈治春〉			
黃山谷裏蕩春光	李白花枝手折將	五柳村尋陶令宅	葛巾灑酒雨浪浪
〈桃花流水〉			
睡失漁竿舞失蓑	白鷗休笑老人家	溶溶綠浪春江水	泛泛桃紅水上花
〈玉斧桂樹〉			
玉斧年多鈍却鋩	月中桂樹韌難當	廣寒殿後靑叢葉	能使繁陰翳放光
〈影波〉			
秋山夕照蘸江心	釣罷孤憑小艇吟	漸見水光迎棹立	半彎新月一條金
〈掌中杯〉			
耳朶有聞旋旋忘	眼看兒做不看樣	右堪執盞左持螯	兩手幸吾無病恙
〈蝴蹀靑山去〉			
白蝴蝶汝靑山去	黑蝶團飛共入山	行行日暮花堪宿	花薄情時葉宿還
〈沒下梢〉			
豪華富貴信陵君	一去人耕春草墳	矧爾諸餘醉夢者	不堪比數漫云云
〈覺今是〉			
喫驚風波早路行	羊腸豺虎險於鯨	從今非馬非船業	紅杏村深雨暎畊
〈一杵鍾〉			
一杵霜鍾寺近遠	聞聲忖寺去無深	靑山之上白雲下	認且茫然何處尋
〈夢痕〉			
魂夢相尋展齒生	鐵門石路亦應平	原來夢徑無行迹	伊不知儂恨一生
〈枕邊風月吟〉			
十二月添閏十三	月三十日夜時五	一年通打算閒時	果沒片閒來一聚
〈攪寧〉			
人或害吾吾不較	苟吾相較將無同	彼原未必先無曲	曲直都忘不較中
〈雙玉筋〉			
逝者滔滔挽不得	百川東倒幾時回	如何點滴肝腸水	却向秋波滾上來
〈春去也〉			
燕子鶯雛遞訴冤	非花肯落是風飜	靑春去也多魔戲	簾影梁塵枉斷魂
〈鷗盟〉			
讀書窓爲倦書拓	滿地江湖雙白鷗	摒却浮名身外事	一生堪與汝同遊
〈金爐香〉			
金爐香盡漏聲殘	誰與橫陳鏖夜歡	月上闌干斜影後	打探人意驀來看
〈響屧橋〉			

寡信何曾瞞著麼　月沈無意夜經過　颯然響地吾何與　原是秋風落葉多
〈小桃源〉
君家何在大江上　翠竹林深獨掩扉　試一相尋挐舟去　問之無答白鷗飛
〈人生待樂〉
一度人生還再否　此身能有幾多身　借來若夢浮生世　可作區區做活人
〈十洲佳處〉
釋子相逢無別語　關東風景也如許　明沙十里海棠花　兩兩白鷗飛小雨

[附十首]
〈紅雨春〉
山映樓頭春雨歇　白雲峰色不勝新　欲問武陵何處是　桃花流水卽如眞(1438)
〈怨別離〉
當年狙擊博浪椎　項羽手中一任之　破碎人間離別字　情人莫使忽生離(1139)
〈相思月〉

落花寂寂日將莫　儂未去時渠到宜　月倒西垣人影斷　定非臥病有情誰(3217)
〈春風面〉
軟腸消盡血成痕　畫出金屛枕外存　月落紗窓燈欲滅　相思時復使儂翻(551)
〈秋夜長〉
不知君似妾宵長　秋月滿庭空斷腸　葉有聲兮眠不得　情人來否更商量(588)
〈長相思〉
粏膚無復舊時肥　近日不寒還不飢　我病非君人未瘳　未逢君處長相思(552)
〈風雨夢〉
淚成細雨喟生風　歔灑君邊囪外桐　應爾無情能穩夢　攪來要使我懷同(3182)
〈不移節〉
此身仙去欲何爲　松立蓬萊第一奇　傲到乾坤蕭瑟後　靑靑獨也雪霜時(2323)
〈第一春〉
短節携出賞春興　松倒絕崖魚泳溪　次第看過悄獨往　忽有鵑花爛熳堤(2199)
〈其二-圓超〉
淸溪魚躍興堪誇　好是(巖)松柳更斜　見我欣然誰復有　無情花作有情花(2199)
(『紫霞小樂府』成均館大本,「紫霞小樂府」)

16.『三家樂府』,「紫霞小樂府」
　東國言語文字, 繁簡懸殊, 古來詞曲, 皆參合言語文字而成之也. 故初無秩然之平仄, 句讀之叶韻, 但以喉曨間長短, 脣齒上輕重, 或促而斂之, 或引而申之, 以準其歌詞之刻數, 然後墜之爲羽聲, 抗之爲商音. 其視花間尊前, 塡詞度曲之法, 亦可謂鄙野之極矣. 雖然被之管絃, 自成律呂, 哀樂變態, 感動心志, 是知天地間, 原有自然之樂, 不可以限地分疆而論也. 今欲采其詞入詩, 則或可以長短其句, 散押其韻, 强名之曰古體. 然唫咏咀嚼之間, 頓乖聲響, 非復詞曲之本色, 儘可謂憂憂乎其難於措手矣. 是以文苑諸公, 置若罔聞, 將使昭代歌謠, 聽其散亡而不傳, 可勝歎哉! 高麗李益齋先生, 採曲爲七絕, 命之曰小樂府, 今在先生集中, 擧皆

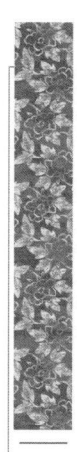

時調漢譯資料

283

今日管弦家不傳曲, 而其詞之不亡 賴有此詩, 文人命筆, 顧不重歟? 余竊喜之, 就我朝小曲中, 余所記憶者, 亦以爲七言絶句, 藻朵雖萬萬不及先生, 而異代同調, 各采其國之風則一也. 余在江都留臺時, 始有此意, 所作不過六絶句而止, 旋失草本, 甚恨之. 近因當時居幕者篋有副本, 重錄而亦幸矣. 通錄余山中湖上往來所得者若干首, 亦以小樂府爲題. 然每章各系以曲子名, 則余所創例. 凡我朝忠臣志士, 哲輔鴻匠, 高明幽逸, 才子佳人, 得志不遇, 出於咏歎頓呻之餘者, 略備於此. 縱不堪與黃河涼州之詞, 甲乙於旗亭, 亦庶幾存一代之風雅, 補詩家之闕文, 後之覽者, 於風前月下香炧燈光, 試一吟諷, 未必不如品竹彈絲, 而亦必有賞音者矣. 若其時代先後, 則隨記隨作, 非出於一時者, 故不復詮次云爾.

〈子規啼前腔〉
梨花月白五更天　啼血聲聲怨杜鵑　儘覺多情原是病　不關人事不成眠(2376)

〈子規啼後腔〉
寄語子規休且哭　哭之無益到如今　云何只管渠心事　我淚翻教又不禁(2469)

〈紅燭淚〉
房中紅燭爲誰別　風淚汍瀾不自禁　畢竟怪爾全似我　任情灰盡寸來心(1166)

〈竹譜〉
人間百卉皆堪種　惟竹生憎種不宜　箭往不來長笛怨　最難畫出筆相思(1213)

〈奉虛言〉
向儂恩愛非眞辭　最是難憑夢見之　若使如儂眠不得　更成何見夢儂時(1405)

〈白馬青娥〉
欲去長嘶郎馬白　挽衫惜別小娥青　夕陽冉冉銜西嶺　去路長亭復短亭(1183)

〈滿庭芳〉
昨夜桃花風盡吹　山童縛箒凝何思　落花顏色亦花也　何必苔庭勤掃之(67)

〈沒下梢〉
豪華富貴信陵君　一去人耕春草墳　矧爾諸餘醉夢者　不堪比數謾云云(3253)

〈漁樂〉
鳴者鶊鳩青者柳　漁村烟淡有無疑　山妻補網纔完未　正是江魚欲上時(2176)

〈鷗盟〉
讀書窓爲捲書拓　滿地江湖雙白鷗　擺却浮名身外事　一生堪與汝同遊(2745)

〈春去也〉
燕子鶯雛遞訴寃　非花肯落是風翻　青春去也多魔戲　簾影樑塵枉斷魂(214)

〈雙玉筋〉
逝者滔滔挽不得　百川東倒幾時回　如何點滴肝腸水　却向秋波滾上來(1212)

〈攪寧〉
人或害吾吾不較　苟吾相較將無同　彼原未必先無曲　曲直都忘不較中(539)

〈枕邊風月冷〉
十二月添閏十三　月三十日夜時五　一年通打算閑時　果沒片閒來一聚(3200)

〈夢踏痕〉
魂夢相尋屐齒輕　鐵門石路亦應平　原來夢徑無行跡　伊不知儂恨一生(334)

〈冶春〉
黃山谷裏蕩春光　李白花枝手折將　五柳村尋陶令宅　葛巾漉酒雨浪浪(3297)

〈祝聖壽〉
千千萬萬萬千千　又享千千萬萬年　鐵柱開花花結子　殷紅子熟獻宮筵(2773)
〈公莫拂衣〉
莫拂挽衫輕別離　長堤昏草日西時　客窓輾轉愁滋味　孤剔殘燈到自知(2209)
〈掌中盃〉
耳朶有聞旋旋忘　眼兒看做不看樣　右堪執盞左持鰲　兩手幸吾無病恙(935)
〈蝴蹀靑山去〉
白蝴蝶汝靑山去　黑蝶團飛共入山　行行日暮花堪宿　花薄情時葉宿還(445)
〈影波〉
秋山夕照蘸江心　釣罷孤憑小艇唫　漸見水光迎棹立　半彎秋月一條金(2967)
〈慣看賓〉
休煩款待黃茅薦　且坐何妨紅葉堆　豈必松明燃照室　前宵落月又浮來(2701)
〈實事求是〉
喫驚風波旱路行　羊腸豺虎險於鯨　從今非馬非船業　紅杏村深雨(暎)耕(3123)
〈醉不願醒〉
昨日沉醉今日醉　茫然大昨醉醒疑　明朝客有西湖約　不醉無醒兩未知(1969)
〈碧溪水〉
靑山影裏碧溪水　容爾東流爾莫誇　一到滄江難再見　且留明月影婆娑(2858)
〈綠草靑江馬〉
茸茸綠草靑江上　老馬身閑謝轡銜　奮首一鳴時向北　夕陽無限戀君心(652)
〈梅花訊〉
一樹槎枒鐵幹梅　犯寒(年)例東風回　舊開花想又開(着)　春雪紛紛開未開(1009)
〈金爐香〉
金爐香盡漏聲殘　誰與橫陳罄夜權　月上欄干斜影後　打探人意驀來看(375)
〈響屧疑〉
寡信何曾瞞著麽　月沉無意夜經過　颯然響地吾何與　原是秋風落葉多(588)
〈小桃源〉
君家何在大江上　翠竹林深獨掩扉　試一相尋挐舟去　問之不答白鷗飛(625)
〈冬之永夜〉
截取冬之夜半强　春風被裏屈蟠藏　燈明酒爛郞來夕　曲曲鋪成折折長(894)
(『三家樂府』,「紫霞小樂府」)

17. 『樂府』高大本,「樂府」
「滿庭芳」
　간밤에 부든 바람 滿庭 桃花 다 지것다 ○히는 뷔를 들고 쓰르려 ㅎ는고나 洛花인들 곳
지 아니랴 쓰러 무슴 ㅎ리요
　昨夜桃花風盡吹　山童縛箒凝何思　落花顔色亦花也　何必苔庭勤掃之(滿庭芳) 〈紫霞〉(女唱)

「子規啼前腔」
　梨花에 月白하고 銀漢이 三更인 제 一枝春心을 子規야 알라마는 多情도 病인 양하여 잠

못드러 하노라

　　梨花月白三更天　啼血聲聲怨杜鵑　儘覺多情原是病　不關人事不成眠　〈紫霞〉

「子規啼後腔」

　　子規야 우지 마라 네 우러도 속절업다 울거든 네나 우지 남은 어이 울니난다 아마도 네 소래 드르면 가심 앓하 하노라(2469)

　　寄語子規休且哭　哭之無盆到如今　云何只管渠心事　我淚翻敎又不禁　〈紫霞〉

「冶春」

　　黃山谷 도라드러 李白花 것거 쥐고 陶淵明 차즈랴고 五柳村에 드러가니 葛巾에 술 듯는 소래 細雨聲인가 하노라

　　黃山谷裏蕩春光　李白花枝手折將　五柳村尋陶令宅　葛巾漉酒雨浪浪　〈紫霞〉

「蝴蹀靑山去」

　　나뷔야 靑山 가쟈 범나뷔 너도 가자 가다가 져무러든 곳에 드러 자고 가자 곳에서 푸대접 하거든 입헤서나 자고 가자

　　白蝴蝶汝靑山去　黑蝶團飛共入山　行行日暮花堪宿　花薄情時葉宿還　〈紫霞〉

「慣看賓」

　　집방석 내지 마라 落葉에렷다 못안즈랴 솔불 혀지 마라 어제 진 달 도라온다 兒히야 山菜와 濁醪ㄹ망뎡 업다 말고 내여라

　　休煩款待黃茅薦　且坐何妨紅葉堆　豈必松明然照室　前宵明月又浮來　〈紫霞〉

「金爐香」

　　金爐에 香盡ᄒ고 漏聲이 殘하도록 어듸 가 잇서 뉘 사랑 바치다가 月影이 上欄干ᄲ여야 脉 바드러 왓는고

　　金爐香盡漏聲殘　誰與橫陳罄夜歡　月上闌干斜影後　打探人意驀來看　〈紫霞〉

「綠草淸江馬」

　　綠草淸江上에 구레 버슨 말이 되여 ᄲᅢᄲᅢ로 머리 드러 北向ᄒ여 우는 쯧은 夕陽이 재 넘어 가니 님자 그려 우노라

　　茸茸綠草靑江上　老馬身閒謝轡銜　奮首一鳴時向北　夕陽無限戀君心　〈紫霞〉

「十洲佳處」

　　문노라 저 禪師야 關東風景 엇더터니 明沙十里에 海棠花은 피엿는듸 遠浦에 兩兩白鷗는 飛疎雨을 ᄒ더라

　　釋子相逢無別語　關東風景也如許　明沙十里海棠花　兩兩白鷗飛疎雨　〈紫霞〉

「影波」

　　秋山이 夕陽을 의어 江心에 潛겻는듸 一竿竹 들어 메고 小艇에 지여시니 天公이 閒暇이

네기셔 달을 좇차 보닉시다

秋山夕照蘸江心　釣罷孤憑小艇吟　漸見水光迎棹立　半彎新月一條金　〈紫霞〉(男唱)
(『樂府』高大本, 「樂府」)

18. 『樂府』高大本, 「神來路」
永雲渺渺神來路　瑟作橋梁濟大川　十二瑟絃十二柱　不知何柱降神絃
(『樂府』高大本, 『歌集』, 『雅樂部歌集』)

19. 『紫霞小樂府』沈載完本, 「紫霞小樂府」
(1) 〈子規啼前腔〉
梨花月白五更天　啼血聲聲怨杜鵑　儘覺多情原是病　不關人事不成眠
(2) 〈子規啼後腔〉
寄語子規休且哭　哭之無益到如今　云何只管渠心事　我淚翻教又不禁
(3) 〈紅燭淚〉
房中紅燭爲誰別　風淚汍瀾不自禁　畢竟怪爾全似我　任情灰盡寸來心
(4) 〈竹謎〉
人間百卉皆堪種　惟竹生憎種不宜　箭往不來長笛怨　最難畵出筆相思
(5) 〈奉虛言〉
向儂恩愛非眞辭　最是難憑夢見之　若使如儂眠不得　更成何見夢儂時
(6) 〈白馬靑娥〉
欲去長嘶郎馬白　挽衫惜別小娥靑　夕陽冉冉銜西嶺　去路長亭復短亭
(7) 〈滿庭芳〉
昨夜桃花風盡吹　山童縛箒凝何思　落花顏色亦花也　何必苔庭勤掃之
(8) 〈沒下梢〉
豪華富貴信陵君　一去人耕春草墳　矧爾諸餘醉夢者　不堪比數謾云云
(9) 〈漁樂〉
鳴者鶬鳩靑者柳　漁村烟淡有無疑　山妻補網繰完未　正是江魚欲上時
(10) 〈鷗盟〉
讀書窓爲捲書拓　滿地江湖雙白鷗　摒却浮名身外事　一生堪與汝同遊
(11) 〈春去也〉
燕子鶯雛遞訴冤　非花肯落是風翻　靑春去也多魔戲　簾影樑塵枉斷魂
(12) 〈雙玉筯〉
逝者滔滔挽不得　百川東倒幾時回　如何點滴肝腸水　却向秋波滾上來
(13) 〈攖寧〉
人或害吾吾不較　苟吾相較將無同　彼原未必先無曲　曲直都忘不較中
(14) 〈枕邊風月冷〉
十二月添閏十三　月三十日夜時五　一年通算閑時　果沒片閒來一聚
(15) 〈夢踏痕〉
魂夢相尋屐齒輕　鐵門石路亦應平　原來夢徑無行跡　伊不知儂恨一生
(16) 〈冶春〉

時調漢譯資料

287

黃山谷裏蕩春光　李白花枝手折將　五柳村尋陶令宅　葛巾漉酒雨浪浪
(17) 〈祝聖壽〉

千千萬萬萬千千　又享千千萬萬年　鐵柱開花花結子　殷紅子熟獻宮筵
(18) 〈公莫拂衣〉

莫拂挽衫輕別離　長堤昏草日西時　客窓輾轉愁滋味　孤剔殘燈到自知
(19) 〈掌中盃〉

耳朵有聞旋旋忘　眼兒看做不看樣　右堪執盞左持螯　兩手幸吾無病恙
(20) 〈蝴蝶靑山去〉

白蝴蝶汝靑山去　黑蝶團飛共入山　行行日暮花堪宿　花薄情時葉宿還
(21) 〈影波〉

秋山夕照蘸江心　釣罷孤憑小艇唅　漸見水光迎棹立　半彎秋月一條金
(22) 〈慣看賓〉

休煩款待黃茅薦　且坐何妨紅葉堆　豈必松明燃照室　前宵落月又浮來
(23) 〈實事求是〉

喫驚風波早路行　羊腸豺虎險於鯨　從今非馬非船業　紅杏村深雨暎耕
(24) 〈醉不願醒〉

昨日沉醉今日醉　茫然大昨醉醒疑　明朝客有西湖約　不醉無醒兩未知
(25) 〈碧溪水〉

靑山影裏碧溪水　容爾東流爾莫誇　一到滄江難再見　且留明月影婆娑
(26) 〈綠草靑江馬〉

茸茸綠草靑江上　老馬身閑謝轡銜　奮首一鳴時向北　夕陽無(限)戀君心
(27) 〈梅花訊〉

一樹槎枒鐵幹梅　犯寒年例東風回　舊開花想又開着　春雪紛紛開未開
(28) 〈金爐香〉

金爐香盡漏聲殘　誰與橫陳罄夜權　月上欄干斜影後　打探人意蓦來看
(29) 〈響屧疑〉

寡信何曾瞞著麼　月沉無意夜經過　颯然響地吾何與　原是秋風落葉多
(30) 〈小桃源〉

君家何在大江上　翠竹林深獨掩扉　試一相尋撑舟去　問之不答白鷗飛
(31) 〈冬之永夜〉

截取冬之夜半強　春風被裏屈蟠藏　燈明酒爛郎來夕　曲曲鋪成折折長
(32) 〈神來路〉

水雲渺渺神來路　琴作橋梁濟大川　十二琴絃十二柱　不知何柱降神絃
(33) 〈一杵鍾〉

一杵霜鍾寺近遠　聞聲忖寺去無深　靑山之上白雲下　認且茫然何處尋
(34) 〈落花流水〉

睡失漁竿舞失簑　白鷗休笑老人家　溶溶綠浪春江水　泛泛紅桃水上花
(35) 〈玉斧桂樹〉

玉斧年多鈍却鋩　月中桂樹韌難當　廣寒殿後叢靑葉　能使繁陰翳放光
(36) 〈人生行樂耳〉

時調‧歌辭 漢譯資料集成 ①

一度人生還再否　此身能有幾多身　借來若夢浮生世　可作區區做活人
(37)〈十洲佳處〉
釋子相逢無別語　關東風景也如許　明沙十里海棠花　兩兩白鷗飛小渚
(38)〈人月圓〉
金絲烏竹紫葡萄　雙牡丹叢一丈蕉　影落紗窓荷葉盞　意中人對月中宵
(39)〈新山淸眺〉
[부록편에 제목만 기록]
(40)〈宜身至前〉
莫倩他人尺素馳　縱眞原是凭傳札　當身曷若自來宜　成否從違未可知
(沈載完,『校本歷代時調全書』附錄,「紫霞小樂府」)

20.『紫霞小樂府』朴魯春本,「紫霞小樂府」
　　東國言語文字, 繁簡懸殊, 古來詞曲, 皆參合言語文字而成也. 故初無秩然之平仄, 句讀之
叶韻, 但以喉嚨間長短, 脣齒上輕重, 或促而斂之, 或引而伸之, 以準其歌詞之刻數, 然後墜
之爲羽聲, 抗之爲商音. 其視花間樽前, 塡詞度曲之法, 亦可謂鄙野之極矣. 雖然被之管絃,
自成律呂, 哀樂變態, 感動心志, 是知天地間, 原有自然之樂, 有不可以限地分疆而論也. 今
欲採其辭入詩, 則或可以長短其句, 散押其韻, 强名之曰古體. 然吟咏咀嚼之間, 頓乖聲響,
非復詞曲之本色, 儘可謂戞戞乎其難於措手矣. 是以文苑諸公, 置若罔聞, 將使昭代歌謠, 聽
其散亡而不傳, 可勝慨哉! 高麗李益齋先生, 採曲爲七絶, 命之曰小樂府, 今在先生集中, 擧
皆今日絃弦家不傳之曲, 而其辭之不亡, 賴有此詩, 文人命筆, 顧不重歟? 余竊喜之, 就我朝
小曲中, 余所記憶者, 亦以爲七言絶句, 雖藻采雖萬萬不逮先生, 而異代同調, 各採其國之風
則一也. 凡我朝忠臣志士, 哲輔鴻匠, 高明幽逸, 才子佳人, 得志不遇, 出於咏歎嚬呻之餘者,
略備於此. 縱不得與黃河遠上之詞, 甲乙於旗亭, 亦庶幾存一代之風雅, 補詩家之闕文, 後之
覽者, 於風前月下香炧燈光, 試一吟諷, 未必不如品竹彈絲, 而亦必有賞音者矣. 若其時代先
後, 則隨記隨作, 非出於一時者, 故不復詮次云爾.
　　〈子規啼前腔〉
梨花月白五更天　啼血聲聲怨杜鵑　儘覺多情原是病　不關人事不成眠
　　〈子規啼後腔〉
寄語子規休且哭　哭之無益到如今　云何只管渠心事　我淚翻敎又不禁
　　〈紅燭淚〉
房中紅燭爲誰別　風淚汍瀾不自禁　畢竟怪伊全似我　任情灰盡寸來心
　　〈竹謎〉
人間百卉皆堪種　唯竹生憎種不宜　箭往不來長笛怨　最難畵出筆相思
　　〈奉虛言〉
向儂恩愛非眞辭　最是難憑夢見之　若使如儂眠不得　更成何夢見儂時
　　〈白馬靑娥〉
欲去長嘶郎馬白　挽衫惜別小娥靑　夕陽冉冉銜西嶺　去路長亭復短亭
　　〈滿庭芳〉
昨夜桃花風盡吹　山童縛箒凝何思　落花顏色亦花也　何必苦庭勤掃之

〈沒下梢〉

豪華富貴信陵君	一去人耕春草墳	矧爾諸餘醉夢者	不堪比數漫云云

〈漁樂〉

鳴者鶊鳩靑者柳	漁村烟淡有無疑	山妻補網繰完未	正是江魚欲上時

〈鷗盟〉

讀書窓爲倦書拓	滿地江湖雙白鷗	摒却浮名身外事	一生堪與汝同遊

〈春去也〉

燕子鶯雛遞訴寃	非花肯落是風翻	青春去也多魔戱	簾影樑塵枉斷魂

〈雙玉筋〉

逝者滔滔挽不得	百川東倒幾時回	如何點滴肝腸水	却向秋波滾上來

〈攖寧〉

人或害吾吾不較	苟吾相較將無同	彼原未必先無曲	曲直都忘不較中

〈枕邊風月冷〉

十二月添閏十三	月三十日夜時五	一年通打算閑時	果沒片閒來一聚

〈夢踏痕〉

魂夢相尋屐齒輕	鐵門石路亦應平	原來夢徑無行跡	伊不知儂恨一生

〈冶春〉

黃山谷裏蕩春光	李白花枝手折將	五柳村尋陶令宅	葛巾漉酒雨浪浪

〈祝聖壽〉

千千萬萬千千	又享千千萬萬年	鐵柱開花花結子	殷紅子熟獻宮筵

〈公莫拂衣〉

莫拂挽衫輕別離	長堤昏草日西時	客窓輾轉愁滋味	孤剔殘燈到自知

〈掌中盃〉

耳朵有聞旋旋忘	眼兒看做不看樣	右堪執盞左持螯	兩手幸吾無病恙

〈蝴蹀青山去〉

白蝴蝶汝青山去	黑蝶團飛共入山	行行日暮花堪宿	花薄情時葉宿還

〈影波〉

秋山夕照蘸江心	釣罷孤憑小艇吟	漸見水光迎棹立	半彎新月一條金

〈慣看賓〉

休煩款待黃茅薦	且坐何妨紅葉堆	豈必松明燃照室	前宵落月又浮來

〈實事求是〉

喫驚風波旱路行	羊腸豺虎險於鯨	從今非馬非船業	紅杏村深雨映耕

〈醉不願醒〉

昨日沈酣今日醉	茫然大昨醉醒疑	明朝客有西湖約	不醉無醒兩未知

〈碧溪水〉

靑山影裏碧溪水	容易東去爾莫誇	一到滄江難再見	且留明月映婆娑

〈綠草靑江馬〉

茸茸綠草靑江上	老馬身閑謝轡銜	奮首一鳴時向北	夕陽無恨戀君心

〈梅花訊〉

一樹槎枒鐵幹梅	犯寒年例東風回	舊開花想又開著	春雪紛紛開未開

〈金爐香〉
金爐香盡漏聲殘　誰與橫陳罄夜歡　月上欄干斜影後　打探人意驀來看
〈響屧疑〉
寡信何曾瞞著麼　月沈無意夜經過　颯然響地吾何與　原是秋風落葉多
〈小桃源〉
君家何在大江上　翠竹林深獨掩扉　試一相尋拏舟去　問之無答白鷗飛
〈冬之永夜〉
截取冬之夜半強　春風被裏屈蟠藏　燈明酒煖郞來夕　曲曲鋪成折折長
〈神來路〉
水雲渺渺神來路　琴作橋梁濟大川　十二琴弦十二柱　不知何柱降神弦
〈一杵鍾〉
一杵霜鍾寺近遠　聞聲忖寺去無深　靑山之上白雲下　認且茫然何處尋
〈落花流水〉
睡失漁竿舞失簑　白鷗休笑老人家　溶溶綠浪春江水　泛泛紅桃水上花
〈玉斧桂樹〉
玉斧年多鈍却鎈　月中桂樹靭難當　廣寒殿後蒸靑葉　能使繁陰翳放光
〈人生行樂耳〉
一度人生還再否　此身能有幾多身　借來若夢浮生世　可作區區做活人
〈十洲佳處〉
釋子相逢無別語　關東風景也如許　明沙十里海棠花　兩兩白鷗飛小雨
〈人月圓〉
金絲烏竹紫葡萄　雙牧丹叢一丈蕉　影落紗窓荷葉盞　意中人對月中宵
〈秋山淸曉〉
蒼凉曉月照人歸　石室松關鎖翠微　落葉滿山無路入　白雲肩重女蘿衣
〈宜身至前〉
莫倩他人尺素馳　當身曷若自來宜　縱眞原是憑傳札　成否從違未可知

[附十首]
〈紅雨春〉
山映樓頭春雨歇　白雲峰色不勝新　欲問武陵何處是　桃花流水卽如眞(1438)
〈怨別離〉
當年狙擊博浪椎　項羽手中一任之　破碎人間離別字　情人莫使忽生離(1139)
〈相思月〉
落花寂寂日將莫　儂未去時渠到宜　月倒西垣人影斷　定非臥病有情誰(3217)
〈春風面〉
軟腸消盡血成痕　畵出金屛枕外存　月落紗窓燈欲滅　相思時復使儂翻(551)
〈秋夜長〉
不知君似妾宵長　秋月滿庭空斷腸　葉有聲兮眠不得　情人來否更商量(588)
〈長相思〉
救膚無復舊時肥　近日不寒還不飢　我病非君人未瘳　未逢君處長相思(552)

291

〈風雨夢〉

淚成細雨唱生風　吹灑君邊囪外桐　應爾無情能穩夢　攪來要使我懷同(3182)

〈不移節〉

此身仙去欲何爲　松立蓬萊第一奇　傲到乾坤蕭瑟後　靑靑獨也雪霜時(2323)

〈第一春〉

短節携出賞春興　松倒絶崖魚泳溪　次第看過悄獨往　忽有鵑花爛熳堤(2199)

〈其二-圓超〉

淸溪魚躍興堪誇　好是岩松柳更斜　見我欣然誰復有　無情花作有情花(2199)

(『紫霞小樂府』朴魯春本,「紫霞小樂府」)

21.『國文學全史』,「小樂府」

〈人月圓〉

金絲烏竹紫葡萄　雙牧丹叢一丈蕉　影落紗窓荷葉盡　意中人對月中宵

〈白馬靑峨〉

欲去長嘶郎馬白　挽衫惜別小娥靑　夕陽冉冉銜西嶺　去路長亭復短亭

〈紅燭淚〉

房中紅燭何愁思　風淚汎瀾自不禁　畢竟怪伊全似我　任情灰盡寸來心

〈竹謎〉

人間百草皆堪種　唯竹生憎種不宜　箭往不來長笛怨　最難畵出筆相思

〈神來路〉

水雲渺渺神來路　琴作橋樑濟大川　十二琴絃十二柱　不知何柱降神絃

〈子規啼前腔〉

梨花月白五更天　啼血聲聲愁杜鵑　儘覺多情原是病　不關人事不成眠

〈子規啼後腔〉

寄語子規且休哭　哭之無盆到如今　云何只管渠心事　我淚飜敎又不禁

〈秋山淸曉〉

蒼凉曉月照人歸　石室松關鎖翠微　落葉滿山無路入　白雲肩重女蘿衣

〈影波〉

秋山夕照蘸江心　釣罷孤憑小艇吟　漸見水光迎棹立　半彎新月一條金

〈掌中盃〉

耳朶有聞旋旋忘　眼兒看做不看樣　右堪執盃左持螯　兩手幸吾無病恙

〈蝴蝶靑山去〉

白蝴蝶汝靑山去　黑蝶團飛共入山　行行日暮花堪宿　花薄情時葉宿還

〈漁樂〉

鳴者鶌鳩靑者柳　漁村煙淡有無疑　山妻補網縫完未　正是江魚欲上時

〈實事求是〉

吃驚風波早路行　羊腸豺虎險於鯨　從今非馬非船業　紅杏村深雨映耕

〈慣看賓〉

休煩款待黃茅薦　且坐何妨紅葉堆　豈必松明燃照室　前宵落月又浮來

〈碧溪水〉

時調・歌辭 漢譯資料集成 ①

靑山影裏碧溪水　容易東流爾莫誇　一到滄江難再見　且留明月影婆娑
〈綠草 [靑]江馬〉

茸茸綠草靑江上　老馬身閑謝轡銜　奮首一鳴時向北　夕陽無限戀君心
〈祝聖壽〉

千千萬萬萬萬千千　又享千千萬萬年　鐵柱開花花結子　殷紅子熟獻宮筵
〈冶春〉

黃山谷裏蕩春光　李白花枝手折將　五柳邨尋陶令宅　葛巾漉酒雨浪浪
〈落花流水〉

睡失漁竿舞失蓑　白鷗休笑老人家　溶溶綠浪春江水　泛泛紅桃水上花
〈雙玉筯〉

逝者滔滔挽不得　百川東倒幾時回　如何點滴肝腸水　却向秋波滾上來
〈響屧疑〉

寡信何曾瞞著麽　月沈無意夜經過　飄然響地吾何與　原是秋風落葉多
〈人生行樂耳〉

一度人生還再否　此身能有我多身　借來若夢浮生世　可作區區做活人
〈十洲佳處〉

釋子相逢無別語　關東風景近何許　明沙十里海棠花　兩兩白鷗飛踈雨
〈冬之永夜〉

折取冬冬夜之半　春風被裏屈蟠藏　燈深酒煖郎來夕　節節舗成曲曲長
(『國文學全史』, 「小樂府」)

22. 『時調文學事典』鄭炳昱, 「海東小樂府」
〈奉虛言〉
向儂思愛非眞辭　最是難憑夢見之　若使如儂眠不得　更成何夢見儂時(時調事典1013)
〈宜身至前〉
莫請他人尺素馳　當身曷若自來宜　縱眞原是憑傳札　成否從違未可知(時調事典404)
〈梅花訊〉
一樹槎枒鐵幹梅　犯寒年例東風回　舊開花想又開着　春雪紛紛開未開(時調事典746)
〈紅燭淚〉
房中紅燭爲誰別　風淚汎瀾不自禁　畢竟怪伊全似我　任情灰盟寸來心(時調事典865)
〈竹謎〉
人間百卉皆堪種　唯竹生憎種不宜　箭往不來長篆怨　最難畫出筆相思(時調事典897)
〈子規啼前腔〉
梨花月白三更天　啼血聲聲怨杜鵑　儘覺多情原是病　覺關人事不成眠(時調事典1700)
〈公莫拂衣〉
莫拂挽衫輕別離　長堤昏草日西時　客窓輾轉愁滋味　孤剔殘燈到自知 (時調事典1594)
〈影波〉
秋山夕照蘸江心　釣罷孤憑小艇吟　漸見水光迎掉立　半彎新月一條金 (時調事典2318)
〈掌中盃〉
耳朵有聞旋旋忘　眼兒看做不看樣　右堪執盞左持螯　兩手幸吾無病恙 (時調事典698)

〈蝴蹀靑山去〉

白蝴蝶汝靑山去　黑螺團飛共入山　行行日暮花堪宿　花薄情時葉宿還(時調事典334)

〈沒下梢〉

豪華富貴信陵君　一去人耕春草墳　矧爾諸餘解夢者　不堪比數漫云云(時調事典2320)

〈實事求是〉

喫驚風波早路歸　羊腹豺虎險於鯨　從今非馬非船葉　紅杏村深暮雨耕(時調事典2231)

〈醉不願醒〉

昨日沉醉今日醉　茫然大酌醉醒疑　明朝客有西湖約　不醉無醒兩未知(時調事典1418)

〈慣看賓〉

休煩歡待黃茅薦　且坐何妨紅葉堆　豈必松明燃照室　前宵明月又浮來(時調事典1942)

〈碧溪水〉

靑山影裏碧溪水　容易東流爾莫誇　一到滄江難再見　且留明月暎婆娑(時調事典2056)

〈綠草靑江馬〉

茸茸綠草晴江上　老馬身閑謝轡銜　奮首一鳴時向北　夕陽無限戀君心(時調事典497)

〈冶春〉

黃山谷裏蕩春光　李白花枝手折將　五柳村尋陶令宅　葛巾漉酒雨浪浪(時調事典2352)

〈落花流水〉

睡失漁竿舞失蓑　白鷗休笑老人家　溶溶綠浪春江水　泛泛紅桃水上花(時調事典1873)

〈夢踏痕〉

魂夢相尋屐齒輕　鐵門石路亦應平　原來夢徑無行迹　伊不知儂恨一生(時調事典254)

〈撄寧〉

人或害吾吾不較　苟吾相較將無同　彼原未必先無曲　曲直都忘不較中(時調事典401)

〈金爐香〉

金爐香盡漏聲殘　誰與橫陳罄夜歡　月上闌干斜影後　打探人意驀來看(時調事典286)

〈響屨疑〉

寡信何曾瞞著麼　月沈無意夜經過　颯然響地吾何與　原是秋風落葉多(時調事典434)

(鄭炳昱,『時調文學事典』,「海東小樂府」)

23. 鄭鉒東·兪昌均 校註,『靑丘永言珍本』,「小樂府」

〈奉虛言〉

向儂思愛非眞辭　最是難憑夢見之　若使如儂眠不得　更成何夢見儂時(靑珍369)

〈梅花訊〉

一樹槎枒鐵幹梅　犯寒年例東風回　舊開花想又開着　春雪紛紛開未開(靑珍290)

〈子規啼前腔〉

梨花月白五更天　啼血聲聲怨杜鵑　儘覺多情原是病　覺關人事不成眠(靑珍365)

〈影波〉

秋山夕照蘸江心　釣罷孤憑小艇唫　漸見水光迎棹立　半彎新月一條金 (靑珍105)

〈沒下梢〉

豪華富貴信陵君　一去人耕春草墳　矧爾諸餘解夢者　不堪比數漫云云(靑珍2320)

〈實事求是〉

喫驚風波早路歸　羊腸豺虎險於鯨　從今非馬非船葉　紅杏村深暮雨耕(靑珍163)
〈慣看賓〉
休煩歡待黃茅薦　且坐何妨紅葉堆　豈必松明燃照室　前宵明月又浮來(靑珍319)
〈碧溪水〉
靑山影裡碧溪水　容易東流爾莫誇　一到滄江難再見　且留明月暎婆沙(靑珍286)
〈綠草靑江馬〉
茸茸綠草晴江上　老馬身閑謝轡銜　奮首一鳴時向北　夕陽無限戀君心(靑珍94)
〈金爐香〉
金爐香盡漏聲殘　誰與橫陳罄夜歡　月上闌干斜影後　打探人意驀來看(靑珍366)
〈響屧疑〉
寡信何曾瞞着麼　月沈無意夜經過　颯然響地吾何與　原是秋風落葉多(靑珍288)
〈人生行樂耳〉
一度人生還再否　此身能有幾多身　借來若夢浮生世　可作區區做活人(靑珍66)
〈冬之永夜〉
截取冬之夜半强　春風被裏屈蟠藏　有燈無月郎來夕　曲曲舖舒寸寸長(靑珍287)
(鄭鉒東·兪昌均 校註, 『靑丘永言珍本』)

24. 朴乙洙, 『韓國時調大事典』, 「小樂府」
〈子規啼前腔〉
梨花月白三更天　啼血聲聲怨杜鵑　儘覺多情原是病　不關人事不成眠
〈子規啼後腔〉
寄語子規休且哭　哭之無盆到如今　云何只管渠心事　我淚翻敎又不禁
〈紅燭淚〉
房中紅燭爲誰別　風淚汎闌不自禁　畢竟怪爾全似我　任情灰盡寸來心
〈竹[謳]〉
人間百卉皆堪種　惟竹生憎種不宜　箭往不來長笛怨　最難畫出筆相思
〈奉虛言〉
向儂恩愛非眞辭　最是難憑夢見之　若使如儂眠不得　更成何夢見儂時
〈白馬靑娥〉
欲去長嘶卽馬白　挽衫惜別小娥靑　夕陽冉冉衛西巖　去路長亭復短亭
〈滿庭芳〉
昨夜桃花風盡吹　山童縛箒凝何思　落花顏色亦花也　何必苔庭勤掃之
〈沒下梢〉
豪華富貴信陵君　一去人耕春草墳　矧爾諸餘醉夢者　不堪比敎謾云云
〈漁樂〉
鳴者鶬鳩靑者柳　漁村烟淡有無疑　山妻補網縫完未　正是江魚欲上時
〈鷗盟〉
讀書窓爲捲書拓　滿地江湖雙白鷗　雙却浮名身外事　一生堪與汝同遊
〈春去也〉
燕子鷰雛遞訴冤　非花肯落是風翻　靑春去也多魔戲　簾影樑塵枉斷魂

295

〈雙玉筋〉
逝者滔滔挽不得　百川東倒幾時回　如何點滴肝腸水　却向秋波滾上來
〈攖寧〉
人或害吾吾不較　苟吾相較將無同　彼原未必先無曲　曲直都忘不較中
〈枕邊風月冷〉
十二月添閏十三　日三十日夜時五　一年通打算閒時　果沒片閒來一聚
〈夢踏痕〉
夢魂相尋屐齒輕　鐵門石路亦應平　原來夢經無行跡　伊不知儂恨一生
〈冶春〉
黃山谷裡蕩春光　李白花枝手折將　五柳村尋陶令宅　葛巾漉酒雨琅琅
〈祝聖壽〉
千千萬萬千千歲　又享千千萬萬年　鐵柱開花花結子　殷紅子熟獻宮筵
〈公莫拂衣〉
莫拂挽衫輕別離　長堤昏草日西時　客窓輾轉愁滋味　孤剔殘燈到自知
〈掌中盃〉
耳朵有聞旋旋忘　眼兒看做不看樣　右堪執盞左持螯　兩手幸吾無病恙
〈蝴蝶青山去〉
白蝴蝶汝青山去　黑蝶團飛共入山　行行日暮花堪宿　花薄情時葉宿還
〈影波〉
秋山夕照蘸江心　釣罷孤憑小艇唫　漸見水光迎棹立　半彎秋月一條金
〈慣看賓〉
休煩款待黃茅薦　且坐何妨紅葉堆　豈必松明燃照室　前霄落月又浮來
〈實事求是〉
喫驚風波旱路行　羊腸豺虎險於鯨　從今非馬非船業　紅杏村深雨暎耕
〈醉不願醒〉
昨日沉醉今日醉　茫然大昨醉醒疑　明朝客有西湖約　不醉無醒兩未知
〈碧溪水〉
青山影裡碧溪水　爾東流爾莫誇　一到滄江難再見　且留明月影婆娑
〈綠草青江馬〉
茸茸綠草青江上　老馬身閑謝轡銜　舊首一鳴時向北　夕陽無限戀君心
〈梅花訊〉
一樹槎枒鐵幹梅　犯寒年例東風回　舊開花想又開着　春雪紛紛開未開
〈金爐香〉
金爐香盡漏聲殘　誰與橫陳罄夜懽　月上欄干斜影後　打探人意驀來看
〈響屧疑〉
寡信何曾瞞著麼　月沉無意夜經過　颯然響地吾何與　原是秋風落葉多
〈小桃源〉
君家何在大江上　翠竹林深獨掩扉　試一相尋拏舟去　問之不答白鷗飛
〈冬之永夜〉
截取冬之夜半強　春風被裡屈蟠藏　燈明酒爛郎來夕　曲曲舖成折折長

〈宜身至前〉
莫請他人尺素馳　當身曷若自來宜　縱眞原是憑傳札　成否縱違未可知
(朴乙洙,『韓國時調大事典』,「小樂府」)

---

78. 申孝善(1783~1821)
「蓬萊樂府」

披覽先府君蓬萊樂府數十首歌曲, 無非絶調, 一唱三歎猶有餘韻. 謹撮短歌十首, 翻而作詩, 未免添足之譏, 而庶寓常目之忱云.

(1)
蓬萊閣 빈를 타고 三山橋 디나거냐
黃雲橋翠微橋로 瀛洲榭 올나가니
方丈島 不死藥 키옵거든 님 겨신듸 들이리라 (1276)

盡日蓬萊坐小艇	瀛州登處過三橋
靈芝欲獻君王壽	望裏美人若在霄

(2)
聖明이 臨ᄒᆞ시니 時節이 太平이라
關東 八百里에 홀 일이 빅히 업다
두어라 黃老淸淨을 베퍼 볼가 ᄒᆞ노라 (1593)

297

幸逢今世后明明　　　時節熙熙樂太平

關東八百里無事　　　施措不妨黃老清

(3)

天地德合ᄒ고 日月이 并明이라

三宗 默佑ᄒ샤 百靈이 共護ㅣ로다

兩聖侯 一時平復ᄒ시니 歡均八域 ᄒ여라 (2798)

德合乾坤明日月　　　三宗默佑陟降靈

試看八域歡均處　　　兩聖一時玉候寧

(4)

雉嶽山에 눈이 오니 기골샨 景이로다

萬二千峰을 예긔 안자 보ᄂᆞᆫ고나

아마도 비毘盧萬瀑이 졔도 응당 이시리라 (3024)

白雪洶洶雉岳東　　　山光皆骨一般同

坐看萬二千峯色　　　万瀑毘盧在此中

(5)

蒼梧山 어듸메오 白雲鄕이 머러젓ᄂᆡ

已往恩寵이 ᄭᅮᆷ속의 봄이로다

白首에 호을노 사라 이셔 눈물 겨워 ᄒᆞ로라 (2733)

梧山何處雲鄕遠　　　已往君恩夢裏深

只恨此身今獨在　　　白頭中夜淚難禁

(6)

侍下쩍 져근 고을 專城孝養 不足더니

오늘날 一道方伯 나 혼자 누리는고

三時로 食前方丈에 목 미치여 ᄒ로라 (1776)

侍下曾叨小邑時　　　　　專城不足養親時

方面今來吾獨享　　　　　滿盤哽咽對三時

(7)

이 몸 나던 히가 聖人 나신 히올너니

尊高年 三字恩言 어제론듯 ᄒ것마는

엇지타 이 몸만 사라 이셔 또 혼 설을 디내는고 (2307)

緬憶吾生誕聖年　　　　　恩言如昨尊高年

如何獨活臣身在　　　　　歲暮又添送一年

(8)

수풀에 가마귀를 아히야 꾯지 마라

反哺孝養은 微物도 ᄒ는고나

날ᄀ튼 孤露餘生이 져를 블워 ᄒ노라 (1709)

林烏勿逐敎羣兒　　　　　微物亦知孝養慈

如我殘年孤露後　　　　　羨渠反哺不勝悲

(9)

繞粉墻琪樹參差ᄒ고 映綠波彩閣玲瓏이라

299

一扁舟欲向何處오 三神山只在此中이라

아마도 關東勝景은 예 뿐인가 ᄒ노라 (2145)

粉墻琪樹影參差	彩閣玲瓏照綠漪
一片孤舟何處向	三山勝景此中奇

(10)

天地成冬ᄒ니 万物이 閉藏이라

草木이 脫落ᄒ고 蜂蝶이 모로ᄂᆞᆯ되 엇디ᄒ 봄빗치 흔 柯枝梅花ㅣ런고

아마도 貞則復元ᄒᄂᆞᆫ 검은 造化를 져 곳츠로 보리라 (2809)

天地成冬蝶不知	何來春色着梅枝
花開已驗貞元復	造化玄玄理可推

(『郞巖遺稿』)

79. 趙榥(1783~1821)

「人道行」外

「人道行」

(1)

天地間 蠢動物이[初章] 口服外예 닐 업거널[二章]

藐然헌 此一身에 제 헐 닐이 하고 만타[三章]
第一에[四章] 人道 곳 업스면 저 禽獸나 다를소냐[五章] (2786)

凡有血氣物　　　　　所重惟口腹
獨玆躶而顒　　　　　天賦五常足
中無道義充　　　　　人貌粧六畜

(2)

父母의 一生精力 子息으로 竭허거다
十朔後 成童前에 바라너니 成人이라
아마도 人子의 道理는 本性中에 잇나니라 (1295)

父兮心中仁　　　　　融滿劬我腹
出爲掌中珠　　　　　望切成人夙
居然就外傅　　　　　無時忘乎目

(3)

百歲늘 다 스라도 五十年이 밤이로다
十歲前 六十後가 쏘 一半이 되단말가
아마도 其間歲月에 夙興夜寐 허리로다 (1197)

人生百年間　　　　　夜爲五十歲
童年及頹齡　　　　　且可其半計
古來有志士　　　　　惜短夜以繼

(4)

　　忠信에 터늘 닥가 智水仁山面背허고

　　誠敬이 主幹ᄒ여 天下廣居 經營허니

　　아마도 作之不已ᄒ야 드러 볼가 ᄒ로라 (3011)

　　靈臺惺惺翁　　　　　　廣占渾然處

　　實地中開基　　　　　　四德正位序

　　誠敬幹始終　　　　　　卽我成功所

(5)

　　洛陽에 十字通衢 天下道里 均敵헌데

　　제 발로 가는 ᄉ름 못 가리가 업건마는

　　ᄉ름이 제 아니 가고 길만 머다 허더라 (475)

　　吾道本蕩蕩　　　　　　天下所共由

　　比諸土中洛　　　　　　康莊達九州

　　獨爾自劃者　　　　　　難於蜀道悠

(6)

　　十五에 志于學ᄒ여 平天下늘 準的허고

　　鷄鳴起夜深寐ᄒ여 늬 道理만 늬 허거다

　　畢竟에 늬 道行不行은 時運所關이로고나 (1805)

　　宗聖萬世慮　　　　　　爲傳大人學

　　我生三千載　　　　　　篤信自總角

　　雖未壯而行　　　　　　願言開後覺

時調·歌辭 漢譯資料集成 ❶

(7)

男兒의　立身揚名　顯父母도　크다마는

士君子　出處間에　찍時字가　關重허다

아마도　晝耕코　夜讀ᄒ여　俟河之淸허리로다 (521)

兒貴父母顯	誠是孝之終
珍重君子身	行藏隨時中
所以孝哉董	耕讀善處窮

(8)

平生에　잡은　ᄆᆞᆷ　窮達間에　다를소냐

孝悌로　齊家타가　得君허면　忠義러니

지금에　닉　몸에　分內事가　全而歸之　ᄲᅳᆫ이로다 (3094)

宿昔孜孜心	家國無二致
窮達判餘生	忠孝效無他
安分到白首	考終餘一事

(9)

古今에　異端邪說　洪水猛獸　다름　업고

名利關　繁華場은　深淵薄氷　아닐소냐

아마도　鶯花水竹間에　獨善其身　허리로다 (172)

從古亂倫黨	可怕甚於虎
矧伊名利窟	傍通閻王府
拂衣歸山中	粧點一樂土

(10)

이 몸에 一生精力 心中으로 소사 나니

老僧의 舍利珠늘 어늬 샹직 젼허리요

아희야 네 입에 너어 藏之中心 ᄒ여라 (2309)

聞道觀心釋	老吐珠一枚
異哉吾舍利	一串貫出來
呼兒箇箇吞	藏之爾靈臺

• 資料

「人道行序」

　　昔我程夫子慕唐虞典樂之教 別欲作詩以敎小兒 有志未就 誠後生千古之恨也 逮我朝退陶先生述諺詞一篇 行乎嶠南 而揆以淺見 致意乎誘掖之道 而隱鋒乎涵養之方 但可以提拔困蒙 而未足以裁抑狂狷 吾有三子 二以畊養廢學 一在竆齔之齡 而觀其爲人 必近於狂狷 故作歌以諷 望其有先入之見 丁未二月下弦日三竹翁序

　　跋曰 昔我臨淵李先生 有得於音響節奏 不能已之妙 見吾擊壤歌而甚愛之 硏朱隨評而題其首章曰 豊山霜後鍾 眞知吾峨洋之志也 後以秉彝吟箕裘謠伴書就質矣 答曰慕望裕後之意 可質神明 近日實地上用功誠可敬也 一自絃斷之後 付之笆籬者久矣 睆膝下之嬉戱 敍胸中之期望 乃述人道行十首 其歌也就盈乎百弁之以成篇 亂曰 伯諧舊焦尾 知遇野人廚 公冶己千古 山禽猶自呼

　　(『三竹詞流』奎章閣本)

「箕裘謠」

(1)

天地間 生民初에　各授其職 허여시니

士農과 工商外여 遊衣食은 못허리라

우리도 제 職業 잇스니 父作子述 허리로다 (2785)

靈於萬物職於天　　　　勞力勞心爾各專
我有儒家功未就　　　　暮年留作一靑氈

(2)

通萬古 四民 中에 儒者事가 어려웨라
幼而學 壯而行이 一身으로 天下로다
그 中에 時止時行을 天命딕로 허나니라 (3076)

士也何功首四民　　　　天將大任降斯人
但能成就治平學　　　　窮達元非繫一身

(3)

堯舜의 四門밧긔 오고 오는 선비 中에
皐夔와 稷契이가 무슨 글을 닐거시리
엇지타 五車書 닉다른 後 그 世上이 다시업노 (2150)

勛華揖讓一元初　　　　元凱無多可讀書
何事漢唐文學士　　　　徒將糟粕說棼如

(4)

莘野에 저 農夫야 天民先覺 네로고나
이 百姓 건지려니 三聘玉帛 마다 허랴
아마도 그 몸의 出處는 저 하날이 시기니라 (1790)

天民中有覺之先　　　　樂處莘野百畝田
夏季蒼生時雨急　　　　非因玉帛起幡然

(5)

傳巖下 暮烟屋에 夢裏君王 너도 본다

良弼을 旁求헐졔 네 自負늘 아니헌다

後王은 長夜飮허노라니 꿈 쑬 사이 업스리라 (1303)

恭默深誠遇帝知　　　　　先敎夢裏接風期

世間何代無良弼　　　　　但少殷宗寤寐思

(6)

渭水上 一漁翁이 天下事늘 經綸허고

支離헌 八十年을 낙시되로 이져고나

아모리 文王이신들 못 만나고 어이 허리 (2238)

心上經綸手裏竿　　　　　支離歲月渭之干

風期已自先君望　　　　　只是相逢一日難

(7)

周公이 三吐哺ᄒ여 天下士늘 禮待허니

丹穴에 나는 鳳이 朝陽梧桐 마다허랴

엇지타 五十年刑措後는 그 션븨가 다시 업노 (2624)

明堂吐握動時風　　　　　吉士來如鳳集桐

繼述無人刑措後　　　　　惜乎文考作人功

(8)

鄉三物 賓興時예 野無遺賢 허더니라

時調·歌辭 漢譯資料集成

1

郁郁헌 져 制作을 스룸 업시 젼헐소냐

두어라 東遷後人物은 權謀術數 쑨이로다 (3228)

賓興秀俊野無遺　　　　　開國承家第一規

降自東遷人異論　　　　　虛文束閣掌敎司

(9)

夕陽時 다 된 後에 夫子신들 어이 허리

刪述코 筆削ᄒ여 垂之萬世 허신 功德

아마도 天地日月과 갓치 恒久허리로 (1562)

聖心怊悵夕陽天　　　　　長夜從今萬八年

舒發一團光明氣　　　　　替爲日月照齊烟

(10)

陋巷에 少年高弟 終日如愚 허신 ᄆᆞᆷ

三月仁 허거니와 未達一間 어이 허리

아모리 東周時 衰運이나 中道而斃 허단 말가 (0671)

陋巷春風竪勿旗　　　　　聖門高弟聖人知

一間不是終難達　　　　　夫子當年志立時

(11)

夫子道 一以貫을 忠恕二字 劈破ᄒ여

三綱領 八條目을 門人으로 傳述허니

아마도 聖人 大一統에 獨得其宗 허시니라 (1306)

守約眞工日省身　　　　　傳吾一貫得其人
晚年演義三綱領　　　　　說與門徒詔後民

(12)
　　昌平里 詩禮庭에 述聖公이 이여 나셔
　　費而隱 發未發로 大本達道 闡明허니
　　아마도 生花一枝에 쏘 흔 가지 퓌여고나 (2741)

詩禮家庭嶽降神　　　　　生花繼發一枝春
發前未發中和字　　　　　夫子文章潤色新

(13)
　　三遷敎 허든 집의 큰 션븨가 成就허니
　　黜覇功 行王道는 時運이라 已矣로듸
　　그 時節 異端邪說은 闢之廓如 허시니라 (1489)

三遷成就唊猪兒　　　　　仁義高談戰國時
世運縱非行道日　　　　　邇來楊墨更無辭

(14)
　　七十二 弟子 中에 篤信聖人 그 뉘신고
　　一天下 轍環時에 先後허든 子貢이라
　　三喪後 築室獨居허고 心喪三年 쏘 허니라 (3035)

中於十哲獨聞天　　　　　篤信無如賜也賢
先後撤環誠未已　　　　　心喪禮外又三年

(15)

　　子路의　鷄冠豚佩　升堂高弟　되얏고나

　　南方强　北方强은　變化氣質　허려니와

　　아마도　糞墻朽木은　彫飾허기　어려왜라 (2480)

子路初年性過剛　　　　　薰陶日久却升堂

縱然有道裁狂簡　　　　　畢竟無功圬糞墻

(16)

　　先聖의　遺風으로　齊魯文學　天性이라

　　焚書後　八年戰에　絃誦聲이　不絶허니

　　아모리　不讀書英雄인들　禮義邦에　어이 허리 (1578)

齊魯尺童解詠歌　　　　　洙壇時雨漲餘波

英雄縱有溲冠習　　　　　絃誦聲中義理何

(17)

　　漢興初　制禮時늘　叔孫生이　만나고나

　　三代損益　어듸 두고　改廢繩墨　어인 닐고

　　두어라　捨所學從所好늘　나는　몰나 ᄒ로라 (3201)

叔孫自以禮家稱　　　　　損益儀文際漢興

若爲拙工繩墨廢　　　　　更何屑屑魯儒徵

(18)

　　西漢朝　二百年에　彬彬文學　만타마는

屈三閭 哀怨聲에 黃老學이 셕겨고나

엇지타 眞儒의 天人策이 江都上에 늘거는고 (1547)

西京多士學爲名　　　　　黃老其心語楚聲

何事眞儒生此國　　　　　江都薄祿老升平

(19)

洛陽에 一書生이 少年功名 不幸허다

升平時 告君文字 痛哭流涕 어인 닐고

古人이 不動心허는 나에 出而筮仕허더니라 (476)

十八才名太夙成　　　　　治安一策誤平生

縱橫筆下無端涕　　　　　兆眹長沙泣玦行

(20)

漢明帝 넷 先生을 弟子禮로 尊奉하나

俗儒의 記誦學이 堯舜其君 어이 허리

自是로 西域佛法이 始通中國 허니라 (3165)

東漢辟雍帝執經　　　　　圜橋億萬聳觀聽

俗儒尸厥賓師位　　　　　竟致西來貝葉靑

(21)

長楊賦 大文章이 逢時不幸 허거니와

草太玄헐졔붓터 네 工夫가 詭異터니

畢竟에 出處不明ᄒ여 白首投閣 ᄒ여고나 (2525)

長楊賦出世知名　　　　　不幸文章假以鳴
白首草玄非踏實　　　　　一朝失脚誤平生

(22)

　東漢末 名節士가 嚴子陵의 餘風이라
　光武帝 업는 世上 富春山이 놉흘쇼냐
　차라리 一片孤魂이 首陽山에 가롤니라 (905)

明夷運泊漢東京　　　　　不幸諸公養望清
世人未解滄浪濯　　　　　錯道嚴光誤後生

(23)

　草堂睡 씨다르니　늬 平生을 늬 알거다
　山外事 괴로옴을 거울 것치 보건마는
　窓 밧씌 세 번 온 손의 一片心을 어이허리 (2922)

草堂睡覺一平生　　　　　山外紛紜眼底明
可奈窓前三到客　　　　　遲遲白日照中情

(24)

　東西晋 二百年에 士子氣習 怪異허다
　麴糵이 生涯여니 名敎樂地 뉘 알리오
　그 중에 柴桑一士가 늬벗신가 허로라 (886)

晋代衣冠溺酒泉　　　　　狂如劉阮亦稱賢
淵明獨抱黃花節　　　　　浥露晴窓寫係年

(25)

　　唐天子 御宇初에　純用覇道 어인 닐고

　　進士科 創始後로 天下英雄 간 데 업다

　　우리도 그 後에 나셔 誤了平生 허거다 (809)

唐帝規模述覇功　　　　　　荊圍太半白頭翁

無人顧念儒家事　　　　　　抵兒爭先入彀中

(26)

　　河陽에 一布衣가 因文悟道 거의 ᄒ여

　　原道와 佛骨表로 儒家事業 自任터니

　　엇지타 潮州刺史堂에 太顚僧이 올나던고 (3146)

原道篇成自任高　　　　　　南荒路遠可忘勞

明知佛骨無能禍　　　　　　何事禪房戀戀袍

(27)

　　五星이 聚奎運에 周茂叔이 쳐음 나셔

　　太極通書 압희 놋고 無邊風月 吟弄헐져

　　하랄이 程太中 보늬여 子弟付托 ᄒ시니라 (2080)

奎華休運啓文明　　　　　　先覺濂翁見道精

太極圖中無盡意　　　　　　河南繼作兩先生

(28)

　　曾思門 嫡傳統을 表章ᄒ여 詔後ᄒ니

이 先生 繼開功이 孟子 後에 흔아여널

어듸셔 才勝헌 文章輩가 分朋攻擊 허단 말가 (2669)

無邊風月弄吟還　　　　正路開荒夢覺關

斥鷃未知鵬萬里　　　　啁啾一陳集籬間

(29)

百源山 十年燈에　性命學을 自得ᄒ여

安樂窩 一平生에 天根月窟 往來허니

아마도 英邁헌 져 氣像은 空中樓閣이로고나 (1207)

華山一派在東都　　　　安樂窩深對易圖

靜裏乾坤閑日月　　　　岧嶢樓閣起天衢

(30)

張橫渠 談兵時에　勸讀中庸 그 뉘시며

孫秀才 索遊日에 春秋一部 뉘 쥬신고

아마도 宋朝 眞宰相은 范文正公이로고나 (2530)

少年落拓兩先生　　　　指導搏鵬萬里程

後人縱有憂天下　　　　奈乏龍圖藻鑑明

(31)

周靈王 千五百年 後庚戌에 나신 先生

生民來 聖人事業 終條理늘 허시니라

우리도 朱夫子 아닐어면 冥行摘埴 허리로다 (2634)

氤氳氣毓後先庚　　　　一統師門繼集成
訓詁斯文功浩大　　　　爲開來學指南程

(32)

　扶桑에 나는 날빗 崑崙山이 몬져 바다

　黃河水 맑는 듸로 天下文明 허더니라

　아마도 그 산 一枝脉에 白頭山이 소샷고나 (1300)

崑崙元氣瀉黃河　　　　千一淸時嶽降多
萬里東來成對峙　　　　極天山色白嵯峨

(33)

　太陽이 午會지나 不咸山에 返照허니

　帝王이 나고 난다 儒宗인들 아니 나랴

　허물며 小華 禮義俗이 箕聖舊國이로고나 (3069)

太陽返照白頭山　　　　命世才多産此間
矧是千年箕聖國　　　　地靈時運理相關

(34)

　白雲洞 식影堂에 夫子睟容 揭奉허고

　成均館 創設時예 禮樂器와 奴婢로다

　아마도 前朝 眞儒는 晦軒인가 허노라 (1202)

勝國成均草創成　　　　上丁儀物自先生
至今泮界千餘戶　　　　尙抱遙遙故主誠

(35)

我東方 性理學에 鄭圃隱이 宗師로다

집집에 祠堂이요 골골마다 鄕校로다

아마도 善竹橋 千古血은 義理中에 元氣로다 (1809)

家廟鄕庠八域同	滄洲衣鉢出遼東
千秋善竹橋頭血	流出平生學力中

(36)

魯司寇 三日政을 趙靜庵이 허시니라

大司憲 사흘만에 男女異路 허더니라

엇지타 그쩍 少正卯늘 슬녜두엇던고 (631)

三日霜臺化已行	都人士女路分明
但欠先機誅亂政	一時士類禍非輕

(37)

嶠南에 鄒魯風은 老先生의 遺韻이라

七十年 참工夫로 聖學十圖 밧치고셔

도라가 一團和氣로 薰陶後生 허시니라 (280)

嶠南禮俗挹紛紛	言必先生有所云
聖學圖中無盡意	陶山往往出祥雲

(38)

東海上 五峯山이 夢龍室에 降神ᄒ여

積工헌 聖學集要 西山衍義 어여게라

千載에 石潭秋月이 先生氣像이로 (909)

海嶽初鍾萬古精　　　　　英年德業已天成

自任致澤平生志　　　　　歸對空潭片月明

(39)

朝廷에 朋黨論이 人才업슬 張本이요

科場에 末流弊는 션빅 업고 말리로다

後生이 志于學헌들 눌을 조츠 드르리오 (2612)

黨論縱橫世道衰　　　　　科場埋沒士趍卑

後生縱有摳衣願　　　　　環顧寥寥可學師

(40)

뇌 아희 箕裘業을 嚴師益友 업다 말고

聖人만 篤信ᄒ여 實地上에 進進허면

千載에 一脉 眞源이 自然相接 허리로다 (586)

師友無如讀聖賢　　　　　我歌且詠望其傳

但能篤信行之力　　　　　準的隨吾日進前

· 資料

言吾志授吾兒 志吾志言吾言 事吾事行吾行

(『三竹詞流』奎章閣本)

「酒老園擊壤歌」

(1)

伏羲氏 書契後로 歷代人物 늬 아노라

日月이 도는 되로 英雄豪傑 가고 간다

두어라 늬 손에 一壺酒로 餞別千古 허리로다 (1265)

人文初闢造書時　　　　逆旅光陰世運移

來去浮生泡起滅　　　　興亡歷數月盈虧

烟嵐聘氣靑山暮　　　　螢爝偸光墨夜遲

我有平生無限酒　　　　對斟千古慰相思

(2)

九鶴山 깁흔 골에 桃花流水 싸라드니

窈窕헌 一洞天이 武陵仙源 아닐너냐

두어라 此生에 남은 歲月 酒中에나 보늬리라 (308)

九鶴山空萬八年　　　　桃花淺水不容船

崎嶇外鎖千峯石　　　　窈窕中開一洞天

樂土無如閑世界　　　　素心相得好林泉

到今始覺浮生夢　　　　恰把餘年作酒仙

(3)

堯舜이 治天下헐 졔 八元八凱 時節 만나

慶雲과 景星歌로 南風詩늘 和答허니

날거든 康衢無事人은 擊壤歌나 허리로다 (2151)

勛華憂切得其人　　　需世賢良宅四隣

休運生逢亭午日　　　仁風對颺太和春

星雲動色賡歌夜　　　鳥獸來儀合樂辰

野老不關元凱事　　　只堪哺啜自家身

(4)

男兒가 世間에 날 제 聰明耳目 稟賦ᄒ여

宇宙內 許多事가 나의 닐이 아니여늘

엇지타　巖穴間 이 스름은 康濟一身 샏이로다 (518)

男子聰明稟太勻　　　芸芸萬物備於身

待時致澤經綸熟　　　學古治平準的眞

天或有心生此世　　　我非無意濟斯民

誰憐巖穴星星髮　　　早是經書滿腹人

(5)

甌冶子 큰 풀무에 王金覇鐵 百鍊ᄒ여

一雙釖 지여ᄂᆞ니 갑시 마나 님ᄌᆞ 업다

至今에 張華가 업스니 斗牛龍光 그 뉘 알리 (299)

甌冶平生手法良　　　十年一釖盡心粧

靈通大澤靑蛇夢　　　精躍洪爐赤電光

遊俠千金非善價　　　滄桑萬劫却深藏

燭天紫氣豊城夜　　　博物何人察候詳

(6)

唐太宗 좀통 안에 天下英雄 다 늘거다

鄕三物 더져두고　聲律試士 어인 닐고

그 중에 世間公道가 白髮흔아 쏀이로다 (811)

述覇唐宗計守成　　　　規模齷齪制科名

貢鄕不是周三物　　　　八學其誰漢五更

非久弊生紅粉榜　　　　無難賺得白頭英

吾儒分內當然職　　　　大學工程始自明

(7)

靑山에 쑴이 ᄌ져 野花啼鳥 ᄎ쟈오니

斑衣는 出門歡迎 布裙은 擧案齊眉로다

허물며 글닐고 뵈쓰는 쇼리 人間樂聲이로고나 (2861)

紅塵十載夢頻驚　　　　歸老林泉晩計成

葱竹供歡陶令穉　　　　酒漿宜口伯鸞卿

如今忠孝俱孤願　　　　從此妻孥更有情

最樂空山幽寂裏　　　　鳴梭和擲讀書聲

(8)

陋巷田 十五頃에 八口生涯 더져두고

成都桑 八百株에 冬裘夏葛 自在허다

엇지타 世間 이 滋味를 이제 와셔 아라는고 (672)

卜居空谷闢蓄畬　　　　暮境生涯賴晏如

繞屋稻黃霜後野	連墻桑綠雨中壚
耕量糊口餘謀酒	績計絲身剩購書
從此塵緣除去了	閒中日月一元初

(9)

窓前에 풀은 山아 네 緣分을 늬 모로며

枕下에 말근 물아 늬 心情을 네 알나라

아마도 이 몸에 一動一靜 져 山川에 비오리랴 (2738)

幽居事事愜吾情	最是靈臺二樂幷
白髮蒼顔忘已老	靑山綠水托餘生
鍊形突兀窓前色	洗髓淸凉枕下聲
所處無關桑海劫	永將行止與君盟

(10)

安樂窩 老先生이 靜裏乾坤 高臥ᄒ여

太和陽 三四甌로 風花雪月 品題허니

千古에 巍巍헌 늬 벗슨 堯夫一人이로고나 (1859)

生際太平宋德隆	素心自許許由同
王金霸鐵從頭析	月窟天根到底通
身處圖書先後際	神遊元會往來中
四時佳興吾誰與	尙友千秋一邵翁

(11)

東風에 細雨 셕거 太平春光 그려ᄂᆞ니

唐虞世 一度花요 漢文帝의 三月이라

바롬아 져 和氣 모라다가 이 民間에 헷쳐주렴 (902)

東風和雨灑無聲	滿地烟花飾太平
萬卉方生絪縕氣	百禽交感卵胎情
寰宇普洽乾元始	品物咸遭泰運亨
何事世間三代下	片時春不到蒼生

(12)

花園에 져 나븨야 이 春色이 뉘 時節고

꽃퓌쟈 네가 낫다 네가 나즌 꼿치 퓃다

아마도 莊周의 꿈을 꾸어 져 時節을 만나리라 (3281)

百花生有自然香	狂蝶來爲劇戲場
時節遭逢三月好	風流管領一春光
眠醒曉雨靑山早	舞繞陽園白日長
何夜做吾莊叟夢	東皇天地氣揚揚

(13)

桃花水 슬진 고기 네 丙穴에 나지마라

銀鱗이 번듸길 제 져 漁父가 流涎헌다

허물며 口腹을 치오려고 그 밋기늘 넛보는다 (866)

遲日觀魚脉脉臨	陽春水族感和深
口猻迎哺巖花落	卵飽行遺岸柳沈
謾動銀鱗離丙穴	故瞠珠眼察機心

然渠遇食斯須欲　　　　　　怕作漁郎貰酒金

(14)

東園에 桃李花야 네 繁華늘 밋지마라

뮈고 뮈여 다 핀 후에 夜來風雨 어이 허리

그제야 어제닐 싱각허면 南柯一夢 아닐소냐 (888)

陽園齊發易春花　　　　　　紫白和光釀彩霞
舞蝶如雲交獻媚　　　　　　垂楊耀日敦爭奢
須臾猶幸方全盛　　　　　　衰謝難如未始華
諒角空山風雨夜　　　　　　南柯夢覺去年査

(15)

春眠을 싀리 업셔 日高三竿 모로거다

千日 睡足헌 後에 平生 大夢 끼닷거다

世人이 나 싄 줄 모르고 잠만 잔다 허더라 (2980)

晝寂山空不見人　　　　　　嗒然假寐便成眞
眼空花柳繫華地　　　　　　神禦乾坤浩蕩春
臥豈念無當世事　　　　　　睡能忘有自家身
誰知暮境昏昏寢　　　　　　可敵英年讀徹晨

(16)

北窓淸風 긴긴 날에 周易一卷 압헤 노코

白羽扇 흔들면셔 大極圖늘 구경허니

아마도 灑落헌 胸襟이 羲皇上人이로고나 (1324)

人皆苦熱我恬如　　　室有清風案有書
松籟俱生來冉冉　　　竹陰遞送納徐徐
生何邵叟成圖後　　　生若羲皇未畫初
千古淵明知此樂　　　一般氣味愛吾廬

(17)

前山에 노든 ᄉᆞ슴 ᄲᅡᆯ 간 후로 못보거다
世間에 네 罪 업시 藏蹤秘跡 무슴 닐고
아마도 秋風에 ᄲᅡᆯ 싯거든 다시 볼가 ᄒᆞ노라 (2575)

芳草前園鹿養兒　　　薰風一到遽何之
純陽積丙英華發　　　至寶藏身禍害隨
人或使財能續命　　　天何與角謾爲儀
涼颸駈下千山獵　　　知爾林間出脚時

(18)

洪爐中 타는 밧헤 終日허는 져 農夫야
네 勤苦 져러커닐 늬 遊食은 어인 닐고
우리도 勞力養君子ᄒᆞ야 愛民허기 바라노라 (3259)

火傘彌空土石焦　　　劇憐前野彼藝苗
通身熱汗乾成渴　　　撐腹蒸炎滾作痟
爾亦同情知逸樂　　　吾何多福坐逍遙
箇中莫慰雲霓望　　　天旱之餘且賦徭

(19)

밤시벽 桔槹聲에 누어신들 잠이오랴

霖雨姿 업다허고 憂國願豊 아닐소냐

엇지면 枕下泉 자아다가 人間雨을 지여볼고 (1158)

月落山窓曉氣清	旱風吹徹桔槹聲
杯傾莫奈車薪熾	斗灌幾何涸鮒生
平日縱無拯溺力	彛心寧少願豊情
那當學得攣巴噴	普施人間上下平

(20)

松下에 옷 버셔 걸고 물쇼릭여 누어시니

淸涼헌 이 世界에 三伏蒸炎 어듸 간고

世路에 衣冠粧束人은 져 더운 쥴 모로넌가 (1692)

繁陰不漏午暉晴	竟日忘形臥水聲
弄影足浸金鏡展	喚醒耳受玉珂鳴
自同列子冷然善	誰識三閭獨也清
回耐世間名利窟	薰炎如鑠往來情

(21)

黃鷄白酒 醉飽허고 竹杖芒鞋 徘徊허니

뫼마다 錦屛이요 이들져들 黃雲이다

아마도 世間悲秋士는 닉 佳興을 모로리라 (3293)

無巡亂酌飽因停	散步從容落葉庭

家遣牛車輪野色　　　天敎霜露鍊山形

黃雲散作千村廩　　　錦樹環成百室屛

烈士不知鷄酒味　　　凄風冷雨元然醒

(22)

　陶處士 籬下菊이 이 山中에 퓌엿시니

　蕭瑟헌 落木天에 中央正色 風采로다

　아마도　네 凌霜高節 닉벗신가 허노라 (862)

千古黃花愛有人　　　淵明高尙卓難親

秀莖中抱凌霜操　　　晚節方華落木辰

天賦縱多寒氣味　　　秋容猶是好風神

暮年吾亦花中逸　　　托契束籬獨也春

(23)

　北海上 찬바롬에 울고 오는 져기럭아

　履霜코 堅氷헐줄 네가 능히 아라고나

　스룸이 萬物靈 되야저 知覺이 업슬쇼냐 (1330)

秋空寥廓應流初　　　喚侶聲聲可警余

八月邊風毛遇順　　　一天霜露路憑虛

將然氷雪先機作　　　行且江湖擇地居

可惜吾人無傳翼　　　浮沉苦海未翔如

(24)

　松壇에 잠든 鶴이 一陣霜風 줌을 씨여

月下에 홀적 나니 九萬里에 길 여럿다

져 鶴아 물이를 빌려라 六合 안에 로라보쟈 (1686)

松壇孤鶴夢三淸	驚立霜風警一聲
倏然半夜衝雲去	邈矣長空背月行
列仙誰命遨遊駕	大塊旁通浩蕩程
願爾借吾千歲翮	周流六合度平生

(25)

山村에　秋夜長허니 擲梭聲이 凄凉허다

一時나 달게 자면 徵租索錢 어이허리

世間에 綺絶家 子弟덜리 져 勤苦늘 싱각넌가 (1459)

農家八月績燈明	軋軋鳴梭徹夜聲
索乳兒啼機下立	責逋翁發市中行
一生作苦非倖利	八口呼寒望得贏
可惜世間輕暖子	都忘蠶婦服勤情

(26)

山窓에 雪撲거널 濁酒三盃 御寒허고

溫堗에 轉輾허니 悠悠我思 迂濶허다

언졔나 늬康濟 미뤄여셔　大庇寒士 ᄒ여볼고 (1453)

六花歷亂暗天衢	閉戶山齋獨據梧
兒豫堗寒來爇火	婦嘗酒煖坐傍爐
乍桃孟浩觀梅興	却憶袁安臥雪圖

安得推吾康濟術　　　　普溫天下讀書儒

(27)

夕陽天 눈 간 후에 놉히 도는 솔오기야

이제날 네 貌樣이 鴻鵠이나 달를쇼냐

明春에 싀씨둚 나거든 다시 볼가 ᄒ로라 (1569)

雪捲寒宵鏡面張　　　　搏風鳶翩溯蒼蒼

超然遠謝啁啾界　　　　邈矣周旋廣漢鄕

影逐孤雲相出沒　　　　鳴隨侶鶴共翶翔

戾天其性非凡鳥　　　　莫戀鷄兒啄啄場

(28)

寒天古木 져 가마괴 擾亂타고 씃지마라

雪中에 쥬린 어이 反哺허는 소리로다

두어라 늬平生 지닌 닐은 져 소리가 붓쯰러워 (3198)

古木兀然雪捲初　　　　慈烏望哺眂棼如

兒能就食知恭職　　　　母待酬恩乃逸居

下得腥羶忙剝啄　　　　半含生凍暫呴嘘

曩余遊學親廚冷　　　　空待靑山悵倚閭

(29)

中天에 雪後月이 少年時에 둇터이라

梅花퓐 故人家에 셔로 차쟈 賦詩터니

至今에 山腮이 晃白허니 月色인가 허노라 (2662)

昔我英年不怕寒　　　　長安雪月滿詩壇

郊園夜笛尋梅逕　　　　市陌晨鍾訪酒竿

一落空山因掃跡　　　　三餘勝日未彈冠

黃昏虛室微生白　　　　臥倩書童出戶看

(30)

床前에 一点燈이 六十年來 親舊로다

秋毫末 보든 눈이 널로 하야 어두에라

아희야 늬집의 靑氈舊物 書燈 한나 샏이로다 (1503)

書燈親我少年時　　　　六十年來誼不移

歲月習成因竭睡　　　　夜寒手澁强停披

崇於抄細生醫瞙　　　　對則羞明覺老衰

闔眼臥聽兒子讀　　　　望渠勤苦學爺爲

• 資料

「酒老園擊壤歌序」

或有問於余曰 擊壤歌者古野人之歌也 子非農家者流也 何以是名其歌 余曰噫嘻古之擊壤
者安知非稷契之倫乎 堯作大章一夔足矣 舜歌南風百工和之 彼蚩蚩一老無豫賡歌之席而有
事耕鑿之野 乃所以素貧賤而行貧賤者也 自是後累千載 有宋召堯夫 願同巢許之老 唐虞歌有
四太平詩 有擊壤集 亦各言其志也已 或後問曰觀子之言志 捨雅頌而從唐宋 聽子之永言 雜
諺語而協音律 於調於格得無見哂於大方家耶 余曰歌始賡載 詩亡東遷 隨世級而隆殺 楚辭唐
律吳歈越謳 因土性而矛盾 余東人也今人也 其歌也烏能免齊人之齊語乎 且吾於歌也能於耳
而不能於喉 槩識節奏之肯綮 請爲子言之 盖一篇五章 陰陽迭唱 五行序作 洋洋有天地自然
之妙 誠有道者之得於心而發諸口也 何則 初以七言金聲以發之 陽先於陰也 二以八點木聲以
繼之 陰和於陽也 七八相接於第三 而陰陽合以爲水聲 四章之三點 火聲以長言 象禽三之炎
上 第五之序以土聲 體陰陽之成終 此所以盛代先覺 比之雅樂而用之邦國者也 夫何必牽合古
人之綺語艷體 骨董於寡和之郢歌耶 客曰唯唯 遂爲之序

（『三竹詞流』奎章閣本）

「秉彝吟」

(1)

浩蕩헌 天地間을 三光으로 照耀허고
林葱헌 져 人物을 五常으로 綱維허니
아마도 聖人의 功德은 져흐룰과 가트니라 (3251)

兩間極寥廓	照耀有三光
于于這衆生	維持以五常
如古無聖人	天地亦虛荒
何以名吾聖	日月義獨當

(2)

開闢來 寅會初에 乾父坤母 交泰헐제
五行아 네 理氣로 各正性命 허라시니
스룸의 져마다 바든거시 是曰秉彝로고나 (131)

太極新闢初	兩儀始交精
五行各助氣	洪勻掌權衡
鎔成一寶鑑	極天理光明
職職寅會來	許與各受生

(3)

羲農後 七聖外여 賢於堯舜 吾夫子가
百王의 師表시고 綱維萬世 허시니라
其外예 釋老家 一邊聖은 獨善其身 쑨이로다 (3328)

羲農以來聖	吾師集大成
刪述終條理	萬世開太平
素王南面權	一部春王正
賢於得位聖	道止一時行

(4)

泰山이 무너진들 山靈 조ᄎ 무너지랴

吳道子 손을 비러 무너진 山 무어ᄂᆞ니

아마도 洋洋헌 山靈이 그 山中에 겨시니라 (3065)

泰山頹一夜	乾坤正氣微
中有萬古靈	何處可憑依
假手傳神筆	七分其庶幾
千載私淑徒	從此有依歸

(5)

後生의 羹墻思가 四十九表 燕申容을

千歲前 手植檜예 模寫ᄒᆞ여 刻板허니

天下에 誦法家子弟 願 一見之 뉘 아니리 (3315)

門人親炙日	申天瞻在前
四十有九表	詳載世家篇
千年手植檜	模刊廣其傳
萬世誦法家	同心願揭虔

(6)

晩年에 乘桴願을 門人弟子도 몰으리라

殷父師 넷나라에 仁賢俗도 나마시며

東方에 君子國 잇다 허니 나는 鳳을 드러볼가 (970)

暮年乘桴願	子路猶未知
千載箕聖國	風韻詎無遺
且聞君子邦	鳳鳴朝陽枝
東人自無福	環轍不及斯

(7)

奈城西 萬山中에 夫子睟容 어인닐고

故世子 慕聖心이 瀋陽行에 뫼셔다가

返駕後 陪從臣 불러네 뫼시라 허시니라 (579)

堤西璿派家	世寶有聖眞
東來在何世	瀋陽鶴駕辰
奉幣購三幅	一許陪從臣
聞之喟然歎	此鄕久無人

(8)

寒士家 土龕中에 二百年이 長夜로다

士子의 秉彝心이 寒泉精舍 어듸민고

아마도 聖靈곳 계시면 擇地而處 허시리라 (3172)

檟奉土龕中	長夜二百年

倡論崇奉節　　　人皆口則然
雖榮聖門後　　　恐損自家錢
手空經綸實　　　中夜耿無眠

(9)

周公을 보시든 숨이 窮鄕賤士 닉 當헌가
國王이 오신다니 賓主相禮 네가 허라
小子아 章甫늘 쥬라 時刻內여 오시리라 (2623)

精誠發宵寐　　　山庭設農壇
國王來報急　　　汝作相禮官
命抄袖出書　　　卽賜章甫冠
促敎惶怖甚　　　覺來涕闌干

(10)

닉 聖人 뫼실 집을 十室忠信 相議허니
不厭糟糠 原憲이요 傷貧허는 子路로다
아마도 鞠躬盡瘁타가 死而後已 허리로다 (582)

環顧十室邑　　　同志有幾人
縱得子路勇　　　亦奈原憲貧
少〇今日憾　　　永被後生嗔
所恃一箇心　　　不顧此生身

(11)

億萬年 俎豆所늘 鄕校舊基 更卜허니

左龍潭 右虎池며 周峰孔齋 面背로다

엇지타 져러헌 勝地가 洋徒巢窟되얏던고 (1986)

吾聖安靈地　　　　　來卜舊州庠

龍潭交虎池　　　　　有村號花堂

周峰與孔齋　　　　　名義亦相當

如何此名區　　　　　久作邪敎場

(12)

庚戌年 誕聖日에 兩楹新宮 揭虔허니

花堂里 一洞天이 草木精彩 싀로왜라

可憎헌 盜跖의 키가 쪽겨가며 좃는고나 (163)

四十七庚戌　　　　　移奉及誕辰

聖人存神地　　　　　草木光彩新

士謀絃誦始　　　　　兒學俎豆陳

一村跖之狗　　　　　去恨未咬人

(13)

늬 聖人 마다허고 撤家遠遁 허는 黨이

邪穌로 上帝 숨고 그 아들은 졔라 허며

外面에 儒衣冠으로 沮毁盛擧 헌단말가 (581)

邪穌一妖魔　　　　　矯誣上帝明

人心爲道心　　　　　此生作前生

我非逐邪流　　　　　渠自暗走橫

外飾儒衣冠 　　　　　　潛懷鬼蜮情

(14)

謁聖試 된다 허니 夢中受敎 잇써로다

請額疏 손에 잡고 多士伏閤 經紀터니

이 時節 洋波가 汎濫허니 必敗大事 허리로다 (1869)

吾王初謁聖 　　　　　　多士例觀光

回憶昔夜夢 　　　　　　倘爲今日場

草成請額疏 　　　　　　設施已半强

那知邪魔窟 　　　　　　流言徹廟堂

(15)

畢竟에 市虎成하여 闕里祠로 移奉되니

國王을 본단 말슴 꿈이 虛事 아니로다

聖像은 得其所허시나 우리 依歸 어듸헐고 (3126)

先王明正學 　　　　　　闕里創是祠

晬本久而弊 　　　　　　邪論鬪此時

聖裔將君命 　　　　　　升堂告請移

拜訣歸踽踽 　　　　　　漠然無所之

(16)

百雲山은 녯빗치요 花塘水는 無盡헌데

늬 聖人 계시든 집은 어이 져리 寂寞헌고

허물며 滿庭春草에 싀쇼릭늘 어이허리 (1203)

周峰峙依舊	花塘流不窮
如何吾聖祠	鎖戶萬山中
兩楹金碧堂	山鳥唭春風
祠空以來事	不忍問樵童

(17)

이 몸이 어셔 업셔 一片孤魂 써돌다가

闕里祠 엔담 안에 衛卒이나 되야 볼가

허물며 怪鬼輩 揶揄笑는 一時라도 못보리라 (2322)

有限吾天下	須臾亦支離
但願飄揚魂	去遊闕里祠
過望束脩弟	猶榮奉盥兒
一時現在鄉	揶揄鬼相隨

(18)

許多헌 工役債가 貽累聖門 허리로다

一家産 蕩盡허고 去處 업시 닉다르니

妻子야 네 무슨 罪로 氣色凄凉 저러흔고 (3229)

許多營建債	累大吾聖門
薄庄四年農	計息償嘖言
竟徒八口眷	露立身獨存
溝壑當目前	猶快脫債魂

(19)

百里外 閒曠地에 火田이나 허라 가니

怊悵타 이 山川에 다시 오기 어려왜라

그 亽이 邪黨이 還集허니 우리 影堂無事허랴 (1182)

提携百里外　　　　計拙耕閒田

去就迫窮途　　　　妻孥餒豐年

彼黨逞宿憾　　　　稍集舊洞天

暗夜試讎斧　　　　誘之風雨顛

(20)

上元甲一元初에 우리 聖主 御極허샤

太阿釖 揮擢處에 國內邪窟 剿滅허니

아희야 닉 餘生 不遠허다 네 前程을 바라로라 (1501)

汗漫餘歲月　　　　天運復有時

新王按太阿　　　　誅邪無子遺

感歎昔年事　　　　吾衰竟有誰

慷慨歌一篇　　　　留與逃蛾兒

• 資料

「秉彝吟序」

　余居堤之己酉秋 聞今李進士敎采家 有櫃奉孔夫子睟容 問其所以來 則古昭顯世子鶴駕瀋陽時 奉幣購三本 賜一本於陪從臣韓弼善 而韓無嗣續 移奉于外孫李松齡 卽敎采之六代祖也 余謂主人曰 是豈一家私藏之寶乎 世人之目提私掘久矣 吾輩子孫安知不爲周元翁乎 請與子同構兩楹揭虔 而瞻依以伊俎豆之戲可乎 因謀于一鄕 則世族婧之 土富彈之 事將不該 是冬南至夜 夢有書童自外來報曰 夫子臨門 余慌忙出戶 則庭設小壇而夫子在坐 余升壇肅拜而俯伏 夫子敎曰國王當卽刻來見 汝可以相禮 小子辭以昧禮 敎曰 汝固當然 因袖出一冊以杖指

摘 使抄儀註 未旣教曰 何可以白衣冠相禮乎 遂命侍者卽賜章服 余謂侍者曰 吾忙於出待 不
覺徒跣 幸歷吾家覓襪而來 夫子厲聲曰 事在時刻 何暇着襪而具服乎 余卽慌怖而覺 感淚浹
枕自語曰 夫子後數千載 惟一吳道子恨未畫聖像 夢拜燕申而寫傳影像 是其精誠之發於宵寐
也 吾以海隅蒼生 何以及此 因蹶然起坐曰 洋洋聖靈沈淪於塵箱中二百年 初得揭奉之論而有
所相感也 旣承時刻之敎 則不可以虛 徐因出子錢 始役於堤岸舊址 卽洋徒之巨窟也 未蕣年
奉安于庚戌誕日 朔望以焚香 春秋以釋菜 竟敗於洋徒之流言于今十有九年矣 八口老稚 不墜
彝心而得免溝壑者 十分是神明之默祐也 朱子曰萬事須臾變滅不足置胸中 惟以致知立命脩
身俟死爲究竟法吾之歌 此非怨尤也 欲使爲吾後者 知吾之爲何樣人 戊申三月晦三竹序

「跋」
　周子通書曰樂聲淡則聽心平 樂聲善則歌者慕 故風移而俗易矣 妖聲艶辭之化也亦然 此篇
發於感憤之情 故辭未盡善而聲欠其淡 後之讀此者 原其情而怒之 則不害爲變中之正矣
　　(『三竹詞流』奎章閣本)

『三竹四流異本』慕山本
「酒老園擊壤歌序」
　擊壤歌者, 古野人之歌也. 歌有正有變, 詩之風雅是已. 余觀我東樂府所載及先輩歌詠, 往
往有正中之變, 變中之正, 夫向閭巷歌謠哀怨噍殺, 反有愧於鄭魏也. 余居堤西之酒老園, 甘
其水土, 安其飮啄, 作歌三十章, 每於幽獨之際, 自唱一通以暢湮盃. 又於章下 隨題一律, 以
適消遣, 以名之曰擊壤歌. 客有向於余曰: "子非農家者流也, 謂胡爲擊壤." 余笑曰: "古之擊
壤者, 安知非稷契之倫乎? 章韶之作一夔有典, 星雲之謌百工是和. 彼蚩蚩野老, 無豫賡歌之
席, 有事耕鑿之野. 所以宣言於此, 不越乎耕鑿, 而擊以節之者, 卽其畎畝間土壤也. 今余誦
灝噩之書, 而處寂寞之鄕, 甘其升平之域, 而自適安樂之志, 則古野人鼓腹之歌, 可得得我心
之所同也. 亦有邵堯夫擊壤集, 何嘗作農夫語乎?" 客又向曰: "子之詩也歌也, 格固近俗而調
獨不諧俗何也? 余曰: 噫嘻, 吾知歌詩之調格矣. 格其質也, 調其文也. 質勝則野, 文勝則華.
自夫賡歌之權輿於詩, 詩降爲詞賦, 詞賦降爲聲律, 文以時異調亦隨變. 然作者之以義制辭,
以辭制文, 文字成句, 句成章, 始終條理, 繹如而成篇者, 此古今之不易之格也. 獨其負才好
名之, 嗤野而騖華, 創其一時新奇之調, 則效襲者滔滔, 捨菽栗而爭芻豢, 誇綺紈而笑布帛.
江西之遊騎不返, 駸駸有伊蒲塞氣味, 不知世降而爲今, 猶斥異己者爲古, 然未見其出於古者
也. 且聞山林之文枯澁, 館閣之文溫潤, 盍其性情之感有係乎所處也. 今余早棄詞章之習, 晚
處蓬蒿之下, 未嘗一日與時輩唱酬, 亦非學古人精魄者, 則其必非古非今, 吾自吾調者也. 齊
人之瑟無干好竽之門, 則郢客之歌何憂寡和於市乎?" 客曰: "唯唯. 遂以弁其篇."

(1)
　伏羲氏 書契後로 歷代人物 뉘 아노라 日月星辰 돗는디로 英雄豪傑 가고 간다 두어라
뉘 손에 한 잔 술로 千萬古를 餞送허쇠(1265)
　人文初闢造書時 宇宙如今日是移 來去浮生泡起滅 興亡歷代月盈虧 煙嵐騁氣靑山暮
螢燭偸光黑夜遲 酌酒爲消千古恨 狂歌一関更呼詩

(2)

九鶴山 깁흔 골에 桃花流水 ᄯᅡ라 드니 酒老園 別有天地 武陵仚源 아닐너냐 두어라 世間無事人이 酒中에나 늘그리라(308)

九鶴山空萬八年 桃花淺水不容船 崎嶇外鎖千峯石 窈窕中開一洞天 樂土無如閒世界 素心相得好林泉 塵緣一斷無吾事 且把餘生作酒仚

(3)

堯舜이 治天下헐 제 八元八凱 時節 만나 慶雲歌 景星歌로 南風詩를 和答허니 아마도 날 갓튼 田舍翁은 擊壤歌나 허리로다(2151)

勛華憂切得其人 需世賢良宅四隣 五教對揚垂拱后 九功攸叙變雍民 星雲動色賡歌夜 鳥獸偕音合樂辰 野老不關元凱事 只堪飽啜自家身

(4)

男兒가 世間에 날 제 聰明知覺 稟賦하여 宇宙內 許大事가 남의 일이 아니어널 엇지타 巖穴間 이 사람은 康濟一身 ᄲᅮᆫ이로다(518)

許大乾坤寄此生 鐘來二五妙凝精 衣冠備處三才位 知覺旁酬萬物情 分內事多平日志 腹中書負壯年行 如今康濟非謀食 一任家僮計口耕

(5)

歐冶子 큰 불믜예 王金羈鐵 百鍊허여 一雙釰 지어ᄂᆡ니 갑시 마나 님지 업다 千古에 張華곳 아닐너면 斗牛龍光 그 뉘 아리(299)

歐冶平生手法良 十年隻釰盡心粧 靈通大澤青蛇夢 精躍洪爐赤電光 遊俠千金非善價 滄桑萬劫却深藏 燭天紫氣豊城夜 博物何人察候詳

(6)

唐太宗 좀통 안에 天下英雄 다 늘거다 鄕三物 어듸 가고 李杜文章 ᄂᆡ다른고 두어라 우리 分內事가 脩身齊家 ᄲᅮᆫ이로다(811)

唐帝初年計守成 文章取士制新更 貢鄕不法周三物 試律非和舜五聲 附驥無難紅粉榜 雕蟲愈若白頭英 嗟吾晩覺儒家事 手把牙籤眷後生

(7)

青山에 섬이 자져 野花啼鳥 ᄎᆞᄌᆞ오니 斑衣는 出門歡迎 布裙擧案齊眉로다 허물며 글 닐고 뵈ᄶᆞ는 소ᄅᆡ 人間樂聲이로고나(2861)

紅塵十載夢頻驚 花鳥林泉踐旧盟 蔥竹供歡陶令穉 酒漿宜口伯鸞卿 如今忠孝俱孤願 從此妻孥更有情 最樂空山幽寂裡 鳴梭和擲讀書聲

(8)

陋巷田 十五頃에 一簞食를 더져 두고 成都桑 八百株에 冬裘夏葛 自在허다 歲月아 네 가는 ᄃᆡ로 優哉遊哉 허리로다 (672)

結廬空谷闢菑畬 暮年生涯賴晏如 稌黎異宜原濕土 桑麻殊供夏冬居 耕量糊口餘謀酒

續計絲身剩購書　莫遣流光爭此老　髻邊異白不關余

(9)

溪山이 말 업스나 네 緣分을 늬 모로랴　平生에 仁智心이 너을 만나 즐거워라　世人 이
늬 힘시 뭇지 마소 採山釣水　餘事로다(169)

索居林下少相憐　無語溪山定有緣　短艦雲晴觀逝者　小軒晝靜見悠然　自堪安靜修眞性
且適優遊遣暮年　漁採非吾平日志　一生優樂付諸天

(10)

安樂窩 老先生이 風雨寒暑 깁히 안저　靜裡乾坤 俯仰ᄒ며 四時佳興 吟咏ᄒ니　千載예
梧桐月 楊柳風이 一般意思 니로고나(1860)

太平翁處小窩深　參酌乾坤造化心　靜裡起居關變理　畫前象數漫胸襟　鶯花水竹資安樂
梧月楊風供弄○　邈矣企予千載上　四時佳興續餘音

(11)

春眠을 뉘 씨으리 日高三竿 모로거다　千日 睡之헌 後에 平生大夢 씨닷개라　두어라 늬
一身出處는 靑山綠水 네 아노라(2980)

晝寂西疇析後隣　假眠遲日攪無人　眼空花柳繁華地　神御乾坤浩蕩春　始漫經綸當世務
終能料理自家身　此生不復迷離夢　長與靑山矢隱淪

(12)

東風에 細雨 석거 太平春光 그려늬니　唐虞世 一度花요 漢文帝의 三月이라　바람아 저
和氣 모라다가 이 民間에 허처 주렴(902)

東風和雨洒無聲　滿地烟花餘太平　萬卉資無爲生花　百禽交感自然情　洪白普叙陽和澤
品物咸遭泰運亨　何事世間三代下　片時春不到蒼生

(13)

花園에 저 나븨야 이 春色이 뉘 시절고　꽃 피자 네가 난다 네가 나자 꼿치 핀다　아마도
南華翁 꿈을 ᄭ어 저 시절을 만나리래(3281)

九十韶光有主張　花間戲蝶太揚揚　彩衣善舞東風細　芳暈沈酣白日長　天氣生逢三月好
風流領度一春香　吾將夜幻莊周夢　靑帝繁華弄一場

(14)

桃花水 살진 고기 네 丙穴의 나디마라　銀鱗이 번득일제 저 漁父가 流涎헌다　허물며
口腹을 차우려고 그 밋기를 엿보는다(866)

遲日觀魚脉脉臨　陽春水族感和深　口獲迎哺岩花落　卵飽行遺岸柳沈　謾動銀鱗离丙穴
故瞠珠眼察機心　然渠遇食斯須欲　怕作漁郞賈酒金

(15)

東園의 桃李花야 네 繁華를 밋지 마라　뛰고 뛰여 다 퓐 후에 夜來風雨 어이ᄒ리　그제

야 어제 널 싱각ᄒ면 南柯一夢 아닐소냐(888)

陽園齊發易春花　紫白和光釀彩霞　舞蝶如雲交獻媚　垂楊耀日敢爭奢　須臾猶幸方全盛
衰謝難如未始華　諒爾空山風雨夜　南柯夢覺去年査

(16)
南薰殿 부든 바람이 山中에 모르드니　집집의 打麥聲에 男欣女悅 안일소야　오늘날 우리
聖上이 五絃琴을 타시논가(548)

常對薰颷我思悠　今年又到此山邱　來時噓旺明都火　行處催登后稷甃　六氣不隨時世變
一治無復古今儔　當年皐解風何力　九叙爲歌戒用休

(17)
北窓淸風 긴긴날에 周易一卷 압헤 노코　白羽扇 흔들면셔 太極圖를 구경ᄒ니　아마도
灑落헌 胸襟이 先天世界 안저고나(1324)

人皆苦熱我怡如　室有淸風案有書　松籟俱生來冉冉　竹陰遞送納徐徐　披停茂叔排圖始
玩到羲皇未劃初　手搖羽扇冷然坐　耐可騰身跱太虛

(18)
前山에 노던 사슴 쓸 간 후로 못보거다　世間에 네 죄 업시 藏蹤秘跡 무슴 일고　아마도
秋風에 쓸 굿거든 다시 볼가 ᄒ노라 (2575)

芳草前園鹿養兒　薰風一到遽何之　純陽積內英華發　至寶藏身禍害隨　人或使財能續命
天何與角謾爲儀　凉颷驅下千山獵　知爾林間發跡時

(19)
용도리 물 푸는 곳에 저 農夫야 말들어라　네 勤苦 저러커널 늬 遊食이 무슴 일고　언제
나 山人의 枕下泉을 人間霖雨 지여볼고(2165)

拮椐功大旱田焦　撼我籧篨吷達朝　水性失途低仰力　人謀能雨燥乾苗　徒勞晴昔鍬鋤日
餘事皆眞虎豹雪　縱有山泉鳴夜枕　難爲一霈灑長宵

(20)
樹陰에 옷 버서 걸고 물소릐여 누어시니　三伏暑 이즌 곳시 淸凉坮를 부를소냐　두어라
曝陽에 저 農夫는 病드는 줄 늬 아노라(1692)

繁陰沿水障烘陽　竟日臨流欲坐忘　足弄漣漪山影倒　神凝浙瀝澗聲凉　庚炎不到淸間界
午喝應多　勢場　獨愛西疇耘耔侶　全身汗雨視爲常

(21)
松壇에 잠든 鶴이 一陣霜風에 꿈을 쎄야　月下에 홀적 나니 九萬里예 길 여럿다　저 鶴
아 날릐을 빌려라 周流六合 허게시리(1686)

秋夜胎禽夢九天　霜風恰罷五更眠　騰時乍見衝雲去　唳處方知背月翩　大界端窮流顧眄
長空無碍任周旋　秪今最羨冲霄翼　願向丹廚晩學仙

(22)

北海上 찬바람에 놀나 오는 저 기럭아 履霜後 堅氷헐 줄 네가 능히 아라고나 우리도
나리곳 닛스면 네 知覺만 못헐소냐(1330)

　晴空爽豁雁流初　響入晨窓便起余　霜月夢驚幽幷塞　罡風路順斗牛墟　將然氷沍先機作
行且江湖擇地居　出處非關山野老　十年能飽季鷹魚

(23)

黃鷄白酒 醉飽허고 芒鞋竹杖 徘徊허니 뫼마다 錦屛이오 들들마다 黃雲이라 두어라 世
間悲秋士는 뉘 佳興 모로리라(3293)

　田家酒爛打稏庭　披灑凉風故喚醒　人遣牛車輪野色　天敎霜露鍊山形　嘗新不換紅陳粟
居陋旋張錦繡屛　含哺可同天下樂　寧將秋思撫頹齡

(24)

陶處士 籬下菊이 花中隱逸 네로고나 金天旺氣 稟賦ᄒ야 中央正色 風采로다 아모리
九秋霜風이나 너는 엇지 못허리라(862)

　千古黃花愛有人　柴桑茅屋繞芳隣　秀莖中抱凌霜操　晩節方華落木辰　天賦縱多寒氣味
秋容猶是好風神　世間吾亦歸來士　爲惜東籬獨也春

(25)

秋夜三更 믈ᄂᆡ 압헤 九月授衣 밧부거널 生涯 關重허야 제 衣裳이 계룰업다 世間에
綺紈子弟덜이 저 勤苦를 싱각년가(1459)

　農家八月續燈明　札札鳴梭徹夜聲　索乳兒啼機下立　責殽翁發市中行　一生作苦非侔利
八口呼寒望得贏　寄語世間輕煖客　須思蠶婦服勤情

(26)

山牕에 雪撲써널 太和湯에 御寒허고 溫堗에 轉輾허니 悠悠我思 쇽절업다 天下에 許多
헌 寒士를 더여주리 전혀업다(1453)

　烈風驅霰灑圭窬　歲暮山家有備虞　兒豫埃寒躬爇火　婦嘗酒煖坐傍爐　年來久謝回舟興
意到空披臥雪圖　安得推吾經濟術　普溫天下讀書儒

(27)

燈花는 엿 비치나 眼力이 可憐허다 灯下書 書中眼이 써날 밤이 업셔더니 아모리 此身
이 老廢헌들 너도 날을 버리는가(941)

　書燈親我妙齡時　四十年來目力度　歲久習成仍少睡　夜寒手澁强停披　崇於抄細仍生醫
對輒羞明便覺衰　闇眼臥聽兒子讀　望汝勤苦學爺爲

(28)

寒天古木 져 가마귀 擾亂타고 뮈여 마라 雪中에 주린 어이 反哺허는 소리로다 허물며
人子가 되야 져 知覺이 업슬쇼냐(3198)

　雪裡飢烏望哺喧　群兒☐☐供朝殽　先嘗不動充腸欲　半唅常噓滿口溫　便養如渠能子職

良知同我慕慈恩　曩我遊學親廚泠　空待靑山悵倚門

(29)
夕陽天 눈 긴 후에 놉히 도는 소로기야　오늘날 네 모양이 鴻鵠이나 다를소냐　明春에 달삭기 나거든 네 心情 다시 보자(1569)
　雪捲寒宵鏡面張　搏風鳶翮溯蒼蒼　超然遠謝啁啾界　邈矣周旋廣大鄕　閒似虛雲無定住 高將仙鶴共翶翔　惜爾戾天如許性　且看雛子出遊場

(30)
雪月 조타허되 져 冬日만 못허여라　千金裘 뉘 업스니 寒天月色 경저게라　두어라 野老의 背上暄을 瓊樓高處 드려볼가(1588)
　昔我英年不怕寒　長安雪月照詩壎　郊園夜笛尋梅逕　市陌晨鐘訪酒竿　一入深山仍屛跡 屢經殘臘未彈冠　如今炙背晴窓下　自笑翁心老益丹

「秉彝吟」二十章
辛亥秋周峯祠聖像 移奉厥里祠 食不下咽 生臥浹旬 內蠱外漸 自念不久於世 委○四○伯仲以耕廢讀 叔季難入學而皆瞽聾 安知其不爲伯仲也 爲其易知 雜眞諺述歌詩一篇以遺之

(1)
하날이 百姓을 聲臭업시 賦性허니　聖人 體天허야 그 倫理을 발키니라　우리도 秉彝心 이시니 敬天慕聖 허리로다(3134)
　上天無聲臭　賦吾本然性　聖人敷五敎　明吾赫然命　所以吾彝心　知天又知聖

(2)
天上에 日月星辰 開闢後에 버러잇고　世間에 三綱五常 千萬古에 써쳐고나　아마도 우리 聖人 져 日月과 갓트니라(2771)
　天於開物初　懸象以示人　宇宙首出聖　垂敎牖後民　並命而合德　同久萬萬春

(3)
져 日月 所照處에 天生蒸民 만코 만타　頂天코 立地허여 秉彝之心 뉘 업스리　두어라 海隅偏邦에 我歌且謠 뉘 알리오(2560)
　寰宇日所照　在在産黎黔　均爲萬物灵　孰無秉彝心　何吾一蒼生　以是獨謳吟

(4)
八條敎 옛 나라에 誦法聖人 허더이라　夕陽時 異端邪說 녜로붓터 잇거니와　至今에 子貢이 업스니 篤信聖人 그 뉘 허리(3084)
　亝李四百年　八條古規模　少闢羅麗佛　賴有聖人徒　一自洋風至　遂嘖誦法儒

(5)
先後天 理氣外예 별 하날이 잇단 말가　제 所謂 自然理는 나 보건듸 情慾이라　허물며

괴이헌 藥物이 變化心性 허단말가(1584)

　　爾從何天來　矯誣上帝明　人心爲道心　此生視前生　未聞軒岐方　劑用純物精

(6)

帝王家 百神祀를 魔鬼外예 업다 허고 洋人졔 허는 절를 大聖前에 아니 허니 우리의 綱常中 人物共載一天 어인 일고(2601)

　　先王聖幣地　視同叢林祠　最爾眼中釘　惟吾萬世師　我生禮義國　羞與爾共之

(7)

東海上 數千里예 山川風氣 鍾盃헌데 菽粟에 주린 입을 제 奢味로 달닉오니 아마도 韓退之以下人은 늬 모미 더허노래(908)

　　沿海小邦人　稟氣多偏性　矧爾飢渴者　寧分味邪正　能有原道作　吾謂學吾聖

(8)

泰山이 문너진들 山灵조차 무너지랴 吳道子 손을 비러 무너진 산 무어너니 아마도 洋洋헌 山灵이 그 山中에 게시니니라(3065)

　　泰山萬古灵　不隨山共頹　五日一拳石　假手通神才　世主仰彌高　相繼東封來

(9)

轍環時 못헌 길을 二千年後 오신 쯔즌 箕聖後 小中華에 아름답다 禮義러니 엇디타 三百年 塵埃中에 支離허다 長夜로다(2825)

　　平昔乘桴願　天風借鶴駕　爲是殷聖國　遺風絃誦舍　如何三百年　塵箱度長夜

(10)

大聖人 계실 집을 十室忠信 相議허니 不厭糟糠 原憲이요 傷貧허는 子路로다 聖門에 千古大事를 鞠躬盡瘁 아닐소냐(582)

　　十室寂寞鄉　晩有狂簡士　奮身簞瓢巷　棟宇遽經始　非能必有成　惟一死後已

(11)

周公 보신 쑴이 窮鄉賤士 늬 當허냐 國王이 오시나니 네 相禮을 헐디여다 아마도 聖灵이 洋洋하사 늬 誠心을 아르신가(2623)

　　聖人能夢聖　小子吾何當　命我衣章甫　草儀儐見王　覺來因感泣　夙夜瞻洋洋

(12)

周峯下 花塘上에 鄉校旧基 차자닉니 左龍潭 右虎池에 武夷九曲 예로고나 허물며 이 집의 오신 날이 庚戌十月이로고나(2636)

　　白雲山盡處　大堤旧舊址　周峰淸淑氣　蓄以交襟水　矧茲雨盈奧　尼山降精禋　四十七庚戌　愀如聖復作　任他尺鷃笑　勞心廣營度　蔓菲日聒耳　惟信心無怍

(13)

謁聖試 된다 허니 夢中受敎 이 씨로다 儒疏草 손에 잡고 當日伏地 허랴더니 오늘날

傳敎로 뫼셔가니 늬 相禮를 무엇헌고(1869)

　嗣王將謁聖　昔夢此其時　手草儒生疏　輦路以爲期　宣麻移奉去　我何相禮爲

(14)

古堤州 近千年에 山川草木 一新허니 三遷敎 허랴 허고 遠方來者만 아더니 至今에 座席이 未煖ᄒ여 散之四方 허단말가(190)

　千年舊堤治　草木更生輝　聞風來近方　一變卽度幾　膽依今已矣　俯仰無不歸

(15)

九鶴山은 녯빗치요 花塘水는 無盡헌데 늬 聖人 계시든 집은 어이 져리 寂寞헌고 허물며 滿庭春草에 싀소리를 어이헐고(1203)

　九鶴靑依舊　花塘逝如昨　獨吾先聖宅　一朝此寂寞　金碧玲瓏地　付與禽鳥樂

(16)

저 집이 傾頹前에 늬 목숨이 잠간 업셔 闕里祠 紅箭門에 魂魄이나 뫼셔볼걸 此生에 무엇슬 못 이져 凡然獨坐 허엿는고(2562)

　此宇未頹日　生吾願須臾　有魂當飛去　金石堂下趨　陽界何所戀　朝夕對盤盂

(17)

男兒의 一點淚를 千金으로 받굴소냐 泫然淚哭之慟은 늬 聖人도 허시니라 童子야 네 무슴 知覺으로 날과 對泣허는대(520)

　男兒從心淚　一點重千金　泫然泣麟涕　吾師亦不禁　童子有何知　對我雨沾襟

(18)

顏淵이 竊飯허며 曾子殺人 허단말가 支離헌 늬 生前에 免헐 길이 업스리라 언제나 聖靈이 도라보셔 이 魂魄을 부르실고(1865)

　竊飯譏亞聖　投杼疑孝子　遲遲吾一生　衆咻當若是　惟俟吾聖靈　招魂到闕里

(19)

溝壑이 分內事라 全而歸之 허리로다 天命과 人事가 두 가지가 아니니라 아희야 이 노릐 두엇다가 날 본 드시 허여라(309)

　溝壑爲吾分　寧有作事非　人事與天命　途殊理同飯　貽此言也善　望汝愼毋違

「箕裘謠」四十章

　此生支離 度歪如夜更 述箕裘謠一篇 以資兒輩他日志學之弦韋

(1)

天地間 生民初에 各授其職 허여시니 士農과 工商外여 遊衣遊[食] 못허리라 우리도 제 職業 이스니 父作子述 허리로다(2785)

靈於萬物職於天　勞心勞力爾各專　自我有生知有受　暮年留作一靑錢

(2)

通萬古 四民中에 儒者事가 어려왜라 八歲後 平生準的 致君澤民이로구나 그 중에 一身 行藏을 天時듸로 허나니라(3076)

備位三才首四民　生來任大食於人　問渠何樂簞瓢巷　出處知非係此身

(3)

堯舜의 四門 밧희 오고 오는 선비 중에 皐夔와 稷契이가 무슨 글얼 일거시리 後代 文學士는 多聞博識 쓸데없대(2150)

勛華未遠結繩初　元凱無多可讀書　何事漢唐文學士　徒將糟魄說棼如

(4)

莘野에 져 農夫야 天民先覺 네로고나 이 百姓 살이려니 三聘玉帛 마다허랴 아마도 그 몸에 出處는 져 하날이 시기니라(1790)

天將降任覺之先　有待莘郊八口田　夏季民情時雨急　非因玉帛起幡然

(5)

傅岩下 暮烟屋에 夢裡君王 너도 본다 良弼을 旁求헐제 네 自負을 아니헌다 後王은 長夜飮허로라니 씸 쓸 ᄉ이 업스리라(1303)

殷野遺賢帝獨知　誠明交感不言時　世間何代無良弼　但少高宗念在玆

(6)

渭水上 一漁翁이 天下事을 經綸허고 支離헌 八十年을 낙씨로 이져고나 아모리 文王이신들 못난나고 어이허리(2238)

心上經綸手裡竿　支離歲月渭之干　風期已自先君望　只是相逢一日難

(7)

周公이 三握髮하여 天下을 禮待허니 丹穴에 나는 鳳이 朝陽梧桐 마다허랴 아모도 四十年刑措後는 그 션비가 盡허니라 (2624)

明堂吐握動時風　吉士來如鳳集桐　後四十年賢在野　聖人得位止於公

(8)

鄕三物 賓興法예 野無遺賢 허더니라 周公禮樂인들 사람 업시 전헐소냐 엇지타 東遷後 士習은 權謀術數 쑨이로다(3228)

賓興三物燕謨貽　通古爲邦不易規　降自東遷人異論　虛文東閣掌敎司

(9)

夕陽時 다 된 後에 夫子신들 어이하리 繼往聖 開來學이 雙壁中에 니다르니 萬世에 永賴헌 功이 賢於堯舜 허시니라(1562)

聖心怊悵夕陽天　長夜從今萬八年　舒發一團光大氣　替爲日月照齊烟

(10)
陋巷에 절문 션비 終日如愚 허신 쓰지　三月仁허거니와 未達一間 어이허리　두어라 夫子을 만나기로 亞聖인줄 뉘 아노래(671)
聖門賢弟聖人知　復禮爲仁樂在斯　一間不是終難達　夫子當年志立時

(11)
夫子의 一以貫을 忠恕二字 劈破하여　三綱領 八條目을 門人의게 傳述허시니　아마도 後生의 入德門이 大學一篇이로고나(1306)
自聞一貫得其宗　遞作師門待叩鐘　二字演來三統八　導吾前進入重重

(12)
七十二 弟子中에 篤信聖人 그 뉘 헌고　一天下 轍環時에 先後허든 子貢이라　허물며 心喪三年外여 築室獨居 쏘 허니래(3035)
四科門下獨聞天　篤信無賢賜也如　先後轍環獨未已　心喪禮外又三年

(13)
子路의 鷄冠豚佩 聖門高弟 되여고나　南方强 北方强은 變化氣質 허려니와　아마도 糞墻朽木은 彫飾헐 길 업스니래(2480)
子路初年質過强　束脩日久便升堂　人皆可化諄諄誘　最是難朽糞土墻

(14)
昌平里 詩禮庭에 述聖公이 이여 나셔　發未發 費而隱을 一統으로 傳述허니　아마도 生花一枝여 쏘 한 가지 퓌여고나(2741)
中和二字立綱維　百慮同皈一統辭　夫子文章何處見　生花不老又柯枝

(15)
三遷敎 허든 집의 큰 션비가 成就허니　黜覇功 行王道는 時運이라 已矣로듸　그 時節 楊墨의 말은 闢之廓如 허시니래(1489)
三遷成就學而知　可柰縱橫彼一時　道大雖然行不得　伊來楊墨更無辭

(16)
漢興初 制禮時를 叔孫이 만나고나　時變도 보려니와 三代損益 어이허리　굿틱야 大匠의 繩墨을 네 손으로 段廢헌다(3201)
三王大統漢初承　損益儀文際可興　欲採彼秦渠自足　更何屑屑魯儒徵

(17)
洛陽에 一書生이 少年文章 不幸허다　升平時 告君文字 痛哭流涕 어인 일고　古人이 不動心헐 제 出而筮仕허더니래(476)

346

十八文章際右文　治安一策動時君　知渠自致長沙鵩　彊仕寧無旧所聞

(18)
西漢朝 二百年에 彬彬文學 만타마는　屈三閭 哀怨聲에 黃老學이 석계고나　엇지타 眞儒의 天人策이 江都相에 늘거느뇨(1547)
西京多士學爲名　黃老其心語楚聲　宜爾眞儒無適用　江都薄祿老平生

(19)
前漢書 儒林傳에 可憐 인물 楊雄이라　草太玄 헐 제부터 工夫가 詭異터니　畢竟에 失其身하여 白首投閣 허여고나(2525)
玄牝門深白首低　虚名致得蜀商齋　縱教生處歸然閣　堪愧窮閻烈女閨

(20)
漢明帝 녓 先生을 弟子禮로 尊奉허니　그 선비 記誦學이 堯舜其君 어이하리　然故로 西域佛法이 始通中國 허니라(3165)
太學昕朝帝執經　函筵問答聳觀聽　俗儒尸厥尊師位　竟致西來貝葉靑

(21)
東漢時節 義士가 保身明哲 뉘 업스리　名節은 身後事요 大義理는 目前이라　後世예 名教中 사람 제 當허나 다를소냐(906)
明夷運泊漢東京　何事天生一代英　目下熊魚輕重判　浩然聯袂大歸情

(22)
草堂睡 씨다르니 뉘 平生을 뉘 아노라　山外事 괴롬을 거울 것티 보건마는　窓 밧긔 세 번 온 손의 一片心을 어이허리(2922)
睡中料理自家身　好是溪山澹泊人　可奈堂前三到客　不言己自感心神

(23)
東西晋 百餘年에 士子氣習 怪異허다　一盃酒 生涯여니 名教樂地 뉘 알이오　그 중에 烈丈夫 이스니 靖節先生이로고나(886)
晉代儒林漲酒泉　狂如劉阮亦爲賢　淵明獨抱黃花節　浥露晴窓寫係年

(24)
唐天子 一轂中에 天下英雄 可憐허다　周三物 늬여노코 鄕貢法을 어이헌고　허물며 世間 公道가 鏡裡新霜이로고나(810)
唐帝規模述覇功　設科尤是叔世風　假名周制無其實　反喜群雄入轂中

(25)
河物에 讀書야 文章 쑌이 아니로다　原道와 佛骨表는 孟子 後에 처음이라　엇디타 潮州刺史堂에 太顚이 나올나던고(3146)

原道篇成自任高　南荒路遠可忘勞　明知佛骨無能褐　何事禪房戀戀袍

(26)
五星이 聚奎 後에 周茂叔이 처음 나셔　太極圖 거러노코　無邊風月 吟弄헐 제　하나리
程太中 보닉여셔 子弟 부탁허시니라(2080)
　五星運啓愛蓮翁　無極堂深玩變通　風月隨人吟弄去　至今先數太中功

(27)
叔程子 참 工夫을 中庸 一篇 네 알니라　子思 後 千餘年에 淵源 上接 허엿고나　어듸셔
才勝헌 文章 分明 樹黨 허단 말가(1710)
　體認中庸道在斯　眞源上接再傳時　門墻凍雪深三尺　笑殺嗣新集破籬

(28)
陳處士 數理學을 道義門에 부쳐두고　安樂窩 一平生에 生老太平 조흘시고　아마도 豪
邁헌 져 긔상은 空中樓閣이로고나(1207)
　華山一派在東都　道體同蛟太極圖　月窟天根來往際　崢嶸樓閣起雲衢

(29)
天下憂 허든 宰相 師門에도 有功허다　張橫渠 泰山先生 一變至道 뉘 힘인고　아마도 作
成人才가 廊廟事業이로고나(2817)
　名教關吾進退憂　談兵士去學而優　英才副我菁莪樂　玉帛徵來舊索遊

(30)
世間에 庚戌年이 聖賢 나는 休運이라　大聖人 허신 事業 終條理을 아닐소냐　一筆노 百
家語 潤色하야 經書 集註 허시니라(1603)
　天於庚戌又生賢　任太師門秉筆權　刪述百家飯一統　後生何力誦而專

(31)
蘇東坡 陸象山이 一種門戶 各立허니　元明間 文章士가 靡然從之 허엿고나　허물며 徐
光啓 늬다라셔 洋學倡導 허단말가(1651)
　嵋陽派別注江西　後代無人覺路迷　竟致末流邪教倡　向空指點上夫梯

(32)
崑崙山 正幹龍이 天子邦의 五岳이라　帝王과 聖賢君子 維岳降神 허더니라　아마도 그山
一枝脉이 白頭山이 되얏고나(195)
　崑崙元氣瀉黃河　千一淸時嶽降多　枝脉東來濱海國　夕陽天畔向嵯峨

(33)
天地間 도는 氣數 白頭山에 도라드니　쉬 天子 나고 난다 儒宗인들 아니 나랴　허물며
小華 禮義俗이 箕聖旧國이로고나(3069)

天步周行到白頭　眞人再度走神州　矧吾箕封仁賢俗　地運寧遲亞聖鄒

(34)
　白雲洞 시 影堂에 夫子 粹容 되셔 잇고　成均館 創設時에 禮樂器와　奴婢로다　아마도
麗朝眞儒는 晦軒先生이로고나(1202)
　篤信千秋起兩楹　東人誦法自先生　至今泮界千餘戸　盡抱遙遙故主誠

(35)
　我東方 性理學에 圃隱公이 宗師로다　딥딥이 사당이오 골골마다 鄕校로다　아마도 善竹
橋 千古血은 義理中에 元氣로다(1809)
　家廟鄕庠八域同　滄洲衣鉢出遼東　千秋善竹橋頭血　流出平生學力中

(36)
　魯司寇 三日政을 趙靜庵이 허시니라　大司憲 사흘만에 男女異路 허여고나　두어라 忠宣
堂 一夜間에 國運所關 어이허리(631)
　蒲蘆政敏飮豚村　後二千年事再番　當日若先誅少正　遺風庶見至今存

(37)
　嶠南에 鄒魯風은 文純公의 遺韻이라　八十年 참 工夫로 聖學十圖 드리고셔　도라가 一
團和氣로 薰陶後生 허시니라(280)
　嶠南禮俗揖紛紛　言必先生有所云　聖學圖中無盡意　陶山往往出祥雲

(38)
　東海上 五峯山이 烏竹軒에 降精허니　積工헌 聖學輯要 西山衍義 어여게라　千載예 石
潭秋月이 先生氣像이로고나(909)
　海嶽初鍾萬古精　少年德業已天成　自任致澤平生志　留作空潭片月明

(39)
　師門에 分黨後로 格言인들 公議되며　科場에 末流弊는 異端이나 다를소냐　後生이 志于
學헌들 눌을 조츠 드르요(2612)
　後生已痼各吾師　最是傷心武藝規　縱有聰明兼好學　憐渠無處見而知

(40)
　늬 아희 箕裘業을 嚴師益友 업다 말고　聖人만 篤信허여 知行工夫 兩進허면　千載에 一
脉眞源이 自然泡合 허리라(586)
　知汝生來讀聖賢　翁心猶愧未三遷　但能篤信行知力　準的隨就次前○

「自跋」
　古者敎小兒以歌舞, 盖兒生十許歲靈慧初萌, 隨見聞而嬉戲, 卽人心道心肇判之○也. 歌

以導其性情之正, 舞以動盪其血脈, 使見禮樂之意趣. ○主先入之見也. 昔叔程子有志乎先王之敎, 別欲作詩而未果, 誠後生千古之恨也. 逮我朝退陶先生有諺詞一篇, 垂敎後生, 嶠南之號鄒魯鄕良有以也. 吾沈淪科臼三十年, 明知其去異端不遠, 故決不留一作以示若曺. 然環顧一世, 衆楚休休, 安知其不爲楚人也? 嗟乎! 今之讀書者當先審近日人鬼關蹊逕矣. 世之假鳴文詞者, 多以小說誘引, 後生使旨其奢味, 貪其捷徑, 遊騎不返, 不自覺鮑魚之腥, 而駸駸入邪魔之窟. 吾故曰聖歎小說卽泮學初入之門也. 若曺皆晚生也, 量吾精力, 必不見其成就, 姑以是指入德之眞俓, 望其有先入之見.

(『三竹詞流異本』慕山本)

時調・歌辭 漢譯資料集成 ①

80. 徐湄(1785~1850)
「昔日苟如此」

昔日苟如此　此身安可持
愁心化爲絲　曲曲還成結
欲解復欲解　不知端在處 (2045)

• **資料**

李鼇城 [爲天將接伴使, 天將聞我國人唱歌, 問其旨意. 鼇城書示] 曰: "昔日苟如此, 此身安可持? 愁心化爲絲, 曲曲還成結. 欲解復欲解, 不知端在處." [天將稱好. 按康伯可閨情詞曰: "此度相思, 寸腸千繼. 盖與綠字同音故也." 李義山詩, "春蚕到死絲方盡," 亦此義. (『靑邱詩話拾遺稿』)

350

81. 小擊壤老人(1791~ ?)

「天休堂歌詞」

三冬에 뵈옷 닙고[一角] 巖下에 눈비 마자[二徵]

구름 씯 볃뉘도 쬐인 적 업건마ᄂᆞᆫ[三宮]

西山에[四商] ᄒᆡ 디다 ᄒᆞ니 눈믈계워 ᄒᆞ노라[五羽] [씯一作신非] (1478)

三冬衣布褐	巖下被雨雪
雲末寸暉未曾晞	
西山日云沒	涕淚不勝揮

• 資料

天休堂李先生諱夢奎, 字昌瑞, 慶州人, 白沙先生之從叔父. 與河西金先生同庚午. 中廟朝進士, 仁廟賓天後自廢, 終身隱居保寧靑蘿洞, 德化之及人, 至於歿後, 一鄕之人無尊卑無少長, 匍匐號哭如服蕎功, 累日不去, 牛童走卒不忍食肉, 野無農歌, 魚商不入境內者數月. 栗谷先生撰行狀稱先生, 極其尊慕闡揚而間有微辭於明夷之際, 潛谷金公列於名臣錄. 後學俎豆於花巖書院, 土亭鳴谷並侑焉. 朝家贈都憲贊善祭酒, 將有節惠矣. 此歌卽栗翁所稱其作歌詞格高意遠, 時人多傳其曲者之一也, 而東人樂府多無姓名, 流傳臆說. 或云河西所作, 雷淵南文淸公龝爲詩語, 題以河西, 以公之博雅而未見其子孫, 故未察其詞意也. 觀於三冬布衣, 巖下雨雪, 未見寸暉者, 豈金文正釋褐登瀛, 明良際遇, 百里分憂, 急流自靖之事實也. 此不須多辨, 見此者自當豁然喜得其作者矣. 特未有言此者, 故人多不知耳. 吾家與李先生互爲彌甥, 先生曾祖妣卽我先祖書雲公曾孫女, 我先祖昭敏公李先生之外孫. 昭敏十歲而先生歿, 而養育我昭敏成就, 我昭敏俾得與於斯文, 終列於名臣者, 先生之胤魯齋先生也. 魯齋諱希參字景魯, 與牛栗兩先生爲道義交, 考二集可知, 而其後亦世爲婚姻. 趙李相視如同姓, 知先生之事者莫如吾家. 余自幼少, 習聞此歌之爲李先生作, 及雷淵集與河西集附錄, 盎覺知言之難, 而吾家後人何可不知乎? 先生隱德可謂無得而稱焉者, 後有朱子未必不曰泰伯高於文王. 金李兩先生同庚午, 同心同德, 天意人事, 不謀而同儘, 千古兩絶, 尙論之士, 以爲河西當並侑於保寧, 天休並侑於長城者, 不易之言也.[河西官自南牀, 際遇兩朝以玉果縣監棄官.]

蒙求曰

天休歌曲日西悲 故是三冬一布衣

何事雷淵南太史　飜將巖下入東閣
河西以兼說書傳　任輔導於　東宮
天休狀德栗翁悲　苦節尤難一布衣
生與河西同一歲　同心同德向東閣
天休觀化士民悲　不似山林一布衣
俎豆雖聯祭於社　宜聯舊日職東閣
(『童觀識錄』, 天休堂歌詞)

82. 徐有英(1801~1874)

「鐵嶺歌」, 「靑山裏碧溪水」

「鐵嶺歌」

鐵伊嶺高復高　　　　　　登臨遙望九重天

願將孤臣雙淚化爲雨　　　灑向瓊樓玉宇前 (2823)

• 資料

1. 『錦溪筆談』

　光海時, 廢母論起, 白沙李相國恒福方病臥, 奮然而起, 秉筆書曰: 春秋子無讐母之義, 父雖不慈, 子不可不孝云. 逆臣鄭造尹訒跋扈, 公謫北靑. 〈中略〉 過鐵嶺作歌曰: "鐵伊嶺高復高, 登臨遙望九重天. 願將孤臣雙淚化爲雨, 灑向瓊樓玉宇前." 此曲流入宮中, 宮女皆歌之, 光海聞之, 潛然下淚, 亦不能宥還矣. (『錦溪筆談』)

「靑山裏碧溪水」

靑山裏碧溪水　　　　　　莫誇去未休

一到滄海難再見　　　　　那得不少留

明月滿空山　　　　　　　臨去願一游 (2858)

・資料

　黃眞松京名妓也. 色藝俱絶, 名播一國. 宗室有碧溪守者, 思欲一眄而不可得, 乃謀於李蓀谷
達. 達曰: "眞非風流名士, 難於酬接, 公能從吾言乎?" 碧溪水曰: "當從君言矣." 蓀谷曰: "公本
善彈琴, 使小童挾琴隨後, 乘小驢, 過眞娘之家, 登樓賖酒而飮, 彈琴一曲, 眞娘必來坐公傍, 視
若不見, 卽起乘驢而行, 則眞娘必隨後而來. 若行過吹笛橋而不顧, 則事可諧矣. 若不然, 必不
成矣." 碧溪守從其言, 乘小驢, 使小童挾琴, 過眞家, 登樓賖酒而飮, 自彈一曲, 卽起乘驢而云.
眞果隨後而來, 聞於琴童, 知其爲碧溪守也. 乃曼聲而歌曰: "靑山裏碧溪水, 莫誇去未休. 一到
滄海難再見, 那得不少留? 明月滿空山, 臨去願一游." 碧溪水聞此歌, 不能去, 到吹笛橋, 回顧
遽落驢. 眞哎曰: "此非名士乃風流客也." 卽徑還. 碧溪守慙恨不已. (『錦溪筆談』)

83. 權用正(1801~?)

「東謳」

(1)

露華爲酒勸靑楓　　　　　昨日靑靑今日紅
鬢髮亦如秋葉變　　　　　朝絲暮雪太怱怱 (1056)

(2)

滄波萬頃碧沈沈　　　　　問爾沙鳧識淺深
我亦與郞新結好　　　　　不知郞有幾重心 (964)

(3)

金絲烏竹玉英梅　　　　　窓外閑庭處處栽

待得情人携酒云　　　　　　今宵玩月共含杯 (「金絲烏竹 牡丹芭蕉외」)

(4)

人間離別萬般事　　　　　　獨宿空房最可悲

相思不見此情緒　　　　　　一日纏綿十二時 (「相思別曲」)

(5)

黃蝶悠揚白蝶翩　　　　　　靑山日暮向花邊

此去若遭花冷淡　　　　　　葉間何處不宜眠 (445)

(6)

碧溪流水響潺潺　　　　　　一到東溟不復還

寄語浮生須盡樂　　　　　　夜深明月滿空山 (2858)

(7)

風驅驚浪拍船舷　　　　　　細雨江南欲暮天

寄語長年催振舵　　　　　　洞庭山下太湖邊 (1130)

(8)

凉風淅淅且休吹　　　　　　落盡亭皋綠葉枝

流光冉冉且休去　　　　　　老盡長安年少兒 (1123)

(9)

藥山東畔缺巖頭　　　　　　折得花枝作酒籌

假使人生能百歲　　　　　　一分歡樂九分憂 (1888)

(10)

明沙十里海棠開　　　　　　莫恨繁紅易落來

花到明年當再發　　　　　　浮生一去詎能廻 (1110)

(11)

碇纜舉時船已離　　　　　　問君何日是歸期

咿咿半夜鳴橈響　　　　　　斷盡柔腸人不知 (764)

(12)

窓前種得碧梧柯　　　　　　愛看秋宵月影多

獨奈愁人無夢處　　　　　　踈踈滴滴雨聲何 (1241)

(13)

百難唯有待人難　　　　　　鷄唱三聲夜向殘

幾度出門人不見　　　　　　碧梧枝上月團團 (828)

(14)

騎得浩然驢子行　　　　　　柴門五柳訪淵明

葛巾漉酒眞堪聽　　　　　　恰似前村細雨聲 (3297)

(15)

情書一紙坏看頻　　　　　　疊在胸前壓在身

紙中不知能幾何　　　　　　教儂終夜氣悶悶 (2477)

(16)

譯官新自北京回　　　　　　乞得眞紅絲作媒

纖纖結就風流網　　　　　網得山中處子來 (「梅花打令」)

(17)
落葉眞堪隨處坐　　　　　松燈亦復不須燃
分明前夜下山月　　　　　又向東山高處圓 (2701)

(18)
梧桐秋夜月明時　　　　　對月依依我所思
思君君亦思吾否　　　　　此夜君心未可知 (「相思別曲」)

(19)
江湖孤負舊魚磯　　　　　十載奔忙與志違
爲報白鷗休笑我　　　　　君恩荅盡始言歸 (117)

(20)
曉霜風急月橫天　　　　　獨鴈啼歸阿那邊
欲向瀟湘洞庭否　　　　　平安數字爲吾傳 (769)

(21)
翩飛白鳥莫疑吾　　　　　豈識閒翁是友于
自歎不才明主棄　　　　　殘年隨汝到江湖 (1171)

(22)
兩箇同衾共臥時　　　　　無人吹滅玉燈兒
寄聲窓外春風道　　　　　欵欵須從窓隙吹

(23)

鎭安白苧繰新絲　　　　繰到中間斷絕時

香口吮來纖指扭　　　　兩頭相續不相離 (1036)

(24)

征馬蕭蕭頓碧蹄　　　　人情揮淚手重携

請君莫挽吾行住　　　　挽住峰頭白日西 (992)

(25)

浮雲去也儂不去　　　　細雨來兮君不來

安得化爲雲與雨　　　　來來去去日千回 (291)

(26)

今又黃昏昏又曉　　　　相思應病病應休

情知病後無醫法　　　　那不留郎一日游 (2054)

(27)

風停雲歇海靑休　　　　天半高峰嶺上頭

若道情人那邊在　　　　我行應不少遲留 (1113)

(28)

一自情郎遠別離　　　　天涯消息也難知

相思何日重相見　　　　畫裡黃鷄報曉遲 (「黃鷄詞」)

(29)

靑石嶺頭玉河畔　　　　胡風慘憺雨聲寒

誰能畫出此行色　　　　寄與閨人仔細看 (2875)

(30)

長生妙訣摠吾欺　　　　採藥神仙誰見之

須識人生朝露似　　　　漢陵秦塚草離離 (2513)

(『東謳』)

84. 宋達洙(1808~1853)

「訓民歌飜辭」外

「訓民歌飜辭」

父兮曰我生　　　　母兮曰我養

如非我父母　　　　此身豈生長

如天此恩德　　　　於何報髣髴 (1817)

兄兮與弟兮　　　　爾膚且摩挲

厥初伊誰生　　　　樣子亦同耶

哺此同乳長　　　　反懷異心何 (2455)

人君與百姓　　　　天尊與地卑

凡我勞苦事　　　　一一要盡知

而我彼美芹　　　　云何獨食之 (3242)

迨我親在堂　　　　謂當善事之
於焉過了後　　　　雖悔亦何追
生平不可復　　　　只此而已哉 (1918)

一身分二體　　　　結爲夫婦義
生時偕老歡　　　　死後同穴瘞
彼何妄人斯　　　　而反相睚眦 (3166)

女子所由路　　　　男子且避行
男子所去地　　　　女子且避程
若非渠夫婦　　　　且莫交問名 (59)

爾子讀孝經　　　　今至第幾編
我子讀小學　　　　明明庶終焉
何時了此書　　　　立揚願爲賢 (621)

嗟嗟隣里人　　　　勉焉爲善事
旣受人形生　　　　所行反不義
何異馬與牛　　　　冠巾而飲食 (953)

長者如提抱　　　　雙手思擎之
長者如有出　　　　持杖徐行隨
鄉飲禮罷後　　　　聊亦且陪歸 (3080)

人所以義交　　　　無如友有信
曰我不是處　　　　忠告傾寸心

| 此身非友生 | 亦難人道盡 (530) |

噫彼之姝兮	艱食何所資
噫彼之叔兮	無衣且何爲
隨事更相告	願言顧助之 (1955)

爾家云有喪	何以備禮儀
爾女當于歸	何時氷泮期
於我亦何有	有無欲相資 (624)

今日亦已明	及爾荷鋤去
我田如盡耘	爾田且相助
歸路採桑葉	聊爲養蠶具 (2052)

雖無卒歲資	勿奪他人着
雖有空簞憂	勿求他人喫
如令一汙身	亦又難洗濯 (1354)

毋爲樗蒲戲	毋爲獄訟文
奈於家所敗	奈於人所怨
邦國有明刑	治此抵罪人 (1508)

負戴彼何老	請我代勞之
我則年光少	道理悌長宜
衰老已可憐	又何負重爲 (2277)

(『守宗齋集』卷1,『松江別集追錄』卷2)

「酒問答翻辭」

始君欲成事	交我托深盟
見我便欣然	我且隨君行
君如謂我非	曷不且休停 (2442)

爾且聽我言	無爾難聊生
好事與惡事	以爾渾忘形
詎今欲媚人	反疎舊交情 (569)

一定百年壽	草草了生平
草草此浮生	底事謾經營
而我把勸盃	胡爲不盡傾 (2444)

（『守宗齋集』卷1，『松江別集追錄』卷2）

85. 翼宗(1809~1830)

「睿製春鶯囀」，「春鶯舞詞」

「睿製春鶯囀」

停停月下步	羅袖舞風輕
最愛花前態	君王任多情 (185)

（『進饌儀軌』戊子）

「春鶯舞詞」

嬋娟月下步　　　　　羅衫舞風輕

婉轉花前態　　　　　君王任多情 (185)

(『歌曲源流』)

• 資料 ───────────────────────

1.「睿製春鶯囀」

[原註: 淵鑑類函 唐高宗聞鶯聲 命樂工白明達寫之〇設單席 舞妓一人立於席上 進退旋轉 不離席上而舞] "停停月下步　羅袖舞風輕　最愛花前態　君王任多情" (『進饌儀軌』戊子)

2. 고흘샤 월하보에 깁ㅅ미 부룸이라 곳앞히 셧는 態度 님의 情을 맛져셰라 아마도 舞中最愛는 春鶯囀인가 ᄒ노라　翼宗大王在東宮時, 上純元王后進饌春鶯舞詞, "嬋娟月下步, 羅衫舞風輕, 婉轉花前態, 君王任多情."(『歌曲源流』)

───────────────────────────

86. 李裕元(1814~1888)

「小樂府」

[小樂府序]

余昨夏作海東樂府百首, 原於益齋先生小樂府法. 今秋雨裏, 見養研山房俗樂府, 倣以製之, 皆東國忠臣志士哲輔鴻匠高明幽逸才子佳人詠嘆嚬呻之餘也. 盖昭代歌謠無傳, 惟益齋後, 申象村鄭東溟諸公, 得脣齒輕重之法, 墜之爲羽聲, 抗之爲商音. 然當時咀嚼者, 今擧爲古調, 人無知之. 養研所詠, 全非古體, 而亦不免憂憂乎難於繹解, 民風之日異時變, 於斯可見矣. 余之所編, 今則無人不誦, 而如過幾年, 與古調縱然有間,

比時調亦不無差等之殊, 是古風雅變正之所由作也.

(1) 楊柳枝

黃河遠上一孤城　　　　　雲白山靑萬仞橫

春光不到玉門柳　　　　　何處遙遙羌笛聲 (3305)

(2) 荷葉杯

玉顏相對月雲間　　　　　出水芙蓉一點斑

肯放他人獨管領　　　　　阿儂亦是意中還 (「樂府」)

(3) 更漏子

香盡金爐風箭箭　　　　　輕寒尙阽鎖深院

月隨花影移闌干　　　　　愁煞春光一夢倦 (375)

(4) 蝶戀花

白蝶團團黑蝶飛　　　　　偸香同逐靑山歸

今日花間宿未了　　　　　葉間一宿亦芳菲 (445)

(5) 竹枝

百草之中不種竹　　　　　篆鳴箭去筆塗鴉

之鳴之去之塗煞　　　　　樹有相思謾自嗟 (1213)

(6) 天仙子

瞻彼前山片石嵬　　　　　太公昔日釣魚臺

聖人已矣水空在　　　　　燕掠斜陽去復來 (2548)

(7) 夢江南

文讀春秋武偃月	華容狹路阿瞞歇
薄雲鏡日公爲心	萬古英雄一卓越 (1071)

(8) 八拍蠻

子龍息馬休花槍	百萬曹兵沸一場
隻手靑釭無不敵	着眠阿斗過當陽 (2481)

(9) 歸國遙

野服葛巾漢孔明	南屛壇屹周郎驚
莫歎一船山底泊	靑龍旗角已風聲 (246)

(10) 中興樂

單騎劉郎走的盧	長江追將後前途
吸呼每憶常山子	遭厄英雄立荻蘆 (44)

(11) 滿庭芳

昨夜風風花滿庭	山童欲掃袖先馨
花之餘韻猶堪聞	開落無關玩性靈 (67)

(12) 生查子

王祥氷鯉孟宗筍	白髮萊衣昔黑鬢
百行之源天下尊	一生養志事曾閔 (2139)

(13) 憶少年

半世人生已老何	老年難和少年歌

白髮那曾爲我惜　　　　　未聞時月與人多 (1146)

(14) 酒泉子
行人魂斷雨淸明　　　　　何處靑帘夕照橫
短笛牧童遙指點　　　　　杏花如雪一城傾 (2853)

(15) 朝中措
明月南薰夜未央　　　　　八元八凱八聰堂
五絃彈出聲聲協　　　　　解慍春臺化日長 (546)

(16) 西江月
此夜月明落玉霜　　　　　洞庭何處隔瀟湘
寒燈旅舘忽驚起　　　　　隻雁聲哀憶故鄉 (768)

(17) 武陵春
西塞桃花欲暮春　　　　　鱖魚肥大鷺相親
至今流水人何在　　　　　細雨斜風簑笠貧 (1545)

(18) 問靑山
靑山應識古今事　　　　　我欲言之爾莫秘
今古英雄幾劫過　　　　　後人間我我無異 (2859)

(19) 漁家傲
取閒莫若白鷗閒　　　　　幾度淸江與碧山
謝了功名從爾去　　　　　鷺鷥不必共嘲訕 (1172)

(20) 憶王孫

我馬青驄爾馬烏　　　　　　爾前鷹鳥我前盧

空山伏雉追而搏　　　　　　鷹犬同功無智愚 (460)

(21) 驀山溪

青山瀉出碧溪水　　　　　　影入流雲去莫止

一到滄溟難復回　　　　　　滿空明月古今是 (2858)

(22) 探春令

春日田園我事紛　　　　　　藥畦花圃有誰耘

分付山童先剗竹　　　　　　雨中擡笠織成紋 (2580)

(23) 好事近

橫笛佩壺雙髻童　　　　　　瑤池閬苑接瀛蓬

李張蘇杜羣仙會　　　　　　一鶴前宵已駕風 (3152)

(24) 春光好

積雪已消暖律遲　　　　　　男兒到此感年時

臥柳動心歸鴈喜　　　　　　醉餘欲唱迎春詞 (2568)

(25) 尋芳洲

峨嵋山月壁江秋　　　　　　無限風光不盡留

謫仙去後蘇仙又　　　　　　付與詩人取次遊 (1814)

(26) 滴滴金

金絲烏竹牡丹蕉　　　　　　梅菊葡萄種得饒

更進一杯何所憶　　　　　紗窓影落月中宵（「金絲烏竹 牡丹芭蕉외」）

(27) 一剪梅
故鄉來者故鄉知　　　　　窓外寒梅放幾枝
梅雖放也無人賞　　　　　愼莫違他月落時 (324)

(28) 誤佳期
世上元無不死藥　　　　　何人能得敢延年
秦皇之塚漢皇墓　　　　　秋草黃時鎖暮烟 (2513)

(29) 醜奴兒
綠草淸江馬脫羈　　　　　老而安逸臥何爲
嶺上夕陽人不到　　　　　北風回首一聲悲 (652)

(30) 浪陶沙
司馬文章萬古鳴　　　　　右軍筆法千人驚
比干忠烈曾賢孝　　　　　歷代英豪莫與爭 (1412)

(31) 浣溪紗
春晚淸溪草閣深　　　　　梨花白雪柳黃金
滿壑歸雲蜀魄怨　　　　　思君不見淚難禁 (2837)

(32) 一葉索
細雨瀟湘簑笠翁　　　　　扁舟一葉大江東
李白騎鯨天上去　　　　　載歸明月與淸風 (1659)

(33) 憶秦娥

三春澹蕩黃山谷　　　　　一朵嬋妍李白花

漉酒聲聲春雨滴　　　　　門前五柳先生家 (3297)

(34) 山中曆

花發爲春葉以夏　　　　　秋丹楓豔冬靑松

山中只有四時景　　　　　都是天根六六宮 (1450)

(35) 訴衷情

月上之時舟泛泛　　　　　去來無定惱人情

滄波萬斛儂愁貯　　　　　夜半橈歌夢不成 (764)

(36) 鷓鴣天

洞僻柴桑五柳村　　　　　陶潛處士欲忘言

琴自無絃手自撫　　　　　知音鸚鳥舞蹲蹲 (1768)

(37) 無價寶

無語靑山汗漫水　　　　　清風明月不論錢

閒中身世渾無事　　　　　無是無非便是仙 (989)

(38) 笑白髮

靑春莫笑白頭翁　　　　　公道人間貴賤同

少年那得靑春駐　　　　　今白頭翁伊昔紅 (2904)

(39) 分憂樂

人生能得百年壽　　　　　憂樂中分未百年

三萬六千難若是　　　　　無如長醉此生前 (1175)

(40) 小重山
山是自然水自然　　　　　山水之間我自然
自然生長此身世　　　　　老了昇平亦自然 (2857)

(41) 醉落魄
古人無復落花風　　　　　歲歲年年人不同
人則不同花則似　　　　　佳人淚對落花紅 (188)

(42) 風流子
花王大闢座靑陽　　　　　向日花開露赤腸
寒士老人詩客外　　　　　桃花紅白風流郞 (1033)

(43) 鳳凰臺
鳳凰飛去鳳臺空　　　　　晉代邱原吳氏宮
中分二水三山落　　　　　回首長安佳氣蔥 (1079)

(44) 沅郞歸
白馬靑娥長短亭　　　　　夕陽欲暮掛山肩
去路悠悠望不盡　　　　　把衫惜別約丁寧 (1183)

(45) 南山壽
南山崒崒千年山　　　　　漢水湯湯萬年水
聖主太平千萬斯　　　　　千千萬萬又千禩 (516)

87. 鄭顯奭(1817~1899)
「敎坊歌謠」

[敎坊歌謠叙]

章韶邈矣 雅頌絶矣 衛虢桑濮之音作俑 而漢之僧樂盛 五胡雜謠 天寶
淫樂迭奏於後 雖有文人才子 尙聲律翻樂府 而終爲艶纖鄙褻之詞 急促
焦煞之音 不復有依永和聲之理 此何足以感發懲創也哉 我東新羅以前
只有鄕樂 高麗文孝始用大晟樂 而未諧焉 猗我太宗朝受皇賜樂器 慨我
世廟時 獲黍磬之瑞 定律呂 作雅樂 用之宗廟朝廷 而至於俗樂 迄未盡
變 蓋以中華言卽 字音發口便成章 我東言與字二譯而後爲文故也 余自
晋陽莅金陵 朱墨多暇 設敎坊 俾肄歌舞 就歌謠中可采者 輒成詩句若干
首 或句促而言餘 或辭短而字衍 要不失其本旨 然其於五音淸濁亦遠矣
惟選取性情之正 悉去流蕩淫昵之辭 窃自附於筆删之法 而間或寓以勸懲
之義云爾 歲壬申仲春 璞園老僧 書于美錦堂

(1)

天皇宇宙剏爲開	爰及唐虞掃洒來
風雨漢唐傾圮久	願郎音聖主重修回 (2821)

(2)

鸎作金梭柳作梭	三春織出我愁思
誰謂芳草綠陰節	勝似東風花發時 (1218)

(3)

有約江湖早退來　　　　　十年奔走踏紅埃
白鷗休怪吾行晚　　　　　報了君恩始放回 (117)

(4)

紅樓東畔綠楊間　　　　　黃鳥多情百囀咺
莫把好音驚我夢　　　　　思君千里到關山 (3261)

(5)

星出雲興日月華　　　　　三王文物一時嘉
願將四海釀爲酒　　　　　共醉升平萬姓家 (161)

(6)

一笑百媚楊太眞　　　　　明皇萬里竟蒙塵
至今馬驛芳魂在　　　　　空使行人欲損神 (2434)

(7)

湘江魚化釆江鯨　　　　　背負青蓮上玉京
伊後魚皆新出種　　　　　釣來無妨玉鮮烹 (327)

(8)

思君一刻抵三秋　　　　　若到一旬秋幾周
肝腸銷盡如春雪　　　　　渠自樂心忘我愁 (2421)

(9)

李杏桃花百草芳　　　　　春光莫恨一年忙

爾猶天地無窮在　　　　　　　奈此人生百歲强 (869)

(10)
珠涙漣漣要作雨　　　　　　　且將歎息化爲風
夜到窓前吹且灑　　　　　　　驚他忘我熟眠中 (3182)

(11)
太平時節　　　　　　　　　　我君親無憂
聖主有德　　　　　　　　　　國有風雲慶
兩親有福　　　　　　　　　　家無桂玉愁
億兆蒼生　　　　　　　　　　乘興連豊秋
白酒黃鷄　　　　　　　　　　熙皞同樂遊 (1812)

(12)
獨立墻頭花樹奇　　　　　　　牧丹叢杏海棠花
或紅或白欺吾眼　　　　　　　寧有主乎將折之 (793)

(13)
月明薰殿陪元凱　　　　　　　彈五絃琴懈慍兮
我亦遭逢聖明主　　　　　　　與民同樂太平躋 (546)

(14)
金爐香燼漏聲殘　　　　　　　竟夜誰家供愛歡
花影月移玉欄上　　　　　　　始來窓外暗偸看 (375)

(15)

睡起松壇擡醉顔　　　　　斜陽浦口白鷗還

如此江山誰是主　　　　　知應惟我一人閒 (1685)

(16)

誰把碧梧桐一樹　　　　　我眠窓外底心栽

婆娑月影雖堪好　　　　　不合中宵雨滴來 (688)

(17)

過半人生老已催　　　　　如今無望少年回

但要日後無添老　　　　　白髮爾須斟酒的來 (1146)

(18)

七月正當旣望秋　　　　　泛舟流下金陵洲

手自釣魚魚換酒　　　　　蘇仙不見共誰遊 (2456)

(19)

月白秋江駕葉舟　　　　　釣竿拂揭起眠鷗

爾輩亦解閒人興　　　　　飛去飛來荻葉洲 (2963)

(20)

天地元來如逆旅　　　　　光陰百代客之過

世事渺然滄海粟　　　　　生非百歲不遊何 (2791)

(21)

司馬文章右軍筆　　　　　劉伶杜牧盡堪憐

最是一身難備事　　　　　逢忠曾孝得雙全 (1412)

(22)

樵童伐木楚山腰　　　　　切怕樵時傷竹條
養得長竿當作釣　　　　　吾曹解此但薪樵 (2940)

(23)

鐵驄背上臂蒼鷹　　　　　羽箭角弓豪自矜
聖恩報了從君去　　　　　踏遍雲山我亦能 (2902)

(24)

北斗七星訴妾情　　　　　郎歡未洽曙光生
願言分付三台使　　　　　未到五更囚啓明 (1316)

(25)

智似孔明縱蠻獲　　　　　義如翼德釋嚴顏
千古關公眞凜凜　　　　　華容小道放操還 (2595)

(26)

棗頰紅娟摘取回　　　　　栗房黃坼拾將來
呼朋共入茅堂裏　　　　　春酒盈盈香滿杯 (836)

(27)

天皇日月至今明　　　　　丑會山河從古清
人生始自人皇世　　　　　底事今無一箇生 (2440)

(28)

纏束愛情擔背上　　　踰他峻嶺苦猶甘

傍人縱勸因棄去　　　矢死吾心不卸擔 (1404)

(29)

靑山影裡碧溪水　　　容易休詫去不休

一到滄溟回不得　　　滿山明月且逗遊 (2858)

(30)

靑山終古自然然　　　綠水如今亦自然

山水中間吾自在　　　此生老亦自然然 (2857)

(31)

南山松柏　　　　　　鬱鬱蒼蒼

漢江流水　　　　　　浩浩洋洋

主上殿下　　　　　　如此山水

山崩水渴　　　　　　聖壽无疆

千千萬萬歲　　　　　太平享

我爲逸民康衢烟月　　歌唱擊壤 (507)

(32)

牧丹花中王　　　　　向日花忠臣

蓮花君子　　　　　　杏花小人

菊花隱逸　　　　　　梅花寒士

匏花老人　　　　　　石竹花少年似

葵花巫黨　　　　　　海棠花妓娼

此中梨花詩客　　　　　　　　紅桃碧桃三色桃風流郎 (1033)

(33)

於此聖代回　　　　　　　　　於彼聖代來

堯日月舜乾坤　　　　　　　　值太平盛時遊哉遊哉 (2295)

(34)

昨夜三更吹到風　　　　　　　桃花落盡滿庭紅

花雖落兮亦花也　　　　　　　擁帚家僮休掃空 (67)

(35)

我把青春去贈誰　　　　　　　誰將白髮送來之

其去其來應有路　　　　　　　此路難遮堪一嘻 (2909)

(36)

春晚清溪一草堂　　　　　　　梨花雪白柳金黃

雲深萬壑千峯裡　　　　　　　蜀魄聲中春思茫 (2837)

(37)

中書堂裏玉爲盃　　　　　　　十載歸來復見開

清白光輝渾似舊　　　　　　　所嗟人事變更回 (2661)

(38)

銀瓶傾水理紅粧　　　　　　　又向金爐爇異香

暗祝心中無限事　　　　　　　君如聞此感應長 (2268)

(39)

前宵臥聽雨聲流　　　　　開盡堦邊安石榴

簾掛芙蓉堂上月　　　　　與誰今夕作淸遊 (1975)

(40)

雪花擁竹揉千枝　　　　　誰道此君肯屈卑

獨也靑靑雪中立　　　　　歲寒孤節始應知 (674)

(41)

行如有跡夢中過　　　　　窓外應看古徑磨

終是夢中異眞境　　　　　了無行跡更如何 (334)

(42)

手種碧梧桐一樹　　　　　意中要見鳳凰遊

緣吾苦待不來到　　　　　明月空懸枝上頭 (1241)

(43)

石榴花盡荷香浮　　　　　看見鴛鴦波上遊

羨他雙鳥因緣重　　　　　獨倚欄干不勝愁 (1553)

(44)

寂寂無人重掩門　　　　　滿庭花落月明軒

獨倚紗窓長歎息　　　　　一聲雞唱五更村 (2566)

(45)

小園春晚百花叢　　　　　蛺蝶雙飛任好風

切莫貪香枝上坐　　　　　蜘蛛結網夕陽中 (1669)

(46)
仲冬之月長長夜　　　　　折了中腰兩夜餘
春風衾下盤旋置　　　　　之子○霄曲曲舒 (894)

(47)
鏡中顏色照無瑕　　　　　我自看來艷似花
何況凝粧待君到　　　　　思君不見又堪嗟 (142)

(48)
靑鳥飛來傳信奇　　　　　君邊消息喜聞之
三千弱水爾何渡　　　　　萬段情懷應盡知 (2885)

(49)
蘆花深處白鷗眠　　　　　見我休驚飛去翩
我亦江湖無事在　　　　　閒情爾與我同然 (2159)

(50)
靑山綠水深深處　　　　　緩步靑鞋行且休
萬壑千峰雲霧合　　　　　此中景槪好來遊 (640)

(51)
黃山谷裡好春時　　　　　李白花枝手折持
五柳村前訪陶令　　　　　葛巾漉酒雨聲疑 (3297)

(52)

麟遊北岳鳳凰鳴　　　　　堯舜東方日月明

吾輩如今陪聖主　　　　　與民同樂永昇平 (410)

(53)

與君言約晚違時　　　　　庭畔梅花盡落枝

朝日鵲鳴知有信　　　　　試將寶鏡理蛾眉 (1989)

(54)

桃花何事作紅粧　　　　　細雨東風淚滿眶

應緣春色無情緒　　　　　去欲忽忽多感傷 (864)

(55)

如堯如舜侍吾君　　　　　聖代昇平更見聞

太古乾坤光日月　　　　　春臺壽域樂欣欣 (2146)

(56)

巖巖泰嶽縱云高　　　　　只在人間天下高

登必登處應皆到　　　　　人自不登只謂高 (3061)

(57)

蝶見花時舞袖回　　　　　花看蝶處笑顏開

羨他花蝶年年見　　　　　底事歡郎去不來 (200)

(58)

問爾禪師暫語余　　　　　關東風景近何如

明沙十里海棠發　　　　　遠浦白鷗飛雨踈 (1097)

(59)
誰把碧梧桐一樹　　　　　我眠窓外底心栽
婆娑月影雖堪愛　　　　　回耐中宵雨滴來 (688)

(60)
綠草芊眠江色清　　　　　脫羈老馬任便行
時時向北頻翹首　　　　　夕日依山戀主鳴 (652)

(61)
君言憐我恐非眞　　　　　謂見夢中尤未恂
如我永宵長不寐　　　　　不知何夢可相親 (1405)

(62)
誰道清江無限深　　　　　飛鳧前臆半纏沈
人間亦有深深處　　　　　最是伊人向我心 (684)

(63)
寄語春風桃李花　　　　　嬋妍顔色且休誇
爭似歲寒松與竹　　　　　靑靑落落節靡他 (2996)

(64)
享年享歲享綿綿　　　　　但願吾君萬壽延
鐵樹花開終結子　　　　　萬年之外萬餘年 (2773)

(65)

雪中月色滿窓明　　　　　　莫遣狂風吹作聲
縱我判知非履響　　　　　　思之切矣倖其行 (1587)

(66)

雨霽秋天一色同　　　　　　裁成錦幅剪刀中
銀針色線添紋繡　　　　　　願作衣裳獻紫宮 (40)

(67)

不老草香仙酒醅　　　　　　盈盈注波萬年盃
執盃齊獻南山壽　　　　　　萬壽無疆祝聖回 (1337)

(68)

有約江湖早退來　　　　　　十年奔走踏紅埃
白鷗休怪吾行晚　　　　　　報了君恩始放回 (117)

(69)

山村夜入聞猣吠　　　　　　開了柴扉遙望時
知是寒天只有月　　　　　　空山宿月吠何爲 (1458)

(70)

知爾靑山閱歷多　　　　　　英雄從古幾人過
後來有客如相問　　　　　　並數儂家說與他 (2859)

(71)

秋月春風來有期　　　　　　認他有信竟全欺

只將白髮傳於我　　　　從彼少年都去之 (1926)

(72)
長生之術說荒唐　　　　仙藥人間誰得嘗
請看驪山武陵上　　　　暮烟秋草至今荒 (2513)

(73)
峨嵋山月半輪秋　　　　赤壁江中風景留
蘇老李仙遊不盡　　　　長教騷人續前遊 (1814)

(74)
人生非二身非四　　　　借寄人間夢裡身
役役平生爲產業　　　　何時欲作勝遊辰 (2401)

(75)
誰恨人生生不辰　　　　羲皇時節未生身
草衣木食寧爲也　　　　只羨人心厚且淳 (2431)

(76)
綠樹陰濃黃鳥鳴　　　　可憐爾語最多情
爾與美人一時語　　　　不知誰是美人聲 (648)

(77)
兩人來世又生幷　　　　君我我君相換生
恨我平生斷腸苦　　　　教君替我戀君情 (2180)

(78)

君家酒熟我須招　　　　花發草堂我亦邀
只把無憂百年事　　　　與君隨處議相饒 (2474)

(79)

馴了生鷹去獵雉　　　　洗來白馬繫松枝
釣魚穿柳沈灘水　　　　童子須言客到時 (1529)

(80)

子規夜聽草堂西　　　　雄子規耶雌或棲
何處空山不宜去　　　　如今偏向客窓啼 (2921)

(81)

萬樹山中葛藟生　　　　相縈交結復縱橫
縱教白骨爲塵土　　　　一片丹心肯變更 (2291)

(82)

醉中側步劇迷昏　　　　醒後深盟不把樽
及見酒肴盟亦悔　　　　呼兒滿酌解盟言 (1722)

(83)

雨來君豈不來留　　　　雲去吾何未去遊
何時爲雨爲雲去　　　　其去其來得自由 (1353)

(84)

春風回到老楂梅　　　　端合舊枝花發來

即看春雪紛紛下　　　　　難料如今開不開 (1009)

(85)
瑤池春入碧桃花　　　　　三過千年結實嘉
玉盤滿盛雙擎獻　　　　　聖壽無疆萬歲遐 (2157)

(86)
百卉人間總可栽　　　　　最中竹樹不宜培
箭去笛鳴兼筆畫　　　　　何須此竹栽培哉 (1213)

(87)
探花蝴蝶舞翩翩　　　　　見蝶花枝笑莞然
花蝶願移窓外樹　　　　　與君長醉月明前 (200)

(88)
萬頃蒼波泛水禽　　　　　爾曹泛泛也知深
恨吾他處情人在　　　　　深淺難知一寸心 (964)

(89)
一蔕二三柚子結　　　　　狂風大雨不曾隳
願我因緣如彼重　　　　　一生同處不相離 (2253)

(90)
我將買愛誰能賣　　　　　欲賣離情孰肯賒
了無可賣兼無買　　　　　長愛永離眞可嗟 (1403)

時調・歌辭 漢譯資料集成
1

(91)

於焉宴罷奏終曲　　　北斗七星看轉回
去者送之留者挽　　　呼兒旋屨我行催 (3077)

(92)

風憩雲留嶺上頭　　　蒼鷹欲度亦應愁
如聞嶺外君來住　　　判不吾行一刻休 (1113)

(93)

遊遊只可長時遊　　　晝日遊兮繼夜遊
遊遊須到畫鷄唱　　　朝露人生那不遊 (632)

(94)

待人難待人難　　　　鷄三呼夜五更
出門望出門望　　　　靑山萬重綠水千回
少頃犬吠聲　　　　　白馬遊冶郎潛回入
喜心無窮貪貪　　　　今夜相逢樂無涯 (827)

(95)

愼酒色古人攸訓戒　　踏靑登高節
與友詠詩句　　　　　滿樽香醪不醉何
旅舘寒燈獨不眠　　　對絕代佳人不遊何 (2637)

(96)

今日暮暮則曉　　　　曉則君去
君去則不見　　　　　不見則思

思應生病	生病則不生
若知生病不生	則宿而去 (2054)

(97)

苧此 彼 周	復갇去　一半中斷
丹脣皓齒	喜嚥甘嚥
纖纖玉手	執兩端　바비처
續彼苧	我亦愛情將絶時　如彼苧 (1036)

(『敎坊歌謠』)

「勸酒歌」

進酒進酒進此酒一杯	不老草釀爲酒
瑤池蟠桃作肴來	萬壽舞疆哉

天地愛酒	出酒星酒泉
聖賢愛酒	飮千鍾百榼
人間美祿非此麼 (2801)	

自古英雄豪傑	非酒不做事
自古文章學士	非酒不作文
勸時須進	

山水樓臺無限景	無酒則無興
清歌妙舞風流地	無酒則無味
惟飮酒遊	

百年假使人人壽　　　憂樂中分未百年

寄蜉蝣於天地　　　　渺滄海之一粟

不飮酒而何爲 (1175)

藥山東臺缺巖　　　　折花爲籌

無窮無盡飮

[餘不盡記] (1888)

（『敎坊歌謠』）

「船樂」

碇擧船離　　　　　　今去兮何時還

萬頃蒼波　　　　　　飛也似回

夜半收纜聲　　　　　欲斷腸

（『敎坊歌謠』 船樂條）

88. 朴致福(1824~1894)
「戒桃花」

「戒桃花」

　惟我退溪老先生, 遭遇聖朝, 致位卿相, 而常懷難進易退之節, 築精舍
於淸凉山下, 優遊捿息, 絶意外慕. 常作歌寓意曰: "淸凉山六六峰, 知我
者白鷗與桃花. 白鷗豈傳泄? 未信者桃花. 桃花且莫泛泛東流水, 或恐漁

387

舟子知."

(1)

清涼山何有	白鷗與桃花
白鷗忘機	桃花不言
理我初服與爾同婆娑 先生自銘曰婆娑初服 脫略衆訓	
白鷗可信盟不寒	桃花奈汝輕盈姿
東流之水日千里	恐漏春消息世人知 (2844)

(2)

天上碧桃樹	千年一開花
花開且結子	纍纍如丹砂
金丹久未就	歲暮憂思縈
願從曼倩兒	採採蟠桃春
上以壽吾君	下以壽吾民

(3)

陶山嶷嶷高	溪水源源流 自銘曰有山嶷嶷有水源源
山有桃兮水有鷗	安土樂天兮聊與優遊
優遊雖卒歲	物性難渝移
桃花最輕薄	妖艷無貞姿
香魂易飄蕩	嬌矗脩嬋妍
不與幽人好	好托朱門邊
秦人不解事	入山勤栽培
終然漏靈境	故敎漁舟來
折花戒申申	汝身宜自惜

東園不可住	兒女嘲顏色
從玆殲舊態	葆汝馨香德
我有盆上梅	清香秪自知
汝宜兄事之	歲晏以爲期[先生有盆梅號曰梅兄]

(『晚醒集』卷3, 大東續樂府)

89. 李裕承(1835~ ?)

「續小樂府」

(1) 驢背醉興

夕陽醉興不勝盃	身載靑驢半是頹
十里溪山和夢過	一聲漁笛嗄醒來 (1565)

(2) 白鷗盟

宿約江湖闊幾春	十年奔走軟紅塵
無情鷗鳥休相笑	擬報君恩未暇身 (117)

(3) 黃昏爲期

黃昏日日佳期在	儂未往時渠必來
渠或病乎人或挽	西樓月落寸腸灰 (3217)

(4) 靈鵲報喜

佳期腕晚春將暮　　　　看看桃花已盡飛
朝鵲俄鳴雖未信　　　　聊爲鸞鏡理蛾眉 (1989)

(5) 白髮歎

白而還黑白猶悲　　　　一白應無更黑時
伊我緣何偏早白　　　　望秋蒲柳最先之 (3329)

(6) 長相思

苦苦相思不欲生　　　　空山落月夜三更
願化此身爲蜀魄　　　　一聲聲向阿郎鳴 (358)

(7) 蜀魄怨

寂寞空山夜已深　　　　悲鳴不道爾無心
蜀國興亡非昨日　　　　云何啼血到如今 (263)

(8) 靑春去

問誰持我靑春去　　　　何處搜將白髮來
去去來來知未防　　　　祇應此路太公恢 (2909)

(9) 老將至

我老於今强過半　　　　餘生難復少年時
痴情惟願無加老　　　　敎汝丁寧白髮知 (1146)

(10) 蓬萊山玉眞

山皆有玉玉皆眞　　　　我道人言摠不眞
惟有蓬山玉眞玉　　　　玉中眞品見之眞 (1427)

「續小樂府并序」

余少時見紫霞申公詩集有海東小樂府四十首, 心乎愛之, 後四十餘年, 更未掛眼. 近日偶得綺園朴侍郞所庋, 復見之, 果絶代佳作, 又知霞翁之意非徒爾也. 盖東國歌謠, 自勝朝以來, 名臣碩輔騷人逸士靜女才子之所寓興寫情, 得志失志, 感於中而發於咨嗟詠歎, 隨其所感, 又如詩之有正變, 陳之太師可以稽一代之風化, 而文苑諸家視之, 以邦音俚語, 不合於古之詩詞, 置而不理. 益齋先生始採小曲爲七絶, 謂以小樂. 厥後五六百載, 寥寥無聞, 此有志之所慨惜, 而霞公之作, 寔述先生之志也, 非直藻彩絢瀾, 可爲騷壇旗鼓, 其有補於昭代風雅, 豈少也哉! 余於是, 心窃慕之, 妄擬摹作, 以平日所記閭巷小曲, 搆爲十絶, 題之曰續小樂府. 是無異壽陵學步, 而若其所到處, 亦或有倣樣近似者, 使霞公而可作, 其曰印可乎否?

(『三家樂府』)

90. 陸用鼎 (1843~1888)

「漢城花柳歌」(『宜田續稿』)

(3)

淸江綠艸岸	日暮馬長鳴
擧首時望北	待聽主人聲

綠草 晴江上에 구레 버슨 물이 되야

씩씩로 머리 드러 北向ᄒ여 우ᄂ 뜻은

夕陽이 지 너머가니 님ᄌ 그려 우노라 (徐益)

(『宜田續稿』)

91. 元世洵(19세기)

「續樂府」

(1) 王孫草

碧海渴流萬事非　　　　　　　聚沙成島影依依

無情芳草年年綠　　　　　　　嗟我王孫何不歸 (1244)

(2) 泰山高

泰岳雖高天低在　　　　　　　登登未有未登山

世人渠自不努力　　　　　　　謾道崔嵬莫可攀 (3061)

(3) 白鷗盟

白鷗身世爾閒暇　　　　　　　何處江湖景最幽

自今謝却功名累　　　　　　　烟雨一生從汝遊 (1172)

(4) 楚江漁

釣魚莫向楚江中　　　　　　　魚腹其魂屈子忠

縱使萬番煎鼎濩　　　　　　　依然馨鬣凜生風 (2918)

(5) 鐵嶺雲

崔嵬鐵嶺挿天中　　　　　　　其上宿雲常冥濛

帶得孤臣寃淚去　　　　　　　雨兼雨㵾 飛洒九重宮 (2823)

(6) 開愁餞

醇醨大醉坐嵬然　　　　億萬閒愁欲退前
教汝山童頻攀酌　　　　閒愁送餞去無邊 (1740)

(7) 丈夫劒
十載劒磨匣裡吼　　　　擧頭遙望玉關雲
丈夫爲國丹忱在　　　　一戰何時定樹勳 (1802)

(8) 迎春曲
雪盡不知春消息　　　　雲鴻得意柳生心
呼兒申囑開葯甕　　　　滿眼韶光次第尋 (2568)

(9) 長堤笛
草堤騎犢彼樵兒　　　　世事是非知不知
聽若無聞垂短髮　　　　斜陽橫笛過山陲 (651)

(10) 故人情
知舊本非我黨親　　　　如何情誼日相新
逢焉欣滿離焉悵　　　　祇是難忘是故人 (3027)

(11) 靑川月
靑天一半明明月　　　　也照情人玉似容
此地此身雖不去　　　　人應看月亦思儂 (2897)

(12) 秋風葉
君家祇是一墻環　　　　隔在千山更萬山
落葉縱知非響屧　　　　餘聲盡入似疑間 (790)

(13) 送情怨

誰謂人間有情好　　　　　萬種情消一別時

縱緣初見難重見　　　　　情去病來自不知 (686)

(14) 春禽挑

青青楊柳鶬鳩鳴　　　　　駘蕩韶華弱女情

束帶心盟前習棄　　　　　園禽挑出兩三聲 (2012)

(15) 別離恨

初不相親何有別　　　　　如其無別不相思

相思不見相思恨　　　　　人生强半老於斯 (1343)

(16) 我不老

人言我老我堪辭　　　　　老者其能似許爲

花下欣然當酒笑　　　　　任他蟠髮送風吹 (689)

(17) 江草山花

細雨前宵江草綠　　　　　東風三日又山花

料知此際春光好　　　　　敎得新篘載小車 (105)

·資料 ————————————————————————

「續樂府引」

　　詩之二南風之權輿, 而正變之音, 可觀當時之汚隆, 故二南以下, 謂之變風. 然大率閭巷歌謠, 男女相贈之間, 其性情之發, 自然如風之動者, 則不無可采. 所以變風亦係於正風之末. 詩本四言, 四言廢而五言興, 五言廢而七言作, 七言之盛始於杜審言沈佺期, 以律體爲高. 中唐以下, 絶其半爲七絶, 上不對而下對者曰上半絶, 下不對而上對者曰下半絶, 上下俱對者曰中半絶. 蓋七律之爲體, 起承轉結, 境景情事, 叶於聲律之長短淸濁, 至於三來神氣, 毫分銖拆. 七絶四句, 襲律之全體, 以小敵大, 言簡意盡. 肆於中古, 文人才子遣情寫懷之作, 多在七

絶, 入於歌曲刻數, 是所謂樂府也. 其音之正者, 被之管絃, 合用於邦國鄉黨, 而海東近日絶
無叶韻調律, 七言自七言而已. 然其性情之粹然出於正者, 則果治世之音也. 東梧李公掇收歌
謠十絶, 以續小樂府, 自序之. 其序曰, 紫霞申公已有四十絶, 以小樂府序之. 申公之作, 盖由
李益齋樂府, 故因其舊而名之. 梧公之續如宋玉景差之續離騷矣. 余亦效嚬以十餘絶爲小引,
就正於梧公, 合爲一編, 名曰三家樂. 然檜曹以外, 焉有詩乎? 以變風而係于正風者歟?

（『三家樂府』）

92. 權益隆(19세기)
「風雅別曲」

(1)

風雅深意	傳者其誰
古調雖自愛	知者少
正聲微茫	欲更吟 (3116)

(2)

我馬維騏	載馳載驅
詢其疾苦	奚憚原隰
聖恩至重	惟恐不能酬 (570)

(3)

威儀盛大	禮貌寬兮
善戲謔兮	不爲虐兮
盛德至善	終不可諼兮 (2243)

(4)

座有賓　　　　　　　　樽有酒

只樂其心　　　　　　　奚爲其外

德音孔昭　　　　　　　惟當是則是傚 (2620)

(5)

歲云暮矣　　　　　　　不遊何爲

縱好其樂　　　　　　　且無荒兮

職思其憂　　　　　　　是爲良士 (2374)

(6)

子有鐘鼓琴瑟　　　　　宜其日且歡遊

雖顧百年後　　　　　　終誰入華屋

生前不盡樂　　　　　　悔將何及 (992)

(7)

萩葉零露　　　　　　　云已爲霜

秋水其漪　　　　　　　秋懷維新

兒呼擧碇放舟　　　　　訪故人云 (80)

(8)

欲訪故人　　　　　　　遡遊而來

水雲深處　　　　　　　定在此中

乘興來興盡歸　　　　　不見亦何如 (189)

（『校註歌曲集』）

時調・歌辭 漢譯資料集成 ❶

93. 鄭熙鎭(19세기)

「寄友人」外

「寄友人」

世間雖多人	五倫知幾人
攀龍附鳳願卜隣	
百年何容易	難可所願伸

「感懷」

(1)

壬辰丁卯過了身	皇恩奈之何
百死報無路	
此身未死前	願無二心麽

(2)

北極遙望見	帝鄉知在彼
九萬里雲全沒	
望而未去心	切恨無人揣

(3)

忠臣未成身	義士詎可期
國家危急那忍見	

東海望未蹈　　　　　　其故不自知

「夢周公」

(1)
綠陰不勝睡　　　　　　枕肱一夢成
洛陽豊鎬裏　　　　　　不覺倏爾征
周公見吾來　　　　　　欣然出而迎

(2)
於此吾夢也　　　　　　欣喜無窮極
平生所願意　　　　　　今也幸而適
見而不得厭　　　　　　只是爲傷盡

「自警」

(1)
回思吾事眞可笑　　　　生出人間何事做
得成百年如一夢　　　　惟是爲悲傷

(2)
鷄也學於誰　　　　　　鳴必曉頭爲
無知微物　　　　　　　亦能渠所爲

| 如何有識人 | 不知人所爲 |

「癸亥反正後戒功臣歌」

前朝所聚銀	功臣應不盡用麽
除之作明鏡	掛之大闕阿
不遠殷鑑藻	常照更如何

「歎江都陷沒大駕出城歌」

此身少壯時	彼虜若出來
平踏崑崙山	斬之無餘腮
磨持一長釰	此心去不回

「歎北人作變歌」

後山屯結雲	延及蔽中天
風耶雨耶霜耶雪耶	
未知天意竟何然	

「歎鰲城漢陰完平竄謫歌」

作家宜求材

天生直木何以棄

苟以作棟樑　豈有傾側理

(『慶州鄭氏世稿』放翁公遺稿)

• **資料**
　집을 지을딘딘 材木을 求ᄒᆞ느니
　天生 도튼 남글 어이ᄒᆞ여 ᄇᆞ렷는고
　두어라 棟樑을 삼으면 기울 주리 이시랴

前朝 외혼 銀을 功臣아 다 써슨다
더러 明鏡을 지어 大闕 모회 거러두고
殷鑑 머지 아닌 줄을 비쵠돌 엇더ㅎ리

이 몸 져머신 제 뎌 되놈 나고라쟈
崑崙山 므니 불아 씨 업시 버힐거슬
一長劍 골아쥔 ᄆ음이 가고 아니 오노왜라

돍이 뉘게 비화 부ᄃᆡ 사뻐 우는게요
無知微物도 제 홀 일 다 ᄒ거든
엇디타 侑食한 사룸이오 제 홀 일을 모루는고

人間의 사룸이 한들 五倫 알리 긔 며티리
攀龍附鳳ㅎ야 願卜隣 ᄒ거마는
百年이 하 쉬이 가니 될동말동ᄒ여라

뒷메희 뭉킨 구룸 압들헤 펴지거라
ᄇ람 불디 비 올지 눈이 올지 서리 올지
오리는 하늘 쏫 모로니 아므랄 줄 모로리라
(『水南放翁遺稿』)

又聞廢大妃殺大君之事, 仰天嘘唏, 零淚沾臆, 卽製短歌以叙悲○曰: "後山結雲, 蔽于中天, 風耶雨耶霜耶雪耶! 未知天意終何在." 後山結雲者, 北人之作黨也. 蔽于中天者, 君○之昏蒙也. 風雨雪霜者, 大亂之將興也. 聞者危之曰: "子將禍矣. 愼旃愼旃." 答曰: "我固欲死, 不得其所. 有懷必詠, 何畏乎死? 天下豈有無母之人? 天理滅人倫亂國, 隨而亡可立而待也." 見趙玄谷流民歎, 卽作慰流民歌以悲之. 及聞癸亥反正之奇, 懽喜若狂, 曰: "豈意老臣復見天日之明." 乃作聖主中興歌[歌長未謄].(『水南放翁遺稿』, 朴世采撰 「水南放翁鄭公家藏行蹟」)

〈前略〉往在昏朝, 忠賢竄逐, 遂作歌而歎之曰: "作家宜求材, 天生直木何以棄? 苟以作棟樑, 豈有傾側理?" 及聞大妃之廢, 則仰天獻欷涕淚霑臆, 又歌曰: "後山屯結雲, 延及蔽中天. 風耶雨耶霜耶雪耶! 未知天意竟何然." 聞者危之曰: "子將禍矣." 答曰: "有懷必詠, 何畏乎死?" 及聞癸亥反正之奇, 懽喜若狂, 又作聖主中興歌曰: "豈意老臣, 復見天日之明." 及至甲子適變之時, 卽赴募義所, 募兵勤王, 至槐樹驛, 聞賊馘之獻, 中途罷歸. 丁卯胡亂, 聞大駕註江都, 勳病不能奮飛, 命子赴義爲募義書記從事. 又丙子之亂, 勳年已七十五矣. 北望南漢, 日夜揮泣, 委臥牀席, 無計赴義, 作書勸諭鄉中士友. 勸起義旅, 命子元烜跋涉先行以赴南漢, 使通南道消息. 聞大駕出城, 勳撫膺慟哭曰: "欲蹈東海而未能也." 作歌曰: "此身少壯時, 彼胡若出來? 平踏崑崙山, 斬之無餘腮. 磨持一長釖, 此心去不回."〈後略〉(『慶州鄭氏世稿』, 放翁公遺稿, 「上言」)

94. 吳憙常_(19세기)

「樂府」

(1) 百行源
氷裏捉來王子鯉　　　　　雪中折取孟宗筍
晬晬猶作斑衣舞　　　　　眷眷不忘養志訓 (2139)

(2) 長生思
聞道銀河秋水漲　　　　　鵲橋中斷兩迢迢
牽牛仙子無消息　　　　　織女肝腸寸寸銷 (2271)

(3) 聖得賢頌
聞說黃河淸一千　　　　　聖人初降海東天
草野群賢次第起　　　　　江山風月屬誰邊 (3303)

(4) 玉壺氷
雪積松林樹樹花　　　　　貞姿聖質與誰賞
折寄伊人倘一看　　　　　這時消化了無妨 (1688)

(5) 康衢吟
天皇堂構正綢繆　　　　　堯舜方周灑掃猷
賴久漢唐宋風雨　　　　　如今願戴好重修 (2821)

(6) 梁父吟

三冬衣葛棲岩穴　　　　　　曾未向陽晒雨雪

聞說西山日已昏　　　　　　不禁涕淚空鳴咽 (1478)

(7) 滄浪調

湘江魚化朵江鯨　　　　　　背負謫仙上玉京

新魚無後忠魂肚　　　　　　不妨捕魚不防烹 (327)

(8) 失題

宿鳥投林初月輝　　　　　　溪邊約畧一僧歸

伽藍從此路多少　　　　　　風送遠鍾聲轉微 (2495)

(9) 滿月臺

芳草萋萋溪㳽㳽　　　　　　故宮風景使人悲

歌臺舞殿云云處　　　　　　掠水夕陽燕子知 (2898)

(10) 桃花引

淸凉六六春消息　　　　　　知者自家與爾鷗

鷗爾肯從人走洩　　　　　　桃花或恐引漁舟 (2844)

(11) 後庭花

苦待郎時郎不至　　　　　　正要睡處睡難成

睡亦難成郎不至　　　　　　爭如蹲坐到天明 (670)

(12) 荅君恩

曾在江湖留後約　　　　　　十年奔走在朱門

白鷗休愧歸來晚　　　　　　且待一分荅聖恩 (117)

(13) 綿裏針

此身化作巴禽魂　　　　　藏在梨花密處遷

夜深啼近君家月　　　　　願得聲聲到耳邊 (2318)

(14) 醉公子

嘆成一陣風凄凄　　　　　淚作千行雨惻惻

風吹雨洒綺窓前　　　　　半夜教君眠不得 (3182)

(『玄鶴琴譜』)

・**資料**

「樂府」

氷裏捉來王子鯉	雪中折取孟宗筍	皤皤猶作斑衣舞	眷眷不忘養志訓	百行源(樵夫)
聞道銀河秋水漲	鵲橋中斷兩迢迢	牽牛仙子無消息	織女肝腸寸寸銷	長生思(樵夫)
聞說黃河淸一千	聖人初降海東天	草野群賢次第起	江山風月屬誰邊	聖得賢頌(樵夫)
雪積松林樹樹花	貞姿聖質與誰賞	折寄伊人倘一看	這時消化了無妨	玉壺氷(樵夫)
天皇堂構正綢繆	堯舜方周灑掃猷	頰久漢唐宋風雨	如今願戴好重修	康衢吟(樵夫)
三冬衣葛棲岩穴	曾未向陽晒雨雪	聞說西山日已昏	不禁涕淚空嗚咽	梁父吟(樵夫)
湘江魚化釆江鯨	背負謫仙上玉京	新魚無後忠魂肚	不妨捕魚不防烹	滄浪調(樵夫)
宿鳥投林初月輝	溪邊約畧一僧歸	伽藍從此路多少	風送遠鍾聲轉微	失題(樵夫)
芳草萋萋溪濊濊	故宮風景使人悲	歌臺舞殿云云處	掠水夕陽燕子知	滿月臺(樵夫)
淸凉六六春消息	知者自家與爾鷗	鷗爾肯從人走洩	桃花或恐引漁舟	桃花引
苦待郎時郎不至	正要睡處睡難成	睡亦難成郎不至	爭如蹲坐到天明	後庭花(樵夫)
曾在江湖留後約	十年奔走在朱門	白鷗休愧歸來晚	且待一分荅聖恩	荅君恩
此身化作巴禽魂	藏在梨花密處遷	夜深啼近君家月	願得聲聲到耳邊	綿裏針(樵夫)
嘆成一陣風凄凄	淚作千行雨惻惻	風吹雨洒綺窓前	半夜教君眠不得	醉公子

(『樂府』高大本, 『雅樂部歌集』)

95. 譯者未詳

「誰云泰山高」

誰云泰山高	自是天下山
登登復登登	自可到上頭
人旣不自登	每言泰山高 (3061)

•資料

先生嘗作歌, 講業之暇, 使諸生歌之, 以爲勸勉興起之資. 歌曰: "誰云泰山高? 自是天下山. 登登復登登, 自可到上頭, 人旣不自登, 每言泰山高."(『一齋先生集續錄』, 遺事)

96. 譯者未詳

「俛仰亭短歌七篇」外

「俛仰亭短歌七篇」

(1)

俛則地兮	仰則天兮
兩位之際兮	從而生我兮
居焉領溪山兮	風月將與偕兮老云

(2)

廣廣之野兮	川亦修而脩兮
如雪兮白沙	如雲之鋪兮
無事携竿之人兮	曾日落兮不知 (617)

(3)

松籬兮昇月	至竹梢兮轉離
玄琴兮橫按	巖邊兮猶坐
何許失伴兮鴻鴈	而獨鳴兮云徂 (1675)

(4)

山作兮屏風	野外兮周置
過去兮有雲	咸欲宿兮入來
何無心兮落日	而獨逾而去兮

(5)

宿鳥兮飛入	新月兮漸昇
時獨木兮橋上	獨去兮彼僧
爾寺兮何許	遠鐘聲兮入聆 (2495)

(6)

見山頂兮夕陽	而跳遊兮羣魚
惟無心兮此釣竿	無以兮剩疑
清江月將生	此間興兮不可支

(7)

天地兮帳幕　　　　　　　日月兮燈燭

傾彼北海兮　　　　　　　海樽兮是漑作

南極老人星兮　　　　　　將不知兮有晦 (2803)

（『俛仰集』卷4，雜著）

・資料

筆寫本

「俛仰亭歌」

　俛有地 仰有天 亭其中 興浩然 招風月 挹山川 扶藜杖 送百年

「俛仰亭短歌七篇」

　俛則地兮　仰則天兮　兩位之際兮　從而生我兮　居焉領溪山兮　風月將與偕兮老云
廣廣之野兮　川亦修而脩兮　如雪兮白沙　如雲之鋪兮　無事携竿之人兮　曾日落兮不知
松籬兮昇月　至竹梢兮轉離　玄琴兮橫按　巖邊兮猶坐　何許失伴兮鴻鴈　而獨鳴兮云徂
山作兮屏風　野外兮周置　過去兮有雲　咸欲宿兮入來　何無心兮落日　而獨逾而去兮
宿鳥兮飛入　新月兮漸昇　時獨木兮橋上　獨去兮彼僧　爾寺兮何許　遠鐘聲兮入聆
見山頂兮夕陽　而跳遊兮羣魚　惟無心兮此釣竿　無以兮剩疑　淸江月將生　此間興兮不可支
天地兮帳幕　日月兮燈燭　傾彼北海兮　海樽兮是漑作　南極老人星兮　將不知兮有晦
（『俛仰亭歌』卷子本）

「俛仰亭雜歌二篇」

(1)

秋月山兮細風　　　　　　向錦城兮將去

越野兮亭子上　　　　　　我無睡兮云寤

起而坐兮歡喜情　　　　　宛故人兮如覿

(2)

經營兮十年　　　　　　　作草堂兮三間

明月兮清風　　　　　　　咸收拾兮時完

惟江山兮無處納　　　　　散而置兮觀之 (1803)

(『俛仰集』卷4)

「自上特賜黃菊玉堂歌一篇」

風霜交撲之日夜兮　　　　盡情開兮黃菊花

銀盤兮折而盛　　　　　　玉堂兮送貽

桃李毋以稱花兮　　　　　君之意兮可知 (3111)

「夢見主上歌一篇」

太息兮有間　　　　　　　儵然兮暫睡

娟娟夢魂　　　　　　　　侍吾主兮

以來古之言兮以白　　　　夜之晨兮曾不知

(『俛仰集』卷4)

「致仕歌三篇」

(1)

老去兮欲退去　　　　　　與心兮相議

云有吾主兮　　　　　　　欲去兮何地

自持兮佳容　　　　　　　而獨胡爲兮將之 (711)

(2)

江山兮豈有主　　　　　　風月兮豈有價

持此一身兮　　　　　　　何許兮不可去

而每日兮不得去　　　　　今日來日兮伊何

(3)

去之兮此糞功名	是非兮紛多
何許兮江山	云勿來兮
而不得兮奮去	胡出入兮虛料爲

(『俛仰集』卷4)

「五倫歌五篇」

(1) 父子有親

阿爸兮生我	阿嬭兮育我
苟非兩恩德兮	而此身兮生嬭
如天罔極恩德	于何可準兮爲報 (1817)

(2) 君臣有義

君王統百姓兮	作父母兮位焉
群臣如天仰之兮	用一身兮獻之
惟祝壽兮	於萬年兮

(3) 夫婦有別

一家而爲號兮	亦內外兮不同
故夫婦之間兮	俾嚴正兮成之
親且可愛之意兮	須以識兮以生

(4) 長幼有序

兄兮弟兮	撫爾肌兮視之

賦自于誰兮　　　　　樣子兮從以似

喫一乳兮長一　　　　抱異心兮無以 (3242)

(5) 朋友有信

凡人有生之中兮　　　如友兮有信

吾之有非兮　　　　　欲盡是兮

此身苟匪此友兮　　　其爲人兮易乎 (530)

(『俛仰集』卷4)

「悲惜歌」

有鳥嶢嶢　　　　　　傷彼落花

春風無情　　　　　　悲惜奈何

(『俛仰集』卷4, 附錄 行蹟)

97. 譯者未詳

「哀大君歌」

(1)

南山種豆兮苗何稀

日暮耘罷兮語于鋤

苗何其稀兮耘恃渠

남산의 시믄 프시 씨는 어이 드므둣덧고

졈으도록 훗믹다가 홈의 더러 니른 말리

플이야 셩타마는 너을 밋고 믹노라.

(2)

鋤苔主人兮聽我說

初種之時兮胡不密

根深蔓盛兮我何若

홈의 딕답호딕 쥬인님 내 말 듯소

픗슬 시므거던 씨을 비요 못호실넌가

쎨히 깁고 수 만흔 쎨을 낸들 어이호리

(『孤松崔公家狀』)

• 資料
1.『孤松崔公遺稿』
奸臣爾瞻阿付光海君, 將搆陷仁穆王后金氏, 先使朴應犀誣告, 推戴永昌大君爲言, 光海
恐其逼, 已煎殺之, 時大君年八歲也. 公思其年幼無知, 悶其就盡之狀, 遂吟作是歌. 其後歌
入爾瞻之黨, 由此得禍焉.
　歌一曲曰 南山種豆兮苗何稀 日暮耘罷兮語于鋤 苗何其稀兮耘恃渠[此曲歎王子之不昌]
　歌二曲曰 鋤苔主人兮聽我說 初種之時兮胡不密 根深蔓盛兮我何若[此曲歎小人之太盛]
(『孤松崔公遺稿』詩)

2.「負行齋[諱昇, 號負行齋, 公之從曾孫, 累入吏薦, 肅廟朝復戶.]註解哀大君歌」
　南山種豆兮苗何稀? 日暮耘罷兮語于鋤, 苗何其稀兮耘恃渠. 鋤苔主人兮聽我說. 初種之
時兮胡不密, 根深蔓盛兮我何若? 남산의 시믄 프시 씨는 어이 드므둣덧고, 졈으도록 훗믹다
가 홈의 더러 니른 말리, 플이야 셩타마는 너을 밋고 믹노라. 홈의 딕답호딕 쥬인님 내 말
듯소. 픗슬 시므거던 씨을 비요 못호실넌가. 쎨히 깁고 수 만흔 쎨을 낸들 어이호리. 右孤松
公當光海朝大議橫分時, 作歌以道己志, 且寓憂世之憂矣. 其季父逸翁公[諱希亮, 官縣監 ,以
壬辰一等功, 贈兵曹判書焉], 於初度設宴日也, 主倅朴公大廈·右營將金某皆來會, 邑妓從之,
逸翁公因醉而歌此歌, 則一座皆稱歎, 又曰: 善哉! 歌乎! 誰所作也? 逸翁公曰: 家傔直長作
矣. 妓輩窃相誦繹而去. 其後有一妓歌於城西金佑成家宴席, 佑成聞而惡之, 又知爲孤松公所

作, 心甚狼之. 盖佑成者, 丁巳年煽起士類, 爲廢大妃殺大君疏者也. 其時孤松公, 又居增廣
試之魁, 才名盖世, 人皆擬之於登龍門, 而佑成則深懷娼嫉, 卽通此歌于洛中當路之人, 使之
被拿入獄, 六載囚繫, 艱辛幾死. 倘無癸亥反正之擧, 不得生出獄門云. (『孤松崔公家狀』)

98. 譯者未詳
「絶命歌」

鴉之集處兮	白鷗兮莫適
彼鴉之怒兮	諒汝色之白歟
淸江濯濯身	惟慮染爾之血兮
掩卷而推窓	淸江白鷗浮
偶爾唾涎兮	漬濡乎白鷗背
白鷗兮莫怒	汚彼世人而唾也

(『李評事集』卷1)

99. 譯者未詳

「長松歌」

伐之耳伐之耳　　　落落長松伐之耳

少焉頃置之　　　棟樑之材成之耳

吁嗟大廈傾之　　　式于何以柱之

(『龜巖先生集』卷1)

·資料

(1) 金忠甲字恕初, 號龜巖, 安東人. 父進士贈領議政錫, 在泮値乙卯禍, 力救靜菴被逮, 後蒙宥遯居槐山. 忠甲受業於靜退之門, 從事性理之學. 明宗癸卯司馬兩試, 率館儒請誅妖僧普雨, 當世偉之. 妹壻修撰李輝死乙巳獄, 忠甲悲其直言罹禍, 作長松歌一関, 侑之死屍之傍. 其歌曰: "伐之耳, 伐之耳. 落落長松伐之耳. 少焉頃置之, 棟樑材成之耳. 大廈將傾式, 于何以柱之." 丙午登別試, 選入槐院, 兩司劾以乙巳黨人, 謫淸州二十一年, 宣廟初解黨籍蒙宥, 官至獻納. 後贈補祚功臣左贊成上洛君. 忠原章甫, 上達天門, 倡建書院. 遺集二卷刊行于世. (『大麓誌』卷上)

(2) 「長松歌」

[此於乙巳李輝之被死, 公往哭屍傍, 作歌唱之.] 伐之耳, 伐之耳. 落落長松伐之耳. 少焉頃置之, 棟樑之材成之耳. 吁嗟大廈傾之, 式于何以柱之? (『龜巖先生集』卷1)

(3) 父進士錫與表兄服齋奇遵爲道義交. 乙卯禍起, 遯于槐山而終. 忠甲號龜巖, 中廟乙亥生, 明廟癸卯司馬兩試在泮宮時, 率館儒請誅妖僧普雨, 當世偉之. 丙午登別試, 選入槐院, 除正字, 兩司劾以乙巳布衣黨, 謫居二十一年, 盖忠甲妹壻修撰李輝死乙巳禍獄. 忠甲悲其以直言罹禍, 作歌一関, 侑之於死屍之傍. 其歌曰: 버엿도다. 버엿도다. 落落長松 버엿도다. 됴곰 두엇던들 棟樑之材 되올너니라. 吁嗟홉다. 大廈 기우런진들 그 무어스로 기동홀고? 其翌年登第, 選入槐院, 丁未被劾謫淸州. 宣廟初解黨籍, 特蒙宥典, 官至獻納而卒. 忠甲善四六騷賦, 尤長於詩, 嘗作畫屛八首以寓意. 忠原章甫倡建書院[出人物錄] (『龜巖先生年譜』卷2, 附錄)

(4) 金忠甲字恕初, 安東人也. 父進士錫與表兄服齋奇遵爲道義交. 乙卯禍起, 遯于槐山而終. 忠甲号龜巖, 中宗乙亥生, 明宗癸卯司馬兩試在泮宮時, 率館儒請誅妖僧普雨, 當世偉之. 丙午登別試, 選入槐院, 除正字, 兩司劾以乙巳布衣黨人, 謫居二十一年, 盖忠甲妹壻修撰李輝死於乙巳獄. 忠甲悲其以直言罹禍, 作歌一関, 侑之於死屍之傍. 其歌曰: "伐之了, 伐之了,

落落長松, 도곰 두엇던들 棟梁材 되을너니." 其翌年登第, 選入槐院, 丁未被劾謫淸州. 宣廟
初解黨籍, 特蒙宥典, 官至獻納而卒. 忠甲善四六騷賦, 尤長於詩, 嘗作畵屛八首以寓意. 忠
原章甫倡建書院. (『木川邑誌』金忠甲條)

---

100. 譯者未詳
「國人憐綾昌大君謠」

海之沱沙渺瀰
年年春漠漠草萋萋
王孫一去不復歸 (1244)

(『雅樂部歌集』, 『樂府』高大本, 『歌集』)

101. 譯者未詳
「羽調」

空山寂寞月聲怨　　　　　蒼凉杜宇聲恨長
蜀國興亡幾血斷　　　　　千古恁般啼人膓 (263)

(『樂府』高大本, 『歌集』高大本)

102. 譯者未詳

「一笑百媚生」

一笑百媚生	太眞麗質
明皇所以幸蜀	
可憐馬嵬坡下馬前死	千古女娘悲 (2434)

• 資料 ————————————————————————————

初唱聞皆說太眞, 至今如恨馬嵬塵, 一般時調排長短, 來自長安李世春. [說太眞, 蓋關西妓類, 當宴輒先唱此曲, 曲曰: "一笑百媚生 太眞麗質 明皇所以幸蜀 可憐馬嵬坡下馬前死 千古女娘悲"]

(『關西樂府』奎章閣本)

103. 譯者未詳

「何如歌」, 「丹心歌」, 『東國名賢抄』文忠鄭夢周條

「何如歌」

此亦何如	彼亦何如
城隍堂後垣	頹落亦何如
我輩若此爲	不死亦何如 (486)

「丹心歌」

此身死了死了	一百番更死了
白骨爲塵土	魂魄有也無也
向主一片丹心	寧有改理也歟 (2325)

• 資料

〈文忠鄭夢周〉

　鄭夢周字達可號圃隱諡文忠(中略) 太宗設宴請之, 作歌侑酒曰："此亦何如 彼亦何如 城隍堂後垣 頹落亦何如 我輩若此爲 不死亦何如" 文忠遂作歌送酒曰："此身死了死了, 一百番更死了, 白骨爲塵土, 魂魄有也無也, 向主一片丹心, 寧有改理也歟?" 太宗知其不變, 遂議除之.
(後略)

　(『東國名賢抄』文忠鄭夢周條)

104. 譯者未詳

「何如歌」外,『東國名賢抄』六臣錄, 參判朴彭年條

「何如歌」

此亦如何	彼亦如何
萬壽山藤葛	籠了蟠了如何
吾輩亦如此	度百年那 (2291)

「金生麗水」

雖曰金生麗水	麗水生金那
雖曰玉出崑岡	崑岡出玉那

415

雖曰禮必從夫　　　　　人人可從那 (377)

「圃隱歌」

此身死了死了　　　　　一百番更死了
白骨爲塵土　　　　　　魂魄有也無
向主一片丹心　　　　　(改也否) (2325)

「烏飛被雨雪」

烏飛被雨雪　　　　　　白若還黔了
夜光明月　　　　　　　雖夜寧黑暗麼
向主片一丹心　　　　　寧有改麼 (20)

（『東國名賢抄』六臣錄，參判朴彭年條）

105. 譯者未詳

「何如歌」，「丹心歌」外，『見睫錄』

「何如歌」

如此亦何如　　　　　　彼亦何如
万壽山葛藟　　　　　　亦何如
我輩亦如此　　　　　　百年享何如 (2291)

「丹心歌」

此身死死復死	百番更死了
白玉化塵土	不論魂有無
向君一片心	寧有變改理 (2325)

「靑石嶺歌」

靑石嶺已過兮	河口何處是
胡風悽復冷兮	陰雨亦何事
誰畵此形像兮	獻之金殿裡 (2875)

「朝天路歌」

天朝路阻兮	玉河舘已虛
大明夷舊耀	崇禎更誰書
追懷壬辰恩	潸然淚添裾 (2615)

「鄭誠謹 俚曲」

以我思子心	子無我心似
子心苟可似	天下寧有是
思之終難能	無疾猶可已

桃李媚恩光	競此色婉娩
老菊終亦花	寂寂誰省晩
霜風掃卉空	孤芳紀秋苑

「鐵嶺歌」

鐵嶺最高峯	飛去彼白雲

孤臣怨君淚	爲雨帶將去
沾洒君在處	九重宮闕裡 (2823)

「昔日若如此歌」

昔日若如此	此形安得持
此心化爲絲	曲曲還成結
欲解又欲解	不知端在何處 (2045)

「李花歌」

李花桃花杏花發	南里北里西里春
不寒不熱好時節	半醉半醒無事人

(『見睫錄』卷3)

• 資料

1.「何如歌」「丹心歌」

太宗設宴, 邀致鄭夢周, 酒闌, 太宗把盃, 作短歌以侑, 以解之曰: "如此亦何如, 彼亦何如. 万壽山葛藟, 亦何如. 我輩亦如此, 百年享何如." 夢周作歌, 詩以解之曰: "此身死死復死, 百番更死了. 白玉化塵土, 不論魂有無. 向君一片心, 寧有變改理."

2.「靑石嶺歌」「朝天路歌」

丁丑 三宮北遷時, 過靑石嶺, 孝廟作歌曰: "靑石岑已過兮, 河口何處是. 胡風悽復冷兮, 陰雨亦何事. 誰畵此形像兮, 獻之金殿裡." 又歌曰: "天朝路阻兮, 玉河舘已虛. 大明夷舊耀, 崇禎更誰書. 追懷壬辰恩, 凄然淚添裾."

3.「鄭誠謹 俚曲」

鄭承旨誠謹, 耿介忠貞. 燕山朝流落不偶, 慷慨作俚曲中夜悲歌, 以寓其愛君繾綣之意. 其一曰: "以我思子心, 子無我心似. 子心苟可似, 天下寧有是? 思之終難能, 無疾猶可已." 其二曰: "桃李媚恩光, 競此色婉娩. 老菊終亦花, 寂寂誰省晚. 霜風掃卉空, 孤芳紀秋苑." 其音悽而婉, 其辭怨而宜, 楚騷哀長沙賦苦. 遙遙此心, 千載同貫, 使人聞之, 不覺腸摧而涕下也.

4.「鐵嶺歌」

白沙謫北靑時, 登鐵岑作短歌曰: "鐵岑最高峯, 飛去彼白雲. 孤臣怨君淚, 爲雨帶將去. 沾

洒君在處, 九重宮闕裡."

5.「昔日若如此歌」

　　天將楊經理行軍, 過靑坡橋, 時田中男女鋤禾齊聲而歌, 經理問通官曰: "彼歌亦有腔調乎." 曰: "用俚語爲曲, 非文字也." 天使令接伴使李恒福, 飜譯以進其歌曰: "昔日若如此, 此形安得持. 此心化爲絲, 曲曲還成結. 欲解又欲解, 不知端在何處." 經理覽之稱善曰: "農人非徒勤於本業, 歌甚有理有賞可也." 各及靑布一疋.

6.「李花歌」

　　光海於上林, 賞春之日, 女令諸姬誦. "李花桃花杏花發, 南里北里西里春. 不寒不熱好時節, 半醉半醒無事人." 之歌. 反正後, 流落宮人, 每誦之泣下沾衿.
　　(『見睫錄』卷3)

「鐵嶺歌」

　　正祖 年間의 人 柳鼎東의 著『東雅隨錄』卷1 時調의 條에 '丁丑, 三宮北遷時, 孝宗過靑石嶺 云云'이라 하고 쓰되, 靑石岑已過兮 河口何處是 胡風悽復冷兮 陰雨亦何事 誰畫此形像兮 獻之金殿裡 라 하였으니, 이 時調가 當時作인것임을 더욱 分明히 알 수 있을 것이다.
　　(『鷲山文選』)

---

106. 譯者未詳
「丹心歌」,『益陽誌』

此身死了死了	一百番更死了
白骨爲塵土	魂魄有也無
向主一片丹心	寧有改理歟 (2325)

• 資料

　　鄭夢周號圃隱, 生於郡北愚巷里. 恭愍庚子連魁三場, 擢文科, 官至侍中佐命功臣益陽君.

初夢周最被我太祖所知, 及我太祖功業日盛, 群下歸心, 夢周潛謀傾之. 太祖設宴請夢周, 作歌侑之以探其意. 夢周歌曰: "此身死了死了, 一百番更死了, 白骨爲塵土, 魂魄有也無, 向主一片丹心, 寧有改理也歟!" 太祖知其不變, 遂議除之. (『盆陽誌』卷3, 人物 儒賢條, 鄭夢周)

107. 譯者未詳
「尤翁所翻圃翁歌」

此身死復死百回死　　　　白骨塵沉復灰飄

向君一片丹心那可銷

可憐天壽門前水　　　　千古東流善竹橋 (2325)

• 資料

「圃隱歌」(鄭夢周 官至門下侍中 字達可)

　理學祖, 圃隱老先生. 一依晦翁家禮, 立廟祭祀行. 設鄉校內建五部學, 化民成俗自此成. 註釋四書疑義, 橫說竪說无不脗合. 忠節軒天地曜日月, 風色不可時運傾. 可憐天壽門前橋, 千古長留善竹名. 理有漸氣先至, 天啓本朝休運明.

「附尤翁所翻圃翁歌」

　此身死復死百回死, 白骨塵沉復灰飄. 向君一片丹心那可銷. 可憐天壽門前水, 千古東流善竹橋.

「冶隱歌」(吉再)

　吉註書, 金烏山下杜門終. 筮仕辛朝, 托隱冶工. 教授生徒, 斯門有功. 惜乎牛山[原註: 安邦俊], 錯比揚雄. 千仞高山, 百世淸風. 歌曰三冬着布衣, 獨居巖穴中. 一番未曝朝陽紅, 西山云日暮, 其恨却无窮.

　　(『箕東樂府』)

108. 譯者未詳

「瀟湘八景歌」

平沙落雁江村日暮

漁舟歸白鷗眠

何處一聲長笛醒醉夢 (3089)

(『青丘野談』碧史本　卷6)

109. 譯者未詳

「小樂府四十首附十首」

(1) 紅雨春

山映樓頭春雨歇　　　　　白雲峰色不勝新

欲問武陵何處是　　　　　桃花流水卽如眞 (1438)

(2) 怨別離

當年狙擊博浪椎　　　　　項羽手中一任之

破碎人間離別字　　　　　情人莫使忽生離 (1139)

(3) 相思月

落花寂寂日將莫　　　　　　儂未去時渠到宜
月倒西垣人影斷　　　　　　定非臥病有情誰 (3217)

(4) 春風面

軟腸消盡血成痕　　　　　　畫出金屛枕外存
月落紗窓燈欲滅　　　　　　相思時復使儂翻 (551)

(5) 秋夜長

不知君似妾宵長　　　　　　秋月滿庭空斷腸
葉有聲兮眠不得　　　　　　情人來否更商量 (588)

(6) 長相思

敉膺無復舊時肥　　　　　　近日不寒還不飢
我病非君人未瘳　　　　　　未逢君處長相思 (552)

(7) 風雨夢

淚成細雨唱生風　　　　　　歔灑君邊囱外桐
應爾無情能穩夢　　　　　　攪來要使我懷同 (3182)

(8) 不移節

此身仙去欲何爲　　　　　　松立蓬萊第一奇
傲到乾坤蕭瑟後　　　　　　青青獨也雪霜時 (2323)

(9) 第一春

短笻携出賞春興　　　　　　松倒絶崖魚泳溪
次第看過悄獨往　　　　　　忽有鵑花爛熳堤 (2199)

(10) 其二-圓超

清溪魚躍興堪誇　　　　好是(巖)松柳更斜

見我欣然誰復有　　　　無情花作有情花 (2199)

　　　　　　　　　　（『朝鮮歌謠集成』,「小樂府五十首附十首」）

---

110. 譯者未詳

「蟾津江雜詠」

蟾江一帶水　　　　流向嶺湖間

回看眞面好　　　　萬壑復千山

蟾津江 十二川을 사람마당 알것마는

疊疊이 사인 중에 江水가 萬里라

眞面好를 찾고자ᄒ니 峯峯谷谷이 다 奇絶處로다

　　　　　　　　　　　　　　　　（『松南集』）

• **資料**

　一人의 文集中에 一方엔 漢字로 他一方엔 諺文으로하여 서로 對照하도록한게 잇으니 松南集 蟾津江雜詠一節

　　蟾江一帶水 流向嶺湖間 回看眞面好 萬壑復千山

　　蟾津江十二川을 사람마당 알것마는

　　疊疊이 사인 중에 江水가 萬里라

　　眞面好를 찾고자ᄒ니 峯峯谷谷이 다 奇絶處로다

　　(安廓,「詩歌考의 二三」,『新生』, 통권24호, 1930.)